中华传世藏书

【图文珍藏版】

纳兰性德全集

[清] 纳兰性德⊙原著

王书利⊙主编

第一册

线装书局

图书在版编目（ＣＩＰ）数据

纳兰性德全集：全6册 / (清)纳兰性德原著；王书利主编. -- 北京：线装书局，2016.1

ISBN 978-7-5120-1955-3

Ⅰ.①纳… Ⅱ.①纳… ②王… Ⅲ.①纳兰性德（1654～1685）－全集 Ⅳ.①I214.92

中国版本图书馆CIP数据核字(2015)第245543号

纳兰性德全集

原　　著：［清］纳兰性德

主　　编：王书利

责任编辑：高晓彬

装帧设计：博雅圣轩藏书馆　Boyashengxuan Cangshuguan

出版发行：线装书局

　　　　　地　址：北京市西城区鼓楼西大街41号（100009）

　　　　　电　话：010-64045283（发行部）　64045583（总编室）

　　　　　网　址：www.xzhbc.com

经　　销：新华书店

印　　制：北京彩虹伟业印刷有限公司

开　　本：787mm×1092mm　1/16

印　　张：168

字　　数：2040千字

版　　次：2016年1月第1版第1次印刷

印　　数：0001－3000套

定　　价：1580.00元（全六册）

清代词坛领袖纳兰性德

　　纳兰性德（1655~1685），叶赫那拉氏，满洲正黄旗人，字容若，号楞伽山人，自幼饱读诗书，文武兼修，清代最著名词人之一。其诗词"纳兰词"在清代以至整个中国词坛上都享有很高的声誉，在中国文学史上也占有光采夺目的一席。他生活于满汉融合时期，其贵族家庭兴衰具有关联于王朝国事的典型性，虽侍从帝王，却向往经历平淡，特殊的生活环境背景，加之个人的超逸才华，使其诗词创作呈现出独特的个性和鲜明的艺术风格。他在两年中，主持编纂了一部1792卷编的儒学汇编—《通志堂经解》，受到皇上的赏识，也为今后发展打下了基础。他又把熟读经史过程中的见闻和学友传述记录整理成文，用三四年时间，编成四卷集《渌水亭杂识》，其中包含历史、地理、天文、历算、佛学、音乐、文学、考证等方面知识，表现出他相当广博的学识基础和各方面的意趣爱好。

采桑子

明月多情应笑我，笑我如今。
辜负春心，独自闲行独自吟。

近来怕说当年事，结遍兰襟。
月浅灯深，梦里云归何处寻？

好事近

马首望青山，零落繁华如何！
再向断烟衰草，认藓碑题字。

休寻折戟话当年，只洒悲秋泪。
斜日十三陵下，过新丰猎骑。

画堂春

一生一代一双人，争教两处销魂。
相思相望不相亲，天为谁春。

浆向蓝桥易乞，药成碧海难奔。
若容相访饮牛津，相对忘贫。

如梦令

正是辘轳金井，满砌落花红冷。
蓦地一相逢。

心事眼波难定，谁省？谁省？
从此簟纹灯影。

蝴蝶花

辛苦最怜天上月，一夕如环，夕夕都成玦。若似月轮终皎洁，不辞冰雪为卿热。

无那尘缘容易绝，燕子依然，软踏帘钩说。唱罢秋坟愁未歇，春丛认取双栖蝶。

浣溪沙

谁念西风独自凉？萧萧黄叶闭疏窗。沉思往事立残阳。

被酒莫惊春睡重，赌书消得泼茶香。当时只道是寻常。

酒泉子

谢却荼蘼，一片月明如水。
篆香消，犹未睡，早鸦啼。

嫩寒无赖罗衣薄，休傍栏干角。
最愁人，灯欲落，雁还飞。

木兰词

人生若只如初见，何事秋风悲画扇。
等闲变却故人心，却道故人心易变。

骊山语罢清宵半，泪雨零铃终不怨。
何如薄幸锦衣郎，比翼连枝当日愿。

虞美人

凭君料理花间课，莫负当初我。
眼看鸡犬上天梯，黄九自招秦七共泥犁。

瘦狂那似痴肥好，判任痴肥笑。
笑他多病与长贫，不及诸公衮衮向风尘。

长相思

山一程，水一程。
身向榆关那畔行，夜深千账灯。

风一更，雪一更。
聒碎乡心梦不成，故园无此声。

前　言

　　纳兰性德(1655~1685)，字容若，号楞伽山人，原名成德，满洲正黄旗人，清初著名词人，与朱彝尊、陈维崧并称"清词三大家"。生于权显富贵之家，其父为康熙大学士纳兰明珠，自幼便修文习武，聪颖过人，康熙十五年(1676年)赐进士出身，后授三等侍卫，循进一等，护驾康熙帝左右，于康熙二十四年五月三十日(1685年7月1日)病故，享年三十一岁。短短三十一年，他始终未被世俗吞并，怀着一颗纯真的心，渡过了一季比诗歌更诗意的人生。

　　纳兰性德，作为当朝重臣纳兰明珠的长子，皇帝身边的英俊威武的武官，随皇帝南巡北狩，游历四方，奉命参与重要的战略侦察，随皇上唱和诗词，译制著述，因称圣意，多次受到恩赏，是人们羡慕的文武兼备的年少英才，帝王器重的随身近臣，前途无量的达官显贵。但作为诗文艺术的奇才，他淡泊名利，在内心深处厌恶官场的庸俗虚伪，虽"身在高门广厦，常有山泽鱼鸟之思"。纳兰性德一生虽懂骑射好读书，却并不能在一等侍卫的御前职位上挥洒满腔热情。

　　纳兰性德的一生十分短暂，但存世作品颇丰:《通志堂集》二十卷(含赋一卷、诗、词、文、《渌水亭杂识》各四卷，杂文一卷，附录二卷)，《词林正略》，辑《大易集义粹言》八十卷，《陈氏礼记说补正》三十八卷，编选《近词初集》《名家绝句钞》《全唐诗选》等。

　　纳兰性德的主要成就是填词。纳兰性德24岁时将词作编选成集，名为《侧帽集》，又著《饮水词》，后人将两部词集增遗补缺，共349首，合为《纳兰词》。传世的《纳兰词》在当时社会就享有盛誉，为文人学士高度评价。时人云，"家家争唱《饮水词》，纳兰心事几人知?"可见其词的影响力之大。

　　纳兰性德词作内容涉及爱情友谊、边塞江南、咏物咏史及杂感等方面，写景状物关于水、荷尤多，尽管以作者的身份经历，他的词作数量不多，眼界也并不算开阔，但是由于诗缘情而旖旎，而纳兰性德是极为性情中人，因而他的词作尽出佳品，况周颐在《蕙风词话》中誉其为"国初第一词手"。

《纳兰词》不但在清代词坛享有很高声誉，在整个中国文学史上也占有光彩夺目的一席之地。纵观纳兰性德的词风，清新隽秀、哀感顽艳，颇近南唐后主。而他本人也十分欣赏李煜，他曾说："花间之词如古玉器，贵重而不适用；宋词适用而少贵重，李后主兼而有其美，更饶烟水迷离之致。"此外，他的词也受《花间集》和晏几道的影响。

《纳兰词》在纳兰性德生前即产生过"家家争唱"的轰动效应，身后更是被誉为"满清第一词人""第一学人"。清家学者均对他评价甚高。到了民国时候，纳兰还是很出名的才子早逝的典例。王国维赞其曰"以自然之眼观物，以自然之舌言情。初入中原未染汉人风气，北宋以来，一人而已"。张恨水的《春明外史》更写到一位才子，死于三十岁的壮年，其友怆道："看到平日写的词，我就料他跟那纳兰容若一样，不能永年的。

纳兰性德，生于温柔富贵，却满篇哀感顽艳；身处花柳繁华，心却游离于喧嚣之外；真正的八旗子弟，却喜结交落魄文人；行走于仕途，一生却为情所累；风华正茂之时，却匆匆离世；一位几乎拥有世间一切的惆怅男子，一段三百年来倾倒无数后人的传奇。叙不尽纳兰忧思，品不够容若才情。他是人间惆怅客，匆匆三十载便一去永不回，但他留下的刹那光华足以照亮世间的污浊与阴暗，穿越时空，温暖你我。

此套《纳兰性德全集》汇集了纳兰性德全部著述，囊括了其词、诗、赋、杂文、渌水亭杂识、书简和经解诸序及书后以及纳兰性德评议汇编。翻开此书，让我们在缕缕凄美与缱绻中邂逅最美的纳兰性德，透过这些婉丽隽秀、明净清婉、感人肺腑的小令长调、诗词歌赋，仿佛能看到一个拥有着绝世才华、出众容貌、高洁品行的人站在那里，散发着一股遗世独立、浪漫凄苦的气息，华美至极，多情至极，深沉至极，孤独至极。一个才华横溢、欲报效国家而不能如愿，一个因爱而陷入爱的旋涡中挣扎的多情男子，都尘封在这套书里。

目　录

6

中华传世藏书

纳兰性德全集

目录

7

纳兰性德评传

一、纳兰家世

1655 年 1 月 19 日，按农历，应该 1654 年腊月十二日，尽管北京城地冻天寒，大清顺治皇帝銮仪卫云麾使纳兰明珠家里却是一派喜气。

銮仪卫云麾使是清初正四品在京武官职位，这一年明珠二十岁。

初为人父，喜得贵子，这样的人生大喜时刻无消多说。

怀里抱着粉雕玉琢的新生儿，明珠喜上眉梢。这是纳兰家族的又一代血脉。

纳兰原是金代贵族姓氏，在汉语中，是"太阳"的意思。纳兰氏的始祖本姓土默特，名叫星恳达尔汗，明朝初年居住在一个被称为"张"的地方，大约位于今天的黑龙江省肇州县一带。那里是嫩江、拉林河、呼兰河和松花江交汇的地带，山河秀丽，物华天宝。随后家族几经战乱，辗转变迁，到了北京。

此刻，明珠手里小小的婴儿自然继承了祖先的优良基因，血液里流淌着出生地的芳泽。

望着这个孩子，一向以性情暴烈示人的初为人母的爱新觉罗氏，心中不知不觉地也泛起一丝难得的柔情。

这爱新觉罗氏是英亲王的女儿、多尔衮的侄女，家世显赫，据说年少时非常任性刁蛮。若非因其父亲获罪受牵连被废为庶人，家道中落，心比天高的她绝对不会下嫁给一名侍卫。尽管这名侍卫——明珠——聪颖过人，日后终成大器。

嫁入纳兰家之后，爱新觉罗氏郁郁寡欢。据说她极其善妒，控制欲极强，连明珠跟家中侍女多说几句话都要生气。

关于爱新觉罗氏的强悍与暴躁，有人讲述过一个令人毛骨悚然的故事。说是明珠家有一位聪明漂亮的侍女，平常深得众人喜欢。爱新觉罗氏对她早有妒意。一次，明珠高兴，随口赞道："这丫头，眼睛生得真是漂亮。"爱新觉罗氏马上脸就阴了。于是，无比恐怖的事情发生了。第二天一早，爱新觉罗氏冷笑着让人端上一个锦盒。明珠看着她的表情，觉得这其中有什么古怪，但没有多想，疑疑惑惑地揭开盒盖一看，里面赫然是一双人眼！明珠吓得失声大叫，从此尽量离爱新觉罗氏远远的，轻易不怎么搭理她。

这个故事的真假笔者不想臆断。毕竟，一些生性狠毒的女人，干过的残暴的事，比这个还过分的在历史上并不少见。加上那个年代，奴仆的身份和家禽家畜相差不大，被残酷对待时人习以为常。

但容我们来读读史料。据《觉罗氏墓志铭》记载，爱新觉罗氏是"太祖高皇帝之嫡孙女，英亲王之嫡出第五女"，崇德二年（1637）生。由于皇室的政治斗争，其父英亲王阿济格和众多男丁，一朝死于非命，全家被撵出王府。觉罗氏也被贬为庶人，仓促地嫁给尚未显赫的明珠。据说觉罗氏"平日皈心释氏，晨起必焚香膜拜，诵梵经一卷。尝手书《金刚经》，……"这样一位坚持念佛的夫人，也许性格倔强，但残暴到命人挖掉侍女眼珠的地步，这种可能性应该不会太大。

也许我们勉强可以得出这样的结论：容若的母亲年轻的时候脾气很大，对下人对晚辈都比较严厉苛刻。

孩子的到来给这个刻板的家增添了一些生气，肃静严整的纳兰家多了一些轻松与笑容。

该给孩子取个什么样的名字呢？

话说满人承袭其先世女真人的风俗，会给新生儿命名。早些时候，由于文化意识不强，给孩子取名也没个讲究，家长所看到的第一个实物即是孩子的名字，因此当时出现了很多以动物或动物制品命名的人名。如清太祖努尔哈赤这个赫赫有名的名字，可能极少有人知道，它的意思竟然是"野猪皮"；清太祖之弟舒尔哈齐这个名字的意思是"三岁野猪皮"，还有一些满人的名字的意思分别是"豹皮"、"兔子"等等。这种现象说明当时民众以渔猎为主，动物在社会经济生活中占据了重要地位。

清军入关后，满人和汉人杂居，受汉文化影响，满人的文化素质有了很快提高，用实物给新生儿命名的情况逐渐减少，以动物命名的几乎绝迹。他们开始为孩子的名字赋予深刻的文化内涵，表达对一些事物的纪念，甚至寄托美好的愿望。

容若出生的季节是冬天，而当时"郎"为男性青少年的通称，因此容若的乳名被唤为"冬郎"。

给冬郎正式取名的时候，明珠广泛征求宾朋意见，根据《易经》里"君子以成德为行，日可见之行也"，给自己的长子取名纳兰成德；根据佛教术语"容有释"（解释经论时，除正义外，容认傍义，称为容有之说，亦称容有之释）、"般若"（智慧、超世俗的认知），取字容若。后为避太子"保成"名讳，改为性德；一年后太子更名胤礽，于是纳兰性德又恢复本名纳兰成德。

必须提及的另外一件重大事情是，八个半月以前，1654 年 5 月 4 日，纳兰容若的表哥爱新觉罗·玄烨出生，他就是 7 岁登基的康熙皇帝。这位日后威震四方的表哥，在纳兰容若一生中有着举足轻重的地位。

有这样一种人，他似乎生来就该被我们所钟爱，小心翼翼地呵护着，不吝于用最美好的词汇去描述着他的形象，去赞美他无与伦比的才华。

仔细想来，纳兰性德不正是如此？

即使他早已辞世几百年，我们依旧乐于用这世上无数美好的形容词，去形容他，去想象着他那短暂的一生。

浊世翩翩佳公子，当是最恰当地描述了。

纳兰性德是满洲正黄旗人，父亲鼎鼎大名，正是康熙年间名噪一时的重要大臣明珠，官居内阁十三年，"掌仪天下之政"，倒是完完全全当得上"权倾朝野"四个字，只可惜这么个长袖善舞的人物，在官场中也免不了经历荣辱兴衰、起起落落，在他晚年的时候，被康熙罢相，一下子从官界的顶峰狠狠摔了下来。

总之这一下摔的够惨，很多关于他的资料就都因此湮没不详了，反正家破人亡那是免不了的。而和他同样鼎鼎大名，只不过是在另一个范围有名的儿子纳兰性德，却因为过世得早，反而避过了眼睁睁看着自己的家在一夕之间从云端跌入谷底的悲剧。

在北京的西郊有一块《明珠及妻觉罗氏诰封碑》，上面记载的，就是这位曾经权倾一时的明珠的仕途经历，从一开始的云麾使，逐步升到太子太傅、英武殿大学士兼礼部尚书，完全称得上是平步青云、扶摇直上，甚至可以说得上是飞黄腾达。

这样一位在官场之中长袖善舞的人物，自然不可能是庸碌之辈。

根据记载，明珠在撤三藩、收台湾、抗外敌等重大事件中，都是相当关键的角色，若非最后跌了那狠狠地一跟头，未尝不会继续风光下去。

和电视剧《康熙王朝》中演的稍微有点不一样的是，现实中的明珠，与阿济格的女儿成婚，倒可以说是冒了很大风险的。

　　阿济格是多尔衮的哥哥，战功赫赫却没什么政治头脑，最后落得个被囚禁的下场，儿女们赐死的赐死，贬为庶人的贬为庶人，这样的姻亲关系，对明珠来说，肯定是不能帮助他在官场中步步高升、一路青云直上的。当然，如人饮水，冷暖自知，以当时明珠一介卑微的小侍卫来说，能"高攀"上阿济格的女儿，到底是怎么想的，也只有明珠自己知道了。

　　反正在以后的岁月里。两口子还是把日子给过了下去。

　　在外，明珠在官场中游刃有余；在内，觉罗氏把家操持得妥妥当当，让自己的丈夫毫无后顾之忧。

　　若是以政治婚姻来说，这样的相处也未尝不是一种美满。

　　而就在这样的"美满"之下，纳兰性德出生了。

　　对当时的明珠与觉罗氏来说，他们也完全没有料到，这个出生于寒冬腊月的孩子，未来将会被赞誉为"满清第一词人"吧？

　　明珠与纳兰性德，一对父子，同样的大名鼎鼎，却又如此的不同。

　　一个在官场长袖善舞，一个在词坛游刃有余。

　　纳兰性德永远也不明白，父亲是怎么在无数人虎视眈眈中一步一步毫不犹豫而又铁腕地攀爬到顶点的位置，一人之下万人之上，在百官之中呼风唤雨。

　　就像明珠永远也不可能明白，自己为儿子精心规划的，已经铺设好了的那条通往鲜花与荣誉的道路，为什么儿子却是如此的不情不愿以至于抗拒。

　　想来想去，只能说，因为他们毕竟是不同的人吧？虽然有着最为亲近的血缘关系，但生长环境不同，成长之后自然也就不同。

　　这也是古往今来，天下的父母与孩子之间最难解决的一个问题。

　　没有父母敢说自己百分之百的了解自己的孩子，也鲜少有孩子会尝试着主动去了解父母，事实上，对孩子来说，尤其是年纪稍微大一点的，处于青春期的孩子，能够不和父母处处对着干就已经很好了。

　　当然，要是假想一下纳兰也跳着脚和父母逆反的画面，我是想象不出来，

但可以确定的是，纳兰性德确确实实选择了一条与他的父亲截然不同的人生道路。

他把他的才华、他的天分在诗词上尽情地发挥了出来，淋漓尽致。

二、初恋"表妹"

"一生一世一双人，争教两处销魂。相思相望不相亲，天为谁春？"

康熙六年丁未年，纳兰性德十三岁。

也就在这一年的七月，康熙皇帝亲政。

康熙七年，纳兰府迎来了三年一度的选秀，纳喇氏入宫。

纳兰性德是以"满清第一词人"的称号扬名的。

后人对他也颇多推崇，有赞其为"国初第一词手"的，也有赞他"纳兰小令，丰神炯绝"的，而最多的，还是说其"《饮水词》哀感顽艳，得南唐二主之遗"，尤其是在《词话丛编》中，对纳兰词颇多赞扬。

当然，也有一些批评的声音，陈廷焯的《白雨斋词话》就明确地这样说道："容若《饮水词》，才力不足。合者得五代人凄婉之意。"

想来，也许是因为他的词大多以花前月下的题材为主，所以给人比较小气的感觉，虽然也偶有雄浑之作，不过终究还是显得视野并不很宽阔，也就难怪有后人会说他的词略显局限了。

撇开这些不谈，光是说他的《饮水词》，确确实实清丽美妙，初读，颇有后主的感觉，再读，便是妙不可言。

也因为纳兰词中的那些对感情与心境的细致描写，很多人都不免对这位豪门公子的感情生活有了兴趣。

"八卦"乃是人类的天性，谁都抵抗不住自己的好奇心，所以狗仔队才会有如此旺盛的生命力，堪比小强。之所以我们乐于见到八卦，尤其是名人的八卦，火得一塌糊涂，也可以说是因为在很大程度上满足了观众们的猎奇心理。

而有着"满清第一词人"美誉的纳兰性德，有着权臣公子身份的纳兰性德，不消说，也会有不少人关注着他的八卦。

从古到今皆然。

根据记载，纳兰有妻子卢氏，妾颜氏，后来卢氏病故，便续弦官氏，还有著名的江南才女沈宛，这些算是时人笔记上明确记载了的，不过在野史中，不少人言之凿凿地说，其实纳兰还有个心爱的表妹，后来被选进了宫里，劳燕分飞，纳兰一直念念不忘。

纳兰和他这位传闻中的"表妹"，后人研究说，也许这便是《红楼梦》中贾宝玉与林黛玉的原型。

其实当初乾隆在看过《红楼梦》之后，曾说过这样的一句话："此乃明珠家事作也"，明珠家与曹家相似的荣衰经历，也难免会有人认为，明珠是"贾政"的原型，那么纳兰性德，自然就是"贾宝玉"的原型了。

至于那位传说中的表妹，大概也就因此而"诞生"了吧？

又说，这位表妹才貌双全，与纳兰性德青梅竹马两小无猜，倒是公认的男才女貌，一双璧人。

那时年少的纳兰性德，还有那位美丽的少女，若是就这么一直青梅竹马下去，大概成亲也是顺理成章的事情了。

但是，现实总是残酷的。

如果这位"表妹"当真是存在的，那么按照当时的规矩，凡到选秀女之年，一般是三年一次，家里有十三岁到十五岁少女，而且是嫡亲女孩儿的旗人家庭，都必须先参加选秀，只有落选后，才能自行婚配，这是一种强制性的制度，所有的旗人家庭都不能拒绝。

所以，纳兰性德的表妹就这样被选进了皇宫之中。

以她的家世、相貌、才华，大概落选的可能性也蛮小，而结果一点也没有意外，她果真被选中了，宫门一入深似海，从此萧郎是路人。

纳兰性德当时是什么样的心情，大概能猜得到，总之是念念不忘。据说是为她愁思郁结，无论如何都想再见一面，后来伪装成一个喇嘛混进了宫里，终于才与自己的表妹见到最后一面。

当然，这只是传说，并没有任何的史料依据，但纳兰的这桩似是而非真假莫辨的感情，或者说是初恋，在后人的猜想中，逐渐变得朦胧而美丽起来，带着"此事古难全"的遗憾，演绎出无数的版本。

电视剧《康朝秘史》中，钟汉良扮演的纳兰性德，与石小群扮演的表妹惠儿，便是青梅竹马的一对儿，后来惠儿被选进宫里，阴差阳错之下更被选为康熙的妃子，从此两人顿成陌路。而在其他的演绎纳兰性德的电视剧中，不管中间过程如何的不同，但结局都是一样的，那才貌双全的少女不得已进了皇宫，从此与情投意合的表哥天各一方，徒留无数遗憾。

《落花时》

夕阳谁唤下楼梯，一握香荑。回头忍笑阶前立，总无语，也依依。

笺书直恁无凭据，休说相思。劝伊好向红窗醉，须莫及，落花时。

曾有人说过，少年时代的感情是最纯洁的，因为那时双方都还年少，脑中还不曾被世俗的柴米油盐酱醋茶给充斥，才可以全心全意的，在心里装着另外

一个人，没有任何目的，只是完完全全的想着对方，依赖着对方。

我想，容若与小表妹也该如是吧？

因着家世的关系，两家来往较多，容若与小表妹年纪相仿，自然而然地就很快熟络起来。

"郎骑竹马来，绕床弄青梅，同居长干里，两小无嫌猜。"

唐代大诗人李白的这首《长干行》，写的可不就是容若与他的小表妹？

不管最后的结局是怎么样，至少当时，少男少女们是完全没有想到未来的变数的。

在纳兰性德大概四五岁的时候，他除了读书之外，还多了一样功课，那就是骑射。

满族入关之后，面对着辽阔的中原，面对着博大精深的中原文化，他们是自豪却又自卑着，羡慕的同时却又恐惧着。

自豪的，是这一望无垠的江山社稷终究被他们所统治。

自卑的，是因为很清楚自己用刀剑打下的江山，不可能继续用刀剑统治一个高贵的文明。

羡慕的，是绵延几千年包罗万象的中原文化，给他们带来一个全新的视野。

恐惧的，却是害怕自己这少数者最终和历史上无数的异族一样，被中原文明强大的同化能力湮没。

所以，统治者一再地强调着"祖宗家训"。

祖祖辈辈都是以骑射讨生活，打下了这片江山，所以八旗子孙们必须保持骑射的传统，不可有丝毫的懈怠。

居安思危。

他们羡慕着却又恐惧着几千年绵延不断的中原文化。

纳兰性德那时候不过是个几岁的孩子，对于"骑射"背后的含义，他未必明白。只不过觉得是在自己喜欢的读书之外，又多了一样功课而已。

他也没觉得自己有什么不同。

当时旗人刚入关没多久，尚且保持着旺盛的斗志，所以八旗的子弟们也都是个个舞刀弄棒、弓马娴熟。所以小纳兰也和其他人一样，在读书之余，还要挤出时间来习武。

或者说，是在习武的空暇，挤出时间来读书。

也许因为父亲明珠是朝廷里难得的几位支持汉文化的人之一，更因为父亲精通汉语，纳兰从小耳濡目染，也对汉文化产生了浓厚的兴趣。

在习武之余，他贪婪得像海绵一样吸收着一切能够接触到的文化。

在这方面，明珠的开通与赞成，也让纳兰在年复一年中逐渐的文武双全起来，而不是和其他的八旗子弟一样，弓马娴熟，却对汉文化一无所知，甚至连汉语都不大会说。

所以说，纳兰性德后来以词扬名，也并非没有道理的。

如今说起他，很多人条件反射的都会想到纳兰的文，但事实上，当时的纳兰，是名副其实的文武双全的。

与其他的旗人子弟相比，纳兰性德便显得太优秀了。

文，他享有赞誉；武，他是皇帝身前的御前侍卫，负责保护着皇帝的安危，谁能说他武艺不好呢？只是在漫长的学习岁月之中，纳兰渐渐地发现，骑射变成了不得不完成的任务，而读书，才让他真真切切地感觉到快乐。

文武之道一张一弛，在骑射与读书之间，纳兰究竟比较喜欢哪一个，谁也说不清，只是，旗人的武，与汉人的文，就这样奇妙的在纳兰身上，达到了一个最好的融合。

纳兰性德一直都记得，那是一个阳光明媚的午后，自己正和以往一样，在武术师傅的教导下，学习着武术的基础。

蹲马步对一位四五岁的孩子来说，未免太枯燥了，而且是那么的辛苦，换作别家娇贵的小公子，只怕早就受不了号啕大哭起来。

但小小的容若却咬着牙忍耐了下来。

因为他记得父亲曾经严肃地对自己说过，骑射乃是旗人之本，祖辈们靠骑射打下了江山，你身为旗人，怎么可以不习骑射？

马步不知蹲了多久，小纳兰也不禁觉得膝盖开始酸起来，有点支撑不住了，又不敢撒娇不练，正在咬牙苦撑的时候，长长的走廊上，母亲婀娜地走了过来，唤他今天就到此为止，家里来客人了。

纳兰性德连忙去沐浴更衣，跟随母亲去前厅，迎接客人，这时候，他才看到，原来是自己那位久已闻名却一直不曾见过的小表妹，来到亲戚家做客了。

在电视剧《康朝秘史》上，小表妹的全名叫作"纳喇惠儿"，与明珠一个姓氏，都是"纳喇"氏，那我们也不妨就当纳兰的小表妹就是纳喇氏吧。

总之，小小的纳喇惠儿就这样在明珠府里住了下来。

那时候，年幼的小表妹并不知道，自己进京的目的，是为了等她长到花季妙龄的时候，被父母送进宫里去。

在纳兰性德之后，明珠夫妇很久都不曾再有过孩子，所以在当时，小小的纳兰性德是没有弟弟或者妹妹的。也许是因为自己长期都被人当成弟弟一样地照顾，所以对这位小表妹，纳兰性德表现出很大的好奇心来。

而更让他感到惊喜的，是这位年纪比自己还小的妹妹，居然也对汉人的文化颇感兴趣，两个孩子兴趣相投，很快地就熟络了起来。

与纳兰性德不一样，小表妹身为女孩儿，堂而皇之地可以不用去学习骑射，所以她能够安安心心地坐在书房内，听着授课先生的讲解，专心的聆听，只不过偶尔，一双黑漆漆亮晶晶的大眼睛，也会悄悄地从窗缝间偷看正在专心习武的表哥。

她也是旗人子孙，自然知道习武骑射是男孩子必须学习的功课，在授课师傅重重地一声咳嗽下，又忙不迭地把目光收了回来，专心在自己眼前的白纸黑字上。

孩子总是在一天天长大。

不知不觉间，幼童变成了少年，容若变得英俊洒脱，器宇不凡，而原本雪娃儿似的小表妹，也出落得亭亭玉立，俨然一朵含苞待放的鲜花一般。

大人们瞧在眼里，都暗自欣慰。

以小表妹的才貌双全，一旦选秀进了宫，再加上娘家的支持，还愁不能在皇宫之中找到立足之地吗？

他们暗地里打着如意算盘，却全然忽略掉了，或者说是刻意忽略掉了少年容若与小表妹之间那淡淡的萌动，只是以为，那不过是两个孩子一起长大的兄妹之情而已。

当时的少年纳兰与小表妹，又哪里会预料到，未来，竟然是如此的残酷。

年少的他们，大概根本就不曾想过以后的事情。

纳兰性德年长了一些，就和其他人一样，列席在八旗战士们的阵营里，和周围无数年纪相仿的年轻人一样，是一位年轻的战士。

这天，少年纳兰从军营里回来，沐浴更衣过后，拜见了父母、姑姑等人，却未见到表妹的身影，有些困惑，又不好明问，只得怏怏然往内堂走去。

走着走着，他突然发现，自己的脚步，竟是在不知不觉中走向表妹居所的方向。

夕阳西下，精致的绣楼掩映在繁花绿树之中，仿佛也带着少女的娇羞，在昏黄的阳光中，镀上了一层淡淡的金色。

也许是心有灵犀，当纳兰性德刚走到楼下，表妹惠儿也正从楼梯上款款地走了下来。

四目相对，皆是一怔，旋即都笑起来。

纳兰性德想问表妹为何之前没在前厅，但怎么想都不知该从何问起。向来机智灵变的他，不禁有些讷讷起来，看着表妹那双明亮的眼睛，更是说不出来了。

少年纳兰再聪明，也猜不透女孩子的心思。

甚至连小表妹自己，也未必说得明白。

她不知道为什么当快到表哥回家时辰的时候，自己会突然开始在意起仪容来，见镜子里的人儿左不顺眼右不顺眼，一会儿觉得头发散乱了，一会儿又觉得早上插的那支簪子与身上的衣裳不搭配，所以，一反常态的，并未和往常一样去前厅迎接归家的表哥，而是在自己的闺房内细细的重新梳妆，直到自己满意了，才走出闺房，哪知刚一下楼，却见表哥正在自己的绣楼前踌躇不前。

小表妹本是有些忐忑，可见到表哥迟疑的模样，竟忍不住笑了起来。

见到小表妹忍笑不禁神情娇憨可爱，纳兰性德越发觉得讷讷起来，想分辨些什么，但你看着我我看着你，竟谁都无话可说，于是便忍不住"噗嗤"一声笑出来。

一笑，两位年轻人顿时不复之前的羞涩与尴尬。

惠儿和往常一样走到表哥身边，一双乌溜溜的大眼睛看向纳兰性德，大概是想说些什么吧，最后却是脸微微一红，就径直往前走去。

纳兰性德急忙跟了上去。

两位年轻人也不知低声说了些什么，间或传来一阵银铃似的笑声。

纳兰性德后来写了一首《落花时》，也许是这段无忧无虑的美妙时光在他的记忆里实在印象太深，所以在词中这样写道："夕阳谁唤下楼梯，一握香荑。回头忍笑阶前立，总无语，也依依。"

写的，分明就是年少时与表妹两小无猜的画面。

从词中我们可以看得出来，当时的少年纳兰与表妹，是如何的情投意合，在他们这一双年轻人的眼中，这世间任何事物都是美好的，当然，还有两位年轻人之间那纯真的感情。

夕阳下，美丽的少女缓缓步下绣楼，细白柔嫩的手就藏在精致的袖子里，有些犹豫，又有些含羞带怯，像是想要朝面前的少年伸去，但因着少女的矜持，迟疑着，但对方却已经伸手握住了少女的香荑。

双方相视而笑，多么美好的画面。

想必纳兰性德也是想过，若是能真的执子之手，说不定就当真可以与子偕老了吧？

可现实的无情，却让他"与子偕老"的美好愿望，从此变成了虚空泡影，只能在自己的笔下，抒发着对这段有始无终的懵懂感情的惋惜。

休说相思。

若相思刻骨，如何才能不说？如何休说？

三、至交顾贞观

在纳兰性德的至交好友之中，有一人的名字，是不得不提的，那就是顾贞观。

他与纳兰性德携手营救吴兆骞一事，传为佳话。

纳兰性德与顾贞观以五年之约为期，救出吴兆骞，而当时谁也想不到，康熙二十年吴兆骞当真回到了京城。

君子之约，竟是分毫不差！

之一

《满江红》

茅屋新成，却赋

问我何心，却构此、三楹茅屋。可学得、海鸥无事，闲飞闲宿。百感都随流水去，一身还被浮名束。误东风、迟日杏花天，红牙曲。

尘土梦，蕉中鹿。翻覆手，看棋局。且耽闲殆酒，消他薄福。雪后谁遮檐角翠，雨余好种墙阴绿。有些些、欲说向寒宵，西窗烛。

在纳兰性德的渌水亭中，盖有几间茅屋。

也许是因为纳兰性德骨子里的那股向往山野隐士之意，在自己的别墅里盖上这么几间茅屋，别人看了大概觉得不解，纳兰性德却没有觉得什么不妥的地方。反而在茅屋盖成后专门写了诗词送到江南，送到三年前就已经离开京城的顾贞观手中。

在豪门朱户中修建农家的茅舍，似乎是一种贵族之间的风尚，在《红楼梦》中，作为荣华富贵象征的大观园，也修建了一座"稻香村"，不但是三间大茅屋，更是养了鸡鸭之类，农家生活模仿得有模有样。

当时的有钱人在庭院中修建农屋，无非是大鱼大肉吃多了，想换一下口味，尝尝清淡小菜，感受一下农家"鸡飞过篱犬吠窦"的田园生活，要当真叫那些老爷太太少爷小姐们切身感受一下"昼出耕田夜绩麻"的生活，只怕就叫苦不迭了。

但是，纳兰性德修建这几间茅屋的目的，却完全不同。

"君自见其朱门，贫道如游蓬户"。

这是出自《世说新语》里面的一个小故事。

高僧竺法深成为简文帝的贵宾，经常出入豪门朱户，丹阳尹刘谈便问："道人何以游朱门？"，竺法深答曰："君自见朱门，贫道如游蓬户。"意思是说，丹阳尹刘谈问竺法深，说您是个和尚，怎么频繁地出入豪门朱户呢？竺法深回答说，在您的眼中是豪门朱户，高门大宅，但是在贫道的眼中，却和平民百姓的草舍茅屋没有什么两样。

这个典故，也是当初纳兰性德用来劝慰顾贞观的。

当初，顾贞观与纳兰性德交好，经常出入明珠府与渌水亭，惹来很多非议。

不过也难怪，毕竟纳兰性德乃是当朝豪门权贵之子，顾贞观不过一介布衣，很多人都认为顾贞观与纳兰性德结识，是趋炎附势另有目的。

世人议论纷纷，顾贞观也因此有些不自在起来，就在此时，纳兰性德以一句"君自见其朱门，贫道如游蓬户"，完全打消了好友的疑虑。

但是，天下没有不散的宴席，顾贞观终究还是离开了京城，回到江南。

回想起以前那些融洽欢乐的日子，纳兰性德便在自己的渌水亭，修建了几间茅屋。也是想告诉顾贞观，朱门绣户并不适合我们，这乡野茅屋才是我们真正的归宿，如今，茅屋已经修好，好友也该回来了吧？重新回到那段欢乐的日子里去。

"聚首羡麋鹿，为君构草堂"。

于是，纳兰性德一次又一次地向顾贞观发出召唤，希望他能够回到京城，回到自己身边，一阕《满江红》，几乎是毫无保留的抒发出了自己的心声。

"问我何心，却构此、三楹茅屋。可学得、海鸥无事，闲飞闲宿。百感都随流水去，一身还被浮名来。误东风、迟日杏花天，红牙曲。

尘土梦，蕉中鹿。翻覆手，看棋局。且耽闲殆酒，消他薄福。雪后谁遮檐角翠，雨余好种墙阴绿。有些些、欲说向寒宵，西窗烛。"

若要问我为什么要修建着三间茅屋，那远在千里之外的梁汾好友啊，你应该是最清楚的，不是吗？

那富贵荣华的豪门朱户生活，其实并不适合我。多想象那自由自在的海鸥一样，能够随心所欲地飞翔啊，一切的烦恼都付之流水，但现实却是，我如今还被这现实的虚名给牢牢地束缚着，白白地耽搁了东风的轻拂，杏花天的美丽。

对纳兰性德来说，杏花天与浮名，他更在意哪一个，自是不言而喻的，在这首词中，纳兰性德更是清楚地告诉了顾贞观，如今这些官职什么的，不过是浮云，我怀念的还是当初与你在一起的日子，吟诗作词，何等的欢畅！

世事如梦非梦，真真假假难辨。

"尘土梦，蕉中鹿"，出自《列子·周穆王》中的一个典故。

昔日郑国人在山里砍柴的时候，杀死了一只鹿。他生怕被人看见，于是急急忙忙地把那只鹿藏到一个土坑里，还用蕉叶遮盖，哪知道这个人记性不太好，刚做过的事情就给彻底忘记了，不但不记得自己刚才藏鹿的地方，还以为是自己做了一场梦，回家的路上边走边念叨。他念叨的话被另外一人听了去，就依着他所讲地找到了藏鹿的地方，取走了鹿。

这人喜滋滋地扛着鹿回家，给妻子讲述了事情的原委，妻子说："你大概是梦到有这么一个人打死了鹿吧？如今当真扛回来一只鹿，难道是梦变成了现实吗？"

这个人笑着回答："不管是不是梦，反正鹿是真的，不是吗？"

庄周晓梦，谁知是在梦里梦外呢？

故事要是到这里结束，倒也算有趣，哪知还有下文。

那个砍柴的人回家之后，越想越觉得，那杀鹿的感觉是这样的真实，应该不是梦吧？他冥思苦想，结果日有所思，夜有所梦，居然给他梦到了那个藏鹿的地方，还梦到有人取走了他的鹿。醒来之后，他就找到那人，俩人争执起来。

鹿究竟算是谁的，这可是公说公有理，婆说婆有理的事情，双方争执不下，就打起了官司，状纸告到了士师那儿。

这官司委实有些古怪，一时间士师也不知该怎么判决好，最后这样下的结论——

砍柴人打死了鹿，以为是做梦；后来那人取走了鹿，也以为是在做梦，这说明你们两人都以为是梦，并未真正得到这只鹿，不如分开两边，一人一半吧。

后来事情传到郑国国君的耳朵里，国君也觉得有趣，就拿这件事情去问国师，国师便说："到底是不是梦，并不是我们所能判断清楚的，只有黄帝与孔子二人才能分辨，但是此二人早已不在这个世间，所以，就不妨以士师的判断为准吧。"

所谓"庄周晓梦迷蝴蝶"，有时候，梦境与现实的界限是如此模糊，难以分辨。

纳兰性德在这里用了这个典故，颇有点为自己和顾贞观感慨的意思，下一句"翻覆手，看棋局"，更是清楚地写出，这世事反复无常，就像那棋局一样，输赢不定。

顾贞观一生坎坷，半世偃蹇，纳兰性德是不是从他的身上，也隐约看到了自己的一些影子呢？

当然，论际遇，两人是截然不同的。

但是际遇如此天差地别的两人，却能一见如故，互为知己，不得不说，在他们两人之间，定是有些方面是相同的。我想，相同的正是这首《满江红》中的那句"百感都随流水去，一身还被浮名束"吧？

之二：

《水龙吟·题文姬图》

须知名士倾城，一般易到伤心处。柯亭响绝，四弦才断，恶风吹去。万里他乡，非生非死，此身良苦。对黄沙白草，呜呜卷叶，平生恨、从头谱。

应是瑶台伴侣。只多了、毡裘夫妇。严寒瘠瘵，几行乡泪，应声如雨。尺幅重披，玉颜千载，依然无主。怪人间厚福，天公尽付，痴儿騃女。

康熙二十年的时候，一位不寻常的客人，从塞北苦寒之地的宁古塔，来到了京城。

"绝塞生还吴季子"，此人正是吴兆骞。

吴兆骞被流放宁古塔，到如今，已经过去了二十三年。

他的到来，顿时震惊了整个京城。

很多人都还记得纳兰性德与顾贞观约定的五年之期。

又有多少人是抱着一种看笑话的心态，来看待纳兰性德与顾贞观的营救之举呢？

吴兆骞一案是顺治皇帝亲自定的案，后来经过纳兰性德等人的大力斡旋，康熙特赦，吴兆骞终于得以回到了中原。

"才人今喜入榆关，回首秋茄冰雪间。

玄菟漫闻多白雁，黄尘空自老朱颜。

星沉渤海无人见，枫落吴江有梦还。

不信归来真半百，虎头每语泪潺潺。"

对于吴兆骞的平安归来，纳兰性德真是欢喜万分。

他并未见过吴兆骞，唯一的联系，就是因为他们共同的朋友——顾贞观。

倾盖如故，指的便是此了吧。

即使素不相识，只因顾贞观是自己的朋友，所以，他的朋友也是自己的朋友！朋友有难，怎么能不倾力相助呢？

说纳兰性德行事古风，就是因为此，但我更愿意说，公子侠骨丹心，当不为过！

在宁古塔二十多年的艰苦日子，吴兆骞早已不是当年那个意气风发的轻狂文人，白山黑水的苦寒让他两鬓苍苍，形容憔悴。

见到历经艰险终于生还的吴兆骞，顾贞观潸然泪下。

第二年的正月，上元夜，纳兰性德邀请了一干好友们在花间草堂集会，饮酒赋诗。

当时赴宴的人，有曹寅、朱彝尊、陈维崧、严绳孙、姜宸英等，还有顾贞观和刚刚返京的吴兆骞。

花间草堂便是当初纳兰性德为顾贞观修建的茅屋，名字起自《花间集》，大家汇集于此，看着走马灯上琳琅满目的图案，纷纷填词作诗。

走马灯转来转去，转到纳兰性德面前的时候停了下来，正好是一副文姬图。

文姬，是汉代才女蔡文姬。

这也是一位命运多舛的女子，身为当时大名鼎鼎的文学家、书法家蔡邕的女儿，自小耳濡目染，博学多才，先是嫁给了卫仲道，夫妻恩爱，哪知不到一年，丈夫就病故了，蔡文姬回到娘家，父亲又被陷害入狱而死，她自己也被匈奴掳走。匈奴兵见她年轻貌美，就献给了匈奴左贤王为妃，一去就是十二年，直到后来曹操统一了北方，想起恩师蔡邕，用重金赎回了蔡文姬，成就"文姬归汉"的佳话。

蔡文姬也是著名的才女，为后世留下了传颂千年的《胡笳十八拍》与《悲愤诗》。

后来，唐朝诗人李颀这样写道：

蔡女昔造胡笳声，一弹一十有八拍。

胡人落泪沾边草，汉使断肠对归客。

如今，眼前自发苍苍的吴兆骞，与昔日的蔡文姬是何其的相似。

一样悲伤，一样坎坷。

吴兆骞是当世的名士，蔡文姬是当时的才女，时间穿越千百年，命运再度轮回重现。

于是一首《水龙吟》，纳兰性德一挥而就。

"须知名士倾城，一般易到伤心处。柯亭响绝，四弦才断，恶风吹去。万里他乡，非生非死，此身良苦。对黄沙白草，呜呜卷叶，平生恨、从头谱。

应是瑶台伴侣。只多了、毡裘夫妇。严寒瘠窌，几行乡泪，应声如雨。尺幅重披，玉颜千载，依然无主。怪人间厚福，天公尽付，痴儿騃女。"

在这首词中，纳兰性德以蔡文姬来比拟吴兆骞，是那么顺理成章。

　　"须知名士倾城"，古来倾城的，又岂止是美人呢？才子名士，不是一样也能倾城的吗？

　　当年蔡邕曾用柯亭的竹子来制作笛子，笛声独绝，如今，柯亭声绝，蔡邕已死，那精通音律的蔡文姬，却被掳到了千里之外的匈奴。

　　那时候，卫仲道刚刚病故没多久，悲伤之中的蔡文姬，哪里还有心情弹琴呢？

　　"四弦"，出自《后汉书·列女传》引《幼童传》中的记载，说一天夜里，蔡邕弹琴的时候，一根琴弦断了，当时年幼的蔡文姬就说，断掉的是第二根琴弦。蔡邕觉得讶异，以为是女儿偶然猜中，于是又故意弄断了一根，蔡文姬又说，断掉的是第四根，还是说中了，丝毫不差。蔡邕十分惊奇，不禁感慨自己女儿的音乐才华已经远远超越了自己，因而蔡文姬得了"四弦才"的雅致别号。

如果不是因为乱世，如果不是因为这些不幸，以蔡文姬之才貌双全，即使成为皇帝后妃也不为过的吧？更遑论是与丈夫恩爱幸福，终老一生呢？

可命运是如此的残酷，她如今却是身在万里之外的匈奴，与匈奴王成了夫妻。她怎能不思念着家乡、思念着中原？但只能两行清泪潸潸而下。

纳兰性德的这番描述，虽然是命题而作，写的是蔡文姬，但是结合当时吴兆骞的遭遇，又何尝不是在说的吴兆骞呢？

这首《水龙吟》，后来极具盛名。

纳兰性德在这首词中，用典之纯熟，已经臻于化境，古时的典故与现在的现实相互混合，亦真亦假，亦梦亦幻，把蔡文姬的典故化用到吴兆骞身上，写的是那么自然，没有丝毫生硬之处。

在那北风呼啸的地方，每当风中传来胡笳乡曲，吴兆骞是不是也像当年的蔡文姬一样，思念家乡，潸然泪下呢？

后来，蔡文姬被曹操用黄金玉璧赎了回来，而吴兆骞，也被自己和顾贞观千里迢迢的营救回来，是不是也该苦尽甘来了呢？

康熙二十一年，新年刚过，吴兆骞就成了纳兰性德的弟弟揆叙的授课老师。秋天，他南归省亲。

也许是二十多年的苦寒岁月，让吴兆骞再也无法适应江南的温暖天气，再加上常年居住在宁古塔的恶劣环境中，严重损害了他的健康，吴兆骞一病不起，康熙二十三年在京师病故。

对于吴兆骞的身故，纳兰性德是十分悲伤的。他在随同康熙南巡离京之前，曾经给严绳孙写过一封信，信中就说，吴兆骞病重，我这一去，回来的时候还不知能不能再见到他。不无哀叹之意。

在当年那个上元夜，他写下那首《水龙吟》的时候，曾经在结尾写过这么一句"怪人间厚福，天公尽付，痴儿騃女"。

就像俗话所说的那样，傻人有傻福。从吴兆骞的遭遇，纳兰性德不禁这样问道，为什么上天总是把福泽赐予那些平庸之人呢？为什么像蔡文姬这样的倾城才女，一生的遭遇会如此的悲惨？像吴兆骞这样的倾城名士，又为什么会如此的坎坷呢？

这是纳兰性德对命运无声的质问。

那时候他也完全没有想到，后来这几句话，竟是也应在了他的身上，情深不寿。

四、不幸婚姻

"感卿珍重报流莺。惜花须自爱，休只为花疼。"

康熙十三年，纳兰性德娶妻卢氏。

对于纳兰性德的初恋，我想明珠、觉罗氏等一干大人不会没有察觉，只是再怎么两小无猜，才貌双全对他们来说，意味着的，不是有情人终成眷属的美满，而是如何才能最大限度地利用这一双儿女的才与貌，来为他们的家族争取到更大的利益，与更稳固的靠山。

也许明珠、觉罗氏等人一开始也曾想过让这对孩子白头偕老，顺水推舟，成就一段才子佳人的完满童话。

可童话的最后，往往只是写"王子与公主从此幸福地生活在一起"，而从来只字不提之后的柴米油盐，更只字不提当童话结束之后，随之而来的种种现实。

成人的世界总是残酷的。

所以那来自外星球的小王子一直不愿长大，他宁愿永远是个单纯的孩子，看着自己那株心爱的玫瑰，在湛蓝的天空下慢慢绽放花蕾。

纳兰性德却不能不长大，不能不在家族的安排下，踏上那条早已安排好的道路，即使心有不甘。

惠儿被送进了皇宫，纳兰性德则准备着参加科考，准备着踏上仕途。

还有一个问题，也开始摆在了纳兰性德的面前，不得不去面对。

他已经到了该成婚的年纪！

纳兰性德的第一位妻子卢氏，乃是两广总督卢兴祖的女儿。

论家世，两人门户相当，对习惯用审视的目光来看待一切的成人们来说，是一个非常好的选择。

论相貌，据说卢氏"生而婉娈，性本端庄"，是相当有才华而且性格温柔的女子。

纳兰与卢氏，倒真像是天设地合的一对。

卢氏的出现，也让决心要慢慢忘记表妹、忘记那段年少感情的纳兰性德，重新找到了生命中另外一抹亮色，另外一段美满的感情。

之一：

《临江仙》：

绿叶成阴春尽也，守宫偏护星星。留将颜色慰多情。分明千点泪，贮作玉壶冰。

独卧文园方病渴，强拈红豆酬卿。感卿珍重报流莺。惜花须自爱，休只为花疼。

康熙十年，也就是辛亥年。

这一年的二月份，原本担任左都御史的明珠，接到一道命令，让他与徐文元两人担任经筵讲官。

什么是经筵讲官呢？

就是给皇帝讲解经义的角色，只是个虚衔，说白了，就是去当皇帝的老师。给这个天下最尊贵的学生读书念书的，一般都是由翰林院或者饱学之士。

徐文元是国子监祭酒，相当于现在的教育部长兼大学校长，而且这大学还是重点名校，当皇帝的老师，那倒是实至名归，毫无异议。

明珠也担任这个职位，却有点挂名充数的感觉。

其实说白了，就是徐文元是汉人，这让八旗贵族铁帽子王爷们有些不爽了。

非我族类其心必异，要是这徐文元讲着讲着把咱们的皇上给讲成了反清复明那怎么办？

所以他们左思右想，干脆把明珠给推出来和徐文元一起当这个皇帝的儒学师傅！

矮子队里选高的，和其他人旗人相比，明珠确实算得上精通汉人儒家文化了，虽然和徐文元这饱学之士相比，那是相差了老长一截儿！

不过也没什么人在乎，大家都知道，这是因为讲官队伍里需要一个有分量的旗人大臣罢了，难道还当真指望他给皇帝讲书不成？

巧合的是，徐文元又是纳兰性德的老师，或者说是校长！

那年纳兰性德也刚上了太学，身为国子监祭酒的徐文元，对这名聪慧过人，精通汉家文化的学生是深为器重，赞不绝口。

对明珠而言，这"经筵讲官"更是个虚衔，他当时是左都御史，公务繁忙着呢。

当然，那时候，明珠也万万没有想到，就在这一年的十一月，他被一纸调令，升为了兵部尚书。

这官儿可就大了！兵部尚书是统管全国军事的行政长官，相当于现在主持中央军委日常工作的军委副主席兼国防部长。

如果说之前明珠是在中央纪委工作的话，那现在就是直接变成了中央军委的负责人，再加上当时以吴三桂为首的三藩与朝廷的矛盾是一触即发，康熙也早有了备战的念头，想要撤藩，在这样的情况下，明珠看起来是平级调动，从左都御史变成了兵部尚书，实际上，已经是意味着在未来一触即发的战争中，他将会是康熙皇帝的心腹，最倚重的大臣！

明珠扶摇直上，其他人自然会忙不迭地前来巴结，本来就是众家少女心目中理想夫婿的纳兰性德，也就当仁不让地成了香饽饽，顿时身价百倍、炙手可热。

年纪轻轻，却没有半分飞扬跋扈之气，反倒是个举止娴雅的风采公子，也就难怪少女们会为之倾心了。

换成在今天，那就是标准的钻石王老五！女孩子们要抢破头的！

明珠想必也知道自己儿子有多炙手可热，他倒是不急，他在慢慢地寻找着最合适的人选。

　　要是说明珠只顾着自己的政治生涯把儿子的终身幸福拿来做了筹码的话，也未免有失公允，毕竟婚后的纳兰性德与卢氏，夫妻恩爱，举案齐眉，感情十分深厚。卢氏因难产过世之后，纳兰性德因为悲伤，写出不少悼念亡妻的词句，这都是有目共睹的。

　　不过站在明珠的角度，究竟是因为卢氏是两广总督的女儿才选择了这个儿媳呢，还是这个儿媳恰好是两广总督的女儿，已经说不清楚了。总之，当纳兰性德与卢兴祖的女儿定亲的消息传出来之后，京城里有多少少女那颗期待的芳心霎时间扑啦啦全碎成了碎片，就不得而知了。

　　对于这场婚事，纳兰性德并没怎么反对。

　　或许是因为他很清楚地知道，自己与表妹已经再无相见的机会，从此萧郎是路人，他与她，此生无缘，她在皇宫之中，而自己……是不是也该从年少的轻狂之中渐渐成熟了呢？

　　所以，面对父亲的提议，纳兰性德只是默默地点了头，应允了这门婚事。

　　这门婚事在当时来说，完全称得上是一场天作之合，双方门第相当，权贵与权贵的结合。男方年少英俊，才气逼人；女方贤良淑德，性子端庄，无论从什么方面看，都是天设地造的一对璧人。

　　不过，当时的婚姻还是包办的，自己的另一半不到新婚之夜是看不到真面目的，西施也好，东施也罢，不到揭盖头的刹那，一切都只是想象。

　　所以，纳兰性德虽然早就从父母的口中得知对方才貌双全，不亚于表妹，几乎挑不出什么毛病来，但毕竟从未见过面，心中也不禁有点忐忑。

　　换作卢氏，又何尝不是？

　　她是大家闺秀，从小在深闺之中娇生惯养，大门不出二门不迈，鲜少有踏出去的机会，即使如此，她也并不孤陋寡闻，早就听说过纳兰性德的大名，甚至和其他无数的少女一样，也曾在听到那文雅的名字的时候，芳心暗跳。所以当父母们说自己未来的丈夫就是那公子纳兰性德的时候，卢氏竟是惊讶得愣住了。

对父母给她决定的这门婚事，自然她也毫无异议，少女羞涩着，一声不出，瞧在父母的眼中，则代表了应允同意。

纳兰性德写过一首《临江仙》——

绿叶成阴春尽也，守宫偏护星星。留将颜色慰多情。分明千点泪，贮作玉壶冰。

独卧文园方病渴，强拈红豆酬卿。感卿珍重报流莺。惜花须自爱，休只为花疼。

这首词里面，纳兰性德用了不少与爱情相关的典故，所以这首词一般都是被归为爱情主题。

当然，确实如此。

纳兰性德的词作里面，以爱情为主题的，占了大多数，如果说他少年时候的那些词，还透着一股子年轻人的轻狂与无忧无虑，那如今经历过一场感情挫折的纳兰性德，在词间流露出来的，已经开始隐隐带着一缕忧郁的清冷味道。

这首《临江仙》自然也不例外。

"绿叶成阴春尽也"，明显乃是化自唐代诗人杜牧的《叹花》一诗中的句子："自恨寻芳到已迟，往年曾见未开时。如今风摆花狼藉，绿叶成阴子满枝。"

故事，讲的是昔日诗人在家乡遇到一位倾心的姑娘，又担心自己配不上她，于是决定去京城打拼前途，等到多年后他终于成为一名官员，觉得已经有本钱去提亲了，于是返乡，哪知昔日的心上人早已成婚多年，连孩子都有几个了，诗人遗憾之际，便写下了"绿叶成荫子满枝"的诗句。

在《红楼梦》中，贾宝玉见到大观园里"只见柳垂金线，桃吐丹霞，山石之后，一株大杏树，花已全落，叶稠阴翠，上面已结了豆子大小的许多小杏"，宝玉因而想到："才病了几天，竟把杏花辜负！不觉到'绿叶成荫子满枝'。"

更联想到昔日一起结诗社的邢岫烟，也和薛家定了亲，过不了多久，只怕也是子女绕膝。当然，贾宝玉的心思，是巴不得能与自己的姐妹们一辈子在一起，在大观园这个世外仙境中无忧无虑无拘无束的，永远不用长大，永远不用与外界的世俗沾染上丁点儿的关系！

而纳兰性德却清楚地知道，随着年岁渐长，有些事，是他必须去做的，那是他身为一个社会人的责任与义务。

"独卧文园方病渴"，这句，纳兰性德是在自比司马相如了。

汉代的时候，司马相如曾为孝文园令，患有消渴疾，故此后文人常自称文园，也以文园病渴来指代文人患病。

而这里，纳兰性德除了自比司马相如之外，下一句"强拈红豆酬卿"，也是在借红豆的典故在描写相思之情。

或者说，是对未来妻子的憧憬之情？

总之，对于已经"名花有主"的纳兰性德来说，他的词里面，爱情的主题开始逐渐占据多数起来。

之二：

《浣溪沙》：

十八年来堕世间，吹花嚼蕊弄冰弦，多情情寄阿谁边？

紫玉钗斜灯影背，红绵粉冷枕函偏，相看好处却无言。

纳兰性德的妻子是明珠与觉罗氏夫妇亲自为爱子挑选出来的媳妇儿。

父辈们甚为满意这位人选，两家人都颇为期待这场婚礼。

也许有人要说，这卢兴祖看姓氏不是汉人吗？清朝一直坚持满汉不通婚，怎么身为满族贵族的明珠家，却和身为汉人的卢兴祖结成了儿女亲家？

其实这是一种误解，所谓的满汉不通婚，指的并不是满族与汉族相互间不通婚，而是限制旗人与非旗人通婚。卢兴祖是汉军镶白旗人，任两广总督，封疆大吏，对明珠家来说，是个最好的选择。

除开一双儿女的匹配，明珠考虑的，还有一些政治上的因素。

他自己是京官，中央要员，而未来亲家是封疆大吏，朝廷与地方，一旦被姻亲这条纽带牢牢地联系在一起，那就是一件互惠互利的事情，稳赚不赔！

当时纳兰性德的这场婚礼，在某种程度上来说，也算得上是万众瞩目。

首先，这是康熙的心腹重臣明珠家的喜事，结亲的另外一家是两广总督，封疆大吏，可谓是强强联手。

其次，就是因为这场婚礼的主角儿，是京城众多少女心目中的白马王子。

总之，不论外界反应如何，到了成亲的好日子，明珠府顿时喧天的热闹起来。

其实对沉迷于汉文化的纳兰性德来说，这种热闹的，锣鼓震天，笑语喧哗的热闹场面，大概并不是他所乐于见到的。

其实我们现在看古装片，见到成亲的场面总是吹拉弹唱，操办得喜庆热闹，就以为古代的婚礼仪式当真是这样来举行的，其实不过是以今度古，其实真正的汉族婚礼仪式，隆重却并不张扬，并不是一路敲锣打鼓，生怕别人不知晓。

这场婚礼不光是代表着纳兰性德从此要步入人生的新阶段，对其他人来说，也是一场名正言顺巴结明珠与卢兴祖的好机会。

明珠心知肚明，所以，这场婚礼，他操办得是无比热闹喧哗。

反正没有人会嫌婚礼太过热闹，也没有人会嫌婚礼太过喧哗，在这一天中，所有的热闹与喧哗，都是可以原谅的。即使是纳兰性德，在这样的气氛之中，也不得不勉为其难地应酬着来宾们喧闹的恭贺声。

这一场喧哗直到快深夜的时候，才渐渐地安静下来。纳兰性德也终于有了机会，与那刚刚拜堂成亲的妻子得以单独相对。

那卢氏究竟是什么样的呢？根据记载，说卢氏"生而婉娈，品性端庄，贞气天情，恭客礼典。明珰佩月，即如淑女之章，晓镜临春"，然后又说她是"幼承母训，娴彼七襄，长读父书，佐其四德"，看来，在当时，大家都公认卢氏是一位端庄美丽、家教严谨的淑女。

而这些称赞卢氏的话，想必父母也早已给纳兰性德一遍又一遍的讲过，所以在踏进新房的时候，他心中，还是兴奋地期待着的。

婚床旁站着长辈与侍女，床沿正中，坐着刚与他拜堂成亲的新娘。

少女穿着一身大红金线绲边绣满吉祥花纹的新娘嫁妆，头上盖着同样绣满了吉祥花的大红色盖头，双手规规矩矩地放在膝盖上，动作优雅，坐姿优美，但还是看得出来，新娘有着一丝儿隐隐的紧张与……拘束。

或者说是不安。

毕竟她也与纳兰性德一样，面对着的，是全然陌生的、却要与自己从此携手度过后半生几十年的人，虽然早就听说过对方的名字，但如今当真面对面了，却又羞涩胆怯起来。

她盖着盖头，看不见对方的相貌，只能从盖头下偷偷地看出去，却只能见到一双穿着靴子的足，缓缓地走向自己。

少女便一下子紧张了，纤长的手指局促的紧紧抓住了自己的衣角。

对方似乎也有些紧张，脚步踌躇起来，像是呆站了半晌，才在周围长辈们的戏谑声与侍女们的轻笑声中，拘谨地揭开了新娘子的红盖头。

这时，她才第一次看见他的脸。

他，也是第一次见到自己的妻子。

新娘羞涩却惊讶地睁大了双眼。

她没有想到，纳兰性德会比自己想象中的更加儒静，更加的清俊文雅，漂亮的面孔顿时红得仿若玫瑰花瓣一样。

纳兰性德也是一怔。

烛光下，少女的面孔还带着新娘特有的羞涩红晕，那张脸并不是多么倾国倾城的美艳，却是眉清目秀，眼波清澈，带着一种温柔亲和的感觉。

相看却无言。

周围的人早已经识趣离开了，把这个空间留给了这对刚刚结为夫妻的年轻人。

都说一见钟情，对如今的纳兰性德与卢氏来说，更像是一见倾心。

之三：

《朝中措》：

蜀弦秦柱不关情，尽日掩云屏。已惜轻翎退粉，更嫌弱絮为萍。

东风多事，余寒吹散，烘暖微醒。看尽一帘红雨，为谁亲系花铃。

纳兰性德与卢氏少年夫妻，十分的恩爱美满，这是大家都有目共睹的。

婚后的两人，鹣鲽情深，叫人看了都不禁羡慕不已。

难怪经常会有人难掩艳羡之情地说，纳兰性德当真是上苍的宠儿，连婚姻也比别人美满，妻子宽厚温柔，善解人意，如何不羡煞旁人？

不过他们似乎也忘记了，纳兰性德与卢氏的婚姻美满，也正是因为他们都出身豪门，不用去担心柴米油盐酱醋茶，不用去担心生计问题。

所谓"贫贱夫妻百事哀"，如果纳兰性德与卢氏也像大多数人一样，每日里要为着生计而奔波，大概那纯洁的感情也会在日复一日的现实磨砺中渐渐变成无可奈何的麻木，最终相对两无言。

不过他们就好像《红楼梦》里面的贾宝玉与那些贵族小姐们一样，拥有在世人眼中完美的家庭条件与生活环境，所以才能用最纯洁的感情，去全心全意地、不受任何干扰地去体验那种最最纯粹的爱情！

两人都正青春年少，最浪漫的年纪，再加上一见倾心，所以纳兰这个时期的诗词，任何人都能感受到他们之间的那种令人心旷神怡、悠然神往的感情。

新婚夫妻，自是风光旖旎无限的。

在小两口的眼中看来，这个世界的任何事物，都是那么的美好。甚至于纳兰性德因为急病而错失殿试的遗憾，也在婚后的岁月中慢慢消失在了脑后。

卢氏嫁入府后很快就赢得了府中上上下下众人的喜爱。

明珠与觉罗氏颇为满意这个儿媳，下人们也十分敬重这位少夫人，纳兰性德发现，卢氏在很多的方面与他都很为相似。

例如对很多事物的见解，有着一份同样难得的纯真！

也许是因为新婚生活的美满，让纳兰性德在这段时间所写的词，也同样地带着难掩的幸福与旖旎。

"蜀弦秦柱不关情"中的前面四个字，指的是筝瑟。相传筝这种乐器乃是秦朝时候的名将蒙恬所造，所以又称作秦筝、秦柱，而传说蒙恬也是文武双全之人，武能平定六国、驱逐匈奴，文可为秦始皇出谋划策，为公子扶苏的老师，而这里纳兰性德借用秦筝的典故，是不是也有点自比蒙恬的意思呢？

不过我觉得，那倒更像是在一次夫妻间的抚琴弄舞之间的玩笑话。

看着眼前身姿婀娜绰约的妻子，纳兰性德自然也不甘落后，戏谑着说着一句："蜀弦秦柱不关情。"

屋内还有些寒气，和煦的东风从窗户吹了进来，把那淡淡的寒意缓缓吹散了，暖意融融，令人陶醉。

帘外的花瓣儿被吹得纷纷落下，仿若红雨一般。

花树下，那纤细婀娜的身影正婷婷地站着，为了防止那些鸟雀把娇嫩的花儿给啄伤，她正一个一个地往花柄上系小小的护花铃。

护花铃很小，所以卢氏全神贯注地做着这件工作，身后传来熟悉的脚步声，卢氏只微微回头，就嫣然一笑，面如桃花。

那笑容温温柔柔的，就像是三月的春风，曲曲绕绕地钻进了纳兰性德的心里，那温暖慢慢地蔓延开来，直到溢满心房。

之四：

《浣溪沙》：

旋拂轻容写洛神，须知浅笑是深颦。十分天与可怜春。

掩抑薄寒施软障，抱持纤影藉芳茵。未能无意下香尘。

《纳兰词》整体风格都偏向清丽哀婉，这是众人都异口同声公认的，不过，即使如此，在纳兰性德词作里面，也并非全部都是婉约的、哀伤的词作，也有"何年劫火剩残灰""休寻折戟话当年"的雄浑之作，更有欢快的轻松之作。

就像这首《浣溪沙》。

这是纳兰词里很少出现的带着轻松与欢愉情绪的作品。

"旋拂轻容写洛神"，开篇第一句，便活灵活现地描写出一幅夫妻间相处愉快的画面。

对当时新婚宴尔的纳兰性德与卢氏来说，每一分每一刻在一起的时光，都是十分幸福的，再加上当时的纳兰性德还未入仕，所以不存在什么被公务所扰的问题，两人从而可以完完全全的生活在属于他们近乎完美的世界中。

其实纳兰性德不光在词上有着耀眼的成就，在绘画方面也是颇有造诣的。

纳兰性德对琴、棋、书、画均颇有研究，曾经师从禹尚基、经岩叔等人学习绘画，后来更与严绳孙、张纯修等画家成了好朋友，在现代，2007年的上海东方国际四十四届艺术品拍卖会上，成交了他的一副扇面《甲寅新秋仿云林溪亭秋色小景》。

纳兰性德书房，一向都是自己亲自收拾的，有了卢氏之后，这个工作，便被卢氏无声无息、不知不觉地接了过去。

每天，卢氏都会细心地替他整理好书桌，再在案上摆上一瓶时令的鲜花，让那淡淡的花香飘散在空气里，沁人心脾。

这天，纳兰性德和往常一样，缓步前去书房，刚走到门口，就听见卢氏轻柔的说话声。

"原来这幅画放在这儿了？"

纳兰性德好奇。

平常这个时辰，卢氏早已收拾完书房了，今日却是为何耽搁了呢？

他好奇地迈进去，却见卢氏正与小侍女在一起，手里拿着一幅画，微微歪着头，那神情有些疑惑，又有些高兴。

就像是一个发现了新玩具的孩子一般。

听见丈夫的脚步声，卢氏也未把那幅画收起来，而是回头看着丈夫，清秀的面孔上绽出温和的笑容。

"在看什么？"纳兰性德走上前，却见那是一幅洛神图。

"你画的？"纳兰性德问道。

卢氏摇了摇头，微笑道："不是。"

纳兰性德听了越发好奇，便细细看去。

大概是不知名的画家所作，并未题款，也没有印章，但线条细腻，用色淡雅，画中的洛神飘然于碧波之上，当真是翩若惊鸿、婉若游龙，身姿卓越，髣髴兮若轻云之蔽月，飘飘兮若流风之回雪。洛神的脸微微向后侧着，低着眼，像是正在看向身后，又像是正在依依不舍地收回目光，相当传神。

纳兰性德好奇地看着，突地想起，新婚之夜自己与妻子的初见，岂不是当年曹植初见甄宓一般的心情吗？

画中的女子貌若芙蓉，云鬟峨峨，瑰姿艳逸，当真是神仙之态。

而眼前正淡淡微笑着的女子，又何尝不美呢？

也许是情人眼里出西施，在纳兰性德的眼中，妻子卢氏又何尝不是"仪静体闲，柔情绰态"？

无论是浅笑，无论是皱眉，无论是娇嗔，无论是害羞，种种的神态，种种的表情，都是美的。

纳兰性德从妻子手中接过画轴来，当下就挂在了墙上。

曹子建终究与甄宓错身而过，下半辈子，他只能在回忆中苦苦追寻着自己的洛神，回想起以前的种种，到如今都成了钝刀子割肉，长长久久的伤痛。

自己与曹子建相比，该是幸运的吧？

心爱的妻子就在自己眼前，持子之手，自然是能够与子偕老的！

那时候的纳兰性德完全没有怀疑。

他真的以为，与妻子就能这样一直下去，直到天长地久。

但是熟读诗书的纳兰性德似乎忘记了，白居易的《长恨歌》中，"天长地久"四个字之后的，是"有时尽"。

他怎知道，这段幸福的时光，只有三年而已。

所以他才会轻轻地说一句——

"当时只道是寻常"。

后人说起纳兰性德，最常用的八个字，就是"慧极必伤，情深不寿"。

的确，我们读纳兰词，最先感受到的，就是在那字里行间流露出来的对恋人、对妻子的深情。

不过我们也要辩证地看问题。

纳兰性德毕竟是清代人，那时候，男人三妻四妾很正常，尤其是像纳兰性德这样的豪门贵公子，如果只有一位妻子，那在外人看来，是完全不可想象的事情。

所以，纳兰性德在妻子卢氏之外，还有一位妾——颜氏。

颜氏家世不详，并没记载她是哪家的女儿，也并未像卢氏一样，有人专门赞扬她美丽端庄、贤良淑德。

大概，她只是个普普通通的旗人女儿。

因为"满汉不通婚"，所以，颜氏应该是旗人，当然，论家世，那是肯定比不上正室卢氏的显赫。

关于纳兰性德是什么时候纳了颜氏为妾的，有两种说法，一种说颜氏入门是在纳兰性德与卢氏大婚之前；另外一种说是在纳兰性德新婚没多久。

但不管是哪一种，唯一相同的就是，颜氏进了明珠府，而她进门的目的，或者说是作用，就是赶紧传宗接代，扩大门楣。

这也是明珠与觉罗氏忙不迭地为儿子娶来庶妻的原因。

他们想要赶紧看到孙子辈的孩子了！

对于父母的这个要求，纳兰性德不得不接受，也不得不接受这个突如其来的姜室。

因为这是他身为长子的责任！

而颜氏呢？

她对自己的命运，对自己成为纳兰性德的姜室，又是怎样感觉呢？

我们无从得知，甚至在被人们所津津乐道的、关于纳兰性德与表妹、卢氏、续弦官氏还有沈宛之间缠绵悱恻的爱情故事背后，颜氏总是被遗忘到角落里，一如她在丈夫身边的尴尬地位。

妾室到底地位有多低呢？这么说吧，也就是比丫头稍微高那么一点而已，而且因为处于主子不是主子、奴婢不是奴婢的夹缝地位，处境更是尴尬。正室有能自由处置妾室的权力，甚至可以直接将妾卖给人牙子，也就是人贩子！古代妾室的处境地位可见一斑。

所以，若是遇到个生性嫉妒或者利害点的正室，小妾的处境会相当的凄惨。

《红楼梦》里面有个颇具喜剧色彩也颇为悲剧的人物——赵姨娘。她就是贾政的小妾，虽然给贾政生了一儿一女，却连抚养自己孩子的权利都没有，还不能直呼儿女的名字，只能和其他的佣人们一样，唤探春为"小姐"，探春也从来不认她是自己的母亲。赵姨娘在贾府的地位，甚至还比不上那些有权有势的丫头，不要说王熙凤的心腹平儿，就连晴雯、芳官等丫头，也从不正眼看她，对她颇为轻蔑。在文中，赵姨娘曾经说过这么一句话："有好东西也到不了我这儿"，可知她在家中的尴尬地位了。还有同为妾室的苦命女香菱，遇人不淑不说，最后更是被薛蟠的正室夏金桂折磨致死。

好在颜氏不是赵姨娘，卢氏也不是夏金桂。

卢氏性格温厚，她并未因为自己是正室而处处刁难颜氏，也未仗着纳兰性德的宠爱而有恃无恐，反倒是对颜氏温柔亲厚，俨然姐妹一般。

颜氏则顺从恭谦，全心全意尽着她身为妾室的责任，与卢氏一起，把丈夫伺候得无微不至。

但是，她却往往被人遗忘，彻底被湮没在纳兰性德与卢氏琴瑟和鸣举案齐眉的爱情光环之下，悄然跟随在丈夫的身边。直到最后，她选择了留下，安静地守护了他一生。

爱情是一个难解的谜题，从来没有人能解开。

不管是在电视里，还是在小说中，我们都常常见到这样的情节，两位女子同时爱上了一个男人，不管过程如何，结局都只能是其中的一位女子与意中人

白头偕老，另外一人只能黯然神伤，一遍又一遍地询问着："为什么你爱的是她而不是我？"

当爱情一败涂地，她唯一能做的，就是想要知道，自己为什么会输给另外一人？

她未必就比另外一人逊色，只是因为她恰好爱上了一个不爱自己的人。

她唯一的错，就是阴差阳错，她爱的人并不爱她，如此而已。

之一：

《木兰花令》拟古决绝词

人生若只如初见，何事秋风悲画扇？等闲变却故人心，却道故人心易变。

骊山语罢清宵半，泪雨零铃终不怨。何如薄倖锦衣郎，比翼连枝当日愿。

在玩《仙剑奇侠传四》的时候，当看到千佛塔中那痴心不改为丈夫守灵的女子姜氏时，总是会让我不由自主地想起颜氏。

她们同样都深爱着自己的丈夫，却又同样不被丈夫所爱，只能默默地把自己的感情隐藏在心里，看着丈夫对另外的女人念念不忘。

姜氏眼睁睁地看着丈夫在临死之前想念着琴姬，她到底有多恨？到底有多伤心？除了她自己，无人能知。她只能空对着丈夫的灵位，一遍又一遍地述说自己的爱情。姜氏终究是看不开，追随丈夫到了阴曹地府，却被鬼差告知，她与丈夫缘分已尽，对方已经转世，无论她在鬼界等待多久，也永远不可能再见到自己的丈夫了。

那性子坚强如烈火般的姜氏，选择的是一条决裂的，也是绝望的道路。

而颜氏却柔如溪水。

她从进门的那一天开始，就默默地接受了自己的命运。

她平静地看着纳兰性德与卢氏天天抚琴念诗；看着纳兰性德在卢氏亡故之后痛不欲生；看着丈夫后来续弦官氏，更有了情人沈宛。面对这一切，颜氏只是默默地选择了接受，甚至于在纳兰性德病故之后，她也选择了留下，守护一生，甘之若饴。

在纳兰性德的一生之中，感情所占的比重是不可忽视的，其中，又被进宫的表妹、卢氏与沈宛各占据了三分之一，颜氏则像是被完全遗忘了。有时我不禁心想，或许对颜氏的感情，纳兰性德并非一无所知，也并非一无所动的吧？

他不是不知道颜氏对自己的感情，只是一个人的心可以很大很大，包容爱人所有的一切，也可以很小很小，小得只够容纳下一个人。

正像阿桑《一直很安静》那首歌里面唱的那样，"明明是三个人的电影，我却始终不能有姓名"。林月如说"吃到老，玩到老"，但是时间却不给她幸福的机会，就已经"原来我已经这么老了"，最终与李逍遥生死相隔。

温婉美丽的颜氏又何尝不是如此？只是她还来不及体会到幸福的滋味儿，

纳兰性德就已经永远地离开了这个世界。

她听了那么多年的"对不起"，到了最终，得到的依旧是一句充满歉意的"对不起"。

于是我更愿意相信，纳兰词中这句家喻户晓的"人生若只如初见，何事秋风悲画扇"，或许有那么几分的可能性，是写给颜氏的，写给那被自己不得不辜负了的女子。

人生若只如初见，当初与颜氏的第一次见面，其实也是那么美好而且淡然吧？

与表妹、卢氏、沈宛等人不同，纳兰性德与颜氏之间的感情，是平静又安稳地发展着，没有跌宕起伏的浓烈感情，也没有生死与共的焚心似火，只是像潺潺的流水一样，平淡的、静静的在两人相处的岁月中慢慢地酝酿，最终转为仿佛亲情一样的爱情。

君子之交淡如水，我想，纳兰性德与颜氏之间的感情，也是这般淡如水，却柔如水、韧如水的。

纳兰性德如此聪明而且善解人意，怎么会不知自己有多爱卢氏，就有多辜负了颜氏？

他并不是看不到颜氏的好，只是天意弄人，他已经不能再把心分出来一块给那位可怜的女子，唯一能说的，只有一句"对不起"。

当时初见，是如此的美好，哪里想得到后来的分离？

"何事秋风悲画扇"，这句用的乃是汉代班婕妤的典故。

班婕妤是古代的名女子之一，也是才女，是汉成帝的妃子，后来被赵飞燕陷害，自愿前去长信宫侍奉王太后，等于是退居冷宫，后来孤孤冷冷地过完了一生。她曾写了一首诗《怨歌行》，用团扇来形容自己，抒发被遗弃的怨情。这里，纳兰性德是说，本来相亲相爱的两人，为何会变成如今的相离相弃？

也许他是在借着这首词，写出自己对颜氏说不出口的愧疚。

不是你不好，只是前前后后，阴差阳错，刚好晚了那么一点儿时间，于是只好辜负了你。

如果不是这样，从当初一见面开始，我们也是能够相亲相爱的吧？

只是如今我还来不及向你说出自己的心意，命运便无情地让我们生离死别。

"人生若只如初见，何事秋风悲画扇？等闲变却故人心，却道故人心易变。骊山语罢清宵半，泪雨零铃终不怨。何如薄幸锦衣郎，比翼连枝当日愿。"

很多时候，当我们迟疑的时候，只是以为还有时间去开口。

很多时候，当我们后悔的时候，才发现早已是故人心易变，物是人非。

多年以后，当颜氏看着丈夫遗留下来的《饮水词》，读着这首《木兰花令》，会不会潸然泪下？会不会在念吟着"比翼连枝当日愿"的时候，回想起当年与丈夫之间平淡的点点滴滴，如今却是一分一毫都让她怀念不已。

这首《木兰花令》还有着一个小小的副标题——

"拟古决绝词"。

决绝词是什么呢？是古乐府旧题，属于乐府诗中的相和歌辞。

元稹也曾写过决绝词，共三首。

乍可为天上牵牛织女星，不愿为庭前红槿枝。

七月七日一相见，相见故心终不移。

那能朝开暮飞去，一任东西南北吹。

分不两相守，恨不两相思。

对面且如此，背面当可知。

春风撩乱伯劳语，况是此时抛去时。

握手苦相问，竟不言后期。

君情既决绝，妾意已参差。

借如死生别，安得长苦悲。

噫！春冰之将泮，何予怀之独结。

有美一人，于焉旷绝。

一日不见，比一日于三年，况三年之旷别。

水得风兮小而已波，笋在苞兮高不见节。

矧桃李之当春，竟众人而攀折。

我自顾悠悠而若云，又安能保君皑皑之如雪。

感破镜之分明，睹泪痕之馀血。

幸他人之既不我先，又安能使他人之终不我夺。

已焉哉，织女别黄姑。

一年一度暂相见，彼此隔河何事无。

夜夜相抱眠，幽怀尚沉结。

那堪一年事，长遣一宵说。

但感久相思，何暇暂相悦。

虹桥薄夜成，龙驾侵晨列。

生憎野鹤性迟回，死恨天鸡识时节。

曙色渐瞳瞳，华星欲明灭。

一去又一年，一年何可时彻。

有此迢递期，不如死生别。

天公隔是妒相怜，何不便教相决绝。

此词写的颇为决绝，"君情既决绝，妾意已参差。借如死生别，安得长苦悲。"

如今纳兰性德用了这个古老绝情的题目，难道是要与爱人决绝吗？

自然不是。

他写出这首决绝词，无非是想到，自己总有一天会离去，徒惹亲人们伤心，不如就让自己来当一次无情的决绝之人吧？

他与人保持着距离，是怕当相互之间感情深厚之后，会因为时光的流逝而不得不分离。世界上多远的距离，都比不过生与死的隔阂！只是一个字的差异，却代表着永不相见。

所以，他才会在生命的最后关头，对官氏、沈宛、颜氏那么冷淡？

之二：

《浣溪沙》：

谁道飘零不可怜，旧游时节好花天，断肠人去自经年。

一片晕红才著雨，几丝柔绿乍和烟。倩魂销尽夕阳前。

这首《浣溪沙》，据说是纳兰性德在见海棠花开之后写的。

海棠多开在春季，盛开之后煞是好看，也难怪纳兰性德会写下这首词了。

从词里行间，描写的确实是海棠。

　　无论是"飘零"，还是"晕红"，都是海棠花盛开之后，从枝头缓缓落下的画面。

　　海棠在古代的诗词中出现次数很多，最家喻户晓的，应该就是宋代女词人李清照的《如梦令》吧？

　　"昨夜雨疏风骤，浓睡不消残酒，试问卷帘人，却道海棠依旧。知否？知否？应是绿肥红瘦。"

　　易安居士笔下，惟妙惟肖地写出了爱花人对自然事物的爱惜，其中"绿肥红瘦"四个字，更是被人津津乐道，交口称赞。

　　那经历过一夜风雨之后的海棠，艳丽的花儿已不复昨日的繁丽，显得憔悴零落，只有那翠绿的叶子，却越加青翠娇艳了。

这样一幅雨后海棠的画面，出自李清照的笔下。

在纳兰性德的词中，海棠又有了另外一番风情。

正是海棠花开的好季节，院子里的海棠树花枝上，晕红的海棠正娇艳地绽放着。

昨夜也下了一场小雨，花瓣上还残留着雨珠儿，微风吹过，雨珠就从摇曳的花枝上纷纷落下，翠绿的枝叶轻轻地摇动着，那绿色是那么的柔和，衬托着晕红的海棠花。

也许这株海棠花树上，当真栖息着海棠花神吧？那美丽的花神，又是在想念着谁？

断肠人在天涯，可又有谁知道，断肠人也许就在眼前呢？颜氏又何尝不是断肠人呢？

夕阳西下，看着那株院子的海棠花树，颜氏只是站得远远地看着。

她无法过去，正如清晨的时候，看到纳兰性德与卢氏在海棠花树前笑着、说着，开心地赏花，那两人的背影是如此相配，又如此天设地造，完全没有第三个人插足的余地。

如今，人影早已不在，只有那株海棠花树还依旧，自己依旧无法走过去，走近纳兰性德曾经走过的地方。

之三：

《蝶恋花》：

露下庭柯蝉响歇。纱碧如烟，烟里玲珑月。并著香肩无可说，樱桃暗结丁香结。

笑卷轻衫鱼子缬。试扑流萤，惊起双栖蝶。瘦断玉腰沾粉叶，人生那不相思绝。

康熙十四年，纳兰性德二十一岁。

在这一年，纳兰性德有了他的第一个孩子——富格。

纳兰性德一生共有三子四女，后来其中一个女儿嫁给了雍正年间的骁将年羹尧。

他的长子富格出生于康熙十四年，这一年对明珠府来说，双喜临门。

十月的时候，明珠又被调为吏部尚书。

从兵部尚书到吏部尚书，明珠的仕途越走越通畅，越走越顺利，康熙对他的倚重是如此明显，任何人都看得出来，他是皇帝跟前最炙手可热的大臣！

而在府内，让上上下下都开心欢喜的是颜氏果然不负众望，为纳兰性德生下一个儿子。

颜氏的温柔、惠淑，让本来不得不纳妾的纳兰性德，也逐渐开始接受了这名静美的女子。如今，竟是当父亲了！

但是，与对卢氏的爱情不同，他对颜氏，更多的是敬重。

颜氏并未因为丈夫对正室的宠爱而心生怨恨，一直都是那么的安静、宽厚，与卢氏相处融洽，让明珠府里的人都为之敬佩。

这个孩子从出生的那一刻开始，就受到了全家人的喜爱，明珠更亲自为孙子起名，叫作"富格"，也有种说法叫作"福哥"。

寻常人家给孩子起名字，一般都会用吉祥的字眼，表示对孩子的祝福与期望。明珠家虽然是权贵，也一样不能免俗，小小的还未睁开眼睛的富格，就拥有了来自家人的第一份礼物——名字。

纳兰性德初为人父，难掩欢喜之情，卢氏更是欢欣不已，就像这个孩子是她亲生的一样，不但对富格疼爱有加，连对产后虚弱的颜氏，照顾得也是无微不至。

在纳兰性德那短暂一生的感情生活中，没有那种小气善妒的女人，搅得全家鸡犬不宁，反而个个都是那么的大度与温厚，像是纳兰性德那宽厚真诚的性子，也感染了他身边的女人们，她们展现出来的，都是人性之中的美好与真诚。

在这段时间内，纳兰性德是幸福的。

他有着显赫家世，有着天赋才华，有着娇妻美妾，如今更有了健康的儿子，人生至此，夫复何求？

所以，这时候他写的词，大多洋溢着幸福，描写他们的夫妻恩爱。

好比这首《蝶恋花》：

"露下庭柯蝉响歇。纱碧如烟，烟里玲珑月。并著香肩无可说，樱桃暗结丁香结。

笑卷轻衫鱼子缬。试扑流萤，惊起双栖蝶。瘦断玉腰沾粉叶，人生那不相思绝。"

也许是在某一天风和日丽，纳兰性德看见院子里，卢氏正抱着小小的富格站在树下，身旁，是已经可以起身散步的颜氏。她坐在躺椅上，仰着秀美的脸，温柔地看向卢氏，还有怀中的富格。

树上，夏蝉的鸣叫声此起彼伏。也许是被蝉叫声从睡梦中惊醒，富格突然"咯咯咯"笑起来，伸出了小小的拳头，对着空气一张一抓，仿佛要抓住那弥漫在空气中的清脆叫声。

富格的这个样子，让卢氏与颜氏也不禁笑了起来。

像是心有灵犀一般，卢氏突然回头，看见了不远处长廊下正含笑看着自己的丈夫，嫣然一笑。

颜氏也顺着卢氏的目光看了过来，也是淡淡一笑，不过与卢氏的坦然欢喜不同，她的笑容，更多是对丈夫的尊敬。

阳光从扶疏的枝叶间漏了下来，卢氏一边哄着怀里的富格，一边低下头来笑着对颜氏说了几句什么，颜氏便点点头，两旁的侍女连忙搀扶着她起身，一行人缓缓进屋去了。

太阳没多会儿就下山了，夜晚时分，廊下都挂起了灯笼，昏黄的光芒照亮了长廊。

纳兰性德正往回走，却见之前下午卢氏与颜氏乘凉的院子里，一个婀娜娉婷的身影正一会儿往东一会儿往西。

黑暗中，几点星星一样的荧光正缓缓地飞舞着。

纳兰性德好奇地过去一看，却见是还有些孩子气的妻子卢氏，挽起那绣有鱼子花纹的衣袖，手中持着一柄团扇，笑嘻嘻的在院子里扑着流萤。

见到丈夫过来，卢氏才停了下来，拭了拭额上的香汗，面对丈夫的疑问，笑着回道："想捉几只放在布袋里，给富格玩儿。"

树丛中栖息的蝴蝶被吓到了，扑腾着飞出几只，在黑夜里闪了几下，就又缓缓地停在了树木草丛中。

有一只蝴蝶大概是慌不择路，一下子扑到纳兰性德的手中。

卢氏见了，顿时"哎呀"一声，用纤手捂住了嘴，甚是惊讶，夫妻俩相顾"噗嗤"笑出来。

纳兰性德看着眼前香汗淋漓的妻子，突然想起唐代诗人杜牧的《秋夕》诗来。

眼前的画面，可不就是轻罗小扇扑流萤？

幸福是什么呢？幸福就是这眼前的点点滴滴，慢慢汇聚起来，然后在记忆里慢慢发酵，最终深深地铭刻在了心底，在多年后回想起来，依旧会忍不住为之微笑。

只是，到那个时候，幸福已经成了回忆。

之四：

《南乡子》

烟暖雨初收，落尽繁花小院幽。摘得一双红豆子，低头，说着分携泪暗流。

人去似春休，卮酒曾将醉石尤。别自有人桃叶渡，扁舟，一种烟波各自愁。

纳兰性德十九岁的时候，错失了人生第一次殿试的机会。

他为此事写下一首七律《幸举礼闱以病未与廷试》：

晓榻茶烟揽鬓丝，万春园里误春期。

谁知江上题名日，虚拟兰成射策时。

紫陌无游非隔面，玉阶有梦镇愁眉。

漳滨强对新红杏，一夜东风感旧知。

诗中既有对好友能够金榜题名的高兴与祝福，也有对自己错失殿试机会的惋惜与枉然。

如今三年已经过去，在这三年中，他不但娶妻生子，更组织编撰了《通志堂集》与《渌水亭杂识》，而且更多的时候，他在授课老师徐乾学的精心指导下，准备着再一次的殿试。

这一年，是康熙十五年。

其实纳兰性德在这一年中还有个小小的插曲。

头年皇子保成被立为太子，于是为了避皇太子名字中那个"成"字讳，纳兰便把自己的名字从"成德"改成了"性德"，这也就是我们最耳熟能详的名字的由来。到了第二年，皇太子保成改名叫胤礽，纳兰也就不用再继续避讳，又重新用回了自己原来的名字"纳兰成德"。

康熙十五年的殿试，纳兰性德果然考中了二甲第七名进士。

一般说来，在殿试金榜题名之后，皇帝都会给这些十年寒窗苦读终于鱼跃龙门的学子们分派官职，进行委任，不过纳兰性德在考中进士之后，却并没有马上获得委任，只是据传将参与馆选，可这个消息并非很确切。

纳兰性德倒也不怎么在乎。

其实，如果说第一次的殿试因为造化弄人，让他不得不错失的话，那这第二次的殿试，对纳兰性德来说，更多的，大概就是抱着一种弥补以前遗憾的心态。

如今考上了，金榜题名了，当年的憋闷，也就随之烟消云散，所以，派不派官职，又有什么差别呢？

他本来就不是那要以科举来改变自己命运削尖脑子也要往官场里钻的人。

对纳兰性德来说，所谓的官职大概还比不上卢氏重要，比不上颜氏，也比不过刚出生没多久的儿子富格。

所以这个时候的纳兰性德，还是那么自由自在，无比幸福。

世人都是不同的，有些人喜好热闹，有些人喜好安静。

就像《红楼梦》中的贾宝玉与林黛玉，宝玉喜欢热闹，是因为觉得迟早有离散的一天，不如趁着大家都还在一起，尽一天欢乐是一天；而林黛玉素喜安静，却觉得既然总会有分别的那天，为了避免分别后的忧伤，还不如不深交好。

根据"纳兰性德原型说"，那贾宝玉正是曹雪芹根据纳兰性德而创作出来的艺术形象，只是我觉得，贾宝玉那种富贵闲人的形象，在某种程度上倒确实很像此时此刻的纳兰性德，而从纳兰性德的诗词与生平中我们可以看出，在他的性格之中，更多的，是一种词人所特有的清冷与忧郁，也可以说是所谓的艺术家特有的气质，那是种从骨子里透出来的忧愁。

别人见到红豆，想起来的，是"红豆生南国，春来发几枝"，而在纳兰性德的眼中，这一双红豆子，若是有一天两两分开，又该是怎样的寂寞？

据说幸福的人见不得凄冷分离的孤独画面，那是因为会让他们不由自主地想起，眼前的幸福终究抵不过时间的流逝，总有一天会分手，最终忍不住伤心。

一日纳兰性德看着雨后湖心中那一只飘摇着的小舟，孤孤单单，在雨丝中飘飘忽忽，不知要驶往哪里去。

手心里，是刚刚摘下的一双红豆子。

那是之前卢氏放到他手中的。

两颗小小的红豆，晶莹红润，好像两颗小小的红宝石一般，在自己的掌心之中静静地躺着，像是在述说着卢氏说不出口的感情。

只是，如今眼前这两颗红豆还能紧紧地依偎在一起，但是一年之后呢？两年之后呢？十年之后呢？

就像他与卢氏，是不是真的就能像成亲之时说的那样，与子偕老共白头呢？

是不是真的能够一直相互陪伴着，走到人生的最后？

那时候，纳兰性德并没有想到，自己这番突如其来的念头，竟成了往后岁月的预言。

只是他当时并不知道而已。

在纳兰性德短暂的三十一年岁月中，他的感情向来是被人们所津津乐道的，除了那位扑朔迷离的表妹，另外几位，都是有证可考的，原配卢氏，续弦官氏，还有妾室颜氏。

但是在纳兰性德生命的最后一年中，还出现了一位女人，那便是江南才女沈宛。

清代谢章铤的《赌棋山庄词话》中说："容若妇沈宛，字御蝉，浙江乌程人，著有选梦词。述庵词综不及选。菩萨蛮云：'雁书蝶梦皆成杳。月户云窗人悄悄。记得画楼东。归聪系月中。醒来灯未灭。心事和谁说。只有旧罗裳。偷沾泪两行。'丰神不减夫婿，奉倩神伤，亦固其所。"

此评价颇高，对沈宛的才学，更是赞扬不已。

在电视剧《康朝秘史》之中，沈宛的真实身份，是辅政大臣鳌拜没有血缘关系的女儿青格儿，她命运坎坷，在得知自己的真实身世之后，虽然与钟汉良饰演的纳兰性德两情相悦，却不得不黯然离开，后来在康熙南巡的时候，才与纳兰性德重逢，但有情人终成眷属，也不过在一起短短一年。

当然，这是电视剧，真实性无从得知，就像那位扑朔迷离的表妹在这部电视剧中叫作"纳喇惠儿"一样，谁又说得出是真是假？

但是，沈宛这位才女，却是真真实实，在史料上可查的。

据说沈宛十八岁便有《选梦词》展现于世，纳兰性德见到了《选梦词》，引为知己，后来在顾贞观等朋友的介绍下见了面，相互属意，沈宛便从此跟了纳兰性德。只是一年后纳兰性德病故，她伤心之际，黯然回到江南，孑然一身。

如果说纳兰性德因为看到了沈宛十八岁的词集《选梦词》而倾心的话，我觉得有些不可能，那时候纳兰性德年已而立，不再是懵懵懂懂的少年儿郎，又经历了爱妻卢氏的亡故等等打击，若这么快便移情别恋，有些不太像他的性格。

不过在沈宛的词中有一句"雁书蝶梦皆成杳"，倒是透露出些许的真相。

他们相见之前，应该也是和现在的笔友一样，鸿雁来去，书信交往，相互间慢慢倾心，最终水到渠成。

只是沈宛一直没有成为纳兰性德的正式妻子，她只是个情人。

沈宛与卢氏、官氏、颜氏不同的是，她是个名副其实的汉人，当时满汉不通婚，这就让她无法踏进明珠府，再加上并非良家出身，或者说，是类似柳如是、董小宛的身份，也让她只能和纳兰性德保持着一种没有名分的关系。

纳兰性德把她安置在德胜门的外宅之内，两人才学相近，情人间的生活倒也旖旎风流，而从沈宛与纳兰性德的词中也看得出来，两人是当真互相拿对方是知己，相知相惜的。只是造化弄人，半年后，纳兰性德突然病故，沈宛伤心欲绝，孤独无靠，只好含泪返回江南，留下一段让人扼腕叹息的遗憾。

之一：

《虞美人》

黄昏又听城头角，病起心情恶。药炉初沸短檠青，无那残香半缕、恼多情。

多情自古原多病，清镜怜清影。一声弹指泪如丝，央及东风休遣、玉人知。

康熙二十三年，纳兰性德三十岁。

从康熙十六年开始到如今，纳兰性德已经当了整整七年的御前侍卫。

在这段时间内，他从三等御前侍卫升为一等，深得康熙皇帝的信任，正是前途似锦的时候。

可是，对纳兰性德来说，这样小心翼翼地侍卫生活，是他所希望所追求的吗？

答案是很明显的，所以，他觉得有些厌倦了。

这个囚禁着他一颗诗人之心的囚笼，要什么时候才肯打开笼门，放他离开呢？

这个时期纳兰性德所写的词，明显地带有一种"无聊"的意味，无论是在给卢氏的悼亡词中，还是其他题材的词中，这种冷清的感觉贯穿始终。

他已经做了整整七年的侍卫，卢氏，也离开他整整七年了。

纳兰性德后来续弦官氏，但他的爱情早已随着卢氏的身故而逝去，哪里还能再重新爱上别的女人？

就在这一年的九月，金秋之时，顾贞观从江南再度回到了京城。

与他同行的，还有纳兰性德早已闻名却从未见过的江南才女——沈宛。

在这次沈宛上京之前，纳兰性德就已从好友们的描述中知道了这位女子的名字。

沈宛，字御蝉，江南乌程人。

古人说，"仗义每多屠狗辈，由来侠女出风尘"，江南秦淮，明末清初，确实出了不少有名的风尘女子，才艺双绝，貌美如花。

其中最有名的，应该是如今我们耳熟能详的"秦淮八艳"了。

不管是吴梅村笔下"恸哭六军皆缟素，冲冠一怒为红颜"的陈圆圆好，还是被后人穿凿附会为董鄂妃的董小宛，还有那风骨铮铮的柳如是，侠肝义胆的李香君，礼贤爱士、侠内峻嶒的顾横波，长斋绣佛的卞玉京，擅长书画的马湘兰，以及颇有侠气的寇白门，她们虽然出身低下，被世人看不起，但在当时国家危难的时刻，相比较一干明朝官员的贪生怕死，所谓"文人"的卑躬屈膝，这些向来被轻视、生活在社会最底层的女子们，却表现出了崇高的气节。这些能歌善舞，擅长诗画的女子的名字，也与当时诸多叱咤风云的历史人物联系在了一起，留下了浓墨重彩的一笔。

她们虽然是青楼女子，却同样关心国家大事，与复社文人来往密切，其中李香君、卞玉京、董小宛等人与明末四公子之间的风流韵事，也是一时的佳话。

其中最有名的，当属陈圆圆。

当年李自成进京，抢走了陈圆圆，吴三桂一怒之下引清军入关，彻底改变了历史的脉络，虽然把责任全部推到陈圆圆这一个弱女子身上太不公平，不过，假如当时李自成没有强占陈圆圆，想必历史的发展，我们现在是怎么也猜想不到的。

古来才女总是与才子联系在一起的，沈宛虽然不像她的前辈们那么鼎鼎大名，但是在江南也小有名气，而且这名气传进了纳兰性德的耳朵里。

若要用"秦淮八艳"中的人物来比拟的话，沈宛应该相似于马湘兰，那"秦淮八艳"中唯一没有与明末清初那段政治与历史牵扯上关系，以善解人意、擅长诗词绘画而闻名的灵秀女子。

对纳兰性德来说，他此时需要的，不是寇白门之类的风尘侠女，而是沈宛这样善解人意，叫人见之愉快的女子。

沈宛，刚好适合。

所以就在这一年的年底，纳兰性德纳了沈宛为妾。

其实纳兰性德究竟有没有和沈宛举行过婚礼，也是个颇多争议的问题。

在当时，满汉不通婚，沈宛的汉族身份注定了她无法进入明珠宅邸，只能住在外面的别墅内。

纳兰性德把沈宛安置在北京西郊德胜门的宅子内，他尽力地给予沈宛一切，却唯独不能给她的一个家。

而这，却正是沈宛所要的。

半年后，沈宛也离开了京城，她并不知道，这一去，便是永别。

"予生未三十，忧愁居其半。心事如落花，春风吹已散。"

这是纳兰性德的诗句，像是为自己写下了短暂一生的总结，如此忧伤，如此寂寞。

题外话一句。

"秦淮八艳"中的马湘兰，虽然并没有倾国倾城的美貌，但是一位善解人意而且才华出众的女子，完全可以称得上是女诗人、女画家。她与纳兰性德没有什么关系，但是与一位和纳兰性德关系十分密切的人，却有着很好的交情。

那人便是曹寅。

曹寅擅长诗词，马湘兰擅长绘画，曹寅曾经接连三次为《马湘兰画兰长卷》题诗，都记载在了曹寅的《栋亭集》里面，可见交情是很深的。

当然，并不是说马湘兰与曹寅之间有什么暧昧关系，其实按照年龄来说，两人之间应该就是如同良师益友那般的关系而已。

之二：

《浣溪沙》：

欲问江梅瘦几分，只看愁损翠罗裙，麝篝衾冷惜余熏。

可耐暮寒长倚竹，便教春好不开门，枇杷花底校书人。

在后人的记载或者传记中，沈宛都是作为纳兰性德情人的身份出现的，渐渐的，连她的存在都成了一桩迷案。

沈宛是不是真实存在？

沈宛究竟真实身份是什么？

所谓"一千个观众就有一千个哈姆雷特"，这里也一样，众说纷纭。不过，我想沈宛的身份虽然成谜，但是这个人是肯定存在的。

当时陈见龙曾经填了一首词，赠予纳兰性德，题目便是"贺成容若纳妾"。

成容若便是纳兰性德，他字容若，以自己名字"纳兰成德"中的"成"字为姓，给朋友们的信笺中都是署名"成容若"，朋友自然也以这个名字来称呼他。

陈见龙正是为祝贺纳兰性德与沈宛的结合，写了这首《风入松》：

佳人南国翠娥眉。桃叶渡江迟，画船双桨逢迎便，细微见高阁帘垂。应是洛川瑶璧，移来海上琼枝。

何人解唱比红儿，错落碎珠玑。宝钗玉臂樗蒲戏，黄金钏，么凤齐飞。潋滟横波转处，迷离好梦醒时。

这首词上半阕写婚嫁迎娶，下半阕写新婚宴尔，词句华丽，情真意切。

对于好友的祝福，纳兰性德坦然地接受了。

沈宛与卢氏不同。

相比较卢氏的温婉宽厚，沈宛知书达理，才学不输纳兰性德，也因此，两人在文学上颇多共同语言。

这个时候的纳兰性德，已经有了官职在身。他是康熙皇帝跟前的大内侍卫，负责着保护皇帝的工作，公务十分繁忙，再加上本来就是有家室的人，所以与沈宛在一起的时间，自然不会很多。

好在沈宛是明白纳兰性德之人，否则也不会在鸿雁传书之间互通心意，最后两两倾心。

她知道丈夫繁忙，所以自己总是乖巧地待在德胜门的宅子里，寂寞而又带着期盼地等着，等着纳兰性德的每一次到来。

精通诗词之人似乎都有个比较相似的毛病，那就是容易多愁善感，悲春伤秋。而沈宛既然是以诗词闻名，自然也不可避免地有着一颗纤细敏感的心。

虽然对纳兰性德的公务繁忙，她并没什么怨言，但日子一长，未免就开始多愁善感起来。

"黄昏后，打窗风雨停还骤。不寐乃眠久。渐渐寒侵锦被，细细香销金兽。添段新愁和感旧，拼却红颜首。"

这首《长命女》大概是沈宛这段时期所作，流露出一股哀婉之情。

某一天的黄昏后，雨倒是停了，可屋檐边缘，那雨珠儿却还在滴滴答答地落着，滴在房下的台阶上。雨后的寒意渐渐侵了进来，本来温暖的棉被也有些润润的感觉，触手摸去，有些凉凉的了。下一句"细细香销金兽"，大概是化自李清照的《醉花阴》中"瑞脑销金兽"一句，只是，在李清照笔下，那室内香炉里轻烟缭绕飘散，欢愉嫌日短，苦愁怨更长，此情此景下，心中所念的，都是远在千里之外的丈夫，也难怪会"莫道不消魂，帘卷西风，人比黄花瘦"了。

也许在女词人的心里，对愁绪，对思念之情，所见所想所感都是一样的吧？所以当沈宛孤独地看着屋内香炉内那缭绕的轻烟在空气里慢慢飘散的时候，想到的，是"添段新愁和感旧"，在日复一日的等待中，红颜也寂寞。

不过，在这样寂寞的冷冷清清的日子里，也是有着暖色的。

想必是梅花开了，所以这天，纳兰性德对沈宛戏谑一样的这样说道："欲问江梅瘦几分，只看愁损翠罗裙"，言下之意是把沈宛比喻成梅花，见到沈宛眉间那一缕淡淡的愁思，所以才半是开玩笑半是认真地笑道，若要看梅树瘦了几分，只要看眼前人的腰肢消瘦了几分便知道的。

虽是戏谑之语，言下之意却是在说，自己清楚沈宛内心的愁苦。

沈宛又何尝不知？

只是知道归知道，有些话，她始终说不出口。

正如纳兰性德，也有着不能言说的苦衷。

这首词的最后三个字"校书人"，典故用的有点生僻。

在唐代诗人王建的《寄蜀中薛涛校书》一诗中，有这样两句："万里桥边女校书，枇杷花下闭门居"。

薛涛是古代名妓，也是颇有名气的女诗人，她所制的"薛涛笺"更是大名鼎鼎，乃是文雅风流的象征，而因为王建的这首诗，后世便把能诗文的风尘女子称为"女校书"。

在这首《浣溪沙》里面，纳兰性德用了"校书人"的典故，倒并不是专门为了指出沈宛出自风尘的尴尬身份，不过是见沈宛在花下看书，那画面颇为美妙，才有感而发，借指花下读书人而已。

之三：

《浣溪沙》：

脂粉塘空遍绿苔，掠泥营垒燕相催，妒他飞去却飞回。

一骑近从梅里过，片帆遥自藕溪来，博山香烬未全灰。

纳兰性德与沈宛在一起短短的大半年时光中，还是十分美满的。

倒不是说他与官氏与颜氏的感情不好，而是在思想层次上，在卢氏之后，纳兰性德也许是再次找到了与自己心意相通的人。

不论沈宛的出身如何，至少在诗词的意识形态层面上，她和纳兰性德是平等的，或者说，一位文艺男青年，一位文艺女青年，金风玉露一相逢，自然是越聊越投机，最后结局理所当然是"便胜却人间无数"。

于是我们倒回去说一说沈宛与纳兰性德的初见吧。

那是康熙二十三年，甲子。

九月的一天，暑气还未完全散去，空气里还有些闷热，即使穿着薄薄的夏衫，汗水还是从身上每一处肌肤浸出来，黏黏的。

马车在一处看似寻常的宅院面前停下来，里面有人下了车，被门口的下人恭恭敬敬地接进屋内的人，正是纳兰性德。

这处宅院乃是顾贞观在京城的宅子。当然，论豪华，比不上当时已经贵为太子太傅的明珠宅邸那么金碧辉煌，只是普普通通的院子，但里面布置得颇为雅致，一看便知主人花费过不少心血，小桥流水，绿草茵茵，在这京城之中，竟难得有着江南水乡的雅致与秀气。

大概，那是因为宅院主人本来就出身江南的关系吧？

每次纳兰性德来到这儿的时候，都会忍不住这样的赞叹。

顾贞观早已等待在廊下，见自己的学生兼忘年之交按时到达，笑着迎上去。

纳兰性德的脸上又何尝不是带着笑容？

但顾贞观不愧是纳兰性德多年的好友，只有他，从这位年轻自己很多岁的好朋友眼中，看到的不是欢愉，而是忧愁；看到的，是他挣不脱樊笼的苦恼与闷闷不乐。

好在这一次，顾贞观从江南回到京城的时候，还另外带来一人，纳兰性德的信中所言的"天海风涛之人"。

"天海风涛"一语出自李商隐的《柳枝五首》序，"柳枝，洛中里娘也。……生十七年，涂妆绾髻，未尝竟，以复起去。吹叶嚼蕊，调丝擫管，作天海风涛之曲，幽忆怨断之音……"

李商隐诗中的"天海风涛"，写的正是李商隐的红颜知己柳枝。柳枝的身份乃是歌伎，而纳兰性德所言的天海风涛，指的，自然是沈宛了。

于是纳兰性德与沈宛，得以相见。

那时候的纳兰性德，大概并未有纳沈宛为妾的念头。他对这名聪慧的江南女子，更多的，是惜才，基于一种"同是天涯沦落人"的惺惺相惜。

沈宛不幸，沦落的，是她的身，在风尘中打滚，只是这样的女子，还依旧能在那么复杂的环境中保留着一份纯真，在她的诗词中，毫无遮掩地表达了出来。

而纳兰性德的"天涯沦落"，自然不是说他出身风尘，他的所谓"沦落"，其实指的是自己无心官场与权势。

所以，在沈宛随着顾贞观来到京城之后，纳兰性德也来到了这座宅子。

他终究是好奇，好奇这位与自己"同为天涯沦落人"的才女。

与其他女子不同，沈宛是素雅的，淡静的。

她穿着一身颜色淡雅的绿色衣裙，面容秀美，并未和其他歌女一样化浓艳的妆，只是淡扫蛾眉，略施粉黛，乌黑的发髻上插着一支银白色的簪子，简简单单的凤尾样式，怀抱琵琶，安静地坐在那儿，轻声弹唱。

她与其他人是那样不同，气质沉静，带着一种出淤泥而不染的干净气息，直到顾贞观引着她走到纳兰性德的面前，微笑着介绍说，这位便是明珠府的纳

兰公子，名成德，字容若。

她笑了，他也笑了。

有时候，钟情，也许只是一瞬间的事。

沈宛终于见到了自己倾心已久的纳兰性德，一如她无数个夜里，看着对方的信笺所暗自想象的那样，脑海里的影像与眼前的人影逐渐重合起来，最终成为现实。

沈宛双颊上飘起两朵红云，然后朝向纳兰性德轻笑一下。

看着眼前的女子，纳兰性德脑中却突然浮现出另外一位女子的音容笑貌来。

那天，卢氏也是这样对着自己嫣然一笑，仿佛三月的桃花般，连周围的景色都为之绚烂起来。

这年年底，纳兰性德便正式纳了沈宛为妾。

这场婚礼并不是很隆重，纳兰性德的好友们还是纷纷送来了祝福，祝福这一对璧人的结合。

在其他人的眼中，纳兰性德还那么年轻，也早就该从卢氏亡故的悲伤中走出来，去寻找属于他的幸福，而沈宛才貌双全，又和纳兰性德有那么多的共同语言，难道不是一个最好的选择吗？

对纳兰性德来说，个中的滋味儿，也只有自己才知道。

我倒是觉得，纳兰性德与沈宛之间，其实更像是朋友。

他们在诗词上有着共同语言，如果沈宛如顾贞观等人一样是男性，那么，纳兰性德便是又多了一位知音好友，但沈宛偏偏是女子，而且还是江南小有名气的歌伎才女，所以，如果说纳兰性德与沈宛之间只是纯洁的友情与惺惺相惜的话，那似乎很难让人相信。

纳兰性德与沈宛，两人之间是友情也好，爱情也罢，总之，无论如何，沈宛若与纳兰性德交往，确实也只有成为对方姬妾一途，因为她的身份地位，又是汉籍，纳兰性德也不敢冒天下之大不韪，将沈宛接进明珠府里去，所以，他才在西郊德胜门为沈宛置了一处幽静的宅子。

两人相处的日子，是愉快而且充满诗情画意的。

也许是某一天的午后，纳兰性德与沈宛正在说话，不知何时变成了沈宛在说着江南的那些名胜古迹，还有流传于民间的传说。

据传说在昔日吴宫之处，有香水溪，是当年西施沐浴的地方，所以又名叫脂粉塘，只是，如今西施早已不见踪影，而奢华的吴王皇宫也早已不复当年的巍峨与华丽，往日种种，已随着时光的流逝变成了历史里的一缕烟尘，只有燕子依旧每年飞来飞去，衔泥做窝，年复一年。突然，马蹄声传来，路上一骑飞驰而过，一叶小船缓缓地从藕溪上划过，船上的人，是要往哪里去呢？

在沈宛娓娓地描述中，纳兰性德觉得眼前仿佛出现了这样的一幕画面，带着江南水乡氤氲的雾气，淡淡的，悠然的，如同倪瓒笔下的一幅山水画。

相比于京城的繁华，或许这样的悠然，才是纳兰性德内心真正想要的。

沈宛在描述这些的时候并不知道，在看到纳兰性德因为这番描述而写出来的这首《浣溪沙》的时候，也并不知道。

她只知道，纳兰性德在欢笑之余，不知为何，有时会突然陷入沉思，怔怔地发呆，那是一种自己从未见过的，寂寥的神情。

那是不该在纳兰性德这样一位天之骄子脸上出现的表情。

之四：

《采桑子》：

谢家庭院残更立，燕宿雕梁，月度银墙，不辨花丛那辨香。

此情已自成追忆，零落鸳鸯，雨歇微凉，十一年前梦一场。

在德胜门别墅居住的日子，沈宛逐渐发现，身旁的男人，不知什么时候，总是会面露愁容，神情寂寥，尤其当他一人独处的时候，那孤零零的身影，像是写满了"寂寞"两个字。

沈宛有时候忍不住，很想去问一问纳兰性德，你是在为谁叹息？但总是问不出口。

她并不笨。

其实可以说，沈宛是聪慧的，她从纳兰性德的这些神情中看出了蹊跷，但从不多嘴，更不会像市井泼妇那样，抓着丈夫声嘶力竭地咆哮"为什么为什么为什么"，她只是默默地，和以前一样，伴随在纳兰性德的身边。

但午夜梦回的时候，她偶尔会从身边男人呢喃的梦话里，依稀听见另外一个女人的名字，还有"三年"的字句。

沈宛知道，纳兰性德心中念念不忘的，正是因为难产而身故的妻子卢氏。

那早逝女子的身影，原来已经在他的心里刻骨铭心。

于是纳兰性德无意中的叹息，传进沈宛的耳中，她也渐渐带上了忧伤而寂寞的色彩。

他终究还是寂寞的呀！

也许，沈宛也想过要怎样才能抚平纳兰性德的忧伤，去安慰他内心深处的寂寞，但是对纳兰性德来说，曾经的激情，已经消散无形，那曾经刻骨铭心的爱情，如今却变成了一道沉重的枷锁，不光是牢牢地锁住了他，也锁住了沈宛。

沈宛虽然从不说，但她心里真正想要的，恰恰是纳兰性德所无法再给予的。

纳兰性德也知道，自己对沈宛，实在是已经付出不了太多。

沈宛要的，他偏偏给不起。

此情可待成追忆，只是当日已惘然。

半夜三更的时候，纳兰性德常常会独自站在院子里。

四周，花丛里淡淡的花香在夜色里缓缓地飘散着，若有若无。银白色的月光如水般洒在院墙上、地面上，仿佛笼了一层薄薄的银纱。

此情此景，在纳兰性德的眼中，却与记忆缓缓地重合了。

多年前，是谁，也曾和自己一起这样站立在月下的庭院，看着天边的弯月，如今，那陪自己赏月之人，却是去了哪里？

此情可待成追忆啊，蓦然回首，当年的记忆，仿佛是做了一场梦一般。

身后传来轻轻的脚步声，纳兰性德惊喜地回头，在见到来人的一刹那，脸上的喜色旋即变成了失望的神情，动作是那么快，快得来不及掩不住内心的一点一滴，在那一瞬间都毫无保留地敞露在沈宛的面前。

沈宛还是一如既往温婉的微笑，秀美的面孔上并未流露出其他神情，只是关心地替他披上外袍，但眼中，一抹无奈的神色却是清清楚楚地落进纳兰性德的眼中。

纳兰性德对沈宛是喜爱的。

但是，喜爱不是爱情，所以，半年之后，沈宛还是走了，回到了江南。

两人分别的时候，平平淡淡未有任何的波澜。

她离开，他去送行，临别之际，纵然有千言万语，最终也不过是变成轻轻地一句"一路顺风"。

不是不想挽留，而是纳兰性德觉得，他给不起沈宛想要的爱情，既然如此，与其在未来的岁月中让沈宛越来越落寞寡欢，还不如让她去继续寻找自己的幸福，去寻找能给予她爱情的人。

沈宛离开的时候，只说了这么一句话——

"枝分连理绝姻缘"。

这是沈宛《选梦词》中的一句，当时写下这首《朝玉阶》的沈宛怎么也没想到，那时无心的一句话，如今却已成真。

孔雀东南飞，本以为看的，是别人的故事，哪知到了最后，竟应在了自己身上。

离开的沈宛完全没有预料到，她这一走，便是永别。

从此阴阳两隔。

之五：

《采桑子》：

而今才道当时错，心绪凄迷。红泪偷垂，满眼春风百事非。

情知此后来无计，强说欢期。一别如斯，落尽梨花月又西。

在电视剧《康朝秘史》中，这首《采桑子》，是纳兰性德送与青格儿的。

青格儿是电视剧里面杜撰的人物，身世迷离，后来远嫁耿精忠之子，三藩之乱后便失去了踪影。纳兰性德随着康熙南巡下江南，无意中再度相见，那时候，青格儿已经改回了自己真正的姓氏"沈"，取名"沈宛"。

虽然是电视剧里的情节，也算交代了沈宛这位纳兰性德生命中最后出现的女子的前尘往事。

作为陪伴了纳兰性德最后岁月的沈宛，尽管也存在着不少的疑虑，但是相比于"青格尔"那位传说中的恋人，存在的证据就确凿得多。

对沈宛，纳兰性德心中是隐隐有着愧疚的吧？

"而今才道当时错"，如今回想起来，才说当初做错了，还来得及吗？

这句其实出自宋代晏几道的《醉落魄》词，"心心口口长恨昨，分飞容易当日错"。

说起晏几道，其实此人与纳兰性德也有几分相似。同样是天才的词人，同样才华出众，同样不愿被世俗约束，同样出身高门却不慕权势。

纳兰性德是颇推崇晏几道的，在他给梁佩兰的《与梁药亭书》中，这样写道："仆意欲有选如北宋之周清真、苏子瞻、晏叔原、张子野、柳耆卿、秦少游、贺方回，南宋之姜尧章、辛幼安、史邦卿、高宾王、程钜夫、陆务观、吴君持、王圣与、张叔夏诸人多取其词，汇为一集，余则取其词之至妙者附之，不必人人有见也。"

其中提到的"晏叔原"，便是晏几道。

他出身高门，乃是晏殊的第七子，黄庭坚称赞他是"人杰"，也说他痴亦绝人："仕官连蹇而不能一傍贵人之门，是一痴也。论文自有体，不肯作一新进士语，此又一痴也。费资千百万，家人寒饥，此又一痴也。人百负之而不恨，已信人，终不疑其欺己，此又一痴也。"由此可见，晏几道孤傲清高，不喜权贵。而且晏几道的词工于言情，十分有名，与父亲晏殊不分上下。不管是"落花人独立，微雨燕双飞"，还是"当时明月在，曾照彩云归"，"从别后，忆相逢，几回魂梦与君同"也好，在词风上与李煜颇为接近，情真意切，工丽秀气。

而纳兰性德会比较推崇晏几道的词作，也在情理之中了。

"而今才道当时错"，当时分开，如今回想起来，竟是如此地后悔，觉得自己是不是做错了什么？但是为时已晚，"心绪凄迷，红泪偷垂"，窗外，春风依旧，却早已物是人非。

"满眼春风，不觉黄梅细雨中"。早知道后来已经无法再相见，那么强颜欢笑着述说当初那些欢乐的日子，又有什么意义呢？

"一别如斯"，梨花在枝头上绽放过，如今再度落尽，春天已经过去了。但是，还会有相聚的日子吗？

在这首《采桑子》里面，一句"而今才道当时错"，写尽多少无可奈何，写尽世间多少的不完满。

月有阴晴圆缺，而世事何尝不是像那天际的月亮一般，此事古难全呢？

只是那时的遗憾，纳兰性德已经没有机会再度说出来。

五、步入仕途

"非关癖爱轻模样，冷处偏佳，别有根芽，不是人间富贵花。"

康熙十六年的时候，纳兰性德终于踏入了官场，成了乾清宫的一名御前侍卫。

从此，他跟随在康熙的身边，北上南巡，足迹踏遍大江南北。

康熙十六年。

纳兰性德终于获得任命，从此步入了仕途。

只是与他想象中的不同，或者说，和当时世人预料中的完全不一样，任命给纳兰性德的官职，竟然是皇帝跟前的三等御前侍卫。

这可是武职。

纳兰性德的词名早已远扬，在京城之中引起了轰动，再加上他考中功名，进士及第，怎么着都该是文职才对，可谁也没想到，皇帝给他委派的官职，却是御前侍卫。

什么是御前侍卫呢?

御前侍卫是清朝才有的侍卫制度,是天子的侍从,贴身跟班,待遇很高,地位也很尊贵,是专门为贵族子弟设立的特殊职位。因为经常跟着皇帝的关系,升迁的途径也比其他职位要宽得多,也容易得多。在清朝,由侍卫出身而最后官至公卿将相的,不在少数,像纳兰性德的父亲明珠,就是从侍卫做起,最后成为英武殿大学士而权倾天下的,还有与他同朝的索额图等人亦如此。所以,皇帝让纳兰性德做自己的御前侍卫,倒也不无道理。

以纳兰性德的出身,还有文武双全,都是御前侍卫的最好人选,三等侍卫,相当于是正五品的官员地位,对二十来岁的年轻人来说,相当不错了。所以皇帝这样安排,看起来并没有什么不妥的地方。

不对的,仅仅是纳兰性德并不适合做官而已。

并非说他没有能力,只是,在皇帝眼皮子底下的人,需要的是韦小宝那样见风使舵的性格,才能左右逢源,而不是李太白诗中的"安能摧眉折腰事权贵,使我不得开心颜"。对纳兰性德来说，他可以去值夜，去巡逻，去跟着皇帝南巡，一路上保护着皇帝的安全，但是，就是不知该怎么去歌功颂德，如同其他的官员一般，谄媚上主，寻求荣华富贵。

纳兰性德根本不屑去这样做。

他如同一个纯真的孩子，始终保持着一颗赤子之心，拥有着世界上最高贵的灵魂。

但是，现实与理想的冲突、纠结，却让他从此不再快乐。

作为侍卫的纳兰性德，是相当称职的。

他在很小的时候就开始练习骑射，学习武艺，只是，后来他的词名远远盖过了武艺上的成就，给人他只会文不懂武的错觉。

康熙皇帝不是傻子，他不会要个手无缚鸡之力的文弱书生当自己的御前侍卫，保护自己的安全。

康熙皇帝一生之中，曾经多次北上与南巡，身为御前侍卫的纳兰性德，自然跟着皇帝，一路随行。

八旗子弟出身的纳兰性德，骨子里，还是继承了先辈们马上打江山的豪迈，在这段跟着康熙皇帝东奔西走的日子里，他见了塞北风光，他的词中因而多出来不少描写塞外荒寒之地的作品。

"纳兰小令，丰神炯绝，学后主未能至，清丽芊绵似易安而已。悼亡诸作，脍炙人口。尤工写塞外荒寒之景，殆扈从时所身历，故言之亲切如此。"

这是蔡嵩云在《柯亭词论》中对纳兰性德的塞外词的评价。说纳兰性德的词虽然丰神炯绝，但还是比不上李后主，清丽有如李清照而已。悼亡词脍炙人口，尤其擅长描写塞外的景色，应该是因为他当初跟随康熙皇帝出巡的时候亲眼所见，所以描写得能让人觉得亲临其境。

纳兰性德的塞上词，历来都被大力赞扬而且推崇。

王国维甚至在《人间词话》中这样赞道："'明月照积雪'、'大河流日夜'、

'中天悬明月'、'黄河落日圆'，此种境界，可谓千古壮观。求之于词，惟纳兰容若塞上之作，如《长相思》之'夜深千帐灯'、《如梦令》之'万帐穹庐人醉，星影摇摇欲坠'，差近之。"

如此评价，当足矣。

这一年，作为康熙皇帝御前侍卫的纳兰性德，扈从皇帝北上，一路走永陵、福陵、昭陵，最后出了山海关。

这对一直居住在京城里，很少涉足他处的纳兰性德来说，是一次难得的体验。

他第一次见到了塞外呼啸的寒风，鹅毛般的大雪。这雄浑的北国风光，让他感受到从未有过的触动，素来清丽哀婉的词风，也随之一变。

我们现在说纳兰词中偶有雄浑之作，大多数，就是出自这个时期。

最有名的，当属这首《长相思》了。

词牌很旖旎，长相思，相思长，可内容却一点也没有儿女情长，反倒是一派的豪迈磊落。

其实根据词风的不同，我们总是习惯单纯地把词分作"婉约词""豪迈词"，但是，很多词人并非是只能写其中的一类，往往两样都十分精通的，就像"醉里挑灯看剑"的辛弃疾，也有"蓦然回首，那人却在，灯火阑珊处"之句；苏东坡在写出"大江东去，浪淘尽，千古风流人物"的句子之外，也能写出"但愿人长久，千里共婵娟"；李清照"莫道不消魂，帘卷西风，人比黄花瘦"之外，也有"生当作人杰，死亦为鬼雄"的豪迈之句一样，纳兰性德这段时间所写之词，不复《侧帽集》的风流婉转，也不复《饮水词》的凄凉哀婉，而是想要把他骨子里的、那种属于年轻人的、从父辈们那儿继承下来的热血与豪迈完全发泄出来一样，塞上词，竟因此成了他作品中一抹异样的光彩！

这首《长相思》，算是纳兰性德这类词中的代表做了。

简单直白，却生动地描绘出行军途中在荒原之上宿营的雄壮画面。

它是如此地有名，以至于出现在小学生的五年级语文课本中，是如今孩子们必学的诗词之一。

纳兰性德作为康熙皇帝的扈从出了关，眼中所见，不再是京城的软红千丈，不再是熙熙攘攘的人潮往来，远远看去，只有一望无际的荒漠，寒风呼啸着卷了过去，带着刺骨的寒意。

传令的声音远远地传来："皇上有旨，就地扎营。"

浩浩荡荡大队人马，就随着这一道命令，在原地扎营。

营帐连绵，在荒野之中蜿蜒，一眼望不到头。夜色缓缓降临，呼啸的寒风里也慢慢地夹上了鹅毛般的雪。

今晚轮到纳兰性德值班，用过晚饭，见时辰差不多了，纳兰性德便穿上盔甲，拿起兵器，起身出了营帐。

帐外，风雪越来越大，寒风刺骨。

纳兰性德并没有畏惧，他还有工作要完成。

如今已经不是在自己的家里了，他要去换下当值的同僚，让他们可以回到温暖的营帐内休息。

一片漆黑的夜空之下，连绵不绝的帐篷内，昏黄色的灯光错落的透了出来，仿佛天上的星星，在风雪的肆虐下落到了地面上，夜深千帐灯。

看着眼前无数点昏黄的灯光，纳兰性德突然想起，自己这一路上经过的地方，何尝不是一程山一程水，如今出了山海关，却山水不见，唯有一望无际的荒漠，还有眼前连绵不绝的营帐灯火。

望着眼前的这一幕，纳兰性德的心里，是有些激动的，脑子里突然浮现出来的词句，也与自己往日的词风截然不同，带着一些豪迈的味道。

千里行程，万种所见，尽数化为"山""水"二字，以小见大，满腹乡思，一腔愁绪。

而这无数的账灯之下，又有多少人与自己一样睡不着呢？又有多少人是与自己一样，在思念着家乡的亲人呢？

风雪越来越大，纳兰性德听着帐外的风声与落雪的声音，数着远远传来的打更的声音。

一更过去，二更过去……

但是这风雪却也丝毫没有停止下来的意思，风声呼啸，卷着遥远的打更的声音，夜，突然变得更加漫长。

漫长得似乎永远也到不了尽头。

漫长得似乎永远也不会再见到天亮。

漫长的，把一颗颗思乡的心，都搅成了碎片。

风雪声声，尽入内心深处。

于是他不由得回想起还在京城时候的日子，虽然也曾起过大风，虽然也曾下过大雪，但何曾有过这样凄凉呼啸的风雪之声？

自己本该是在京城里，与顾贞观、朱彝尊等好友们在一起，编撰着词论，编撰着词集，而不是在这关外的荒野之中，听着帐外呼啸的风雪声，思念着家乡的亲人。

自己为何会在此呢？

纳兰性德不禁这样问自己。

他一向是厌恶官场中的生活的。

但是，肩上的责任却让他不得不，在这山海关外，看着夜深千帐灯。

灯下，是一颗颗思乡的心，更是一颗颗报效国家的男儿心。

如果不是如此，我们为什么要出现在这里？

难能可贵的是，虽然这首《长相思》中浓浓地满是思乡之情，却一改纳兰性德以前缠绵悱恻的哀婉风格，而在忧郁中散发出一股豪迈的，欲报效国家的慷慨之气。

也许是二十多年的人生岁月，在此刻终于得到了沉淀、得到了升华。

"夜深千帐灯"，不愧"千古壮观"。

在山海关呆了几天，康熙皇帝继续北上，纳兰性德也跟着一起，这一日来到了白狼河，也就是今天的大凌河。

已经到了现在的辽宁省，关外塞上，一切的景色与京城如此不同。

这是纳兰性德第一次远离京城，到达如此遥远的地方。

辽阔的大草原上，北巡行营的围帐耸立着，如同在山海关时候那样，连绵不绝，一望无涯。

如此的大军，却是鸦雀无声，听不见喧哗，只有夜风呼啸而过的声音。

在这样安静的时候，纳兰性德也是昏昏欲睡。

眼前有点昏花，看出去，连天上的星星也像是要掉下了一般，摇摇欲坠。

那就不妨沉沉睡去吧！

在香甜的睡梦之中，说不定还能梦到自己的家乡，梦到家中的亲人。

但是，正当想要在梦里回到家乡的时候，河水的浪涛声传来，顿时搅碎了好梦。

如今还能怎么办呢？

人远在千里之外，连梦回家乡都不成，在这漆黑安静的夜空下，自己又能做什么？罢了罢了，还是睡去吧，即使已经梦不到家乡与亲人，但也总好过醒来时的寂寞与无奈。

如此也好。

如此甚好。

"万帐穹庐人醉，星影摇摇欲坠。归梦隔狼河，又被河声搅碎。还睡，还睡，解道醒来无味。"。

这首《如梦令》，写景写情，豪迈之中却还是有着一股子惆怅与无奈的味道。

康熙北巡，他想到的，是自己的帝王业，是自己的江山社稷，大好河山。

而作为扈从的纳兰性德，想到的，却是随行将士们的思乡之情。

"可怜河边无定骨，犹是春闺梦里人"，古往今来，将士们成就的，不过是一将功成万骨枯。

好在这一次只是北巡，而不是战争。

所以，将士们不用担心埋骨他乡，不用担心再也见不到家中的妻儿老小。

即使如此，思乡之情，却是连皇帝的圣旨都无法阻止的。

有人说，纳兰性德的这首《如梦令》，表面写景，其实写情，是作者在叹息人生际遇的多舛，与仕途不顺的惆怅，写出了词人在北巡时候的清冷心境。

后半句，我还算赞成，对前半句，却有些不赞同。

纳兰性德生性不喜官场，不喜俗务，却偏偏为此所困，心境清冷，尤其是在北巡之后，见识了雄浑的北国风光，见过了荒原之上一望无际的大军行营，风物的不同，让他的词境也有了不同，更加的宏大，不变的，依旧是字里行间的沉郁，说他此刻心境清冷，倒也不为过。

但是，若要说纳兰性德仕途不顺，人生不顺，那我想从古到今，从李白、杜甫到同时代的顾贞观、朱彝尊，可能就要提出抗议了。

如果连纳兰性德都属于人生不顺的话，那我想不出还有谁，能够称得上"天之骄子"了。

他本该是一直这么顺顺利利地走下去，走完应有的、充满鲜花与荣耀的一生。

在当时看起来，他也确实正在如此，沿着那条既定的，几乎没什么悬念的荣耀之道走去。

只不过，在纳兰性德的心中，他一直清楚地知道，如今眼前的一切，并非自己真正想要的，却又不得不这样走下去。

"三十而立"，他已经快要年满三十岁了，他已经有妻有子，有丈夫与父亲的责任。

现实不是童话。

我本人间惆怅客，知君何事泪纵横。

当年他写与朱彝尊的词句，此刻又突然浮现在脑中。

十年之后，纳兰性德突然再度懂得了朱彝尊。

在纳兰性德跟随康熙皇帝北巡的期间，他写了不少描写塞上风光的诗词，其中一首，便是《采桑子·塞上咏雪花》。

边疆塞外，风雪大作，一年到头都看不见春天。

古时有岑参的"突如一夜春风来，千树万树梨花开"，写尽边关要塞苦寒之地大雪纷飞时候的情景。

雪花洁白，在空中轻盈地落下，在支楞的枝条上慢慢堆积起来，一片一片的雪白，竟像满树梨花盛开的情景。

在岑参的笔下，雪花就像那梨花一样，为这苦寒之地平添了几分姿色。

而雪花又非花，它自天上而来，哪里像人间俗世的富贵花需要用浓妆艳抹来装点自己，但是世人喜好的偏偏正是那富贵之花，趋之若鹜。

谁能来怜惜这"不是人间富贵花"的雪花？

昔日《世说新语·言语》中，曾经记载过这样的一件事。

谢安见雪因风而起，便问自己的子侄辈们何物可比？有回答"撒盐空中差可拟"等等的，只有侄女谢道韫回答"未若柳絮因风起"，谢安拍手叫好。

在谢娘谢道韫之后，这仿若柳絮一样的雪花，还有谁来疼惜它呢？

没有了吧？如今，这天宫的使者也只能漂泊天涯，看着寒凉的月色，听着悲凉的胡笳，飘飘摇摇，万里西风瀚海沙。

在纳兰性德的心中，这"不是人间富贵花"的雪花，漫天飞舞着，是不是每一片，都被他看成了自己的化身呢？

一句"不是人间富贵花"，语带双关。

若要以"人间富贵花"来形容纳兰性德，大约没有人会反对。

可是，被人艳羡不已的纳兰性德，却是这样说道。

"别有根芽，不是人间富贵花。"

他断然否认了自己在那些世俗人眼中的身份，他从未因为自己出身自鸣得意，反倒是毅然写明了自己的心意。

不是人间富贵花。

纳兰性德有着一颗高傲的心。

他不仗势欺人，他不趋炎附势，但是，当现实与理想互相冲突，妥协的，往往都是理想。

纳兰性德也不得不妥协。

来自俗世间的种种条条款款，仿佛铁箍一般紧紧箍住了纳兰性德，让他喘不过气来。

据说，纳兰性德担任侍卫以来"御殿则在帝左右，扈从则给事起居""吟咏参谋，多受恩宠"，应付自如，"上有指挥，未尝不在侧"，极受康熙信任。由于尽职称诣，他得到过康熙皇帝的许多赏赐，颇为让人羡慕。

由此可见，当官，纳兰性德未必不行。

他毕竟是出生在官宦世家。

他应该比任何人都懂，都清楚！

只不过他的心并不在此罢了。

他想要的，是以自己的才华，在文学上留下一笔，与自己的朋友们一起，用文字抒发胸臆，而不是用华丽的辞藻去歌功颂德。

但是对皇帝来说，他的出众才华，大概也就是在心血来潮的时候用来为自己歌功颂德。

历朝历代，不会拍马屁的人不一定升不了官，但擅长拍马屁的人，一定比不会拍的人升迁快！

纳兰性德并不想拍马屁，更不想做那些歌功颂德之事，但是，人在屋檐下，不得不低头，皇帝一声令下，他焉能不做？

他有着最纯正的儒生灵魂，汉文化早已深入他的骨子里。

文人可以是皇帝的朋友，可以是皇帝的老师，但若是为奴，便是侮辱了文化的清高。

不愿为奴的清高与骨气，在现实的强压下，终究是无可调和，化为纳兰性德一句无奈却悲愤的"不是人间富贵花"。

在电视剧《康朝秘史》中，演员钟汉良所扮演的纳兰性德，在临终之前面对前来探望他的康熙皇帝，说道："奴才这一辈子最大的福分，莫过于结识了皇上。而最大的不幸，也正在于此。我生为奴才，却从不想做奴才，心里一直在和皇上争高低。这高低不是君臣名位，而是做人的心志。如今，就要分手了，

我虽不愿讲出一个输字，但却不能不说，我以皇上为荣。因为此生陪伴的，是一位能够恩泽天下的圣君。"

电视剧拍得如何，褒贬不一，但这段台词写得好，真的是好。

虽然是电视剧的台词，却也是在一定程度上写出了纳兰性德终其一生都在挣扎着的、却怎么也挣脱不了的樊笼。

他终究"不是人间富贵花"！

《菩萨蛮》：

朔风吹散三更雪，倩魂犹恋桃花月。梦好莫催醒，由他好处行。

无端听画角，枕畔红冰薄。塞马一声嘶，残星拂大旗。

《菩萨蛮》是纳兰性德北巡中又一首描写北国风光塞上景色的诗。

乍见这首词，还颇觉得有点像是在行军途中，纳兰性德有感而发随性而吟的作品，没有"夜深千帐灯"的雄浑，也没有"不是人间富贵花"的悲凉，有的，是对眼前景色的赞叹。

塞外常年北风肆掠，如今也是一样。

昨晚下的那场大雪，堆积在荒原上、营帐顶上，白茫茫的一片，却被一阵又一阵的北风吹散了。

那被北风吹散的雪花，一片一片从空中缓缓飘散，仿佛漫天散落的梨花一般。

桃李芬芳，如果这雪花当真是梨花，莫非是倩女的灵魂所化，在留恋着昔日那些美好的时光？

如果是梦，那么就别去叫醒她吧。

画角的声音响了起来，已经是清晨时分了，被号角的声音给吵醒了，侧头一看，枕头旁边，半夜思乡而留下的眼泪早已结成了薄冰。

枕畔红冰薄，这一句，出自五代王仁裕《开元天宝遗事》中的"红冰"记载："杨贵妃初承恩召，与父母相别，泣涕登车。时天寒，泪结为红冰。"

这里纳兰性德用"红冰"的典故，当然并不是自比杨贵妃，否则那就搞笑了！他只是借用这个典故，来说明自己思念家乡、思念亲人的心情。

远远传来了战马嘶鸣的声音，渐渐的，本来寂静的行营也逐渐有了脚步声、喧哗声，人们起床了，准备拔营继续前进。

大军往前行进的时候，天色还未完全畅亮，天空中还隐隐挂着几颗星星，星光冷冷地洒在大旗之上，一片清冷之气。

清晨的空气清新中带着寒意，驱走了纳兰性德残存的几分睡意。

远远眺望着天空，纳兰性德突然回想起梦中熟悉的面容来。

在京城，妻子还在等待着他的归去吧？

想必她每天都亲自打扫干净了书房后，再焚上一炉香，就像他还在京城时那样，一切如故，只等待着书斋的主人回来。

如今想起来，每每"欲离魂"的人，其实不是别人，正是自己吧？

如果在梦中，就能再度见到自己心爱的亡妻了吧？

如果是离魂而去，就能再度与自己心爱的亡妻相会了吧？

三月三日长生殿，夜半无人私语时，如果真的能见到自己心爱的亡妻，又何必计较是不是梦中相会呢？

红泪枕边成薄冰，一点一滴，都是思念之情。

而这情，要如何才能传达到亡妻那儿？

一生一死，两个字的差别而已，却是天壤之隔，永远不能再见。

千里赴戎机，并不只有古代的花木兰，其实纳兰性德第二次北上，完全配得上这五个字。

那一年八月的时候，纳兰性德奉皇帝的命令，再次北上。

只是这一次，没有了皇帝北巡时的气魄雄伟，队伍浩荡，有的是执行隐秘任务的小心翼翼与如履薄冰。

根据有史可查的记载，康熙二十一年的时候，为了阻止沙俄的南侵，康熙皇帝派都统郎坦、彭春、萨布素等一百八十人，以"狩猎"的名义，沿着黑龙江一路往北，最后到达雅克萨。

当时雅克萨在沙俄的占领下，于是，郎坦等人就装成寻常猎户的样子，探敌虚实，进行战略侦察，摸清了雅克萨的水陆通道。

有了这次侦查的情报，三年之后，清军与沙俄进行了史称"雅克萨之战"的反击战。清军取得胜利，朝廷与沙俄签订了《中俄尼布楚条约》，成功阻止了沙俄向南侵占与扩张。

当时参加这项隐秘侦查任务的人中，就有纳兰性德。

小榻琴心展，长缨剑胆舒。

当我们在回味纳兰性德那些优美词句的时候，也应该知道，这个男人除了会吟风弄月之外，也会提剑跨骑，上阵杀敌为国建功。

一世风流，一生至情，也同样有着不输给任何人的热血与豪迈。

徐乾学曾经赞他"有文武才，每从猎射，鸟兽必命中"，意思是说，在一干友人们去打猎的时候，纳兰性德也是英姿勃发，箭出必中，可想而知其神采飞扬。

对纳兰性德来说，武功并不是他得以自夸的资本，相比于骑射，他更喜欢的是诗词。但作为满人的后裔，那种善骑射，骁勇尚武的传统，还是在他的骨血里根深蒂固，从而造就了这位文武全才。

他不但武艺出众，而且胆色过人。

姜宸英的《通议大夫一等侍卫进士纳兰君墓表》中曾经这样记述道："……二十一年八月，使战唆龙羌。其地去京师重五六十驿，间行或累日无水草，持干粮食之。取道松花江，人马行冰上竟日，危得渡。仅抵其界，卒得其要领还报，上大喜。君虽跋涉艰险，归时从奚囊倾方寸札出之，叠数十纸，细行书，皆填词若诗，略记其风土方物。虽形色枯槁不自知，反遍示客，资笑乐。"

意思是说，康熙二十一年八月的时候，纳兰性德被康熙皇帝命令去参加这项危险的任务，目的地距离京城非常遥远，行进途中经常很多天都没有粮食水草，只能吃预先准备好的干粮充饥。一行人取道松花江，江面上早已结了厚厚的冰，他们在冰面上走了好几天，才勉强渡过了松花江。一到目的地，众人就分头进行自己的任务，把敌人的情况调查得一清二楚，回来禀告给皇帝，皇帝十分欢喜。纳兰性德君虽然跋涉艰险，困难重重，但回来的时候，从随身的皮囊内掏出只有方寸大小的数十张纸来，上面密密麻麻地写满了细小的字，都是纳兰性德在这一路上的所见所闻，风土方物，都填成了词，写成了诗。经过这一次危险的任务，他整个人都消瘦不少，但并不在意，和以往以前一样与朋友来往，而且还拿自己消瘦的模样来开玩笑。

短短一段话，纳兰性德那文武双全又豁达的形象顿时跃然纸上。

难能可贵的是，在这样危险的任务途中，纳兰性德还是见缝插针，抓紧一切可以利用的时间，把自己在这一路上所见到的，都记录下来，写成诗词。

俨然一位豪爽的英雄豪杰、江湖侠客。

纳兰性德一行人圆满地完成了任务，他们又平安地返回了京城。

这场收复领地的战争，纳兰性德只参与了前半部分，后半部分，他却无缘得见。

不是因为他能力不够，没有资格参与，而是上苍终究舍不得自己的宠儿，把纳兰性德召回了自己的身边。

六、渌水情殇

"谁念西风独自凉，萧萧黄叶闭疏窗。沉思往事立残阳。

被酒莫惊春睡重，赌书消得泼茶香。当时只道是寻常。"

康熙十六年，卢氏因产后患病，于五月三十日离世。

她永远离开了纳兰性德。

那是康熙十六年。

对于纳兰性德来说，这原本该是欢喜的一年。

这一年，父亲明珠从吏部尚书升为英武殿大学士，位极人臣，权倾天下。

也在这一年，妻子卢氏身怀有孕，算算日子，四月就要临盆了。

这个即将诞生的孩子并不是纳兰性德的长子。之前，妾室颜氏就已经为他生下了一个儿子，取名叫作富格。

作为明珠家孙辈的长子，富格这时还小，只知道自己要做哥哥了，欢喜着，盼着小弟弟的早日降生。

不光是小小的富格，府里上上下下所有的人都在盼望着这个孩子的出世。

纳兰性德更是分分秒秒都在数着、盼着，期待着孩子的降生。

这是他与卢氏的第一个孩子，无论男女，都将会是纳兰性德的掌上明珠。

四月的时候，卢氏顺利地产下了一子，起名海亮。

当府里上上下下的人都还沉浸在新生命诞生的喜悦中时，噩运却悄然地降临到了卢氏与纳兰性德的头上。

一个月后，卢氏因为产后受了风寒，缠绵病榻，终于在五月三十号那天，永远地闭上了双眼，离开了她刚刚出生的孩子，离开了她深爱的丈夫。

"憔悴去，此恨有谁知，天上人间俱怅望，经声佛火两凄迷，未梦已先疑。"

有时候幸福是那么的圆满，可圆满的幸福总是那么的短暂，短暂得几乎是弹指间匆匆而过，刹那间，便已暗转了芳华。

执子之手，与子偕老。

他以为自己能够与卢氏一起，直到天长地久，哪知所有的海誓山盟在命运的无情面前，不过都是一句轻飘飘的笑话。

纳兰性德这才惊觉，原来所谓的"与子偕老"，简简单单四个字，竟是如此的遥远，穷尽一生的时光，都再也无法实现。

明月几时有？把酒问青天。

在前人的诗词中，描写月亮阴晴圆缺的，是李白笔下的"花间一壶酒，对影成三人"，是杜甫的"露从今夜白，月是故乡明"，是张九龄的"海上生明月，天涯共此时"，更是苏东坡的"但愿人长久，千里共婵娟"。

但是，如今景依旧，却已物是人非。

当初陪着自己赏月的人，现在又在哪里？

看着天边的明月，纳兰性德这样喃喃自语。

"辛苦最怜天上月"，可怜你每一晚每一晚都高高的挂在天上，却总是亏多盈少，一个月之中，只有那么一两天的时间才是圆满的，其他的时候，夕夕都缺。

如果上苍真的能让月亮每晚都圆满无缺，那么，我们也就能永远幸福地在一起，永不分离了吧？

纳兰性德这样向着月亮默默祈祷着。

但是月亮无言，只是静静地看着人世间一切的悲欢离合，把银白色的月光温柔地洒向世间的每一个角落。

却唯独照不到人的内心。

看着天空中的圆月，纳兰性德想着，若是天路能通，自己就能再度与爱人相见了吧？

不辞冰雪为卿热，多么美好的故事。

那痴情的男人，为了重病的妻子，不惜在寒冬腊月，脱光衣服让风雪冰冷自己的身体，再与妻子降温，只是，这般痴情又如何？他心爱的妻子最终还是离世长辞，而这痴情男子最后也病重不起，追随妻子而去。

即使世人都纷纷斥责这个男人沉迷于儿女情长，但纳兰性德却从未觉得。在他的心目中，这个男人在世人看来"不正常""不理性"的种种举动，是如此正常，可以感同身受。

大概因为他们都是同一类人吧？

所以，才"不辞冰雪为卿热"。

如果上天能让我们再度相聚，如果上天能让我们再度幸福地厮守在一起，那该有多好？

如果说纳兰性德的《侧帽集》，还带着少年郎不知人间疾苦，潇洒不羁的风流话，那后来的《饮水词》，当真就如标题所言一样，如人饮水，冷暖自知，个中的滋味，只有他自己知道。

经历了丧妻之痛，亲眼见证了生命的诞生，又亲眼见到挚爱的逝去，此时的纳兰性德，早已不是当年意气风发的少年郎，在他的心中，已经不可避免笼上了一层忧伤的色彩。

卢氏的故去，并未随着岁月的流逝而在纳兰性德的心中逐渐黯淡，反而越来越清晰，最终，化为他笔下一首又一首的悼亡词。

纳兰性德的好友顾贞观曾经这样说过："容若此一种凄婉处，令人不能卒读，人言愁我始欲愁。"

也正好说明了纳兰性德写与亡妻卢氏的悼亡词，哀婉清丽，情真意切，令人看了感同身受，肝肠寸断。

悼亡词古来便有，即使豪迈如苏东坡，"大江东去，浪淘尽"的气魄，也一样有"十年生死两茫茫，不思量，自难忘"的凄切哀婉，如今到了纳兰性德，因为卢氏的离去，他的字里行间，满是对爱妻的怀念，魂萦梦牵，字字句句柔肠悲歌，道不尽剪不断，当真是凄凄惨惨戚戚，摧人心肝。

这爱情的誓言，没有华丽的辞藻修饰，也没有慷慨激昂的字句，是那么浅显易懂，近乎白描一般的口语，读来却是那么清新自然，洋溢其中的浓烈深情，叫人看了在羡慕纳兰性德与卢氏之间那真挚爱情的同时，也不由得感慨，造化弄人，一对天作之合，竟是这么早便劳燕分飞，生离死别。

一僧曰幡动，一僧曰心动。

纳兰性德的悼亡词，清丽凄美，这是众所公认的，在他的笔下，曾经带给自己那么多欢乐的庭院、夕阳、星空、花树、回廊等等，早已不复当初卢氏还在的时候，眼中所见的欢快与幸福。

一句"当时只道是寻常"，如今，多少人耳熟能详。

简简单单的七个字，却是千言万语，多少深情都饱含其中。

纳兰性德与卢氏，少年夫妻，恩爱缠绵，但幸福的日子却只不过短短三年。

当幸福远去，以前曾经在一起的时候的点点滴滴，便清清楚楚地涌上心头，来回萦绕，刻骨铭心。

那些平凡幸福的夫妻生活，当时看来，随处可见，随时可见，就像呼吸一般自然，自己也从来不曾去留心过，但为何如今回想起来，却是每一点每一处，甚至对方说过的每一句话，都那么的清楚。就像是融入了自己的骨血之中，随着时间的流逝，不但没有逐渐遗忘，反而更加清晰。

纳兰词的魅力所在，除了他的词清丽凄婉之外，便是因为他把他对亡妻的无尽相思都化成了一首又一首的悼亡词，在词中怀念着自己心爱的妻子，如泣如诉。字字句句皆是出自真心，是自然而然的，写着自己最真实的心情。

卢氏亡故，已经不知过了多久。

对纳兰性德来说，这段时间是多么的度日如年呀！时间似乎已经没有了意义，日出日落，连他自己都数不清楚了，只清楚记得，那一天，当他得知噩耗，失魂落魄地走进房间的时候，她就躺在那儿，面容温柔，仿佛只是睡着了一样，双目却紧紧闭着，再也没有睁开。

她是睡着了吧？如果一直呼唤她的芳名，是不是就能再度醒来，微笑着，和以前一样，在自己的耳边喁喁细语？

但是，她已经走了，永远地离开了自己的孩子，离开了自己心爱的丈夫。

她走得那样仓促，快得让所有的人都反应不过来，快得连话都没留下，更遑论告别。

短短三年的幸福，如今随着她的离去而散成了风中的飘絮，就像那一片片西风中的落叶，带着秋天瑟瑟的寒意，缓缓飘去。

在阖府的悲伤中，纳兰性德失魂落魄一般，任由其他人忙碌地操劳丧事，自己只是呆呆地站着，就像魂魄早已不在此处。

他第一次觉得，面对生死，自己是如此的无能为力，当噩运突然来临，他竟毫无招架之力，只能眼睁睁地看着残酷的命运无情地带走自己心爱的妻子。

原来那些曾经让人艳羡的幸福，只不过是为了让他从云霄之上又高高地摔下，伤得更痛，伤得更深。

悲伤的并不只纳兰性德一人，对明珠与觉罗氏来说，失去了这么一位近乎完美的儿媳妇，也是无法弥补的遗憾，他们也感慨着，悲伤着，既为了卢氏的年少而亡，也是为了儿子的丧妻之伤，更有着对失去卢氏家族——封疆大吏势力支持的惋惜。

颜氏则一直安安静静的，表达着自己的伤痛。

她并没有趁机妄想去争夺卢氏的位子，而是照顾卢氏刚刚生下儿子——海亮，尽心尽意地照顾着这个失去母亲的婴儿，这是她表达自己对卢氏的敬意和伤痛的方式。

唯一有权完全浸入悲伤的，只有纳兰性德。

突如其来的噩耗让他至今还无法相信，温柔的妻子已经永远地离开了自己。所以，他几乎是放任着自己被悲伤全然的侵蚀。

花草树木，楼台亭阁，甚至池子里的莲花、金鱼，每一处每一处，仿佛都还能看到妻子那纤细的身影。

就像从来不曾离去。

每一处妻子曾经待过的地方，空气中似乎还有着她身上那淡淡的、熟悉的香气。

当初两人携手共同走过的走廊，如今看起来，竟有这么长！

当初两人共读的书房，如今看起来，竟有这么空旷！

以前种种甜蜜的回忆，现在回想起来，竟是泛出了苦涩的味道。

在卢氏的丧礼结束之后，府中的其他人，就各自回到了自己生活的轨道上去。

他们并没有多余的时间来悲伤。

只有纳兰性德。

卢氏的死，给了他沉重的一击，在心中留下了永生都无法磨灭的伤痕。

好在就在这一年的秋冬，康熙皇帝下了命令，让纳兰性德担任乾清门的三等侍卫。

有了公职在身，原本赋闲的纳兰性德也忙碌起来。

这样也好，忙碌着，有着其他的事情分心，至少就不会再无时无刻地想着卢氏了吧？

纳兰性德这样天真地想着。

可是，思念不是这么轻易就能从脑子里被驱赶出去的。

工作再繁忙，任务再沉重，也总有做完的时候，每当这个时候，对卢氏那刻骨铭心的思念之情就会从每一个角落悄悄地窜出来，在心中萦绕不去。

在卢氏逝世之后，纳兰性德似乎突然对易学有了浓厚的兴趣，书桌上，堆满了古今各大易学家的著作。

他一头扎了进去，如饥似渴地吸收着这全新的知识。

这天并未轮到纳兰性德去乾清宫当值，他从一大早开始，就钻进了书房，贪婪地阅读着那些大家的著作，沉浸在自己的世界内，对时光的流逝完全没有察觉。

直到传来轻轻的敲门声，他才发觉太阳已经移到了西边，夕阳西下。

啊，是了，已经这么晚了？

轻轻的敲门声又再度传来，纳兰性德想也不想地就唤着卢氏的名字。

以往，每当自己看书忘了时间忘了用餐的时候，卢氏总会贴心地替他端来饭菜，温柔地提醒他不要太过废寝忘食，累坏了身体。

所以，当听到门外传来敲门声的时候，他几乎是条件反射的，想也不想就脱口说出卢氏的名字。

那端着饭菜的温柔女子闻声，脸上的笑容微微凝固了一下，旋即带上一丝无可奈何，还有一丝悲伤。

她素来沉静惯了，如今，也只是恭敬地把饭菜放到桌上，然后有些担心地看了看自己的丈夫，才依依不舍地离开。

看着颜氏远去的身影，纳兰性德一时竟说不出话来。

当他面对这位安静的女子，却脱口唤出卢氏的名字的时候，他清楚地看到了，颜氏脸上那一抹无奈的神情。

如果卢氏……如果卢氏还活着的话，那么，刚才送饭菜来的人，便应该是她了吧？

当敲门声响起的那一刹那，纳兰性德几乎有种卢氏还未离去，马上就会推门而入的错觉。

桌上的饭菜渐渐凉了，纳兰性德却依旧毫无食欲。

他只是站在窗前，看着窗外逐渐西沉的夕阳，还有夕阳下，空荡荡的庭院。

"谁念西风独自凉"，这样的七个字突然钻进他的脑子里。

许久之后，纳兰性德轻轻地关上了窗户。

那被瑟瑟的秋风吹落一地的萧萧黄叶，在空中飞舞着，缓缓飘落在地，说不出的凄凉。

纳兰性德不忍再看，转过头去。

他无法阻止时光的流逝，更不能阻止秋叶的飘落。

就如他只能看着妻子逝去，无能为力一样……

如果她还在……

如果她还在身边，看到窗外落叶纷纷飘下的情景，会说些什么呢？

她总是微笑着，对所有的人、所有的事都那么的温柔……

自己喝醉了，躺在床上沉睡不起，任凭身旁的人儿怎么呼唤，都装睡，在对方无可奈何的时候，才悄悄地睁开眼睛……

浮现在脑海之中的，都是多么美好的回忆啊，两人之间的心灵契合，是如此的幸福。

"被酒莫惊春睡重，赌书消得泼茶香。"

这些，不都是当时自己与卢氏曾经做过的事情吗？

李清照《金石录后续》有一则记载："余性偶强记，每饭罢，坐归来堂烹茶，指堆积书史，言某事在某书某卷第几页第几行，以中否角胜负，为饮茶先后。中，即举杯大笑，至茶倾覆怀中，反不得饮而起。"

当初，自己与卢氏，不就像赵明诚与李清照，一般的诗情画意，一般的恩爱吗？

那些相处的片段，回想起来，分明只是些寻常的琐事而已，寻常的日子，寻常的时光。

本来以为会一直这么寻常下去，哪知道，在一起的日子只不过短短的三年。

当时只道是寻常。

恩爱再笃又如何？却抵不过命运的残酷。

就像赵明诚与李清照，终究，赵明诚还是先舍李清照而去，而自己，却是被卢氏先遗落在了这人世间。

一句"当时只道是寻常"，不知为何，令我突然想起万芳的一首歌来。

歌名唤作《恋你》，其中这样唱道："想要长相厮守却人去楼空，红颜也添了愁，是否说情说爱终究会心事重重，注定怨到白头，奈何风又来戏弄已愈合的痛，免不了频频回首，奈何爱还在眉头欲走还留，我的梦向谁送？离不开思念回不到从前，我被你遗落在人间，心埋在过去，情葬在泪里，笑我恋你恋成颠……"

歌是情歌，女声柔美，一句"离不开思念回不到从前，我被你遗落在人间"，唱的，何尝不是当时纳兰性德的心境？

如果我们能够回到从前，是不是就能再度相见？

心爱的人儿啊，你怎么可以如此狠心，把我独自遗落在这苍茫的人世间？在无尽的岁月中独饮回忆酿成的苦酒，永醉于痛苦的哀悼之中，夜夜沉沦。

古往今来，写过悼亡词的人不在少数，但没有人能像纳兰性德这样，十年如一日，无时无刻不在思念着亡妻，把对妻子的思念写进词中。

从卢氏刚刚亡故后的"判把长眠眠滴醒，和清泪，搅入椒浆"，到跟随康熙皇帝北上南巡之后的"旧欢如在梦魂中，自然肠欲断，何必更秋风"，我们可以看得出来，即使经过了这么多年，纳兰性德对卢氏的思念之情，并未因为时光的流逝而有丝毫的改变，仿佛妻子的离去永远都是昨天的事情一样，伤痛弥久愈新。

说纳兰性德乃是情种，当真一点都不为过。

只是强极则辱，而情深，却是不寿…………

七、怆然离世

"家家争唱纳兰词，纳兰心事谁人知？斑丝廓落谁同在？岑寂名场尔许时。"

康熙二十四年，乙丑。

五月三十日，性德因七日不汗病故，是年三十一岁。

康熙二十四年。

这一年，纳兰性德三十一岁。

正是刚过而立之年的时候，纳兰性德已经从最初的三等侍卫，升到了一等侍卫。

这一年，沈宛离开了，四月的时候，严绳孙也离开京城。

严绳孙请了假，说要南归省亲，其实就是弃官不做，回家乡专心作画了，纳兰性德知道好友去意已决，也并未执意挽留。

当时他们都还天真地认为，即使分别，也总还有再见的一天！

那时所有人都没有想到，纳兰性德的人生，竟会永远地定格在这一年的五月三十日，在他亡妻卢氏逝去的同一天。

巧合吗？

也许吧。

很多时候，我们肆无忌惮地挥霍着时间，以为还有机会，哪知却容不得我们再次回头。

《夜合花》

阶前双夜合，枝叶敷华荣。

疏密共晴雨，卷舒因晦明。

影随筠箔乱，香杂水沉生。

对此能消忿，旋移近小楹。

康熙二十四年，接到纳兰性德书信的梁佩兰，千里入京。

对于梁佩兰的到来，纳兰性德是十分惊喜的，五月二十二日，他在渌水亭设宴，邀请的宾客仍是素日的好友，梁佩兰、顾贞观、朱彝尊、姜宸英、吴雯等人。

这个时候，已经没有了吴兆骞与严绳孙。

对吴兆骞的逝世、严绳孙的辞官归去，纳兰性德心中一直是十分怅然的。

如今，因为梁佩兰的到来，纳兰性德暂时一扫心中的怅然神伤，在自家的渌水亭，与好友们再度聚会。

和以前相比，渌水亭畔多了两株小小的花树，那是夜合花，纳兰性德记不得是自己什么时候种下的了，不过如今倒是颤颤巍巍地生长了起来。

夜合花又叫合欢花，在盛夏的时候会开花，花朵是粉红色的，叶子一到晚上就会一对一对的合起来，所以叫作"夜合花"。如今正是花期，众人便以《夜合花》为题，各自赋诗。

纳兰性德也不例外。

他的作品是一首典型的命题诗，还是一如既往地带着纳兰性德内心的忧虑，萦绕不去。

台阶前长出了两株夜合花树，枝头枝繁叶茂，疏密有致。因为昼夜的变化，花朵开合不同，那摇曳的树影倒映在了竹帘之上，芬芳的香气飘了过来，但并不是单纯的花香，中间还混合了沉水香的味道。看着这两株夜合花，心中的怨忿似乎也烟消云散了。

不过当时谁也没有想到，这首《夜合花》，竟成了纳兰性德的绝笔！

就在这场相聚的第二天，纳兰性德便病倒了，那是一直困扰着他的"寒疾"，整整七天，终于不汗而死。

过世的那天，也正好是卢氏的祭日——五月三十日。

他终于可以不用再挣扎在理想与现实的冲突之间，徒劳地想要发出自己那微弱地呼唤，而是留下了这璀璨夺目的《纳兰词》，从此翩然远去。

对于纳兰性德的死因，官方记载向来语焉不详，就是一句"寒疾，不汗而亡"便轻描淡写地略过，后来有学者研究，众说纷纭，但大体可归为以下几种：寒疾、忧郁自杀、天花说，还有被害说。

"被害"这种说法，据说是出自《李朝实录》，康熙二十八年的时候，朝鲜使臣发回朝鲜国内的一份别单。

别单上写的，都是这位朝鲜使臣的所见所闻，其中有这么一句"又有成德者，满洲人，阁老明珠之子，自幼文才出群，年才二十擢高第入翰苑为庶吉士。

皇帝嫉其才，而杀之。明珠因此致仕而去矣。"

简单地说，就是因为纳兰性德才华出众，康熙皇帝嫉妒了，于是命人暗中害死了他，明珠在后来渐渐在仕途上失利，最终被罢相。

说的倒是有板有眼的，但是仔细想一想，逻辑上颇为不通。

首先，此说是不是出自《李朝实录》还有待确认，而且，皇帝因为嫉妒臣子的才华而杀之，确实也有些无稽。

纳兰性德确实是当时公认的天才词人，连康熙皇帝也颇为赞赏他的才学，经常把他带在身边，北上南巡，走遍大江南北，但是，要说是因为此就嫉妒纳兰性德的才华，我觉得两者之间是毫无关系的。

一位文人的才学并不能威胁皇帝的宝座，而且正好相反，再有才华的文人，他的命运最终也是掌握在皇帝的手中，就像"奉旨填词"的柳永，何尝不是因为皇帝的一句"且去浅酌低唱，何要浮名？"而改变了自己一生的命运呢？

康熙也是难得的贤明皇帝，创造了中国最后一个盛世"康乾盛世"的繁荣，而且他与纳兰性德、曹寅乃是少年伙伴，相互之间感情是颇为深厚的，如果说他因为嫉妒纳兰性德的才华，从而命人害死了这位少年时期的好友，怎么都说不通。

至于说明珠后来被罢相，是因为被儿子纳兰性德连累，导致被康熙不待见，就更荒唐了。

明珠后来结党营私，在某种程度上来说，康熙并非不知道，只是默许，因为他要用明珠党来牵制索额图党，维持朝廷势力的平衡，一旦这个平衡被打破，弊大于利，便会着手整顿。何来明珠因为儿子的缘故而仕途急转直下呢？

所以，纳兰性德"被害"这种说法，不过是流言蜚语。

至于说纳兰性德是康熙年间一场失败的外交政策的牺牲品，被迫自杀，就更是无稽之谈了。

纳兰性德到死为止，官职都只是一等侍卫，作为国家大事的外交，完全没

有参与的资格，而且康熙皇帝虽然信任他，但是一直不曾重用他，只是在康熙二十四年的时候，开始隐隐有些要委以重任的苗头，何来"牺牲品"一说？更何况，如果当真是因为纳兰性德在工作上有什么重大的失误，需要用自杀来避免连累家人，那么当时的官家记载也应该会有这项纪录才是，而且，纳兰性德乃是明珠之子，多少眼睛盯着，若真的出了需要自杀谢罪的纰漏，难道那些明珠的政敌会放过这么好的机会吗？

还有一种，便是"天花说"。

天花是一种烈性的传染病，在当时医疗条件不发达的情况下，这种疾病是很致命的，据说顺治就是死在此病上，当然，后来民间传说顺治皇帝因为爱妃董鄂之死而毅然放弃了帝位，出家为僧，那毕竟只是小说家言，并没有确凿的证据。而康熙皇帝能够继承皇位，很大一个原因也是因为他幼年时候得过天花，有了免疫力。

从顺治皇帝得痘疹到病亡，病期只有六天，纳兰性德从生病开始，也只有七天的时间，便永远地离开了这个世界。

韩提在《神道碑铭》中这样提过一句："而不幸速病，病七日遂不起。"徐乾学也写过纳兰性德"其葬盖未有日也"。翁叔元写"康熙二十四年五月晦，己丑，我容若年世兄先生捐馆舍，叔元往哭于其第。既殡，往哭于其位次。越三日再往，阁人辞焉。又十日偕同馆之士五人旅拜于儿筵哭如初。又八日，以天子命出殡于郊外。……于骊车之出也，姑为相挽之词以饯之。"

如此一来，便产生了几个疑问。

纳兰性德死后几个月，为什么才请人作铭，很久都没把尸体下葬？为什么要皇帝下令出殡？

这么结合起来一看，说纳兰性德死于天花，也并不是没有道理。

第一，他死亡得太迅速，病期只有七天。

第二，根据记载，纳兰性德在生病之后，康熙皇帝十分关心，于是派来宫中的御医给纳兰性德诊治，"使中官侍卫及御医数辈至第诊治，于是上将出关避暑，命以疾增减报，日再三，疾疾亟，亲处方药赐之，未及进而段，上为震悼。"这段话很有些微妙之处。

首先，纳兰性德刚死，康熙皇帝就带着皇子和诸位王爷、大臣们急急忙忙地离开了京城；接着，在途中，四皇子生了场小病，康熙顿时紧张起来，命令他返回京城，看好了病才继续前进。这倒很像是为了躲避什么似的。

难道纳兰性德当真是因为天花而病死的，康熙皇帝担心传染开来，才匆匆忙忙地带着众人离京的吗？再加上当时因为天花而死的人都必须火葬，尊贵为皇帝的顺治也不能避免，而纳兰性德死后，要皇帝下令出殡，那数月未葬，很有可能是火化的托词。

流传最广的，在官方记录上言之凿凿的，就是"寒疾说"了。

其实从纳兰词中去看纳兰性德的人生轨迹，我们可以发现，纳兰性德那光彩夺目的一生当中，始终潜藏着一个阴影，那便是"寒疾"。

康熙十二年，十九岁的纳兰性德正在准备参加殿试的时候，就因为一场突如其来的寒疾，在病榻之上躺了数月，错过了这场殿试，并且留下了一首七律《幸举礼闱以病未与廷试》：

"晓榻茶烟揽鬓丝，万春园里误春期。

谁知江上题名日，虚拟兰成射策时。

紫陌无游非隔面，玉阶有梦镇愁眉。

漳滨强对新红杏，一夜东风感旧知。"

诗里满是失意伤感的意味。

寒疾导致他错失了这一次的殿试，而且在他今后的岁月中，也是像幽魂一样，不时地出现，让纳兰性德深受其苦。

"翠袖凝寒薄，帘衣入夜空。病容扶起月明中。惹得一丝残篆，旧薰笼。"

在这首《南歌子》里面，我们可以窥见，纳兰性德深为寒疾所困扰。

每当天寒地冻，这顽固的疾病就会紧紧纠缠住他，使他病容憔悴。

随着日子一天一天地过去，这可恶的"寒疾"，就像一团巨大的阴霾，越来越庞大，几乎是随时笼罩在纳兰性德的周围，仿佛一只不详的蝙蝠，张开了那巨大黝黑的翅膀，狰狞地盯着纳兰性德。

每次生病，寒疾就会困扰纳兰性德很长时间，而且病期越来越长，从寒冬一直到春暖花开。

"人说病宜随月减，恹恹却与春同。"

如果说随着岁月的流逝，病情就会减轻的话，那为什么直到春天来临了，我却还躺在床榻之上。

纳兰性德显然感觉到了，这个一直纠缠着自己的病魔，是如此的顽固，不管是春去秋来，不管是在京城，还是出差在外，这可恶的寒疾仿佛幽灵一般，不时窜出来。

"黄昏又听城头角。病起心情恶。药炉初沸短檠青。无那残香半缕恼多情。"

"曾记年年三月病。而今病向深秋。卢龙风景白人头。药炉烟里，支枕听河流。"

"年年"二字，纳兰性德写出这寒疾是如何频繁，几乎每年都会发生一次，而且还不到寒冬腊月，仅仅是在深秋，病魔就再度来临了，这说明因为生病的关系，身体的抵抗力已经大不如从前。

康熙二十三年，康熙皇帝第一次南巡，照例，纳兰性德随行在康熙的身旁。也许是因为旅途的劳累，在行至无锡的时候，纳兰性德再度病倒，这一次，病情时好时坏，一直到了次年的春天，才渐渐地有所好转，但是并未痊愈，"可怜暮春候，病中别故人。"。虽然医生叮嘱他不要饮酒，但是在五月与梁佩兰、顾贞观、姜宸英等人的聚会中，趁着兴头，纳兰性德还是喝了不少，结果旧病复发，寒疾再度击倒了这位年轻的天才词人。

这一次，一直如影随形在纳兰性德身边的阴霾终于夺走了他年轻的生命。

寒为阴邪，易伤阳气，其性凝滞，这正是纳兰性德长期被"寒疾"所困的原因。

也许是因为出生在冬天，又长期生活在寒冷北方的关系，纳兰性德的身体对于"寒冷"是比较敏感的，这种敏感也表现在了他的诗词之上。

在纳兰性德所作的诗词中，不知是有意还是无意，秋冬的景色出现的次数是最多的，频繁不说，而且凄凉哀婉。

"萧萧几叶风兼雨，离人偏识长更苦。"、"木落吴江矣，正萧条、西风南雁，碧云千里。落魄江湖还载酒，一种悲凉滋味。"、"谁念西风独自凉，萧萧黄叶闭疏窗，沉思往事立残阳。"、"衰草连天无意绪，雁声远向萧关去。不恨

109

天涯行役苦，只恨西风吹梦成今古。"、"欲寄愁心朔雁边，西风浊酒惨离颜。黄花时节碧云天。"、"身向榆关那畔行，北风吹断马嘶声。深秋远塞若为情。"……在纳兰性德的词中，描写秋冬的，竟有一百多首之多，由此可见纳兰性德对于冬寒的敏感，而这，大概也正是他一直深为寒疾所苦的原因之一吧？

《素问·痹论》中曾这样说过："痛者，寒气多也，有寒故痛也。"说明寒疾会给人带来剧烈的痛苦。按照《素问》一书的解释，就是"寒气客于脉外则脉寒，脉寒则缩踡，缩踡则脉绌急，绌急则外引小络，故卒然而痛。"意思是说，当寒气侵袭肌表则脉寒，而脉寒则会导致经络、血脉收编，从而导致肢体屈伸不力，浑身疼痛不堪。

纳兰性德既然长期被寒疾所苦，身体上所承受的痛楚也是可想而知。越是频繁地感染风寒，越是饱受疼痛的折磨，长年的病痛之下，自然而然也会影响到精神层面，"锦样年华水样流，鲛珠进落更难收。病余常是怯梳头。"这种病痛中孤独又失落的心情，正好切合了他词中贯穿始终的清冷之意。

一直被寒症所苦的人，难免潜意识中也会对秋冬，对一些幽静的事物比较敏感，就像《红楼梦》中的林黛玉，体有不足之症，居处是幽冷清静的潇湘馆，而她的诗词，也大多透着股清冷的味道，无论是《葬花词》，还是《秋窗风雨夕》，无不流露出秋冬一般的凄凉与悲伤，"已觉秋窗秋不尽，那堪风雨助凄凉。"与纳兰性德的"谁念西风独自凉，萧萧黄叶闭疏窗""黄叶青苔归路，屧粉衣香何处。消息竟沉沉，今夜相思几许。秋雨，秋雨，一半因风吹去。"竟是有着异曲同工之意。

虽然林黛玉只是曹雪芹虚构出来的人物，但是我们也可以看得出来，这种身体上的病痛折磨慢慢侵入到人的精神层面的时候，会对人世间的阴晴冷暖更加的敏感，也会更加地感受到一种生命无常、人生短暂的凄凉。而这对纳兰性德本人那忧郁性格的形成，也起了至关重要的作用。

丧妻之痛、好友的过世与远离，还有对侍卫生涯的厌恶，都开始像毒药一般一点一点地侵蚀着纳兰性德的生命。

"浮名总如水，判尊前杯酒，一生长醉。"在《瑞鹤仙》一词中，纳兰性德这样写道。

显然，现实已经与他的理想越来越背道而驰。

他一次次的感慨"身世等浮萍，病为愁成"。

常年纠缠着他的寒疾，在纳兰性德自己本身的心绪郁结之下，终于从普普通通的风寒变成了陈年旧疴。

《素问》一书中这样说道："人有五脏化五气，以生喜怒悲忧恐。"即是说，人的心情与自己的身体健康有着很密切的关系，心胸宽广、开朗之人一般说来身体都会比较健康，而内心抑郁的人，未必就身强体壮。所谓"怒伤肝""嘻伤心""思伤脾""忧伤肺""恐伤肾"，也是这个道理。

纳兰性德自身的心结未能解开，一年一年的郁结，最终和寒疾一起，成为夺走他短暂生命的祸患之一。

在这个大家都比较认可的纳兰性德死于寒疾的说法之下，其实还有一种比较浪漫的、却也是十分凄凉的观点。

纳兰性德是死于康熙二十四年的五月三十日，而他的妻子卢氏也正是死于五月三十日。

同月同日逝世，这便为纳兰性德的逝世，带上了一丝儿微妙的感觉。

我们形容纳兰性德，经常用的词语之中，有一个便是"情深不寿"。

倒也有点道理。

生命中的这几位女子，只有卢氏，才是他一直最深爱的人，即使到死，也从不曾改变过自己的心意。

纳兰词之中，公认成就最高的，是他写给亡妻的悼亡词，而数量，达到五十首之多。

古往今来，悼亡词并不乏大师的作品，但很多只是一两首，表达了对逝去恋人的怀念之后，就依旧故我，随着时间流逝而渐渐淡了感情，只有纳兰性德，从始至终，对卢氏的感情都没有改变过。

红颜薄命，留给纳兰性德的，只有无尽的思念与悲伤。

爱情上的重大打击，还有成为康熙侍卫之后，近距离亲眼目睹了官场内的相互倾轧，尔虞我诈，种种的现实，都让纳兰性德越来越心灰意冷。

所有的天才都是忧郁的。

纳兰性德正是天才，他的抑郁，也是众人所见的。

爱情、现实的双重打击，让纳兰性德屡遭不幸，在他的诗词之中也有着很明显的体现，抑郁不欢，他的逝世与卢氏是同一天，如今看来，也很有些意味深长。

如果不是巧合，那么，很有可能纳兰性德是专门选择了这一天，也就是说，他的死亡，说不定含有自杀的成分。

用我们如今的科学眼光看来，纳兰性德也许患有抑郁症。

抑郁症是一种很常见的精神疾病，也很普遍，很多人或轻或重都有，严重者甚至会产生自杀的念头与行为。自身深受寒疾所苦，几方面的重压之下，导致抑郁症越来越严重，最终因为卢氏祭日的临近，而让纳兰性德选择了这样一条让亲人好友伤心不绝的路。

当然，说纳兰性德是因为抑郁症而殉情，并无确凿的证据，而从他好友徐倬的两首诗里面，隐隐约约可以看出一丝影子来。

第一首，是《成容若同年以咏合欢树索余和》：

"青棠细缬映晴莎，韩重相思未足多。

花似鄂君堆绣被，叶同秦女捲轻罗。

树犹如此能堪否，天若有情奈老何。

定织云中并命鸟，深宵接翼宿琼柯。"

另外一首，徐倬写完了还未来得及寄还给纳兰性德，对方便已经离开了这个人世间，于是，徐倬的第二首诗，便用了和前面一首一模一样的韵脚，以表达自己对纳兰性德的悼念之情。

"玉树长埋在绿莎，玉楼高处恨争多。

文章于世犹尘土，才调惟天恣网罗。

气夺千秋轻绛灌，诗传五字接阴何。

晓风残月招魂去，只恐难寻梦里柯。"

其中的"深宵接翼宿琼柯"，还有"气夺千秋轻绛灌，诗传五字接阴何"、"晓风残月招魂去，只恐难寻梦里柯"的句子，徐倬隐隐流露出自己不安的感触。

作为纳兰性德的好友，他是不是已经隐隐地猜到了纳兰性德死亡的真相呢？

纳兰性德的去世，是十分突然的，包括亲人在内，都认为是和以前一样，是普通的寒疾。

根据《康熙起居注》的记载，康熙二十四年乙丑五月三十日，明珠尚在朝堂以折本请旨。

如果之前纳兰性德就已经病到垂危，以明珠之爱子心切，还会有心思去上朝吗？可见，当时明珠完全没有意识到，就在这一天，他会白发人送黑发人，爱子纳兰性德会永远地离开自己。

就在纳兰性德过世的这一年秋天，沈宛生下了他的遗腹子富森。

第二年，也就是康熙二十五年，纳兰性德葬在了叶赫那拉氏的祖坟所在的皂甲屯，与妻子卢氏葬于一处。

纳兰性德的生前好友们，纷纷撰写悼文，怀念这位天才的词人。

"呜呼！始容若之丧而余哭之恸也。今其弃余也数月矣，余每一念至，未尝不悲来填膺也。呜呼！岂直师友之情乎哉。余阅世将老矣，从吾游者亦众矣，如容若之天姿之纯粹、识见之高明、学问之淹通、才力之强敏，殆未有过之者也。天不假之年，余固抱丧予之痛，而闻其丧者，识与不识皆哀而出涕也，又何以得此于人哉！太傅公失其爱子，至今每退朝，望子舍必哭，哭已，皇皇焉如冀其复者，亦岂寻常父子之情也。至尊每为太傅劝节哀，太傅愈益悲不自胜。余间过相慰则执余手而泣曰：惟君知我子，惠邀君言以掩诸幽，使我子虽死犹生也。余奚忍以不文为辞。"

徐乾学乃是纳兰性德的老师，两人关系一直很好，在纳兰性德亡故之后，徐乾学便写了这篇《通议大夫一等侍卫进士纳兰君墓志铭》，第一句，就写出了他为纳兰性德的过世感到十分的伤痛。

纳兰性德的天才，世人公认，徐乾学也毫不吝啬自己的赞美，称赞纳兰性德"天资纯粹、见识高明、学问淹通、才力强敏"，是他所见过最具有天分的人，只可惜天不假年，如此杰出的人才却英年早逝，不得不说是遗憾。而明珠痛失爱子，悲伤不已，每每退朝回到家中，看到儿子那空荡荡的房间，睹物思人，都会忍不住痛哭，哀叹儿子的逝去，这份父子深情，感人肺腑，闻者无不落泪，有人安慰明珠节哀，明珠却更加地哀伤。徐乾学自然也去安慰过明珠，明珠握着他的手含泪说："只有您是最明白我的儿子的，希望能请您来为他写这篇墓志铭。"

徐乾学自是这么做了，而写了悼文的，也并不只徐乾学一人，当时的名士都纷纷表达了自己对纳兰性德英年早逝的哀悼之意。

徐乾学不但写了这篇《墓志铭》，还写了《神道碑文》，另外还有韩菼的《神道碑铭》，姜宸英的《通议大夫一等侍卫进士纳兰君墓表》，以及顾贞观的《行状》、董讷的《诔词》，张玉书等人撰写的《哀词》，严绳孙等人写的《祭文》等等。

"家家争唱纳兰词，纳兰心事谁人知？"

康熙三十四年的时候，当远在江宁的曹寅回想起自己的好友之时，曾经感慨万千。

　　如今纳兰词早已名满天下，人人都在吟唱着优美的《纳兰词》，争相传颂着"一生一世一双人""人生若只如初见"的时候，又有谁能真正了解纳兰性德的内心呢？

　　"家家争唱纳兰词，纳兰心事谁人知？斑丝廓落谁同在？岑寂名场尔许时。"

　　曹寅感叹着，自己现在已经是白发苍苍，空寂寂寞，回想起昔日的好友纳兰性德，如何能够不叹息世事的无常？

　　纳兰性德已经远去，以他短暂的三十一年的岁月，留下了璀璨的华丽诗篇，仿佛最后一段清丽的传奇，在天际划过，燃烧出绚丽的痕迹。

　　"家家争唱纳兰词"，正如当年柳永"有井水处，皆唱柳永词"一般，对一位天生的词人来说，俨然是最好的荣耀。

也足以安慰纳兰性德那绝世的才华。

千年之前，柳永的"忍把浮名，换了浅酌低唱"，在千年之后，化为纳兰性德的一句"别有根芽，不是人间富贵花。"。

恰好，也正好。

当生就富贵命，却不屑权贵、不喜浮名，"身在高门广厦，常有山泽鱼鸟之思"，这样的人，当真不是人间富贵花。

王谢堂前燕何去？当上苍早早地召回了自己的宠儿，唯有词人留下的不朽华章，代代流传。

八、深切怀念

一头野猪朝明珠冲过来，露出尖尖的牙齿，凶狠地叫着。

明珠一惊，继而转身，镇定地朝那野猪坐下去，把它坐得半死。然而那野猪咆哮呜咽，死命挣扎，还想伺机再咬明珠。

容若突然在一旁出现，一剑把野猪刺死了。他对明珠说："父亲，您受惊了！"

明珠松了口气，定定神，想去拉容若的手，一起回家。那容若却对明珠说："父亲，你一定要多多保重身体，原谅孩儿不孝。"话音刚落，容若的身形渐渐消失了。

明珠大惊失色，伸出去的手落了个空，他惊慌叫道："若儿！若儿！"

明珠猛地醒来，却原来是一场梦。

好一阵子，明珠才明白容若已经离他而去。

白发人送黑发人，明珠泪湿枕畔。

这个梦起码阐述了明珠内心的两点隐忧。

其一，他担心有人想背后搞他的鬼。野猪代表某种想陷害他的敌对势力。事实上，人生如战场，高处不胜寒。明珠身居高位，一方面，伴君如伴虎，要时时刻刻琢磨皇帝所思所想；另一方面，他还要处处提防觊觎他位置的政敌，明珠不可谓不辛苦。

其二，容若离去，明珠痛失爱子，同时也是失去了事业上的一位好帮手。想想容若在世时，毕竟容若在皇上身边，又深受皇帝赏识，每每回家，父子二人略做交流，明珠总能从容若这里得到不少珍贵的信息。加上毕竟容若聪明颖悟，有时候一言两语，还能给明珠处理问题带来不少思路。明珠实在无法适应容若的突然离去。

这个梦也揭示了明珠内心对容若的深情。平日里，明珠对容若非常严格，父子之间极少有肢体接触，而梦里，明珠却要去拉容若的手。

只可惜，容若的手，已经是泥土里的一把枯骨。

想那容若，曾经是何等冰雪聪明的人物。

他生前写信给好朋友严绳孙时，说："昔人言，身后名不如生前一杯酒，此言大是。"

所谓身后名不如生前一杯酒，当然是有典故的。《晋书·张翰传》记载了张翰经常纵酒豪饮、以醉态傲世的故事。这张翰说过一句惊世骇俗的话："使我有身后名，不如即时一杯酒。"此外，"酒仙"李白在《行路难》中也写道："且乐生前一杯酒，何须身后千载名。"

容若的一生，虽然短暂，倒也不枉来这人世一趟。

1685 年，沈宛为容若生下遗腹子富森。

1686 年，容若葬在京郊皂荚村，自此与挚爱的妻子卢氏长伴。

逝者已矣，而明珠却要打起精神，继续他的人生旅程。

奇怪的是，容若在时，明珠顺风顺水，一路扶摇直上，哪怕遇到什么棘手事，也都能迎刃而解；一旦容若离世，明珠的好日子就开始走下坡路了。

康熙十八年，即 1679 年，当时容若 25 岁。这一年的八月二十八日。京师地震，一时房毁人亡者甚多。魏象枢借地震弹劾明珠。

这魏象枢作为言官，敢讲真话，以整肃纲纪为己任，被史家誉为清初直臣之冠；作为能臣，在平定三藩之乱、整顿贪官污吏等方面立下大功；作为廉吏，他誓绝一钱，甘愿清贫。

地震当日，魏象枢与副都御史施维翰疏言："地道，臣也。臣失职，地为之不宁，请罪臣以回天变。"与此同时，魏象枢还直陈时弊，说众多大臣营私舞弊、贪污受贿，矛头直指索额图、明珠等人。

当时明珠积极妥善处理善后事宜，安抚受灾民众，最终康熙对明珠的信任没有受到丝毫动摇。

然而到了康熙二十七年，1688年，也就是容若去世三年之后，同样是遭弹劾，明珠却被罢相，尽管他很快被重新启用任内大臣，却不再是权倾朝野的风云人物。

后人认为明珠罢相，其实是康熙本人授意朝臣郭琇所为。那康熙本人文韬武略，又善于驾驭臣下，他的一贯作风是玩平衡术，当某一大臣及其派系势力过于强大，他便扶持与之对立的派系，便于自己最终操纵朝政。比如鳌拜飞扬跋扈之时，康熙扶植索额图；当索额图恃功傲上，他支持明珠；而明珠权倾朝野之时，他自然不能容忍。

1688年，待一直倚重明珠的太皇太后孝庄离世，康熙到底找了个借口，以"掣肘河务"为由，罢了明珠的相位。

还可以这样理解，容若在世时，一边是父亲，一边是君王，容若会尽可能加以斡旋，如同润滑剂，使得双方矛盾不至于过度激烈。而一旦容若离世，双方的沟通受到限制，君臣关系不知不觉偏离轨道，也是有可能的。但无论如何，明珠勤敏练达、智慧过人，辅佐康熙皇帝在缓和满汉之间的民族矛盾、消除三藩割据势力、抵御沙俄入侵等方面的历史功绩，是不容抹杀的。

想那容若在世时，每逢和皇帝出塞，思念亲人的时候，父亲明珠也是他思念的对象之一吧？

再来温习容若的一首词：

蝶恋花·出塞

今古河山无定据，画角声中，牧马频来去。满目荒凉谁可语？西风吹老丹枫树。

从来幽怨应无数？铁马金戈，青冢黄昏路。一往情深深几许？深山夕照深秋雨。

是啊，河山无定据，西风吹老丹枫树。明珠也在渐渐老去。

容若身后，他的后代也都有自己的命运。

容若共有三子四女。

长子富格，由颜氏于 1675 年所生。容若在世时，非常爱这个孩子，还常常带着他会朋友。一次，容若牵着富格的手对顾贞观说："此，长兄之犹子。"又牵着顾贞观的手对富格说："此，孺子之伯父也。"容若离世时，富格十岁，已稍稍懂事；后来富格和他的父亲一样，成了康熙皇帝侍卫；但富格寿命不长，26 岁就英年早逝。

次子富尔敦，十九岁中举人，二十岁中进士，仅做了一任七品官就英年早逝。倒不是命运对纳兰家格外残暴，资料显示，清代人平均寿命仅三十多岁，早逝现象比较常见。

第三子富森，为沈宛所生遗腹子，倒还长寿，活过了七十岁。

康熙四十七年，也就是 1708 年，明珠离世，享年 73 岁。

到 1760 年，即乾隆二十六年，容若的第三个儿子，也就是沈宛为他生下的遗腹子，古稀之年的富森，被皇室邀请参加太皇太后的七十寿宴。

"眼看他起朱楼，眼看他宴宾客，眼看他楼塌了。"

想那纳兰家族，从钟鸣鼎食之家，到星流云散之境，也就短短近百年。

幸亏纳兰词如天空里的星辰，永远在人类的夜空中闪耀。据说容若在世时，已出现"井水吃处，无不争唱《侧帽》《饮水》之篇"的局面；朝鲜人也曾惊叹："谁料晓风残月后，而今重现柳屯田。"到了今天，美国、日本等国都有纳兰词爱好者。纳兰词突破了时间和空间的限制，获得了永久的生命。

容若曾写道："此情待共谁人晓"，纳兰词，最动人最令人留恋处，是一个"情"字；最让人叹息让人牵肠挂肚之处，是一个"愁"字。这些情与愁，如何能跨越时间与空间，在我们心头百转千回、久久盘旋？

正如我们前面看到的，容若本人至情至性，他的词作，不过是他本人的心声。

真心真情，加上天赋的悟性，以及容若本人勤奋努力、上下求索，他用字奇巧，用典灵活，灵感天成，句子让人过目不忘，作品终于传世。

不过纳兰词传世绝非偶然。

容若在词的艺术领域登峰造极，加上他本人是相门公子、御前侍卫，如此一来，容若的特殊身份、美好人格、隽永词作，共同凝成了动人心魄的纳兰词。

多少人一生只爱纳兰词！

九、《纳兰词》的成就

纳兰性德在出仕之前，生活环境的限制，使他的词作亦受限制。这一段多为爱情词，格调清新秀美。他出仕之后，由于广交汉族学士，他的友情词大大增加，这些词作或畅叙友情，或哀叹遭遇，感情深沉，真切自然。他的爱妻卢氏谢世，他又以词为形式，倾诉悼亡之情，悼亡词写得凄婉动人。

特别是他作为一个喜动不耐静的皇帝的侍卫，十年中他随侍巡幸及单独奉使西域，行程何止万里！东北方向，至吉林松花江畔；西北方向，远至中亚碎叶；北至承德围场坝上；南至江南苏州、常州、无锡；西至山西五台，东至大海。他曾经渡松花江、长江、大运河，出入长城内外，黄河上下。他还登临长白山、五台山、泰山，越阴山，过大沙漠。总计在外旅行时间近三年。这使得纳兰性德饱览祖国名山大川，大海的辽阔，大漠的雄浑，都深深激动着他的内心。他创作了大量的边塞词，怀古词和思乡词。他的这些作品，慷慨中有深沉，凄苦中透刚毅。

他的词作在当时便被诗词名家所赞誉。陈维崧的《词评》说他的"《饮水词》哀感顽艳，得南唐二主之遗"。严绳孙《成容若遗稿序》说纳兰性德的词"飘忽要眇，虽列之花间、草堂、左清真而石屯田，亦足以自名其家矣"。顾贞观《纳兰词评》和《通志堂词序》说："容若词一种凄婉处，令人不能卒读，人言愁我始欲愁。""所为小令，亦直追渭南、稼轩之遗。宾从过而咨嗟。词宿为之叹绝。"

近代学者，除王国维《人间词话》赞以"北宋以来，一人而已"。梁启超感叹：清代大词家们头把交椅被成容若占去。郑振铎《中国文学史大纲》说："性德以清才著，其词缠绵清惋，为当代冠。"刘大杰《中国文学发展史》说："叙述清代词人。当以纳兰性德为始，词最有名，为清代词人之冠。"

纳兰性德继承了汉族文化的优秀传统，但又基本保持了满族纯朴天真的本性，熔满汉文化传统于一炉，铸造了全新的个性，成为满汉文化融合第一人。

纳兰性德的词作，正是这种个性艺术的结晶。这一点，首先表现在他对祖国山河的热烈而真挚的爱。

他的词作中描写了少数民族独特的生活环境。《菩萨蛮》（荒鸡再咽天难晓）中有："毡幕绕牛羊，敲冰饮酪浆。"真实地描写了蒙古族人民的生活环境与生活方式。在《浣溪沙·小兀喇》中，他描写了赫哲、鄂伦春族人民的生活："桦屋鱼衣柳作城。蛟龙飞动浪花腥，飞扬应逐海东青。"多么勇敢的人民。艰苦的生活，磨炼出强劲的民族精神和不屈的民族性格。

他还描写西北边塞的雪景。在《点绛唇·黄花城早望》中有："五夜光寒，照来积雪平于栈。""晓星欲散，飞起平沁雁。"又有峨巍的雪山，《蝶恋花》（尽日惊风吹木叶）中有："极目嵯峨，一丈天山雪。"在《浪淘沙·望海》和《浣溪沙·姜女祠》中，他还描写了"空极目""水气浮天天接水"的大海："蜃阙半模糊。踏浪惊呼。任将蠡测笑江湖。""海色残阳影断霓，寒涛日夜女郎祠"。描写关山险要的词句就更多了。如《虞美人》（峰高独石当头起）描写京城西北十三陵古道："峰高独石当头起，影落双溪水"，"行到断崖无路小桥通"。在《忆秦娥·龙潭口》一词中，他描绘了江宁要塞龙潭口的险要："山重叠，悬崖一线天欲裂。""风声雷动鸣金铁，阴森潭底蛟龙窟。"

他奉使西域，几经沙漠瀚海，故词中有描写沙漠风光之句。如《采桑子·塞上咏雪花》中有："寒月悲笳，万里西月瀚海沙。"《满庭芳·堠雪翻鸦》中有"阴磷夜泣"，"惊风吹度龙堆"的描写。

纳兰性德有描写水乡景致的词作。《明月棹孤舟·海淀》描写的是京城西北郊海淀的水色："一片亭亭空凝伫。趁西风霓裳遍舞。白鸟惊飞，菰蒲叶乱，断续浣纱人语。丹碧驳残秋夜雨。风吹去采菱越女。辘轳声断，昏鸦欲起，多少博山情绪。"词中表达的是孤独苦闷的情绪，但景色的描写很美。亭亭玉立的荷花，一支支在水面挺立，像一个个痴痴的少女，并不关心人们对它们的态度，很自然地挺立着，若有所思。秋风徐来，荷随风摇曳，像跳起了羽衣霓裳舞。水面上，荷叶上，不时有白色的水鸟飞过，池边菰蒲叶子晃动，断断续续传来浣纱妇人的笑语。美丽的景致，恬静的氛围，写得平淡而韵味深长。

还有写江南水乡景色的。如《浣溪沙》（五月江南麦已稀）："五月江南麦已稀，黄梅时节雨霏微，闲看燕子教雏飞。一水浓阴如罨画，数峰无恙又晴晖，溅裙谁独上渔矶。"梅雨时节，细雨迷濛。天气乍晴，万物复醒，农人闲看老燕教小燕学飞。溪水清清，倒映浓荫如画，几处青山在阳光中更显妩媚，性急的渔夫已登上江中小岛准备撒网了。

《梦江南》中有一首是描写名胜虎丘风光的："江南好，虎阜晚秋天。山水总归诗格秀，笙箫恰称语音圆。谁在木兰船。"

山水激发了诗人心中的激情，诗人用满腔的激情"人化"了自然的山水，变成了诗人词作中的山水。无论是寄寓着热爱之情的山水，寄寓着咏史感慨之情的山水，甚至寄寓着思乡之情的山水，寄寓着退隐之情的山水，都深深地蕴

涵着诗人对祖国大好江山的热爱。诗人对祖国大好江山的热爱之情，是通过汉族传统的词的形式表达出来，这种热爱之情与汉文化的传统中的爱国主义精神有密切的联系。所以，我们说纳兰性德词作的一个重要特色是它表现出纳兰性德的热爱汉文化传统与热爱祖国相统一的。他把满族与汉族的文化交融在一起，既发展了满族文化，也对汉文化传统的继承与发展起了重要的作用，特别是对祖国各族人民的团结起了积极的促进作用。这是奠定纳兰性德在中国文学史与民族发展史上重要地位的关键一笔。

第二，纳兰性德确实继承了以儒家思想为核心的中国古代传统文化，但他没有沾染理学的"汉人习气"，他既承认"天理"，也承认"人欲"。表现在行动上，他忠君王，孝父母。徐乾学撰《纳兰君墓志铭》说他"出入扈从，服劳惟谨。上眷注异于他侍卫"。韩菼撰《纳兰君神道碑》说："君日侍上所，所巡幸，无近远必从。从久不懈益谨。""侍禁闼数年，进止有常度，不失尺寸。"
"而上有指挥，未尝不在侧，无几微毫发过。"从徐乾学和韩菼的记载来看，纳
兰性德确实忠于清皇室，忠于康熙皇帝。因徐乾学的《纳兰君墓志铭》记载：
"容若性至孝，太傅尝偶恙，日侍左右，衣不解带，颜色黝黑，及愈乃复初。太
傅及夫人加餐，辄色喜，以告所亲。"韩菼《纳内兰君神道碑》说："君性至
孝，未阊明入直，必之宫傅夫人所问安否，晚归亦如之。燠寒之节，寝膳之宜，
日候视以为常。"纳兰性德对父母确实孝。忠孝为"天理"的核心内容。

　　从南宋兴理学，明清两代，理学成为封建统治的思想。为了存"天理"，
理学主张"灭人欲"。以牺牲人的其余一切感情为代价，以求得维持封建理学
思想。纳兰性德则既承认天理，也承认人欲。即他认为理与情可以共存。而不
是为了保存一方而必须以牺牲另一方为代价。他主张填词写诗，重在于情，甚
至"理"也是一种情。他在论文《原诗》中论及杜甫诗作时说："人必有流离
道路，每饭不忘君之心，而后有杜诗。"他把"人必有流离道路"与"每饭不

忘君之心"并列，二者均为情，起码不是为保存其一，必以牺牲另一方为代价。

在他的词作中，他直率地自然地真切地抒情。他的抒情主要有两个方面，即爱情和友情。

纳兰性德对爱情的追求与忠诚，主要表现为婚前对爱情的向往，失恋后的凄冷痛苦；婚后幸福而美满，夫妇分别的相思之苦；爱妻去世后的悲痛与悼念。这些在他的词作中都有体现。这类作品，在他的词作中所占比重相当大。

如《海棠春》（落红片片浑如雾）："落红片片浑如雾，不教更觅桃源路，香径晚风寒，月在花飞处。蔷薇影暗空凝伫，任碧阶，轻衫萦住；惊起早栖鸦，飞过秋千去。"暮春月夜，诗人等待他的恋人，已是"香径晚风寒"，还是没有等到。诗人还要坚决等下去，哪怕"蔷薇影暗空凝伫"，也不放弃努力。

再如《南乡子·为亡妇题照》："泪咽却无声，只向从前悔薄情。凭仗丹青重省识，盈盈。一片伤心画不成。别语忒分明，午夜鹣鹣梦早醒。卿自早醒侬自梦，更更。泣尽风檐夜雨铃。"这是悼亡的作品。妻子去世后更感到妻子的爱对自己的重要，于是想把妻子美丽的容貌，轻盈的体态画出来，却待要画，却又因"一片伤心画不成"。听着夜雨敲打着风檐下的铃声，诗人一夜饮泣而无眠。

他的《菩萨蛮》（新寒中酒敲窗雨）是写相思别离之苦的："新寒中酒敲窗雨，残香细袅秋情绪。才道莫伤神，青衫有泪痕。相思不是醉，闷拥孤衾睡。记得别伊时，桃花柳万丝。"秋雨敲窗，相思更深，借酒浇愁，又有泪痕。拥衾醉卧，却又想到春天分手的情状，更觉柔肠寸断了。

他的爱情词感情真挚，抒情率直。他并不如前人的爱情词那样含蓄、曲折、委婉地表达感情，而是如汉乐府民歌、诗经国风中直接倾诉爱情的篇章那样，既敢爱也敢说爱。他的悼亡词和思人词其实是从悼亡和思人的角度来倾诉爱情。这种对爱情的忠诚，和直率的抒情，是纳兰性德爱情词的特色。

纳兰性德十分重友情，他的友人多为单寒羁孤佗傺困郁守志不肯悦俗之士，故纳兰性德诉说友情的词作，也多表现得凄婉悲凉。他为顾贞观写的两首《金缕曲》简直就是友谊的颂歌，从宁古塔救回吴兆骞更是义举。

纳兰性德忠君孝亲，再加上他也爱妻义友，因而我们说他既承认"理"，也承认"情"。

第三，纳兰性德重儒学而不废佛老。在《渌水亭杂识》中他说过"三教中皆有义理，皆有人物，皆有实用"。

纳兰性德一方面强烈地表现了自己补社稷，济苍生，希望有所作为的愿望。而他的官职终其一身仅至于一等侍卫，不过是"日常值班侍卫，掌引导奏事官及引见官员并稽查出入。遇皇帝出巡则随扈保驾，驻行宫则守卫戒备"。这种工作精神丝毫不得懈怠，却又无法实现自己的宏图大志，这职务要求他约束、压抑自己，而他的个性却要求自由地发展，追求精神的解放。他在自己的理想与愿望不得实现的情况下，在由于职务的、家庭的乃至社会的压抑下造成的"惴惴有临履之忧"的精神负担，只有和友人们在一起，和爱妻在一起才能得以解脱。

在这种情况下，他转向佛老寻求精神解脱与精神安慰。他在给友人的一封信中讲到读《老子》的事："弟今于闲中留心《老子》，颇得一二人开悟，未敢云有得也。"在他的词作中写了不少梦，其中无疑又有《庄子》的影响。他自号楞迦山人，词集又名为《饮水集》，可见佛家思想的影响。他的词作中也能看到佛家的影响。如《眼儿媚·中元夜有感》："手写香台金字经。惟愿结来生。莲花漏转，杨枝露滴，想鉴微诚。欲知奉倩神伤极，凭诉与秋蘩。西风不管，一池萍水，几点荷灯。""中元"既是七月十五道家的中元节，又是佛教的盂兰盆会。七月十五佛家以盆贮百味，供养诸佛，以救众生倒悬之苦。寺院中诵经，施食，放焰口，以救众生苦难。《法苑珠林》说："佛图澄，天竺人。石勒闻名召之。其子暴病，澄取杨枝沾水洒之，遂甦。"纳兰性德词中用此他敬谨地恭写佛经，就为祝愿与心上人重结来生缘，一声声漏滴，一字字书写，就如佛图澄滴洒的杨枝露水，一心想使旧情复甦，亡人重醒，破镜再园。微微精诚，望想明察。诗人的心思只能向擎天树倾诉，诗人的哀思只能寄托于"一池萍水，几点荷灯"。

道家思想崇尚自然。纳兰性德热爱大自然，在自然的景物中得以陶醉也是他的追求。他在《与顾梁汾书》中讲述了南巡游览的感受："若夫登岱宗之绝顶，齐鲁皆青；涉河济之波涛，鱼龙可狎。……指匹练而吴趋在望，乘枯槎而银汉可通，此亦宇宙之神皋，河山之奥室也，虽无才藻，颇有赋心。……至于铁锁横江，金焦蠹日，倚妙高之台畔，访瘗鹤之遗踪。瓜步雄风，神鸦社鼓；扬州逸兴，坐月吹箫；听六代之钟声，半沈流水；望三山之云影，时动褰裳。此亦可以兴吊古之思，发游仙之梦矣。更有鹤林旧刹，甘露精蓝，近海岳之幽偏，多老颠之遗墨，零缣断素，虽不可求，薛碣牛磨，时有可同，此又仆所徘徊慨慕而不自已者也。"

他在信中透露了归隐之意，描述了他理想的生活境界："且其土壤之美，风俗之醇，季札遗风，人多揖让。言偃故里，士尽风流，稻蟹莼鲈，颇甚悦口，渚茶野酿，实足销忧。而况林屋龙峰，布观不断；金阊锡岭，兰楫可通。侍绛帐于昆冈，结芳邻于吾子，平生师友，尽在兹邦。左挹洪崖，右拍浮丘，此仆来生之夙愿，昔梦之常依者也。夫苏轼忘归，思买田于阳羡，舜钦沦放，得筑室于沧浪。人各有情，不能相强。使得为清时之贺监，放浪江湖，亦何必学汉室之东方，浮沉金马乎？倘异日者，脱屣宦途，拂衣委巷，渔庄蟹居，足我生涯，药臼茶铛，销兹岁月，皋桥作客，石屋称农，恒抱影于林泉，遂亡情于轩冕，是吾愿也。"

在他的词作中，也描绘过类似的境界。如《渔夫》："收却纶竿落照红。秋风宁为剪芙蓉。人淡淡，水濛濛。吹入芦花短笛中。"在诗人的心目中，在这一派秀美而恬静的氛围中，收却纶竿者不正是词人自己吗？

再如《南乡子·秋暮村居》："红叶满寒溪。一路空山万木齐。试上小楼极目望，高低。一片烟笼十里陂。吠犬杂鸣鸡。灯火荧荧归路迷。乍逐横山时近远，东西。家在寒林独掩扉。"一派美丽的秋色中，烟雾笼朦，在吠犬鸣鸡声中，提灯赶路，寒林深处归屋掩扉，不是诗人向往的居家之所吗？

他崇尚儒家而不废佛老，在这种思想指导下，形成了他词作的个性特征。关于他词作的风格，前人之说备矣。顾贞观说他的词"一种凄婉处，令人不能卒读"。陈其年说："《饮水词》哀感顽艳，得南唐二主之遗。"聂晋人说他的词"香艳中更觉清新，婉丽处又极俊逸"。况周颐说他的词"纯任性灵，纤尘不染"。梁启超说："容若小词，直追后主。"

纳兰性德的词作风格以清新委婉以基本格调在具体抒情中又有变化，以求达到自然真切在前文中已有所阐述。这里着重谈纳兰性德词作的个性的两大特征。

第一，纳兰性德善以生活细节入词，造成雅俗共赏的艺术效果。

例如，在描写自己初恋之情的词作《虞美人》（银床淅沥青梧老）中，他回忆与恋人初诉衷肠，有"采香行处蹇连钱，拾得翠翘何恨不能言"之句，先写谈话的地点，再写借以谈心的理由，把青年男女相爱，又不敢直接交谈，以拾还首饰为由谈话惟妙惟肖地写出来了。"背灯和月就花阴"一句则把诗人失恋后的孤独凄苦的心境，从人物的形体与环境中表达出来。

再如《清平乐》（塞鸿去矣）词中写妻子苦别离，也是生活细节入词："记得灯前佯忍泪，却问明朝行未。"妻子苦忍别离之情"佯忍泪"，不愿给丈夫造成更重的心理负担，可又不忍别离，忍不住"却问明朝行未"。这个细节，未抒情而情已在其中了。

在《鹧鸪天》（谁道阴山行路难）中，又把行军途中所见细节入词；"松梢露点沾鹰绁，芦叶溪深没马鞍"，"黄羊高宴簇金盘"。这些细节，是阴山地区特有的景色，这些细节入词，写出西行的将士为了边疆安宁，不畏艰险的乐观豪迈的精神。

《琵琶仙·中秋》是纳兰性德的悼亡之词："碧海年年，试问取、冰轮为谁同缺？吹到一片秋香，清辉了如雪。愁中看，好天良夜，知道尽成悲咽。只影而今，那堪重对旧时明月。花径里、戏捉迷藏，曾惹下萧萧井梧叶。记否轻执小扇，又几番凉热。只落得，填膺百感，总茫茫，不关离别。一任紫玉无情。夜寒吹裂。"在中秋的"好天良夜"，诗人单身只影，又想起去世的爱妻来，回忆起当年少年夫妇"戏捉迷藏"，妻子"轻执小扇"为丈夫取凉等生活细节，只有"填膺百感"了。

生活细节入词最合自然抒情的要求。在无数个细节中，被人摄入记忆的细节只是极少数，看似一般的细节，其实饱含着情感在其中。生活细节，往往又是沟通人情感的渠道，是引发感情共鸣的桥梁。生活细节，特别是一般的生活细节入词，看去俗而实雅，俗到极时便是雅，因而最容易达到雅俗共赏的艺术效果。这恐怕是"有井人歌《饮水词》"的原因之一吧。

第二，纳兰性德的词，少以佳句取胜，他的词，一般都以整首词创造引人入胜的意境，达到审美的艺术效果。他最擅长于创造迷离朦胧的意境，使人受到感染。因此，他的词作，常写梦。

如《遐方怨》（欹角枕）："欹角枕，掩红窗。梦到江南，伊家博山沉水香。浣裙归晚坐思量。轻烟笼浅黛，月茫茫。"这是一首悼亡之作。诗人十分想念去世的爱妻，但生死相隔，无由得见，只有借助于梦境。在恍惚迷离的梦境中，诗人仿佛来到南岳父家。他的妻子在轻烟朦胧的月色下浣裙归来，或静坐沉思，或博山炉前焚香，似真还幻。诗人的相思悼亡之情在这种迷离恍惚的梦境描绘中自然流露出来。

再如《赤枣子·风淅淅》："风淅淅，雨纤纤，难怪春愁细细添。记不分明疑是梦，梦来还隔一重帘。"词写得似幻似真。轻柔的春风，纤细的春雨，淡淡的愁思。这情景究竟是梦还是真，诗人也说不清楚。又是一个恍惚朦胧的意境。这意境，传达出一种说不清道不明的惆怅。

《江城子·咏史》则似梦而非梦了，"湿云全压数峰低。影凄迷，望中疑。非雾非烟，神女欲来时。若问生涯原是梦，除梦里，没人知"。

词中用宋玉《高唐赋》和《神女赋》中巫山神女的典故。宋玉《高唐赋序》说："昔者先王尝游高唐，怠而昼寝，梦见一妇人，曰：'妾巫山之女也，为高唐之客，闻君游高唐，愿荐枕席。'王因幸之。去而辞曰：'妾在巫山之阳，高丘之阻，旦为朝云，暮为行雨，朝朝暮暮，阳台之下。'旦朝视之，如言。故为立庙，号曰朝云。"

《神女赋》中描写了神女出现时的情景："其始来也，耀乎若白日初出照屋梁，其少进也，皎若明月舒其光，须臾之间，美貌横生，晔兮如华，温乎如莹，五色并驰，不可殚形。"

唐李商隐《无题》（重帷深下）诗中有句："神女生涯原是梦，小姑居处本无郎。"后世多认为这里概括他的政治生涯遇合如梦的经历和他无依无托的处境。纳兰性德词中用巫山神女之典，并化用李商隐诗句入词，创造了一个似梦而非梦的意境，倾诉自己心中难言的苦痛，和急欲超脱世俗的心情。

这种朦胧迷离的意境，蕴涵着深藏的思想感情，使读者不得不反复体味，反复咀嚼，在咀嚼与体味的过程中，更容易激发读者丰富的联想和想象，因而产生象外之象，言外之言，因而引起与诗人感情的共鸣，词作更显其意味深长。

十、《纳兰诗》与词并誉

纳兰性德本是诗词并誉的。《纳兰本传》说："性德善诗。"徐乾学的《纳兰君墓志铭》具体谈到，纳兰性德"善为诗，在童子，已句出惊人；久之益工，得开元、大历间丰格"。他的好友张纯修也评论过他的诗："其诗之超逸，词之隽婉，世共知之。"

康熙三十年（1691）出版的《通志堂集》中，收有他的诗作四卷三百五十四首，数量略多于词。后来，由于清朝时尚，人们喜读词，特别喜爱南唐后主及《花间》词。恰恰纳兰性德的词被誉为南唐后主真派，真《花间》词，造成"有井人歌《饮水词》"的轰动效应，纳兰诗倒反而不太引人注目。

读者可以根据自己的爱好，自己的审美兴趣、审美习惯去选读作品，这是无可非议的。研究者则必须全面分析研究作家的全部创作，研究作家的生平事迹，才可能得出科学的结论，给予准确的评价。

更何况纳兰性德的诗并不逊于他的词。他的诗作，反映了他的理想抱负，道德情操，对历史与现实的真知灼见，出世与入世的思想矛盾，在词中没有反映或反映很少的内容，在他的诗作中有大量的反映。他的词作表现的是哀婉、朦胧、沉郁的美，而诗中却表现了高昂、坦荡、奔放的美。

他的词的成就并不能取代他诗作的成就。这两者只能是相互补充，相互结合的。这才是一个完整的、全面的纳兰性德。

纳兰性德诗歌的成就，除结合生平介绍的内容之外，主要反映在他的《拟古四十首》和《咏史二十首》中。

《拟古四十首》，代表了封建社会活动在政治舞台上具有卓越才华和抱负的知识分子们在人生道路上的思想和感情冲突。由于封建主义政治的独裁和专制，身处在仕途的士子常怀临履之忧，他们在仕与隐、进与退、功与罪、是与非、洁与浊交替抉择下度过一生，这种矛盾心理耗散了他们为国为民奋斗的心志。这是封建政治黑暗的必然结果。《拟古无题四十首》反映的正是纳兰性德这种隐秘的内心世界，可以说是纳兰性德思想情操的浓缩，又是封建社会知识分子心灵的绝妙展现。

其一

煌煌古京洛，昭代盛文治。曰予餐霞人，簪绂忽如寄。

微尚竟莫宣，修名期自致。荣华及三春，常恐秋节至。

学仙既蹉跎，风雅亦吾事。

这首诗开宗明义，首先揭示自己的人生观、理想和志愿。

第一、二句先写地点与时间。因为是拟古，所以他不说北京，说洛阳。周平王东迁，周都即由镐京迁至洛阳。东汉光武帝亦建都于此。时间是"昭代"，政治清明的时代，因为天下太平，所以偃武修文。后代的文人常以此来指代自己所处的时代。生在政治清明，大兴文治时代的京城，当是才子文士大展宏图的好时候。而诗人的志向却偏偏要作"餐霞人"，他要作道人，去修炼道家的"餐霞"术。"簪绂"，古人做官，冠簪缨，印佩绶，就是戴官帽，佩官印。大家都认为他要去学道，隐遁山林，归于自然，以求自由自在，他却忽然做了官，做官以后又不安心职守，只不过把这种居官的生活看成是短暂的寄身官场而已。但是自己的这点隐衷，还是要尽量克制自己的感情，不能向外人道及，只能以"修名"自期。在春天的盛景中要想到秋天，那时时过境迁，这三春荣华的春光将不复存在。人的青春年华也如这盛景一般易逝。原想学仙修道，但以官职缠身，遂成蹉跎。但又不甘心为这"忽如寄"的官职而折腰，而这种隐秘的心情又不便为向外人道及，诗人要抓紧青春大好时光，从事文学事业，吟诗作赋，也不虚度年华。

这和《金缕曲·赠梁汾》中"德也狂生耳，偶然间、缁尘京国，乌衣门第"，是同样的情感，都是对官宦之家，仕禄之途的不满。"风雅亦吾事"，就是他决心从事文学事业的誓言。

其二

相彼东田麦，春风吹袅袅。过时若不治，瓜蔓周枯槁。

天道本杳冥，人谋苦不早。荒庐日轩坐，百虑依春草。

回顾何茫然，凝思失昏晓。

这是一首咏物诗，诗中以小麦自比。

小麦在幼苗时受春风的抚育长势很好。但是如果没有后期的管理，它也必将同瓜蔓一样枯槁而死。人事亦然，天道昏暗不明，人谋又每每拖延不决，不能防患于未然。自己只能独守荒庐，眼前夕阳西下，心中百虑丛生，却又无可奈何。回顾茫然若失，不知昏晓。

纳兰性德从二十二岁中进士之后，一直过着"侍陪巡幸扈旌旗"的侍卫生活，后直升至一等侍卫，可最终也未作文官。这和他"风雅亦吾事"的愿望是何等地不相称啊！所以他常常发出"惭愧频叨侍从班"，"豹尾叨陪须献颂，小臣惭愧展微才"的感慨。

其三

乘险叹王阳，叱驭来王尊。委身置歧路，忠孝难并论。

有客赍黄金，误投关西门，凛然四知言，清白贻子孙。

诗中用了两个典故。前四句用《汉书·王尊传》："先是王阳刺益州，行至九折坂，以山路艰险，叹曰：'奉先人遗体，奈何数乘此险？'后以病去。及王尊为刺史，至其坂，问吏曰：'此非王阳所畏道耶？'叱其驭曰：'驱之！王阳为孝子，王尊为忠臣。'"今四川荥经县西邛崃山有九折坂，坂下有叱驭桥。

后四句用《后汉书·杨震传》中之典：杨震，华阴人，字伯起，明经博见，无不穷究，诸儒为之语曰："关西孔子杨伯起。"不答州郡礼命数十年。五十年始仕州郡，举茂才，迁荆州刺史，清廉自矢。时"王密为昌邑令，谒见，至夜怀金十斤以遗震。震曰：'故人知君，君不知故人，何也？'密曰：'暮夜无知者。'震曰：'天知，神知，我知，子知，何谓无知？'密愧而出。"杨震的廉洁，受人赞誉。延光初为太尉，时婴幸充庭，安帝乳母王圣及中常侍樊丰等贪侈骄横，震多次上书切谏，终为樊等所谮，遣归本郡，道饮酖卒。

诗中，纳兰性德列举了三位汉代人物。先看王阳及王尊。

封建社会提倡忠孝，作为道德行为的准则。但在实际上，忠与孝常不得两全，尽忠不得尽孝，或尽孝不能尽忠，"忠孝难并论"，有时必须进行二者必居其一的选择。如王阳为孝弃忠，而王尊为忠弃孝。纳兰性德的倾向性在诗中就表现出来了。遇险而叹，以孝为不敢涉险的借口，这是懦夫。面对艰险，却"叱驭"而过，这是大丈夫。诗中褒贬，十分鲜明。想纳兰性德于康熙二十一年秋冬"奉使西域，有所宣抚"，历经高山大漠，经受艰难困苦，终于圆满完成宣抚西北蒙回各部族的使命，并为康熙皇帝后来三征准噶尔作了战略上的前期准备，为边疆的巩固，清朝的一统做出了贡献，不正是他忠于王事，为国立功精神的行动表现吗？再说杨震拒受贿赂，保持廉洁的情操。初看杨震拒受暮夜之贿事与前述二王之事不大相关。但细读杨震传记，方知杨震以清廉与贪侈骄横之徒斗争而死。死且不畏，还有什么可怕的。杨震死于忠义，是王尊式的忠臣。纳兰性德为官，忠心而谨慎；纳兰性德为人，"不喜接软热人"，"征逐者流，见而走匿"。那些趋炎附势、请客送礼之徒，纳兰性德屏而不见，以至斥之千里。那些胸怀磊落，刚介正直之士，纳兰性德却待若上宾，亲若手足。王尊、杨震是他心目中的典范，他们的人格，是他追求的人格理想。

其四

客从东方来，叩之非常流。自云发扶桑，期到海西头。

白日当中天，浩荡三山秋。回风忽不见，去逐灵光游。

烛龙莫掩照，使我心中愁。

这首诗中充满了浪漫的想象。

古人传说，"扶桑"是日出之国，"海西头"是中国西部大海的尽头。"三山"是传说中的海上仙山，即蓬莱、方丈、瀛洲。秦始皇曾派方士徐福率童男女乘船去寻海上仙山，向仙人讨长生不老之药。"灵光"即神光，《三国志·先主传》："玺潜汉水，伏于渊泉，辉景烛耀，灵光彻天。"关于"烛龙"的传说就更多了。《山海经》说；"西北海之外，赤水之北，有章尾山，有神，人面蛇身而赤，直目正乘，其瞑乃晦，其视乃明……是烛九阴，是谓烛龙。"《淮南子》说："烛龙在雁门北，蔽于委羽之山，不见日。"《楚辞·天问》也有："西北辟启，何气通焉？日安不到，烛龙何照？"有注："西北有幽冥无日之国，有龙衔烛而照之。"

大量的神话传说入诗，使诗洋溢着浪漫主义的色彩。神话传说激发了诗人的灵感，他托客之言，实际上是自抒胸怀。

从扶桑出发，期望到西海的尽头，路途何遥遥，但"非常流"者在所不计。一路上虽历尽千难万险，但牢记不忘的是海上的奇遇：白日中天照耀，曾眼见三山仙岛的秋色；也遇见过海上的狂风巨浪；但在狂飚过后，仍有灵光引导神游。这一游，目标迷失了，竟游到北海的无日之国，幸遇烛龙衔烛而照，光彩虽然比不上白日中天之光芒万丈，但只求其"莫掩照"，也就释却"心中愁"了。

这是一首自由与光明的颂歌，是诗人向往自由和光明的礼赞。

其五

天门谹荡荡，翕赩罗星躔。白日瞩微躬，假翼令飞骞。

平生紫霞心，翻然向凌烟。双吹凤笙歇，宛转辞群仙。

越影笯浮云，横出天驷前。玉绳耿中夜，斗杓何时旋？

这是一首言志的诗歌。

前四句说自己处在一个好时代。"天门谹荡荡"，出自《汉书·礼乐志》："天门开，谹荡荡。"有注："谹荡荡，天体坚清之状也。""翕赩罗星躔"，描绘群星闪烁的情状。"躔"是指日月星辰运行的度次。"罗星躔"言运行中的星斗。"白日"喻指皇帝。"微躬"是自谦之词，微贱之躯。自己处在天门谹荡，万星闪烁，这样一个好的时代，而且又受到"白日"的垂爱，给予羽翼，可以昂首云天了。

中间四句承前四句。"凌烟"即凌烟阁，各代多设凌烟阁，张挂功臣画像，以资纪念。南北朝时庾信《周柱国大将军纥干弘神道碑》有："天子画凌烟之阁，言念旧臣。"《新唐书·太宗纪》载："十七年二月，图功臣于凌烟阁。"《大唐新语》更详列"图画太原倡义及秦府功臣"二十四人名单，"太宗亲为之赞，褚遂良题阁，阎立本画。"这里以"凌烟"喻指仕途。"双吹"两句，典出《神仙传》，传说周宣王史官萧史善吹箫，秦穆公以女弄玉妻之。日教弄玉吹箫作凤鸣。数年而似，有凤来止。公为筑凤台，居之数年，萧史乘龙，弄玉乘凤，飞升而去。诗人的本意是欲修道学仙，现在走上了建功立业之途，过去吹箫飞升的美梦抛开了，和那些渺茫的神仙世界告别了。

结尾四句紧接中间四句，写自己的仕途所为、所感。"荼浮云"，写天马腾空，上踏浮云。"天驷"为古星名，亦作天龙，是苍龙七宿的第四宿。现代天文学称为"天蝎座"。"越影荼浮云，横出天驷前"两句，写自己飞升天界，喻仕途坦荡。"玉绳"是北斗七星中的两星。《春秋纬·元命芭》："玉衡北两星为玉绳。"张衡《西京赋》中有句："上飞闼而仰眺，正睹瑶光与玉绳。"这里作者以玉绳自比。"斗杓"：北斗七星有天枢、天璇、天玑、天权、玉衡、开阳、摇光七星。天枢至天权四星称斗魁，其余三星为斗柄，亦称斗杓，也叫玉衡。《鹖冠子·环流》写了北斗七星围绕北极星旋转的情况："斗柄东指，天下皆春；斗柄南指，天下皆夏；斗柄西指，天下皆秋；斗柄北指，天下皆冬。斗柄运于上，事立天下；斗柄指一方，四塞俱成，此道之用法也。"

自己飞向云天，横出天驷，变为北斗中之玉绳，在中夜忠诚地向着北斗发光，希望围着北辰旋转，为天下照明。但出人意料的是结尾的反诘："何时旋?"说明自己虽已成为玉绳，但是尚未能如愿地随斗柄旋转起来。这一问，问谁呢? 当然是问那位赐予羽翼的"白日"了。

"白日"的垂爱既然让我振翅飞骞，而且又已飞到天驷之前，成为斗柄的尾星，却为什么不让我飞旋起来，起到指四时、明上下、安四塞的作用呢? 纳

兰性德中进士之后，即擢为侍卫，朝夕扈驾于帝侧，却一直未能被委以重任。从这首诗可以窥知，纳兰性德之志大矣哉！他的心中，不只限于"风雅亦吾事"，其实"横出天驷"，回旋斗柄，在"诔荡荡"的中天，"翕赩"发光，干一番顶天立地，图上凌烟的丰功伟绩，此其志也！

其六

旷然成独立，片月相古今。眷兹西北楼，斜辉明月琴。

清影忽以去，怅惘予何心？

纳兰性德婚前曾有过一位小情人，虽无正史资证，却也不算无中生有之说。有说他的小情人被选入宫。从这首诗中，可见这种传说的影子。头两句分明是说，只剩下自己一人，明月亦缺为"片月"。"旷然"写出了他寂寞孤单已极的心情。三四句写天天眷恋地望着"西北楼"，皎洁的月光洒在她弹过的"玉琴"上，这怕是伊人留下的唯一的纪念品吧。从月升起到月落，他一直注视的"西北楼"大概是伊人的住处。据纳兰性德《渌水亭宴集诗序》说，纳兰家住宅距皇宫很近，而且能看到"景山峰色"，景山在皇宫东北，可见他家在景山一侧，故"西北楼"正与纳兰家相对。五六句追述往事，伊人"清影忽以"逝去，则予心之"惆怅"，将何以堪呢？

我们把这首诗与七绝《咏絮》对照来读：

落尽深红绿叶稠，旋看飞絮扑帘钩。

怜他借得东风力，飞向为萍入御沟。

还有词《昭君怨》：

深禁好春谁惜？薄暮瑶阶伫立，别院管弦声，不分明。

又是梨花欲谢，绣被春寒今夜。寂寂锁朱门，梦承恩。

"深禁""瑶阶""朱门""御沟"，是深宫禁地。伊人正在朱门深禁中，伫立瑶阶，正望"东南楼"吧？

其七

竹生本孤高，翛然自直立。矫矫云中鹤，翱翔何所集？

丈夫欲豁达，身世何汲汲。外物信非意，潦倒翻成泣。

瞻彼岭头云，扶苏被原隰。延伫当重阴，西风吹衣急。

第一、二句咏竹，竹子无拘无束，自由自在，独立成长。第三四句咏鹤。第五六句说人。非豁达之人，不足以成大事，建功业。潘岳《西征赋》说："观夫汉高之兴也，非徒聪明神武，豁达大度而已也。"又《旧唐书·高祖本纪》说唐高祖"倜傥豁达，任信率直。"这两位开国的皇帝在性格上均胸襟开阔，这是成就帝业的原因之一。"汲汲"，形容心情急迫。《汉书·扬雄传》说扬雄"少嗜欲，不汲汲于富贵，不戚戚于贫贱。""外物"句说不贪求。宋苏轼《前赤壁赋》有："苟非吾之所有，虽一丝而莫取。""潦倒"指落拓不羁，衰病，失意，沦落不偶之意。"泣"的本义是"涕不成声"，这里取"泣罪"之意。《说苑·君道》说："禹出见罪人，下车问而泣之。"后人便引为哀矜罪人之辞。"翻成泣"是说一下子却成了被人可怜的有过失的人。最后四句写环境。山顶笼罩着浓云，洼地上生成着大树，在浓云密布中久久伫立，引颈而望，衣襟被强劲的秋风吹动。烘托出十分沉闷而沉重的气氛。

竹，顺乎自然地生长；鹤，信其自由地飞翔；好男儿大丈夫，也应豁达大度，胸襟开阔地立身处世，既不应汲汲于富贵，更不该贪求那身外之物。这是纳兰性德的人生哲学，是他一生的信念。但是，他看到的，却是"潦倒翻成泣"。杜甫潦倒，有《登高》诗："艰难苦恨繁霜鬓，潦倒新亭浊酒杯"，结果穷困病死于岳阳；苏轼潦倒，有《侄安节来夜坐》诗："嗟余潦倒无归日，令

汝蹉跎过半生"，被贬至天涯海角。纳兰性德感到自己虽未受到古人那样的折磨，但是那浓郁沉沉的"岭头云"，对草木禾黍是够恩惠的了，可对自己却是"重阴"，使他久久"延伫"，感到的不是温暖宜人，更不是凉爽快人，而是"西风吹衣急"。虽然康熙皇帝深深喜爱他这个人才，把他选到身边当侍卫，由三等直提到一等，每出必随，既常常夸奖于口，又常常予以赏赐，"重阴"可谓厚矣，"扶苏"可谓广矣，但可惜没有爱到点子上，大材小用，侍卫之职，并不能让他施展玉绳之才，他怎么能不感到"西风吹衣急"呢！

其八

寒沙连云起，遥空白雁落。之子方从军，深闺竟寂寞。

天远岂知返，路阻长河络。北风吹瘦马，铁衣不堪著。

从军日未久，朱颜镜中削。悠悠复悠悠，人生胡不乐。

"长河"即黄河。长河络是黄河套，在内蒙古至宁夏一段，河流支脉成网状。

这首诗初看似是拟古的征夫怨妇之辞，细读应是他"奉使西域，有所宣抚"时，经过拂云堆沙漠，过宁夏黄河套，直至回乐峰途中的写照。因为"长河络"，黄河成网状的地段，只有这一段。

纳兰性德"奉使西域"前扈驾巡视近边，也写过一些同情戍卒离乡思人之苦的诗词，但都没有他去西北所作深刻。我们看这首诗已不是一般征夫思妇的怀念，而是以真实具体的生活细节入诗。"之子方从军"时，深闺中人感到寂寞，盼征夫早归，可是征夫越走越远，更加寒沙连云，长河如络，实在走不快，心中焦急也没办法。天寒地冻，北风呼啸，衣不蔽寒，连战马也瘦弱了。离开家远征北疆虽然"日未久"，朱颜也消瘦了，自己对镜，竟至感到惊异。

结尾两句，诗人感慨万分，"悠悠复悠悠，人生胡不乐？"为什么总要有家庭离散，不让人们团聚欢乐，家家过上幸福美满的生活。言外之意，为什么总是有战争，总要出征，没完没了，何时才是尽头？

当然，这是一种厌战的思想，但是他的厌战思想是建立在同情人民疾苦的思想上的，一旦有人敢以战争来破坏人民的和平生活，不论是破坏统一大业的叛乱，还是外敌入侵，纳兰性德就拥护卫国安民的正义战争。甚至，他还因不能亲上战场"何由一溅荆江血"，为国出力而深以为憾。爱民与爱国，在纳兰性德心中是统一的。

其九

妾如三月花，君如二月风。淡淡从东来，吹作夭桃红。

一朝从军行，令人叹飞蓬。何以云问月，清辉千里同？

这首诗可以看作前一首的续曲，而且比前一首更引人深思。花径风吹，花艳朵盛，恰如青年男女的美满婚姻。可是一朝"从军"，便如秋风吹起飞蓬，零落离散。这一对比，更令人珍重爱惜青春夫妻的恩爱生活。

前人的写月诗，多以月作思的中介。"今夜鄜州月，闺中只独看"，"举头望明月，低头思故乡"，只是一头望月，月是思人思乡的媒介；"共对明月应垂泪，一夜乡心五处同"，"但愿人长久，千里共婵娟"，双方或各方共望明月，月都是中介对象。"何以云间月，清辉千里同"，则完全不同。月成了人羡慕的对象，月成了团圆美满、永放光辉的美好象征，和如飞蓬的离散哀怨的人间恰成鲜明对照。用"何以"一反问，则不仅是羡慕之情，更激发出千古的不平，而且表达了他崇高美好的心愿。

纳兰性德的心愿是：愿如"二月风"，永吹"夭桃红"，愿做"云间月"，随处放"清辉"。人间天上同样美满，这是他的人格理想的艺术体现。

其十

天地忽如寄，人生多苦辛。何如但饮酒，邈然怀古人。

南山有闲田，不治委荆榛。今年适种豆，枝叶何莘莘。

豆实既可采，豆秸亦可薪。

纳兰性德诗中把人生看作"多苦辛"，认为人不过"如寄"于天地间，是过客。与其去"多苦辛"，就不如学陶渊明一类的古人，归隐田间，饮酒种豆，既采以为食，又可取以为薪，其乐也无穷。他诗中所说的"多苦辛"，盖指忙碌于宦海尘俗之间，像他那样朝朝暮暮为帝王侍从，仰人鼻息的寄生生活。归隐田间，从事农业劳动，则不但不以为苦，简直就是一种人生的乐趣了。生于簪缨鼎食之家，身为帝王亲信，有此奇想，可谓千古一人。他既这样赞美劳动，当然也不会厌恶劳动者了，他还不会歌颂，但爱慕之情已溢于言表。

其十一

宇宙何荡荡，彼苍亦安知？屈平放江潭，子胥乃鸱夷。

升沉本偶然，遇何宁有时？千古恨如此，徒为吊者悲。

微生一何幸，冒哉遘昌期。

诗中讲了两位不被信任的忠臣。屈平是屈原的字，战国时楚人，号灵均。他是我国历史上第一位伟大的爱国诗人。他博闻强记，明于治乱，任楚国的三

间大夫。他遭小人嫉恨，屡受谗言陷害，遂被放逐江南，作《离骚》《渔夫》诸篇以明志。郢都陷落，他自沉汨罗江。

　　另一位是春秋时楚人伍子胥。他名员，父兄为楚平王所害。子胥逃奔吴国，佐吴王伐楚，报父兄之仇。吴王伐越，伤指卒，子夫差立，伐越大破之。越请和，夫差许之，子胥屡谏不听，受谗。夫差赐子胥以剑死，子胥曰："尔悬吾目于东门，以见越之入，吴国之亡也。"夫差愠曰："孤不使大夫有所见也。"乃以革囊盛子胥尸，投之江中。

　　屈原流放沉江，子胥鸱夷之冤，信而见疑，忠而被谤。这首诗由忠臣的不幸遭遇，论及人生的升沉遇合的不定，徒使后人吊古伤悲，结句以自己生逢盛世而庆幸。

这首诗在开头两句，发问的令人心惊！"荡荡"，浩大也，"宇宙"之大无所不包也。"彼苍"者天也，天为万物之主宰，人世升深遇合，天岂有不知之理？屈原爱国，却遭谗言陷害；子胥忠谏，反被夫差赐以剑死。"彼苍"究竟是知也不知？是装糊涂，还是真昏聩？旧史的陈言，掩不住历史的真相，说什么忠而被谤才受害身亡，罪在奸臣。纳兰性德以为忠臣受害，责在主宰者"天"，"天"不信谗言，谗言本身又怎能起到害人的作用？

由开头到结尾，一个"何幸"也流露出不安之感，"昌期"虽遇上了，但能否持久，"幸"又能享有几时？纳兰性德不禁"惴惴有临履之忧"啊！

其十二

三月燕已来，清明杏子落。春风在青草，吹我度城郭。

道逢贵公子，银鞍紫丝络。藉草展华茵，相邀共杯酌。

为言相见欢，殷勤费酬酢。久之语渐洽，礼数少脱略。

初夸身手好，漫叙及勋爵。"惜哉君卿才，何事失宦学？"

予笑但饮酒，日暮风沙恶。走马东西别，归路烟漠漠。

这是一篇诗体的漫画小品。诗人通过记述郊游中的偶遇，辛辣地讽刺了王孙公子的世俗嘴脸。

这位王孙公子，铺的、坐的、骑的、用的，极尽华奢之能事。而且他见人就极力笼络拉拢，请吃请喝，极其大方；说起话来，大吹大擂，无边无沿，先夸自己武艺高强，身手不凡，再夸自己父兄勋爵，位高势大，不可一世；然后又吹捧新交，套近乎，拉关系；最后，对人家不买他的账又深为惋惜，认为人家不懂他的处世哲学，"宦学"就是靠拉帮结派，互相吹捧升官的学问，讲的就是如何拉拉扯扯，吹吹拍拍，编织关系网络，借以飞黄腾达，享受荣华富贵。

前四句以"三月""春风""清明""青草"反衬"贵公子"的丑恶嘴脸；结尾四句以笑饮以示蔑视批判之意，用"日暮""风沙""烟漠漠"与前四句呼应，并暗示此辈没有希望，没有前途，是彻底垮掉了的一代败类。

其十三

予生未三十，忧愁居其半。心事如落花，春风吹已断。

行当适远道，作计殊汗漫。寒食青草多，薄暮烟冥冥。

山桃一夜雨，菌箔随飘零。愿餐玉红草，一醉不复醒。

这十二句诗，前后六句，各用一韵。前六句也不像一首完整的诗，刚提到"远行"下边就打住，转说其他了。粗看之下，作一首诗看，似乎很难讲通。但如果与前边的几首联系起来看，特别对照"奉使西域，有所宣抚"期间的五十余首词和诗对照来读，便比较容易读通了。

前六句，"适远道"，应是指西域之行。是年纳兰性德二十八岁，恰"未三十"。这时他任侍卫已近十年。再加上早期的失恋及因病耽误殿试等等。"忧愁居其半"，除十四五岁前不懂人事，天真烂漫，可不是"忧愁"了十三四年吗？"忧愁"由何而生？源于心情，源于心事。纳兰性德"心事"如"春风吹已断"的落花，多而且杂。远的不讲，眼前便有"行当适远道，作计殊汗漫"。"汗漫"，《淮南子·俶真训》："徙倚于汉漫之宇。"《新唐书·选举志》："因以谓，按其声病可以为有司之责，舍是则汗漫而无所守。"均为广泛，漫无边际，漫无标准之意。"作计"指工作安排，或事先谋划之策略、计划等。西域之行，责任重大。过去外出，不过随侍扈从而已，行止自有皇上决定，扈卫警戒，自有制度，无须自己"作计"。而这一次则不同，皇上委以战和全权，而且事关清廷对整个西北边疆的统治。在《万里行》一节中，我们已引过《李朝实录》的有关章节，为了说明问题，我们再看一次：

> 瀛昌君沉等，归自清国。上召见，问彼国事情。副使尹以济曰："彼人自谓南方已定，而太极挞子兵力极盛，每请与清帝会猎。清人畏之，岁给金三百五十两，弥缝之。"上曰："蒙古猖獗，则天下将乱矣。……"以济曰："……以此观之，南方平定之说，未可取信，且与大鼻挞子连兵，遣大学士明珠之子，领数千兵马往战，如不讲和，期于剿灭之。"

据陈桂英《纳兰性德"梭龙之行"辨》一文考证："太极挞子"，"无疑是指蒙古部落。当时西蒙古厄鲁特噶尔丹部势力强大，企图吞并喀尔喀蒙古"。"至于以济所谓的'大鼻挞子'，肯定是指沙皇俄国了。""明珠之子是谁？我认为非纳兰性德莫属。"

这个考证是相当准确的。准噶尔部即"太极挞子"，可资佐证的还有上引《李朝实录》中的一句话："且与大鼻挞子连兵"，准噶尔部首领噶尔丹与沙俄勾结是众所周知的历史事实。

纳兰性德这位二十八岁的青年，便是朝廷派往与"大鼻挞子"连兵的"太极挞子"处，数千兵马的统帅，握有战和全权的代表。这种代天子征伐的重任，即使是经验丰富的老将也不敢有丝毫的大意，更何况纳兰性德是初当重任。此行西域，情况特别复杂，主要对手是"太极挞子"和"大鼻挞子"，但西域诸部，对清廷的态度各有不同，有敌对的，有游离的，有臣服的，纳兰性德必须区别情况，恰当地分别对待。更不用说由于路途艰险而遥远，需有细致的准备了。因此怀有壮志，兼备文武之才的纳兰性德也感"作计殊汗漫"了。后来事实证明，他"作计"作得很好，"诸羌输款"，取得成就，就有他的功绩在其中，而且为康熙帝以后的三次亲征，作了战略性的准备。如果不是早亡，纳兰性德如能随同亲征，还不知有多大的建树呢！

"作计殊汗漫"是纳兰性德的眼前的"心事"，是他的"心事"之一。

"青草多"也是他的"心事"。"青草"多喻小人，而"寒食"正是早春，乍暖还寒天气。明珠政敌颇多，纳兰性德身为明珠长子，不会没有人暗中算计。联系《拟古》第十一首，他特别举出屈原、子胥，不无原因。他就在皇帝身边，而且特别小心谨慎，尽管有小人谗言，但皇帝十分信任他，赏识他。而现在他"行当适远道"，不在皇帝身边了，情况会是怎样的呢？"薄暮烟冥冥"，已近日终时候，眼前景物昏暗不清，他深觉苦闷，唯恐有谗而无人为之解脱。

"山桃""茵箔"两句，从几个形象看，"山桃""茵箔"及上文中"落花"，应是喻指爱情的被拆散。"吹已断"，"随飘零"正喻两情难舍。这也是久久不能忘怀的"心事"。

这样诸多的心事，怎么能使他不"忧愁"呢？而且这些"心事"既不能忘，"忧愁"当然便无法得解脱，于是，只好学古人食"玉红草"，一醉了之。

以这首诗去看他"奉使西域"期间所写诗词，当好理解：纳兰性德为何在诗词中总透露出低沉的调子，甚至发出"向西风回首，百事堪哀"的感叹。

其十四

松生知何年，崎嵂倚天碧。其上无女萝，其下远荆棘。

何用托孤根，苍崖多白石。亦有青兰花，吐芬在其侧。

前慕竹，此羡松。松生于倚天之高峰，其上无女萝之缠身，其下无荆棘之欺宿，虽系孤根，却有苍崖白石、幽兰陪伴，亦芳洁之胜境。

"女萝""荆棘"，象征世俗小人，亦即国贼、禄蠹之类。"幽兰""白石"，

象征高洁贤者，亦即纳兰性德的友人顾贞观，姜宸英、严绳孙、吴兆骞等诗友。纳兰性德曾特为这些好友修造茅屋，别开一庭院，杜绝一切世俗侵扰，专与这些高洁好友朝夕相处，切磋学问，吟诗作赋，谈古论今，挥斥方遒。这首诗正是这种现实生活的形象反映。纳兰性德其实并不孤高，他平易近人，虚心好学。诗中以松自喻，表达了纳兰性德对高洁情操的向往与追求。

其十五

美人临残月，无言若有思。含颦但斜睇，吁嗟怜者谁？

予本多情人，寸心聊自持。浩歌幽兰曲，援琴终不怡。

私情托远梦，初日照帘帷。

美人，心中若有所爱，面临"残月""思"什么呢？"吁嗟怜者谁"，当然是所爱之人了，这一问问的似乎没有必要。不知今后谁是"怜者"，是命运使他失去了所爱，如"残月"之不能团圆了！见此情景，多情的词人本应是"怜者"，可是如今已是可望而不可即了。自以为寸心还可能宽解一下，于是"浩歌"，"援琴"，以排除这桩心事，可是"终不怡"。诗人又乞求于梦乡，可梦遥远缥缈，直到日照帘帷，也还是空自神往一回，反而更增惆怅。

"初曰"，既是梦醒之时的情景，又喻指"若有思"的那个"谁"，他来悄悄地照帘帷了。美人只能以对过去的回忆温暖自己。诗人感到自己的所爱已属他人，虽是"多情人"，却也只能"聊自持"，在梦中与她相见。

清人张南山《诗人征略》曾疑此诗盖咏林黛玉也。但是，林黛玉乃小说中人物，这种说法实在荒谬。不过，大家都认为纳兰性德确乎曾有过一位心爱的姑娘如林黛玉者。

前文中曾引《海讴闲话》引《赁庑剩笔》的一段话："纳兰眷一女，绝色也。有婚姻之约。旋此女入宫，顿成陌路。"与《拟古诗》第六首"西北楼"

诗参读，假如此"美人"不是入宫，以纳兰性德的家庭地位和身份，岂能轻易袖手让他人娶走？而且也不会总是含混其词，迂回曲折地殷殷寄情，遗恨绵绵却无可挽回，但却从不敢放声呼吁，大胆抒愤。这种一反常态的现象只能说明，"美人"已落到比纳兰性德地位更高，比纳兰家族权势更大的人的手中。

其十六

安石负盛名，乃在衡门初。名声既接席，妙妓亦同车。

仕进良偶然，年已四十余。军国事方棘，围棋看捷书。

所以丝竹欢，陶写代桑榆。晚造泛海装，始志终不渝。

马策西州门，想象生存居。君看早达者，怀抱意何如？

安石，是谢安的字。谢安（320—385），东晋军事家。《晋书·谢安传》说他"及总角，神识沉敏，风字条畅，善行书"。他"少有重名"，无意于仕进。"初辟司徒府，除佐著作郎"，他不愿就职，"并以疾辞"。以后他客居会稽，和当时名士王羲之、高阳、许询以及高僧桑门支遁交往，"出则渔弋山水，入则言咏属文，无处世意"。他不为世俗所拘，"虽放情丘壑，然每游赏，必以妓女从"。当时，他的弟弟谢万任西中郎将，"总藩任之重"，他虽然没什么官职，但知名度远远高出谢万。他的弟弟被罢免官职后，他才开始有出仕的愿望，当时他已四十多岁了。孝武帝时，他任尚书仆射，领吏部，加后将军。当时前秦遣军南下，攻破梁、益、邓、樊等地。他派他的弟弟谢石、侄儿谢玄，加强防御。太元八年（383），他命弟弟与侄儿在淝水设下防线，抵御强敌，大捷。"时苻坚强盛，疆场多虞，诸将败退相继。安遣弟石及兄子玄等应机征讨，所在克捷。拜卫将军、开府仪同三司，封建昌县公。坚后率众号百万，次于淮肥。京师震恐，加安征讨大都督。玄入问计。安夷坐无惧色，答曰：'已别有旨。'既而寂然。玄不敢复言，乃令张玄重请。安遂命驾出山墅，亲朋毕集，方与玄围棋赌别墅。安常棋劣于玄，是日玄惧，便为敌手而又不胜。安顾谓其甥羊昙曰：'以墅乞汝。'安遂游涉，至夜乃还，指授将帅，各当其位。玄等既破坚，

有驿书至，安方对客围棋，看书既竟，便摄放床上，了无喜色，棋如故。客问之，徐答云：'小儿辈遂已破贼。'既罢，还内，过户限，心喜甚，不觉屐齿之折，其矫情镇物如此。"后来乘胜北伐，收复洛、青、兖、徐、豫等州。王道子专权时，"而奸谄颇相扇构，安出镇广陵之步丘。""然东山之志，始末不渝，每形于言色。及镇新城，尽室而行，造泛海之装，欲须经略粗定，自江道还东。雅志未就，遂遇疾笃"，"诏遣侍中慰劳，遂还都。闻当舆入西州门，自以本志不遂，深自慨失。"谢安"性好音乐，自弟万丧，十年不听乐。及登台辅，期丧不废乐。"

"马策西州门"说的是羊昙的事。"羊昙者，太山人，知名士也，为安所爱重。安薨后，辍乐弥年，行不由西州路。尝因石头大醉，扶路唱乐，不觉至州门。左右白曰：'此西州门。'昙悲感不已，以马策扣扉，诵曹子建诗曰：'生存华屋处，零落归山丘。'恸哭而去。"事在《晋书·谢安传》。

这首诗借思慕颂赞谢安，又一次明志不渝，表明自己为国为民建功立业的志向。

"始志终不渝"，"始志"是什么呢？"东山再起"也。当时谢安处乱世隐居于会稽之东山，本不想出仕，怎么后来又起而出仕了呢？并非"偶然"。首先是为救天下苍生。大将军桓温请他为司马时，中丞高崧曾激发他："卿累违朝旨（不出山），高卧东山，诸人每相与言，安不肯出，将如苍生何！苍生今亦将如卿何！"他听后欣然出山赴命。其次，是激于弟弟谢万的被废黜，"始有仕进志"。

后来谢安的所作所为，正如李白所概括的那样："为君谈笑净胡沙。"从表面看，谢安是个"旷达者"，大有看破红尘之感，可是内里却是"怀抱""苍生"，为国为民，"矢志不渝"的。

纳兰性德何尝没有谢安"怀抱""苍生"，为国为民的壮志，何尝不想如谢安那样做一番大事业。纳兰性德正如谢安一样，在看破红尘的表象里面，跳动着的是一颗为国为民的心。

其十七

凉风飒然至，秋雨满空阶。室有积忧人，所思在天涯。

蟋蟀鸣北牖，蛛丝落高槐。明发出门望，爽气正西来。

西山有涧阿，肥遁以为怀。

"明发"，《诗经·小雅》有："明发不寐，有怀二人。"《传》："明发，发夕至明。""明发"即从晚至天明不寐：

"肥遁"，《易·遁》："上九，肥遁无不利。"《疏》："肥，饶裕也；上九，在外极，无应于内，心无疑顾，是遁之最优，故曰肥遁。"肥遁遂成为高隐之名。

"入世"与"出世",是纳兰性德思想的基本矛盾,消极隐遁之心,不时萌动。诗中以"凉风""秋雨""蟋蟀鸣","蛛丝落"等形象烘托心中的"积忧",一旦出门而望,顿觉爽气西来。精神为之一振,他的"所思"竟在眼前,涧阿肥遁"出世"之想油然而生。

其十八

生本蒲柳姿,回飙任西东。心如秋潭水,夕阳照已空。

落花委波纹,天地如飘蓬。忽佩双金鱼,予心何梦梦!

不如茸茅屋,种竹栽梧桐。贵贱本自我,荣辱随飞鸿。

何哉阮步兵,慷慨泣途穷。

"蒲柳姿"本是比喻身体衰弱。《世说新语》说:"顾悦与简文帝同年,而发早白。简文曰:'卿何以先白?'对曰:'蒲柳之姿,望秋而落;松柏之质,经霜犹茂。'"诗中,纳兰性德借以比喻自己天生是顺自然本性的,所用非"蒲柳姿"的原意。

"佩双金鱼"是做朝官的意思。唐代官制,五品以上官员授以鱼符,以金、银、铜分等级,复以袋盛之,袋面绣鱼饰,谓以鱼袋。

"茸茅屋",康熙二十三年(1684),纳兰性德茸成茅屋三间,写了《满江红·茅屋茸成却赋》:"问我何心,却构此、三楹茅屋?可学得、海鸥无事,闲飞闲宿。……雪后谁遮檐角翠,雨余好种墙阴绿。有些些,欲说向黄昏,西窗烛。"《通志堂成》诗:"何时散佚容闲坐,假日消忧未放怀。有客但能来问字,请尊宁惜酒如淮!"诗中见志,茸屋植树,是为陶冶性情。

"阮步兵"指魏晋诗人阮籍。阮籍,尉氏人,字嗣宗,为竹林七贤之一。他博览群书,尤尚老庄,善啸能琴,尤嗜酒。每以沉醉远祸。闻步兵厨善酿,贮酒三百斛,乃求为步兵校尉。故人称阮步兵。著有《咏怀诗》八十二首,及《达生论》《大人先生传》等。他有感于时事,有言而不得倾诉,常率意命驾,途穷则痛哭而返。纳兰性德引以为同道。

开头六句，纳兰性德说自己的本性是遂顺自然的，可以任其东西，即使在"回飙"中也可以；自己心地纯洁透明，任凭夕阳照射，也只能益显其纯洁空明；身世曾如春花烂漫，即使如落花，也可以在天地间随意"飘蓬"。

七、八两句用一个"忽"字写出突然转变，人为地改变了自己原来的性体，忽然佩带起"金鱼"走上仕途了。于是心情顿时昏乱不知所措，违背了本意。自己从来也没有做过这方面的精神准备。于是想出一种解脱之法：葺茅屋三间，种树植竹以"陶写"性情，与友人对酒吟咏以抒发胸臆。只要自身牢牢把握贵贱的准则，不以官为贵，不以贫为贱，毁誉荣辱，随人议论去吧。你世俗以为荣而誉的，我自以为辱；你世俗以为辱而毁的，我反以为荣而赞之。这就是纳兰性德的荣辱感。

最后两句忽又提到阮籍穷途而哭的故事，似与全篇游离。但是，"慷慨"

一词，已流露出对阮籍的赞许与同情。纳兰性德对自己多年的侍卫生涯，怕也有"途穷"之感吧。

其十九

客遗绷绮琴，言是雷霄斲。能啼空山猿，亦飞秋涧瀑。

援之发古调，三奏不成曲。朱弦澹无味，予亦聊免俗。

前四句写客人赠琴，琴之古雅。古有雷琴。《贾氏说林》载："雷威斲琴无为山中，以指候之，五音未得。正踌躇间，忽一老人在旁指示曰：'上短一分，头丰腰杀，巳日设漆，戌日设弦，则庶几可鼓矣。'忽不见，自后如法斲之，无不佳绝，世称雷琴。"

"霄"，见《山海经·海内北经》："舜妻登比氏生宵明、烛光，处河大泽，

二女之灵能照此所方百里。"舜妃湘夫人，《楚辞·远游》中有"湘灵鼓瑟"之说，宵明为湘夫人之女，纳兰性德为夸张琴之古雅，托言为宵明所斮。

这把古琴，传说为雷威或宵明所制，既能发容谷猿啼之声，又能奏秋涧飞瀑之音，古朴自然，纯属古调。

后四句突一转，用此琴弹奏时曲，则三奏而不能成律。那时兴的"朱弦"虽然能弹奏时曲，但听来寡而无味，还是不弹为好，我也只好暂免时俗之气了。

诗中借弹琴再次明志，绝不随时俗而移志，要坚守古朴情操。

其二十

白云本无心，卷舒南山巅。遥峰如梦中，孤影相与还。

忽然间高霞，霏霏欲成烟。风花落不已，流辉转可怜。

皎洁自多愁，况复对下弦。高楼夜已半，惜此不成眠。

这是一首借赏景影射现实处境不佳，愁上加愁的情思。

前四句写白云与远峰遥相自得，如梦如痴，心旷神怡。五、六两句写忽然有"高霞"，杂处其间，给搅散弄乱了，一切都笼罩上一层烟雾，"霏霏"，大有雨雪欲来之势。于是出现七八两句所写的惨状，风起花落，而且还没完没了，可爱的春光一刹那变得凄凄惨惨。

后四句诗人直抒情怀。"皎洁"是言自己心无杂质，洁如白云。诗人本来就多愁善感，再加上面对不团圞的残月，就愁上加愁了，直至夜半也难于成眠。"惜此"一句，更进一层，诗人不只自伤自怜，而且还关心爱护这一切美好事物，美景良宵，美好韶光。

其二十一

岁星不在天，大隐金马门。微言亦高论，一一感至尊。

文园苦愁疾，凌云气萧瑟。乘传威始申，谏猎情亦切。

所为一卷书，乃在身后出。

诗中借颂司马相如，赞扬汉武帝的善识才与能用才。

第一、二句连用典故。"岁星"，即木星，《尔雅》称太岁，太岁在甲，曰阏逢；在寅，曰摄提格。古代术数家以太岁所在为凶方，忌掘土建。"不在天"，即无凶兆，时为太平盛世。

"大隐"指身居闹世而不受其扰，高洁之至的隐士。王康琚《反招隐诗》有："车马长安道，谁知大隐心。"杜牧《寻戴处士》诗有："车马长安道，谁知大隐心？"

"金马门"也称金门，是汉时宫门名。汉代征召赴京的人，都待诏于公车衙门，其中被认为有突出才能的人，则待诏于金马门。谢惠连《连珠》有"登金马而名扬"之句。

在太平盛世，天子更重人才，野无遗贤，连大隐之士，也待昭金马门。

"微言亦高论，一一感至尊。"微言是隐微不显之言。"至尊"，封建社会称

皇帝为至尊，尊贵无比之意。这两句总领司马相如作赋几次"微言"讽谏，武帝从谏若流之事。

司马相如（前179—前117），字长卿，是西汉时辞赋大家。他患有消渴病，即今之糖尿病。《汉书·司马相如传》说"相如口吃而善著书，常有消渴病。"景帝时他任武骑常侍，因病免职。他去梁，和枚乘一起隐居。武帝即位后，很赏识他的《子虚赋》，因得召见，作《上林赋》，用为郎。曾奉使西南。汉武帝的陵园曰孝文园，后来司马相如又任孝文园令，后人因称他文园。汉武帝好神仙，相如上《大人赋》讽谏，武帝反而飘飘有凌云之志，虽然赋劝而不止，但武帝已明白其中讽谏之意。司马相如乘传车至京师，即献《上林赋》劝谏武帝游猎之行："若夫终日驰骋，劳神苦形，置车马之用，抚士卒之精，费府库之财，而无德厚之恩，务在独乐，不顾众庶，忘国家之政，贪雉兔之获，则仁者不繇也。从此观之齐楚之事，岂不哀哉！地方不过千里，而囿居九百，草木不得垦辟，而人无所食也。夫以诸侯之细，而乐万乘之侈，仆恐百姓被其忧也。"写得情辞至切。

司马相如有《司马文园集》一卷，为明人所辑。

非汉武帝，不能用司马相如；司马相如不遇汉武帝，则不得展其才。

司马相如以"微言""感至尊"，他著书立论又可以传诸后世，得时得世得主，何其幸运！

纳兰性德无他求，即此足矣。

其二十二

西汉有贾生，卓荦真奇士。赍志终未达，盛年身竟死。

为文吊屈平，可怜湘江水。愤俗谢勋贵，轻生答知己。

临风忽搔首，吾亦从逝矣。

这首诗赞贾谊之才，而叹其早亡。

贾谊（前200—前168），雒阳人，十八岁即以能诗文称誉于时。吴公荐于文帝，召为博士。后迁大中大夫，请改正朝，易服色，制法度，兴礼乐，帝欲任为公卿。后来因受周勃、灌婴的排挤，贬为长沙王太傅，后又为梁怀王太傅，疏陈政事，颇得治体，但均未被采纳。不幸怀王堕马而死，贾谊自伤为傅无状，忧愤而死，年仅三十三岁。

贾谊自伤身世，到长江，渡湘水时，为赋吊屈原，盖以自况。他作《吊屈平赋》，以示敬仰之意，表示要以屈原为典范。纳兰性德今又作诗吊贾谊，赞佩贾谊有治国安邦之伟志，有屈原之高洁的思想，又能以死报答知己，于是产生要从贾谊而同逝的想法。

贾谊在世仅三十三年，而纳兰性德又较之少两年，两人均有安邦定国之才，又有以天下为己任之志，一生的郁郁一不得志，使纳兰性得引他为同调。

其二十三

凤翔几千仞，羽仪在寥廓。结巢梧桐顶，层云复阿阁。

非无青琅玕，不寄西飞鹤。一鹤正西飞，翩翩长苦饥。

玉潭照清影，独自刷毛衣。生得谢虞罗，光彩非所希。

诗中以凤、鹤相比。

前四句写凤。"羽仪"，《易·渐》："鸿渐于陆，其羽可用为仪。"孔疏："其羽可用为物之仪表，可贵可法也。"韩愈《燕喜亭记》："智以谋之，仁以居之，吾知其去而羽仪于天朝也不远矣。"诗中用来为受人尊重，可为表率的象征物。传说凤只栖于梧桐树上。《诗经·卷阿》："凤皇鸣矣，于彼高冈；梧桐生矣，于彼朝阳。""阿阁"，帝王居之阁也。《帝王世纪》说："黄帝时，凤皇巢于阿阁。"《文选·注》载："《周书》曰：'明堂咸有四阿，然则有四阿者，谓之阿阁。阿，柱也。'"

凤生来高贵，能飞千仞，羽毛为人所爱，结巢于梧桐之顶，栖息于阿阁之上；而鹤，却生来命苦，不住竹林，只顾西飞，忍饥挨饿，自爱毛羽，却不为人所爱。因之人也不下"虞罗"，盖因其羽毛之"光彩非所希"也。

但是，鹤，"玉潭照清影，独自刷毛衣"，自怜自爱，清幽洁美，又岂"羽仪""光彩"之凤凰可比哉！

纳兰性德爱鹤，实自喻也，亦喻其好友顾贞观、姜宸英、严绳孙等人。纳兰性德不以官阶取人，而重在品性学问。他与他的友人足与鹤之高洁相合也。

其二十四

初日淡杨柳，对之何所言？东风几千里，吹入十二门。

天地忽如寤，青草招迷魂。堂堂复堂堂，春去将谁论？

初春时节，杨柳淡拢烟云，春风浩荡，吹遍神州大地。《书·尧典》有："肇十有二州。"春风吹来，天地万物从严冬中醒来。人的青春也应趁春光而驰骋。否则青春将逝，春光将逝，将何以用武，何以为春光增色？

诗写得很有气魄，这是一首春的颂歌，青春的颂歌。

其二十五

世运倏代谢，风节弃已久。磬折投朱门，高谈尽畎亩。

言行清浊问，术工乃逾丑。人生若草露，营营苦奔走。

为问身后名，何如一杯酒？行当向酒泉，竹林呼某某。时有西风来，吹香满罍缶。不问今何时，仰天但搔首。

诗的前半部分，纳兰性德感叹世风日下。古人讲究风节，士要有高风亮节，这是做人的品行之最高标准。而这些早就被一些弃置不顾久矣。为人臣者侍君主应敬谨如磬折之态，《礼·曲礼》载："立则磬折垂佩。"但是，以此投向朱门，就是卑躬折节的小人行径了。他们言谈之及，尽为"畎亩"。《庄子·让王》说："舜以天下让其友北人无择。北人无择曰：'异哉！后之无人也，居于畎亩之中，而游尧之门，不若是而已。'"北人无择批评舜不好好种田，却奔走于帝阙，是不合清高的。无择说自己决不像舜那样，后来他终于投清泠而死。

"术工"应为"术士"之工。言谈处于"清浊间"的术士，他们的行为就更加丑陋。术士，原指战国时期以苏秦、张仪为代表的权谋狡诈之士。他们朝秦暮楚，奔走于各诸侯国之间，耍阴谋，玩骗术，虚虚实实，真真假假，极尽狡辩之能事。后世更有以占卜、星相骗人的江湖术士。凡此种种的"逾丑"之人，实在是极丑之人间败类也。

"磬折"之小人也好，"逾丑"之术士也好，他们蝇营狗苟，苦苦奔走，实在如草尖之露水，一定是长久不了的。

真正能够身后留名的，还是那些高风亮节，不为世俗所迷的真正名士，如竹林七贤。

晋时社会动荡不安，政治昏暗，嵇康与阮籍、向秀、刘伶、阮咸、山涛、王戎等名士，不满于现实，不愿与统治者合作，常宴集于竹林之下，为竹林之游。他们的"竹林之游"，后人喻指无视名利的君子之交。

纳兰性德说只有如他们，才能身后留名。可是到诗的结尾处却陡然一刹：

你也不问问今世是何时何代？这是圣主康熙盛世，政治清明，应是野无遗贤，人尽其才，才尽其用，而现实与理想中的情况却大相径庭。

纳兰性德十分厌恶那些蝇营狗苟之徒，徐乾学《纳兰君神道碑文》有一段记述：

客来上谒，非其愿交，屏不肯一觌面，尤不喜接软热人。所相知心，款款吐心腑，倒困囊，与为酬酢不厌。

所谓软热人，即趋炎附势之徒；所称知心，即风节清高之士。纳兰性德对小人之害，深有体会。顾贞观说纳兰性德"所欲试之才，百不一展；所欲建之业，百不一副；所欲遂之愿，百不一酬；所欲言之情，百不一吐"。由于那些谗邪奸佞之徒为害，纳兰性德才难展，业难就，愿难遂，能不令人痛心？

其二十六

宛马惊权奇，欸从西极来。蹴踏不动尘，但见烟云开。

天闲十万匹，对此皆凡材。倾都看龙种，选日登燕台。

却瞻横门道，心与浮云灰。但受伏枥恩，何以异驽骀？

这首诗抒发了诗人怀才不遇的心情。

前八句以宛马自比。汉时西域大宛国盛产名马。《汉书·武帝纪》太初四年："贰师将军（李）广利斩大宛王首，获汗血马来，作西极天马之歌。"《注》："应劭曰：大宛旧有天马种，蹋石汗血。汗从前肩髆出，如血。号一日千里。"

宛马生来蹴踏不凡，把御马厩中精养的"天马"十万匹都比下去了。"大圣"正如士子，一朝中选，金榜题名，"倾城"都来观赏"龙种"，此情此景，怎不教人扬眉吐气！

但自己中选后，当上了侍卫，已自觉够无趣了。再看看那些进入学宫之门的文人雅士，也和自己一样，被豢养于槽枥之间，被人看作"天马"一般。是千里马就要奔驰腾跃，"天闲"中"伏枥"的日子，怎能与当年"蹴踏""烟云开"的奔放豪迈相提并论。再回想起登上黄金台被"倾都"人观看的盛况，顿觉心灰意冷，那激昂与豪迈，全然消亡。

结句说，这种"伏枥"的皇恩再受下去，养得肥肥胖胖，将与"驽骀"有何区别？

看，纳兰性德的"出世"之想，又油然而生了。

其二十七

落日忽西下，长风吹东来。天地果何意？逝水去不回。

世事看弈棋，劫尽昆池灰。长安罗冠盖，浮名良可哀。

不如巢居子，遁迹从蒿莱。

这首诗是对追名逐利的小人们的批判。历史犹如弈棋，胜败无常。当年，古昆明国有池，名昆明池。汉武听说昆明池景色秀美，为表示扩张疆土之决心，又为训练水军，在长安仿昆明池开凿人工湖，并命名为昆明池，成为一时之盛事。曾几何时，到姚秦时，池已枯竭；唐德宗复浚之，至文宗以后，池已涸为民田。看这昆明湖的变迁，就够使人感慨万千了。

"冠盖"本指官宦之冠服车盖，后指代官宦之人。你看那奔走在长安道上的仕宦之人群，只图一时的富贵浮名，实在是可悲，可叹呀！这种人哪能同上古时的巢由相比。巢由是传说中陶唐时的高士，隐居深山，不追求世俗的名利。他在树上筑巢而居，故名巢父。尧曾让天下给巢父，巢父不受；尧又让于许由，许由去征求巢父的意见。巢父说："汝何不隐汝形，藏汝光？若非吾友也。"许由后来也不接受。所以《汉书》说："尧舜在上，下有巢由。"

纳兰性德十分赞赏巢父遁迹蒿莱，返回自然。纳兰性德也时有流露自己欲隐退山林的愿望。但纳兰性德的退隐之言，更多的倒是曲折地反映他的"惴惴有临履之忧"。

其二十八

行行重行行，分手向河梁。持杯欲劝君，离思激中肠。

努力饮此酒，无为君者伤。

在四十首拟古诗中，这首短诗的抒情方式与众不同。前边的二十七首都好像是对送行远去的友人倾诉衷肠与临别赠言，至此再劝更讲一杯酒，然后叮嘱：忽为我的一切而悲伤。这首诗是诗人暂借杯酒缓解自己的悲愤，劝人正是自劝，以这种方式抒发激愤，看似平缓，实更激烈。

其二十九

长安游侠子，黄金视如土。结交及屠博，安知重珪组？

一朝列华筵，羞与朱履伍。惜哉意气尽，委身逐倾吐。

时俗尚唯阿，至人亦伛偻。惟有昔赠言，深藏乃良贾。

战国时，《韩非子》中便有"侠以武犯禁"的看法。春国战国时期的门客、士中便有不少属游侠之列。司马迁的《史记》专有《游侠列传》。《游侠列传·

序》说："今游侠，其行虽不轨于正义，然其言必信，其行必果，已诺必诚，不管其躯，赴士之困厄。"游侠"救人于危，振人不赡，仁者有乎？不既信，不背信，义者有取焉"。司马迁对游侠评价很高，游侠确是在不公正的社会中，弱者寄于扶正除邪希望的化身。但后世，确也有以游侠为名，打着除暴安良，主持正义旗号的不法之徒，鱼肉百姓，陷害忠臣义士，实际为统治者充当鹰犬与爪牙。

诗中前四句说，游侠子一开始还带有江湖义气，挥金如土，能与屠博之徒混在一起。"屠"指宰杀牲畜，卖肉为业者。"博"指不务正义，以赌博为业者。"屠博"泛指社会地位低下，从事低贱职业的下层市民。"珪"，官员的凭证。《左传·哀公十四年》："司马牛致其邑，与珪焉。"杜预注："珪，守邑符信。""组"，《礼·玉藻》："天子佩白玉而玄组绶，公佩山玄玉而朱组绶，大夫佩水苍玉而纯组绶，世子佩瑜玉而綦组绶，士佩瓀玫而缊绶。"注："绶者，所以贯佩玉相承受者也。"珪组，在这里指代真正的官级制度。这时，游侠子对官场之事还一窍不通。

但是，一朝得势，便不得了。中间六句，揭露小人得志的不可一世的丑态。他一旦能侧身于华美而高贵的筵席，便以为自己一步登天，身价百倍了。身为下等人而只配穿"朱履"的弟兄们，昨日还称兄道弟，今日游侠子便羞于与他

们为伍了。哥儿们的意气早已抛尽，便委身投靠权贵，追逐于"倾吐"者之侧。"倾吐"，韩维《和平甫》有："高文大论日倾吐。"本是倾诉，畅所欲言之意。这里，纳兰性德用贬义，指高谈阔论，夸夸其谈者之流。游侠子本以动武为能事，现在却投靠到附庸风雅的权贵们那里附庸风雅，追随人后说东道西地博取宠爱。他对人家如此巴结，做走狗。可他又希望别人也如此巴结他，在他人面前充主子。即使本是至亲好友，也要在他面前低下几分。这已经成为时俗，难以扭转。

诗的末尾说，只有古圣先贤说的对："良贾深藏"，不能随俗而迁，因势而阿，乘时而傲，忘乎所以。

"良贾深藏"典出《史记·老子韩非列传》："老子曰：'……吾闻之：良贾深藏若虚，君子盛德，容貌若愚。'"

纳兰性德认为，"良贾深藏"，乃为正当的处世之道。联系他的其他作品看，他的确深谙中国古代知识分子"穷则独善其身，达则兼济天下"的传统，"良贾深藏"为得其主，"士为知己者死"。可见纳兰性德前面诗中所谓隐遁，既是"深藏"，是一时的退步，更是为了适时而动，适时而出。难怪他那么赞赏谢安。所以他在牢骚的同时，需要扈从，他便谨慎尽力，需要单独完成使命，他便"奉使西域"，还能尽心竭力地为朝廷效力。出世是为了入世，入世却又有出世之想。这种矛盾心理是封建社会文人的普遍心态。

其三十

闭关谢西域，汉文何优柔。圣泽余亥步，遐荒如甸侯。

旅獒既充贡，越雉亦见收。蛮族进珊瑚，不烦使者求。

昭回云汉章，烛及海外州。人生睹盛事，岂羡乘槎游。

这首诗抒发了诗人建立一统大国的政治理想。

第一、二两句，批评汉文帝的"优柔"。汉文帝在位二十六年，其间，匈奴多次入侵，汉文帝只能节节防御，不能主动出击，最后只能屯军细柳，保卫京师。致使景帝及武帝初年，匈奴内侵至北平、上谷等地。直至武帝六年才击败匈奴，沟通西域。

中间六句，纳兰性德指出，一统大国的帝王应当"圣泽余亥步，遐荒如甸侯"。"亥步"，《淮南子》说："使竖亥步，自北极至于南极，二亿三万三千五百里七十五步。""圣泽余亥步"意即圣恩之泽，所及当远。"甸侯"，谓在天子统治范围内的诸侯。作为一统天下的皇帝，应当是恩泽广及，这样，即使是最边远的地方，也会成为甸侯。这样，用不着派出使者，四方都会臣服。西方的戎，"有国名旅者，遣献其大犬，其名曰獒，于是太保召公，因陈戒史，叙其事，作《旅獒》"。事见《书序》："西旅献獒，太保作旅獒。"于越之国，献上

雉雉。蛮族输税，进贡珊瑚。

怎样能实现建立一统的理想呢？纳兰性德指出，"昭回云汉章，烛及海外州"。《诗经·大雅·云汉》："倬彼云汉，昭回于天。"孔疏："见倬然而明大者，彼天之云汉；其水气精光，转运于天，未有雨征。"昭回，谓星辰光辉回转，这里借指日月。皇帝的恩泽应当如日月之光，普照天地，不及施于国内，也要施于境外。纳兰性德对此十分向往，他说只要看到这种一统的出，就比"乘槎"仙游还要令人快乐。"乘槎游"典出《博物志》："天河与海通，近世有人居海渚者……乘槎而去。"并说这个人乘槎曾至天河，见牵牛、织女云云。

诗中，纳兰性德批判了汉文帝没有与西域沟通，只是拒之以战，指出这种政策不是治世的英明之法。纳兰性德认为，作为一个统一大国的帝王，必须昭如日月，恩泽广被，使边远的部族也能成为"甸侯"，让人家从心眼里服你，那么什么宝物也就都可以送来表示敬仰之情了。这样就不须再烦使臣去那里索求了。

纳兰性德于康熙二十一年（1682）秋末"奉使西域"，并"宣抚"诸部族。康熙二十四年（1685）他逝世不久，"诸羌款塞"，果然前来进贡献礼。为什么？还不是因为纳兰性德在西域广施朝廷的"圣泽"，如日月星辰，"烛及力了"海外州"吗？生前，虽然纳兰性德没赶上诸部输款，但是他把他的主张已付诸行动，真正做过这件有历史意义的团结各民族的伟大事业，完全合乎他的理想愿望。所以他说人生能亲自看到这样的盛事，还哪里会有"乘槎"浮游的非分之想呢！可见，愿意为国为民建功立业，希望国家强大民族团结，渴望在这样的事业中大展宏图，是纳兰性德思想的主导方面。能如此，他肯定会抛弃什么"餐霞""遁迹"之类念头的。这首诗，是他积极入世思想的总抒发。

其三十一

圣主重文学，清时无隐沦。遂令拂衣者，还为弃纟遂人。

适意聊复尔，去来若无因。昔者采山薇，今忆淞江莼。

诗中用了三个典故。

"弃纟遂人"，典出《汉书·终军传》："初，军当诣博士，从济南步入关，关吏予军绤，军问：'以此何为？'吏曰：'为复传，还当以合符。'军曰：'大丈夫西游，终不复传还。'弃绤而去。军为谒者，行使郡国，建节东出关。关吏识之，曰；此使者乃前弃绤生也。'"

"采山薇"，典出《史记·伯夷传》："武王已平殷乱，天下宗周，而伯夷、叔齐耻之，义不食周粟，隐于首阳山，采薇而食之。及饿且死，作歌曰：'登彼西山兮，采其薇矣。以暴易暴兮，不知其非矣。神农虞夏，忽焉没兮，我安适归矣。于嗟徂兮，命之衰矣。'"

"淞江莼"典出《晋书·张翰传》："张翰，字季鹰，齐王同辟为东曹掾。翰因见秋风起，乃思吴中菰菜、莼羹、鲈鱼脍，曰：'人生贵得适志，何能羁宦数千里，以要名爵乎？'遂命驾而归。"

全诗以五六句为轴，揭示了他对现实社会的失望。

　　先说，凡是重文学的圣主所临的清平时代，没有"隐沦"之人。即使是拂衣而去的隐者，也会回来，成就如汉武帝时终军的事业。为自己"适意"而已。下边虽未明说昏君轻文学，乱世有隐沦；但是这潜台词、话外音还是不言而喻的。你看，昔时学伯夷叔齐的人，虽然有的到朝廷做了官，可曾几何时，又如张季鹰，产生了莼鲈之思，要"命驾而归"了。前者是归而复来，后者是来而复归，这一去一来，似乎"无因"，其实，"因"已在其中矣。

　　纳兰性德的好友，有多少屡试不第的，中第而无官的，当了官被废黜的。今日回朝，明日离去。来来去去，去去来来。事情就发生在宰相官邸，出现在相府长公子眼前。难道这些人只徒有虚名，而实是无能之辈吗？这些发生在纳兰性德眼前的事，不能不引发他的深思。康熙皇帝不能算昏君，社会由乱而转向治，不能不称为盛世。圣主盛世尚且如此，现实令他太失望了。

其三十二

结庐依深谷，花落长闭关。日出众鸟去，良久孤云还。

回风送疏雨，微芬扇幽兰。白日但静坐，坐对门前山。

生世多苦辛，何如日闲闲！

请对照陶渊明《饮酒》第五首：

结庐在人境，而无车马喧。问君何能尔？心远地自偏。

采菊东篱下，悠然见南山，山气日夕佳，飞鸟相与还。

此中有真意，欲辩已忘言。

还是要学陶渊明"不为五斗米折腰"的精神，要到一个桃花源式的乐园里去，日与落花、山鸟、孤云、回风、疏雨、幽兰、青山为伴。古人常作《山静日长图》，李白诗也有："相看两不厌，只有敬亭山。"诗人雅士都追求这种闲散中的山居美，主要的原因还在于他们厌倦了"生世多苦辛"。所谓"苦辛"，就是前面诗中所说的不适意。没有能生逢清时，遭遇明主，因而怀才不遇，没有英雄的用武之地。与其"苦辛"如此，"何如日闲闲"，了此残生！这是纳兰性德消极"出世"的根本原因。

纳兰性德的诗词中不可抑制地常常流露"出世"的情绪，这种看似消极的情绪，实际上反映的是他对现实社会的失望和对社会黑暗面的认识。

其三十三

与君昔相逢，乃在苧萝村。相逢即相别，后期安可论？

扬蛾启玉齿，声发已复吞。讵绝赏音者，其如一顾恩？

和《拟古诗》第六、十二、十五和二十三首联系来看，诗中描绘了失去爱的怅惘和思念。

苧萝村，在苧萝山下。山在今浙江省诸暨县南五里，又名萝山。苧萝村传说为春秋时越国美女西施的故里。下临浣江，江中有浣纱石，传说为西施当年浣纱处。这里并非指苧萝实地，而是借用喻"君"之美如西施，与"君"会面，恰如见西施苧苧萝村。

"一顾恩"，本指王昭君入汉宫后从未受过汉皇"一顾之恩"。后世喻指帝王对妃嫔之情极浅。

纳兰性德诗中描写终不成眷属的情人相逢的情景，忽忽一瞥，相逢即别。后会无期，其恨绵绵。扬蛾愁思，启齿难言，发声复吞，其压抑之情，何其重也。虽然心中明知，"赏识者"来见这一次实在不容易，岂能轻易拒绝？但是怎奈自己已受"一顾之恩"，又岂敢妄作多情？

纳兰性德《减字木兰花》（相逢不语）词中也描写过类似情景：

相逢不语，一朵芙蓉著秋雨。小晕红潮，斜溜鬟心只凤翘。待将低唤，直为凝情恐人见。欲诉幽怀，转过回阑叩玉钗。

对爱情的追求和失去爱的怅惘是纳兰性德吟咏的重要内容。

其三十四

信陵敬爱客，举世称其贤。执辔过市中，为寿监门前。

邯郸解围日，鞴矢引道边。救赵适自危，故国从弃捐。

功成失去就，始觉心茫然。再胜却秦军，遭谗竟谁怜？

趣归不善后，作计非万全。博徒卖浆者，名字亦不传。

惜哉所从游，中诅无神仙？饮酒虽达生，辟谷乃长年。

诗中借评价信陵君流露了对如何保持晚节的看法。

信陵君（？—前243年），战国魏安厘王弟，名无忌，封信陵。他与赵之平原君、楚之春申君、齐之孟尝君为战国四公子，养士甚多。信陵君待士更为谦恭，搜求隐士无所不到，有食客三千，在四公子中声誉最高。诸侯各国以其贤，不敢加兵于魏达十余年。

安厘王二十年（前257），信陵君为救赵，窃取魏王兵符，用侯生计，使朱亥椎杀将军晋鄙，率兵救赵，退秦兵，解邯郸之围。后十年为上将军，联合五国之兵，击退秦将蒙骜的进攻，威名震天下。事见《史记·信陵君列传》。

第一、二两句总写信陵君重士。

第三、四两句写信陵君见侯生事。侯生是魏国隐士，名嬴，年七十，任魏都大梁夷门门监。秦兵攻赵甚急，信陵君为救赵求计于侯生，亲往迎侯生，请侯生坐于车之上座。过市，信陵君执辔愈恭，侯生中途又会屠者朱亥。宴问贵宾满堂，信陵君请侯生上坐。酒酣，信陵君为寿侯生前。侯生为报知己之恩，遂献窃符之计，并自到东门以送信陵。

第五、六句，写赵得信陵君援救，免遭亡国之祸，为感谢信陵君，赵王与平原君迎信陵君于界，平原君背负箭筒，为信陵君前导。赵王再拜曰："自古贤人，未有及公子者也！"

紧接四句写信陵君从谏如流，改正错误的事。赵国为报答信陵君，封五城给他。于是信陵君"意骄矜而有自功之色"。他的食客中有人给他提批评意见："且矫魏王令，夺晋鄙兵以救赵，于赵则有功矣，于魏则未为忠臣也。"信陵君听到批评他，"立自责，似若无所容者"。甚至登赵王所扫之阶，"侧身辞让，从东阶上，自言罪过，以负于魏，无功于赵。"

第十一至十四句，写信陵君的结局。事在安厘王三十年。信陵君率五国兵击败秦兵。秦使反间计，派人携重金赴魏，寻找晋鄙的食客，让他们在魏王面前进谗言，诋毁信陵君。"魏王日闻其毁，不能不信，后果使人代公子将。"信陵君自知再以毁废，谢病不朝，"与宾客为长夜饮，饮醇酒，多近妇人，日夜为乐饮者四岁，竟病酒而卒"。

第十五、十六两句，再写信陵君谦恭下士。他在赵国曾经和以赌博为业的隐士毛公，以"卖浆"为业的隐士薛公结交，"平原君门下半去平原君归公子，天下士复往归公子，公子倾平原君客"。

信陵君礼贤下士，胆略过人，在谈秦色变的时代，一生两败强秦，天下谁不称赞！

但是信陵君的"趋归不善后，作计非万全"，使纳兰性德为之痛惜。你信陵君一人由于胜利冲昏头脑，只顾陶醉于赵国上下一片赞誉声中，陶醉于赵国的优厚礼遇中，没有善后的安排。信陵君所养之士，在帮助主人建功立业方面，确实出力不少，出谋策划者有之，冲锋陷阵者有之，暗中行刺者有之。但在功成名就之后，却没有一个人想到"功高盖主"的危险。纳兰性德认为真正的英雄，首推秦汉时的张良。张良敢暗杀秦始皇，又辅佐刘邦灭秦灭楚争得天下。汉立，便隐退了。张良确实做到了"全身"有策，没有落得韩信、彭越等人身首两分的下场。宋人杨龟山评得好：张子房（张良号子房）"使汉事得成而吾责已塞，然后自托于神仙之说以遂其不愿事汉之本心焉耳。此子房之智谋节义所以远过于人，而自汉至今千有余年未有能窥之者，惟子程子盖尝言之。又以为子房进退从容，有儒者之风。非高祖之能用子房，实子房能用高祖，可谓知子房矣。"

纳兰性德认为信陵君缺的正是张子房的"全身策"，张子房之志，"为韩报

仇而已，其事高祖非本心也"。（杨龟山语）信陵君救赵实应以保魏为基本，赵既得救，自应功成身退。于魏亦然，得用则用，不得用则退。而三千食客竟无一人献"全身策"者。纳兰性德所十分厌恶的趋炎附势之徒、软热之人，正是这类食客，只知陪主子日夜饮醇酒，近妇人。信陵君养这群势利小人，实在失策。

纳兰性德对信陵君功高而不得善终，痛惜万分，而不是否定信陵君的为人。这首诗的题旨还在于揭露当时政界的黑暗，尔诈我诈，有功之人不得好报，处处是嫉贤妒能之徒，时时会遇到谗言陷阱，有识之士不作"全身策"，势必受害。

读了这首诗，我们自然会想，纳兰性德正当青年，为何有这种急流勇退的想法？恐怕是因为政敌背后的诽谤攻击，和他明白了政治斗争中物极必反的道理。

其三十五

积雪在房栊，新月光欲凝。照地若无迹，娟娟破初暝。

明灯迟我友，揽裘坐开径。人生何茫茫，即事偶成兴。

南飞有乌鹊，绕树栖不定。持杯欲问之，东风吹酒醒。

美的意境，反衬着难以明言的苦痛。

积雪与月光相辉映，茫茫心事，如雪如月之光凝，又如光之无从捉摸，如乌鹊之南飞，无枝可栖……正迷离恍惚间，东风吹醒。

"持杯欲问之"，满腹心事，还是想倾诉一番，但不知从何说起，"酒醒"后便不愿说了。其郁闷之情，实难排遣。看来酒是解不了愁的，纳兰性德心事茫茫，欲吐难言，借酒浇愁，也不能排遣愁思之苦。

其三十六

魏阙有浮云，荫兹白日暮。返景下铜台，歌声发纨素。

流辉如有情，千载照长路。漳河不西还，百川尽东赴。

时哉不可失，谠言思所悟。雨后望西陵，蔓草萦古墓。

安得为飘风，永吹连枝树。

铜台，即铜雀台，故址在今河北省临漳县西南、邺城西北隅。《三国志·魏志·武帝纪》："建安十五年，作铜雀台，十八年作金虎台，其后又作冰井台。其上复道，楼阁相通，名曰三台。"又有《邺城故事》载："魏武帝遗名诸子曰：'吾死后葬于邺之西北冈上，与西门豹祠相近，吾妾与伎人皆著铜雀台，台上施六尺床，下穗帐，朝晡上酒脯粻糒之属。每月十五，辄向帐前作伎，汝等时登台，望吾西陵田。'"

"连枝树"，苏武有《别弟诗》："骨肉缘枝叶，结交每相因。四海皆兄弟，谁为引路人？况我连理树，与子同一身。"后人多借连理、连枝喻爱情，这里喻兄弟之情。

曹操叱咤风云，奋斗一生，渴望统一大业完成，可惜竟未如愿。他临终遗嘱诸子，每逢初一、十五，在铜雀台作伎，望西陵作祭，以期诸子不忘其志，团结创业，为完成他没来得及完成的事业继续奋斗。谁料他刚刚去世，尸骨未寒，其长子曹丕便心生"浮云"，荫蔽白日，既抛弃父亲的遗嘱，又不听兄弟们的"谠言"，又容不下兄弟们共享先父"流辉"的恩泽。黄初四年（223）五月，趁几个弟弟同到京师朝会之机，竟不择手段害死曹彰，继而又听谗言将曹植、曹彪也强迫分离，彪赴西北，植去正东，相距千里，永难再聚，恰如"飘风"，一下子吹断了同根"连理枝"。

同根生而相煎，成为千古的教训，不能不引起纳兰性德的注意与思虑。

读至此，不禁想起前边的诗篇，纳兰性德曾以王粲、终军、贾谊自喻，源自"临履之忧"；信陵君不能全节善终，未作万全之计，纳兰性德为之感慨不已，表现"临履之扰"；此后又以曹操死后其子分裂为教训，流露的还是"临履之忧"。这里的"忧"，不仅仅是诗人的多愁善感，而是他敏锐地洞察太平盛世中潜藏的社会危机。他读史善于联系实际，既对社会有较全面的看法，又有忧国忧君之心，是纳兰性德的思想境界高出他人处。

其三十七

春风解河冰，戚里多欢娱。置酒坐相招，鼓瑟复吹竽。而我出郭门，望远心烦纡。垂鞭信所历，旧垒啼饥乌。吁嗟献纳者，谁上流民图？一骑红尘来，传有双羽书。慷慨欲请缨，沉吟且踟蹰。终为孤鸿鹤，奋翥凌云衢。

"戚里"，《汉书·石奋传》："高祖召其姊为美人，以奋为中涓受书谒，徙其家长安中戚里。"师古注："于上有姻戚者，皆居之，故名其里为戚里。"纳兰性德诗中指皇亲贵戚者流。

"双羽书"，《汉书·高祖纪》："吾以羽檄征天下兵。"注："檄者，以木简为书，长尺二寸，用征召也。其有急事，则加以鸟羽插之，示速疾也。"双羽书，插有双羽，以示军事急件。

这首诗又流露了诗人"惴惴有临履之忧"。

正是早春时节，皇亲贵戚家家大排宴席，置酒相招，借迎春互拉关系，吹吹打打，好不热闹！然而"我"对此庸俗吃请厌烦至极，竟走出郭门，暂时解脱一下"烦纡"的苦闷；不料所见又是一番悲惨凄凉的情景：昔年战乱的遗迹历历在目，"饥鸟"在"旧垒"上啼叫，田野上毫无生机。但是那些"献纳"之臣，只知献纳贡品珍玩，却没有一个为民请命，献皇上如《流民图》以达下情的；忽然又见一骑踏起飞尘狂奔而来，发布征兵的檄文，竟上插双羽，实在是特急，燃眉之急。于是"我"再也忍耐不住，要学汉朝终军，"慷慨欲请缨"，奔赴疆场，为荡平逆贼而驰驱。可是，欲行而又止："沉吟且踟蹰"，停下来了。为什么？没有说。

联系上一首所述曹操家的历史教训看，是诗人有后顾之忧。

"二十四年，曹仁为关羽所困。太祖以植为南中郎将，行征虏将军，欲遣救仁，呼有所敕戒。植醉，不能一受命，于是悔而罢之。"

明枪易躲，暗箭难防。后来《魏氏春秋》揭穿了这一疑的真相："植将行，太子饮焉，逼而醉之。王召植，植不能受王命，故王怒也。"原来是身为太子的哥哥曹丕故意灌醉了行将出征的弟弟曹植，造成弟弟贻误军机的大错，使得曹植终其一生也没有实现自己"名编壮士籍，不得中顾私。捐躯赴国难，视死忽如归"的报国壮志，造成终生遗恨。

纳兰性德对诗人曹植的一生不得志十分同情。历史上和现实中政治斗争的残酷，使他欲进而又退。就连他"奉使西域"路上总有抑制不住的忧郁，"惴惴有临履之忧"。因此，他只有去当"孤鸣鹤"，自刷毛羽，自奋凌云志，自走自的路了。这是被排挤者被压抑者发出的哀鸣。

"纳兰心事几曾知"，他的"临履之忧"，难言的隐痛，真是太多，太深。

其三十八

彩虹亘东方，照耀不知晚。川长组练明，关塞若在眼。

我友昔从征，三岁胡不返？边马鸣萧萧，落日照沙苑。

封侯胡有时，寄语加餐饭。

"沙苑"，亦名沙海，又叫沙泽。其地多沙，随风迁徙，不知耕种。唐置沙苑监，宋置牧龙坊，明为马坊里，地在今陕西大荔县，南接朝邑县界。诗中用来泛指沙漠地带。

这首诗借对出征友人的怀念，抒发诗人渴望立功边关，报效国家的激情。

他看到雨后彩虹壮丽的景象，好像关塞山河正辉耀在眼前，好像萧萧边马长嘶在耳边。他既渴盼着友人早日凯旋，又劝勉友人不要急于求功。封侯拜印非一朝一夕所能成就，所以要努力加餐以保健康。身强体壮，方能百战百胜。

诗情豪迈，意境高远。在出入世的矛盾中，入世是他的主流，出世思想是不能入世的变态反应。

其三十九

朔风吹古柳，时序忽代续。庭草萎以尽，顾视白日速。

吾本落拓人，无为自拘束。倜傥寄天地，樊笼非所欲。

嗟哉华亭鹤，荣名反以辱。有客叹二毛，操觚序金谷。

酒空人尽去，聚散何局促。揽衣起长歌，明月皎如玉。

全诗分为两层意思。第一层，诗人自明其志。"吾本落拓人"，何为"落拓"？落拓亦作落托。《北史·杨素传》说杨素"少落拓有大志，不拘小节"。落拓为不受时俗拘束，放荡不羁。"无为自拘束"，"无为"有二义：一谓化治于无形。《论语·卫灵公》："无为而治者，其舜也欤？"一谓纯任自然。《老子》："道常无为而不为，侯王若能守之，万物将自化。"《庄子·天地》："玄古之君，天下无为也，天德而已矣。"又佛家语谓真理为无为。《华严经·探玄记》："无性真理，名曰无为。"诗中取第二义。"无为自拘束"意为顺其自然，不受拘束而自合拘束，合乎做人的标准。"樊笼非所欲"，句中"樊笼"，本义是关鸟兽的笼子，诗中比喻失去自由的困境。陶渊明《归园田居》有："久在樊笼里，复得返自然。"

第二层追忆历史的教训。先用"华亭鹤唳"之典。晋吴郡人陆机，有文武才。祖父陆逊，父陆抗，世仕孙吴。吴亡后，陆机闭门读书，作《辩亡论》二篇，述吴之兴亡及祖若父之功绩。太康末，与其弟陆云入洛，造太常张华。华曰："伐吴之役，利获二俊。"后事成都王颖，受命讨长沙王乂，拜大将军，河北大都督。军败。牵秀等忌之，谮机有异志，颖使收机。机故宅侧有华亭（地在今江苏松江村西之平原村），常闻鹤唳。临刑叹曰："华亭鹤唳，可复闻乎？"遂遇害。陆机著有《文赋》。

"操觚序金谷"，"觚"原为商周时盛行的青铜酒器。另外，古代用以书写的木简也称觚。诗中"操觚"即执简为文。"金谷"，在洛阳西。金谷园原为晋石崇的别墅，其自序有云："余有别庐，在金谷涧中，清泉茂树，众果竹柏，药物备俱；又有水碓鱼池，此世所传金谷园也。"后李白作《春夜宴桃李园序》有："如诗不成，罚依金谷斗数。"诗中"操觚序金谷"意谓，持杯痛饮，挥笔

为文，写出如李白《春夜宴桃李园序》那样的文章。因为李白的《序》开头有"夫天地者万物之逆旅，光阴者百代之过客"，叹时光之速，老之将至，正与上句诗"有客叹二毛"相应。"二毛"言人年老，头发有黑白二色。

诗中叹时光之速，志不得伸。纳兰性德以"落拓人"自许，追求精神自由，把世俗的荣辱，看作束缚精神的樊笼。世俗荣辱的变化，如金谷酒宴的聚散无常，诗人只能对月明心，长歌当哭。

这首诗以前一层为高昂激越之音，是纳兰性德的明志心曲。他自许为"无为"能自我化育的大才大器。他认为自己应闯出"樊笼"，到广阔天地间展翅翱翔，可以做一番大事业，实现大抱负。"嗟哉"一转，为后一层。陆机的下场，李白的遭遇，又都是千古的教训。纳兰性德已经认识到自己处境的为难，既有谗言陷害，使他不得"请缨"立功疆场；又有侍卫之职缠身，不得从文。纳兰性德觉得自己在康熙帝身边当差，虽然荣耀已极，但无机会建功立业，文武之才不得一展，报国大志更无从实现。从这一点看，自己又极像李白。唐玄宗把李白留在身边，也只不过把李白作为文学侍从，并不准备重用李白。故不觉悲从中来。

这是《拟古四十首》的抒情的总基调。

其四十

吾怜赵松雪，身是帝王裔。神采照殿廷，至尊叹昳丽。

少年疏远臣，侃侃持正议。才高兴转逸，敏妙擅一切。

旁通佛老言，穷探音律细。鉴古定谁作，真伪不容谛。

亦有同心人，闺中金兰契。书画掩文章，文章掩经济。

得此良亦足，风流渺谁继？

赵孟頫（1254—1322），字子昂，号松雪。他是赵宋的宗室。《元史·赵孟頫传》载："宋太祖子秦王德芳之后也。五世祖秀安僖王子偁，四世祖崇宪靖王伯圭。高宗无子，立子偁之子，是为孝宗，伯圭，其兄也。赐弟于湖州，故孟頫为湖州人。曾祖师垂、祖希永、父与訔，仕宋，皆至大官。入国朝，以孟頫贵，累赠师垂集贤侍读学士，希文太常礼仪院使，并封吴兴郡公，与訔集贤大学士，封魏国公。"因为他是宋朝宗室仕元，所以清人张时泰对他大加鞭笞，认为"孟頫仕元，其无耻孰甚焉。"

纳兰性德并不作如是观。他是很敬佩赵松雪，曾为赵松雪的《鹊华秋色卷》《水村图》题诗。

在这首诗中，纳兰性德咏赵松雪其人其事，表达敬佩之意。

"神采照殿廷，至尊叹昳丽。"赵孟頫自幼聪敏，读书过目成诵，为文操笔立就。十四岁时用父荫补官，试中吏部铨法，调真州司户参军。宋亡后隐居家中，钻研学问。"至元二十三年（1286），行台侍御使程钜夫，奉诏搜访遗逸于江南得孟頫，以之入见。孟頫才气英迈，神采焕发，如神仙中人。世祖顾之喜，使坐右丞相李上。或言孟頫宋宗室子，不宜使近左右，帝不听。时方立尚书省，

命孟頫草诏颁天下。帝览之，喜曰：'得朕心之所欲言者矣。'"

赵孟頫是纳兰性德心目中的理想人物。他不存民族的偏见，把赵孟頫看作赵宋的叛逆子孙。才识胆略过人，身为宋室之后，却能受到元世祖直至英宗五朝的赏识和重用，而孟頫本身又能为元初五朝做出积极贡献，献出了自己的全部智慧和才华。纳兰性德对此深为感慨。元帝既不以孟頫为仇敌之后而以才取用，孟頫也不以元朝为仇敌而隐退不仕。"叹""照"二字，都由于孟頫的"神采""映丽"。即元帝为得才而"叹"，孟頫因有才而"照"。君得其臣，臣得其君，真可谓君臣相得，如鱼得水。

"少年疏远臣，侃侃持正义。"赵孟頫初仕元朝，值世祖"诏集百官于刑部议法，众欲计至元钞二百贯赃满者死。孟頫曰：'始造钞时，以银为本，虚实相权，今二十余年间，轻重相去至数十倍，故改中统为至元，又二十年后，至元

必复如中统，使民计钞抵法，疑于太重。古者以米绢民生所须，谓之二实，银钱二物权，谓之二虚。四者为直，虽升降有时，终不大相远也。以绢计赃，最为适中。况钞，乃宋时所刻，施于边郡，金人袭而用之，皆出于不得已。乃欲以此断人死命，似不足取也。'或以孟頫年少，初自南方来，讥国法不便，意颇不平，责孟頫曰：'今朝廷行至元钞，故犯法者以是计赃论罪，汝以为非，岂欲沮格至元钞耶？'孟頫曰：'法者，人命所系，议有重轻，则人不得其死矣！孟頫奉诏与议，不敢不言。今中统钞虚，故改至元钞，谓至元钞终无虚时，岂有是理，公不揆于理，欲以势相凌，可乎？'其人有愧色。帝初欲大用孟頫，议者难之。"赵孟頫可谓理直气壮，不畏权势了。以后又曾多次与权相桑奇斗争，直至助世宗除掉桑奇；他又为灾民请命，为盐民申冤。他由兵部郎中迁集贤殿直学士。六年后，"力请外补"，急流勇退了。

赵孟頫受召时，年已三十二岁。他十四岁继父职补官，正当年少。宋亡后，闭户读书十余年，被征入仕元朝，面对元老重臣，尚属"少年"。初到朝廷就敢于参与廷议，侃侃直言，伸张正义，驳斥佞臣，确是惊人之举。《本传》中还载有他曾促使奉御彻里除奸相桑奇的言论："帝论贾似道误国，责留梦炎不言；桑奇罪甚于似道，而我等不言，他日何以辞其责！然我疏远之臣，言必不听，侍臣中读书知礼义，慷慨有大节，又为上所亲信，无逾公者。夫捐一旦之命，为万姓除残贼，仁者之事也。公必勉之！"彻里按照孟頫的提示，果然助世祖诛除残贼。赵孟頫在世祖面前有诗明志："往事已非那可说，且将忠直报皇元。"至元二十七年（1290）京区地震，人死伤数十万，桑奇谎报灾情，仍征钱粮，"害民特甚，民不聊生，自杀者相属，逃山林者则发兵扑之，皆莫敢阻其事"。赵孟頫促阿剌浑撒里劝帝赦夭夭，蠲除租税，"帝从允，诏草已具。桑奇怒谓必非帝意。孟頫曰：'凡钱粮未征者，其人死亡已尽，何所从取？……'桑奇悟，民始获苏。"

"才高兴转逸，敏妙擅一切。旁通佛老言，穷探音律细"四句，写赵孟頫之博学多才。"至大三年（1310），召至京师，以翰林侍读学士与他学士撰定祀南郊祝文，议不合，谒告去。仁宗在东宫，素知其名，及即位，召除集贤侍讲学士、中奉大夫。三年拜翰林学士承旨荣禄大夫。帝眷之甚厚，以字呼之而不名。帝尝与侍臣论文学之士，以孟頫比唐李白、宋苏子瞻。又尝称孟頫操履纯心，博学多闻，书画绝伦，旁通佛老之旨，皆人所不及。有不悦者问之，帝乃曰：'赵子昂，世祖皇帝所简拔，朕特优以礼貌，置于馆阁，典司述作，传之后世，此属咖咖何也？'"赵孟頫"著有《琴原》《乐原》，得律吕不传之妙。"

"鉴古定谁作，真伪不容谛。"指至大三年（1310），赵孟頫应诏还京途中，写《兰亭跋》十三篇，对王羲之《兰亭帖》定武本鉴定甚详，提出了鉴定古人墨迹的原则方法，指出定武本的特点，并教人学习书法的办法。

后世人一般只知道他的书画好，少有知道他诗文好的，至于他在政治、经济方面的建树，则鲜为人所称道了。说到通佛、老，穷音律，鉴赏文物，就更没有多少人知道了。"敏妙擅一切"，纳兰性德称赞赵益頫可谓全才全能了。

对赵孟頫的丰富政治经验，忠于王事，讲究方法，善处事，识进退，纳兰性德怕也是十分称道的。赵孟頫不是如信陵公子那样一味冒进，而是"自念，久在上侧，必为人所忌，力请外补"。就是在世祖大加赞赏他的时候，他也能冷静对待现实，不为冲昏头脑。对世祖的谏议，他深知自己非皇室亲信，不是直谏，而是促使亲信近臣进奏，以期谏议能有效果。赵孟頫此举，既能达到谏议目的，又可不在皇帝面前显露才华，博取皇帝与其亲近的信任以免树敌过多。这大概与佛、老思想影响不无关系。

"亦有同心人，闺中金兰契。"指赵孟頫的夫人管氏。她名道昇，字仲姬，能诗画。《中国妇女文学史》载：她曾奉中宫命题所画梅。其诗曰："雪后琼枝懒，霜浓玉蕊寒。前村留不得，移入月中看。"又有《渔妇词》："遥想山堂数枝梅，凌寒玉蕊发南枝。山月照，晓风吹，只为清香苦欲归。"

纳兰性德对赵孟頫有这样一个"同心"的妻子是十分羡慕的。这在古代文

人是可遇不可求的。封建礼教以女子无才为德。而孟頫夫人不只擅诗文书画，更有理想。上文引她的两首咏梅的诗中，可见其思想追求之高洁。她与孟頫不仅有共同的爱好，而且心志相通。这是多么难得的啊！

"书画掩文章，文章掩经济。"这是对赵孟頫才学的评价。"孟頫所著有《尚书注》……诗文清邃奇逸，读之使人有飘飘出尘之想。篆、籀、分、隶、真、行、草书，无不冠绝古今，遂以书名天下。天竺有僧，数万里来求其书归国中宝之。其画山水木石、花竹人马尤精致。前史官杨载称：孟頫之才为书画所掩，知其书画者，不知其文章，知其文章者，不知其经济之学。人以为知言云。"

赵孟頫著有《松雪斋集》十卷。

"得此良亦足"，纳兰性德十分羡慕孟頫的际遇。纳兰性德与赵孟頫身世极相近，赵是宋太祖后裔，纳兰性德亦生于皇帝国戚之家。赵尚受到元帝赏识重用，纳兰性德又何尝不希望康熙皇帝也能重用自己呢？但纳兰性德却只能"惭愧频叨侍从班"，不能一展雄才大略。既不能在廷议中显示政治才华，更没机会把自己的文学艺术才华全部显示出来，做出应有的贡献，建立自己的功业。自己有个"同心"人，还不得结为"闺中金兰契"，无可挽回，只有遗恨绵绵。后来与卢氏的婚配，就算谈不上"结识同心人"却也感情甚笃，怎奈她又早逝。哪能像赵孟頫与管氏夫人如此幸福美满？至于论到身后之名，赵孟頫名满天下，以书画为最，文章次之，经济更次之。而自己身为侍卫，书画文才毫无用武之地，如此下去，后世谁知道一介侍卫算得什么？思想至此，一种怀才不遇的委屈不能不使纳兰性德吐露哀音，流泄凄婉之情。

"风流渺谁继？""风流"固是指赵孟頫的映丽神采，博才多能、敏妙才华、侃侃正义、婚配同心；也应看到元世祖以至英宗能破除旧规陋习，用才、爱才、重才，给才士以广阔的施展天地，能抛开民族成见，又不听信谗言小人，用人之英明，历史上少见。这种蒙汉相得、君臣相遇之"风流"，后世还有"谁继"？这一问，推己及人，他的怀才不遇的友人，也在其中。纳兰性德在一首《金缕曲》中曾说过："未得长无谓，竟须将，银河亲挽，普天一洗。麟阁才教留粉本，大笑拂衣归矣。如斯者、古今能几。"这和"风流渺谁继"，发的是同一心曲。虽然自己自信是个可继之才，但是却未逢可继之主，所以在《拟古四十首》中不断以"樊笼"鸟、"孤鸣鹤""驽骀"自伤自怜。弦外之音是，听而知之的。

这首诗是《拟古》诗的殿尾之作，乃四十首之点题笔，主题歌，是纳兰性德的理想借赵孟頫形象的具体化。

这四十首《拟古》诗，纳兰性德以松鹤喻自己之高洁，以麦苗、宛马、蒲柳喻己之怀才不遇，更以古之志士诗人屈原、相如、信陵、贾谊、子胥、张良、曹植、孟頫等寄志抒怀，充分抒发了他的心曲之隐，把他的理想、抱负、人格、情操、识见、入世与出世的思想矛盾，人生的处世哲学、荣辱爱憎等表达得淋漓尽致。

纳兰性德还有《咏史》二十首。他的座师徐乾学在《纳兰君墓志铭》中说："间尝与之言往昔圣贤修身立行，及于民物之大端，前代兴亡理乱所在未尝不慨然以思。读书至古今国家之故，忧危明盛，持盈守谦。格人先正之遗鉴。有动于衷，未尝不形于色也。"《咏史》二十首，正是他为以史为鉴，潜心研究"前代兴亡理乱"，"忧危明盛"的心得结晶。

其一

千秋名分绝君臣，司马编年继获麟。

莫倚区区周鼎在，已教俱酒作家人。

封建社会中，把君臣之分看作千古不变的规则。孔子著《春秋》，微言大义，阐发的就是君臣名分的大道理。司马迁撰《史记》，继承了孔子著《春秋》的这一基本精神。《史记·太史公自序》中，司马迁记述了他的父亲谈关于著史的基本思想："为太史，无忘吾所欲论著矣。且夫孝始于事亲，中于事君，终

于立身。扬名于后世，以显父母，此孝之大者。夫天下称颂周公，言其能论歌文武之德，宣周、邵之风，达太王、王季之思虑，爰及公刘，以尊后稷也。幽厉之后，王道缺，礼乐衰，孔子修旧起废，论《诗》《书》，作《春秋》，则学者至今则之。自获麟以来，四百有余岁，而诸侯相兼，史记放绝。今汉兴，海内一统，明主贤君、忠臣死义之士，余为太史而弗论载，废天下之史文，余甚惧焉。汝其念哉！"

　　"周鼎"是王权之象征。夏禹铸九鼎，周时作为传国之鼎。但保有周鼎就一定能保有王权吗？汉高祖听信吕后设计，请来商山四皓辅佐太子刘盈，相信刘盈可以继承皇权。不料，高祖死后，吕后专权，酖死赵王如意，迫害戚夫人为"人彘"。刘盈只吓得抱头痛哭，以致弃国政于不顾。刘盈召齐王入朝，与之宴饮，齐王"亢礼如家人"，根本不理什么君臣之分。

宋司马光评论说："为人子者，父母有过则谏，谏而不听则号泣而随之。安有守高祖之业为天下之主，不忍母之残酷，遂弃国家而不恤，纵酒色以伤生。若惠帝者，可谓笃于小仁而不知大义也。"

纳兰性德认为，在王位而不一定有王权。"莫倚"二字已透露出王位之不可靠。康熙皇帝虽早已即皇帝位，亲政之初也无皇权。他用计除去权臣鳌拜，才真正掌握了政权。如惠帝刘盈这样的懦弱之君，失去皇权是必然的。

其二

一死难酬国士知，漆身吞炭只增悲。

英雄定有全身策，狙击君看博浪椎。

前两句写春秋时豫让为智伯报仇事。晋人豫让，初事范中行氏，因无所知名，事智伯，甚受宠信。智伯后来被赵襄子所灭，让漆身为癞，吞炭为哑，使形状不可复识，行刺赵襄子欲为智伯报仇。不果被捉。赵襄子说："子不尝事范中行氏乎，反委质事智伯？"让曰："范中行氏以众人遇我，我故众人报之；智伯国士遇我，我故国士报之，今日之事，臣固伏诛，然愿请君去衣而击之，虽死不恨。"襄子许之，以衣与让，让拔剑三跃而击之，遂伏剑自杀。事见《史记·豫让传》。

后两句写张良事。张良，字子房，祖上五世相韩。秦灭韩，张良散家产为韩报仇。秦始皇东巡时，张良命力士以百二十斤铁锤，在博浪沙椎击秦王。误中副车。始皇大索十日弗得。张良逃至下邳遇黄石公，得《太公兵法》佐刘邦灭秦楚，定都长安，封为留侯。功成名就后，张良并不安享富贵荣华，却谢病辟谷。他说："家世祖韩，及韩灭，不爱万金之资，为韩报仇强秦，天下振动。今以三寸舌，为帝者师，封万户侯，此布衣之极也，于良足矣。愿弃人间事，欲从赤松子游耳。"事见《史记·留侯传》。

"士为知己者死"，是封建社会文人的道德信条。但在纳兰性德看来，酬知己，报私仇，图一时之痛快，如豫让者，还不能称为英雄。英雄的业绩，应如张良所为，为国家建功立业，而不为私人。英雄人物，亦应如张良其人，既渴望其成功，又估计失败的可能，以图再举。更应在功业成就之时，急流勇退，保全自身。韩信、彭越诸人，惨遭屠杀，毕竟逊张良一筹。

其三

章武谁修季汉书，建兴名号亦模糊。

笑他典午标凡例，不遣青龙混赤乌。

修史，是封建王朝的大事。康熙皇帝不仅注意修本朝史，还要修明史，以笼络汉族地主阶级，并以示正统。但三国时蜀汉的修史，就很不郑重。"章武"是蜀汉昭烈帝刘备的年号。章武年间，没有修史。后主刘禅先用"建兴"为年号，后改年号为"延熙"。刘禅改年号仅十五，吴主孙亮又以建兴为年号。因此纳兰性德说"模糊"。在延熙四年（241），蜀臣杨戏撰《季汉辅臣赞》，这也不算正史，而且体例混乱。后来，晋时本为蜀汉旧臣的陈寿撰《三国志》，却又违背史书常例，远在司马氏封王前四十年，便以王称之，而且全书以曹魏为正统，对武帝、文帝、明帝、少帝均作《帝纪》；而于蜀、吴，只称"主"，不做《纪》，只作《传》。"青龙"是魏明帝曹叡的年号，"赤乌"是吴主孙权的年号。《三国志》的作者陈寿身为蜀汉旧臣却没有丝毫谴责曹魏和孙吴的意思，并没有替蜀汉说话。

纳兰性德批评蜀汉政权只顺一时一地的得失，而不知修史，实在平庸可怜。名为正统，却没有自己的史书，缺乏远大的政治、历史眼光，这正是蜀汉政权悲剧之所在。

其四

诸葛垂名各古今，三分鼎足势浸淫。

蜀龙吴虎真无愧，谁解公休事魏心？

"诸葛"指三国时的诸葛瑾、诸葛亮及其族弟诸葛诞。《三国志·吴书》说诸葛"一门三方为冠盖，天下荣之"。

东汉末，军阀混战，皇权旁落，天下分裂形势已成。诸葛亮在《隆中对》中为刘备分析天下大势，已定三分之策。以后辅佐刘备，实行联吴抗曹的战略，取荆州，定益州、汉中地，与魏吴鼎足而立。刘备死后，又辅佐后主刘禅，建有不世之功业。

诸葛瑾事吴，诸葛诞事魏，均为名臣，各有建树。兄弟三人各事其主，各为其国。《世说新语·品藻》说："诸葛瑾、弟亮及从弟诞，并有盛名，各在一国。于时以蜀得其龙，吴得其虎，魏得其狗。"对诸葛亮和诸葛瑾的评价，纳兰性德是同意的，但是，对诸葛诞的评价，纳兰性德就不同意了。"谁解公休事魏心"，公休是诸葛诞的字。《魏书·诸葛诞传》说，他由魏之荥阳令直升至大将军、司空，封高平侯，成为曹魏元老重臣。司马氏为篡魏，魏的元老重臣成为障碍。司马氏先后杀魏之老臣南乡侯王凌、安邑侯毋丘俭。司马氏走狗贾充曾

游说于诞说："洛中诸贤，皆愿禅代，君所知也。君以为云何？"诞即严词怒斥："卿非贾豫州子，世受魏恩，如何负国，欲以魏室输他人乎？非吾所忍闻！若洛中有难，吾当死之。"在他任征东大将军率兵在外期间，司马昭用贾充计，征召他回朝任司空，以削其兵权，再置之死地。诸葛诞即降吴。

诸葛诞的降吴并非叛魏，而是坚决反对司马氏篡魏的行动。"公休事魏心"纳兰性德得之。

其五

汉江高接蜀江流，霖雨漂沉版筑休。

可惜不教樊口下，襄阳仍属魏荆州。

事见《三国志·吴主传》及《关羽传》。

建安二十四年（219），刘备就汉中王位，封关羽为前将军，假节钺。关羽

率兵攻樊日。樊日守将曹仁向曹操告急，曹操派于禁援救曹仁。正值秋雨不止，汉水暴涨，于禁军队遭水淹，于禁亦被擒。关羽派水军将于禁军俘虏三万送至江陵，而未及占据樊口。曹操利用关羽不重视孙刘联盟的机会，说动孙权，联合攻关羽，致使关羽腹背受敌。孙权先诱降了关羽两员大将，很快占据南郡江陵和公安；曹操又乘机派徐晃帮助曹仁击退关羽。关羽进退无据，被吴兵活捉，十二月被斩。

关羽初战获胜，即有名的"水淹七军"之战。但紧接着便是"失荆州"的惨痛失败，以致落得连自身的生命也不保。"可惜不教樊口下"是由胜转败的关键所在。纳兰性德确有眼光，樊口的不下，不是一般的战术错误。这是关羽主观自负，骄傲自满，刚愎自用，没有政治头脑的缺点错误的总爆发，也就成为他由胜转败，以至身首两分的关键。

其六

痛哭难为入庙身，谯周本意劝称臣。

市桥旗帜咸阳战，不及成家尚有人。

"痛哭难为入庙身"，蜀汉后主刘禅将降魏，其子北地王刘谌坚决反对说："若理屈词穷，祸败必及，便当父子君臣背城一战，同死社稷，以见先帝可也。"刘禅不听。刘谌哭于昭烈帝之庙堂，先杀妻子，后自杀，左右"感动"得"无不涕泣"。

谯周，三国时巴西西充国人，字允南，精研六经，通晓天文，仕蜀汉。后主时累官光禄大夫。魏将邓艾入蜀，他以天命为言，主张降魏，后主从之。魏封他为阳城亭侯。《三国志·蜀书》有传。

"市桥旗帜咸阳战，不及成家尚有人"，指公孙述称帝事，事见《后汉书·公孙述传》：天凤年间，扶风茂陵人公孙述自立为蜀王，都成都。建武元年又自立为帝，号成家。建武十二年（36），汉派大司马吴汉、辅威将军臧宫进讨之。

郡邑皆降，而述独战，被刺，洞胸堕马死，妻子被诛，族亦遭灭。

刘禅软弱无能，不及儿子刘湛刚烈。谯周的劝降不能说没有道理，魏强而蜀弱。但懦弱至不敢一战，先把自己摆在必败的位置，不是丈夫所为，更不用说帝王了。首句诗中用了"难为"二字，刘湛不肯投降，宁愿"同死社稷"，但他的父亲连一战的机会都不肯给他，他只能全家自尽，以殉国家。纳兰性德在"难为"二字中，将对刘湛的赞扬与惋惜，对刘禅的鄙视与批判写了出来。诗的末句中又以"不及"二字与"难为"呼应。以成家与刘禅对比。成家是"郡邑皆降"而独战，刘禅则众人未降，他先降。外有成家，内有刘湛，这样一比刘禅的懦弱无能便全出来了。

其七

卷甲空回丁奉军，陵江官号已更新。

若将唇齿论吴蜀，可有宫门拜表人。

三国鼎立，曹魏强而吴、蜀弱，吴蜀联盟而鼎足之势成，吴蜀盟败，则吴、蜀均不能独存。故诸葛亮定下了"东联孙吴，北拒曹操"的基本国策。

吴永安六年（263），魏伐蜀，蜀求救于吴，吴遣丁奉"率诸军向寿春，为救蜀之势。蜀亡，军还"。当时，蜀将罗宪守永安。"吴闻蜀败，起兵西上，外托救援，内欲袭宪。宪曰：'本朝倾复，吴为唇齿，不恤我难而侥其利，背盟违约。且汉已亡，吴何得久？宁为吴降虏乎。'"后吴又遣陆抗帅三万军增围宪六月之久，城中疾病大半，而救援不到。安东将军陈骞遂向魏求救，击退吴军。魏乃拜罗宪为凌江将军，封万年亭侯。

吴中书丞华核，闻蜀为魏所并，乃诣宫门发表，极论蜀亡吴亦不得安宁，唇亡齿寒的道理。事见《三国志》。

这首诗重点在"空回"。吴与蜀一损俱损。蜀危急之际向吴乞救，吴派军作势非实心相救，"空"作势而已。以后，还要趁火打劫，袭取永安，反而逼使罗宪降魏。"卷甲空回"是眼前利益一点也没得到，长远看蜀亡吴亦难保。

吴之宫门，再也没有拜表言好的使臣与上表献策的贤臣了。

其八

劳苦西南事可哀，也知刘禅本庸才。

永安遗命分明在，谁禁先生自取来。

诸葛亮在西南地区辅佐刘备、刘禅二十余年，鞠躬尽瘁，死而后已，结果是"出师未捷身先死，长使英雄泪满襟"。

他不辞辛苦，昼夜勤劳，在《出师表》中他说："受命以来，夙夜忧叹，恐托付不效，以伤先帝之明，故五月渡泸，深入不毛。今南方已定，兵甲已足，当奖率三军，北定中原，庶竭驽钝，攘除奸凶，兴复汉室，还于旧都。"

"也知刘禅本庸才"，所以他出征之际，实在难以放心，在《出师表》中再三嘱咐："诚宜开张圣听，以光先帝遗德，恢宏志士之气，不宜妄自菲薄，引喻失义，以塞忠谏之路也。"安排嘱咐，细致周到，"若有作奸犯科及为忠善者，宜付有司论其刑赏"；"宫中之事，事无大小，悉以咨之"；"营中之事。悉以咨之"；"亲贤臣，远小人……"从为君的基本道理，到日常的具体事务都有安排，都有交代。从诸葛亮的安排中，我们至少可以看出，刘禅确是庸才，从大道理到日常行政事务，他几乎什么都不懂。刘禅不仅是庸才，他还犯有"圣听不开""妄自菲薄""远贤臣，亲小人"的错误。

"永安遗命"，刘备于章武三年（223）四月二十三日去世于永安宫。刘备病故前托孤于诸葛亮。《三国志·蜀书·诸葛亮传》记下了刘备的托孤遗命："君才十倍曹丕，必能安国，终定大事。若世子可辅，辅之；如其不才，君可自取。"刘备又遗言于刘禅："汝与丞相从事，事之如父。"诸葛亮涕泣曰："臣敢竭股肱之力，效忠贞之节，继之以死！"

诸葛亮是这样说的，也是这样做的。这也是千余年来诸葛亮得到人们敬仰的原因之一。

但纳兰性德的看法却有些与众不同，"谁禁先生自取来？"没有人禁止先生

取代刘禅，但先生还是被"禁"了。被自己"禁"了，为自己愚忠的"忠贞之节""禁"了。先生成就了自己的"忠贞之节"，但一统的大业怎样了，复兴汉室的目标和愿望怎样了？

其九

名士何曾忘义熙，故将山水托游嬉。

韩亡秦帝浑闲事，谁续临川内史诗？

"义熙"是东晋安帝的年号，这里指代东晋。

"名士"指谢灵运。谢灵运是我国古代第一位大力写作山水诗的大诗人。历东晋、刘宋两代。在东晋，历经孝武、安、恭三朝。他是名将谢玄之孙，袭封康乐公。至刘宋王朝，不被信任，常怀愤愤。出任永嘉太守，既不得志，遂肆意游遨，遍历诸县，动逾旬期。后退居故乡会稽，更"修营别业，傍山带江，历幽居之美"，"出郭游行；或一日六七百里，经旬不归。"元嘉八年（431），宋文帝又让他出任临川内史。不久被人以叛逆罪弹劾，灵运在"为有司所纠，遣使收之"的情况下，乃"执使者，兴兵逃逸"，曾赋诗："韩亡子房奋，秦帝鲁连耻。本自江海人，忠义感君子。"后终被擒，流徙广州。元嘉十年，在广州被杀。

纳兰性德十分敬佩谢灵运的诗才，他在《渌水亭杂识》中曾说："东晋竟无诗，至陶、谢而复振。"

谢灵运因政治上的不得志而寄情山水，大力写作山水诗。纳兰性德对这一点看得很准，"故将山水托游嬉"的原因是"名士何曾忘义熙"。

但是谢氏家族太多地卷入争权夺势的政治斗争，是纳兰性德不能赞同的。在东晋安帝时，谢灵运的叔叔谢混就积极参与了北府兵将领刘毅与刘裕间的斗争。结果这裕代晋自立，将谢灵运的封爵康乐公降为康乐侯。

谢灵运不被刘裕重用，就与刘裕次子，有可能继承帝位的庐陵王义真往来密切。

谢灵运不能忘东晋，却又企图在刘宋朝"参权要"，怕是他屡遭谗言的原因。他的被杀，与他卷入刘宋朝廷内的斗争不无关系。纳兰性德对他卷入政治斗争的态度，在"韩亡秦帝浑闲事"一句中表现出来。既不忘东晋，就"将山水托游嬉"得了，何必去管那些"韩亡秦帝"的毫不相干的闲事？

最使纳兰性德遗憾的是"临川内史诗"竟无人能续了。

其十

宝猜金貂别有才，躏围鸣鼓日千回。

老兵不少俞灵韵，亲向营门逐马来。

诗咏南齐东昏侯事。事见《南史·齐本纪下》。

东昏侯是南齐明帝第二子，姓萧名宝卷，字智藏。他暴戾恣肆，即位后谋诛大臣，皆发于仓猝，朝臣人人自危。后宫失火后，借机大兴土木，更建仙华、神仙、玉寿诸殿，穷极奢侈。他又宠爱潘妃，荒淫无度。萧衍起兵围建康，王珍国弑之于舍德殿，在位三年。和帝立，追废为东昏侯。

纳兰性德对东昏侯是坚决谴责，毫不留情的。

史载东昏侯"拜潘氏为贵妃，乘卧舆，帝骑从后，著织成裤褶，金薄帽，执七宝缚稍，又有金银校具，锦绣诸帽数十种，各有名字。戎服急装缚裤，上著绛衫，以为常服，不变寒暑。"纳兰性德讽刺东昏侯以帝王之尊，而执"宝稍"著"金貂"，甘为潘妃待从走狗之流，早失帝王尊严，真是"别有才"啊。

东昏侯性喜游猎，每月达二十余次，往无定数。每次外出，都鸣鼓清道，驱逐百姓，犯禁者应手格杀。"百姓无复作业，终日路隅。从万春门至东宫以东至郊外，数十里，皆空家尽室。""夜返，火光照天。每三四更中，鼓声四出，幡戟横路，百姓喧走，士庶莫辨。"以至"绝命者相系"，"工商莫不废业，樵苏由此路断"。甚至"舆病弃尸，不得殡葬"。

"老兵不少俞灵韵，亲向营门逐马来。"俞灵韵是一个老兵，善制木马。东昏侯不会骑马，命俞灵韵作一匹木马，遂学会骑马。后来竟骑马入迷，封俞为官，侍从骑马。及建康被萧衍兵围困，东昏侯仍以骑马为戏。"帝著乌帽裤褶，备羽仪，登南掖门临望。又虚设铠马斋仗千人，皆张弓拨白，出东掖门，称蒋王出荡。"

这个历史上有名的昏君被弑身亡，也死有余辜。

其十一

零落金莲帖地灰，练儿顾盼自雄才。

三千宫女同时出，也爱潘妃国色来。

"金莲"，东昏侯曾"凿金为莲花以帖地，令潘妃行其上，曰：'此步步生莲花也。'"不到四年便为萧衍所灭，从此金莲零落，帖地成灰矣。

练儿，即萧衍。他仕齐为雍州刺史，都督军事，镇襄阳。东昏侯杀其兄懿。萧衍起兵陷建康，迎立宝融为和帝。和帝拜衍为大司马，封梁王。中兴二年（387）受齐禅国号梁。即位后大修文教，国势大盛。后笃奉佛教，舍身同泰寺。侯景反，攻陷台城，萧衍饿死。想当年萧衍攻下建康，英雄得意，谁料却落得如此下场。

他取代齐后，自立为梁武帝，下令大赦，"凡昏制之谬赋、淫刑、滥役，番皆荡除"。宫中女子，都分送给将士，独对潘妃，爱其国色天香，欲留宫内。领军王茂劝他："亡齐者，此物，留之，恐贻外议。"乃并茹法真等一起诛之。

在中国封建社会中，诬女色为祸水。帝王失德，罪在妇女。纳兰性德并不同于这种看法。"雄才"如练儿，不是"也爱潘妃国色来"吗？败国者，昏君也，不应该当女子去承担罪责。

其十二

注籍纷纷定价余，市曹行雁待铨除。

后来又变停年格，请命谁收薛琡书。

选贤任能是关乎国家兴衰、统治成败的大事。贤君明主，不拘一格，选用贤才。但历史上也有不以贤选人的。《北史·常山王遵传》载有王遵卖官鬻爵之事：王遵"迁吏部尚书，纳货用官，皆有定价"，当时号曰"市曹"，等待做官的人，也就多得如同雁之成行。

后来，崔亮为吏部尚书时，又更行"停年"格制，"不问士之贤愚，专以停解日月为断。虽复官须此人，停日后者终于不得；庸才下品，年月久者，灼然先用。"以后此法沿用，"贤愚同贯，泾渭无别，魏之失才，从亮始也。"事见《魏书·崔亮传》。

薛琡任吏部尚书后，对停年格任官的做法提出异："黎元之命，系于长吏。若得其人，则苏息有地；任其非器，为患更深。若使选曹唯取年劳，不简贤否，便义均行雁，次若鱼贯，执簿呼名，一吏足矣。数人而用，何谓铨衡？请不依次。"以后又说过："共治天下，本属百官，是以汉朝常令三公大臣举贤良、方正、有道、直言之士，以为长吏，监抚黎元。自晋末以来，此风遂替。今四方初定，务在养民。臣请依汉氏更立四科，令三公贵臣，各荐时贤。以补郡县，明立条格，防其阿党之端。"

纳兰性德非常赞赏薛琡的选贤任能的主张。清廷官制，中央内阁六部，满汉并用，官有定额定制。官员出缺，始能补授。这种制度，虽然协调了满汉矛盾，保持了政局的稳定，但对于选贤任能，却多所制约。纳兰性德的好友，或只能担任文学侍从，或科举不第，不得施展其才。纳兰性德贵为宰相之子，也只能担任侍卫。"请命谁收薛琡书？"问得有理，发人深思。

其十三

上使空回白虎幡，谁教博议采袁翻？

高车劲敌婆罗在，特与凉州作外藩。

事在北魏孝明帝神龟元年（518）。

　　是年九月，居于阴山至漠北一带的蠕蠕王阿那瓌及后主婆罗门来降。北魏采纳了袁翻的主张。袁翻认为，蠕蠕来降主要是受当时据有金山一带的高车所侵。高车是魏之劲敌。蠕蠕实力尚在，应以之为翻之外藩，以防高车。"白虎幡"是蠕蠕仪仗的幡旗。蠕蠕九月来降，北魏用袁翻计，不接受蠕蠕，十月诏送二主归北。"空回"二字，写出了纳兰性德的批评，"谁教"采用了"袁翻"计呢？把可团结的力量推给了敌人，实在愚蠢至极！

　　果然，第二年便有蠕蠕"率众犯塞"，并俘房了"持节喻之"的尚书左丞元孚。"空回"的失策，造成西北的大乱。最后，北魏被起于西北的高欢所灭。

　　团结一切可以团结的力量，"怀敌附远"，才能壮大自己。难怪纳兰性德"奉使西域"能取得"功高过贰师"的成就。

其十四

金龙玉凤埒高阳，富贵从夸章武王。

王谢风流君不见，世家原自重文章。

后魏时，诸王豪奢，相互竞夸。高阳王元雍，贵极人臣，富兼山海，居第可与皇宫比美。章武王元融，也是恣情聚敛，贪曝成性。河间王元琛与高阳王争衡，造迎风馆于后园，窗户之上，列钱青锁，玉凤衔铃，金龙吐旆，素奈朱李，枝条入檐，妓女坐楼上，垂手可摘。又曾在章武王面前夸富："不恨我不见石崇，恨石崇不见我。"章武王嫉恨成疾，三日不起。事见《魏书·本传》及《伽蓝记》。

"王谢"均为东晋世家。王家有王羲之、王献之父子；谢家有谢安、谢尚，都是"风流名士，海内所瞻"。

王羲之，琅琊临沂人，居会稽山阴，司徒王导之从子，官至右军将军、会稽内史。少从父廙，后又从卫夫人学书，得见诸名家书法。备精诸体，草、隶、正、行，皆能博采众长，自成一家。世称"书圣"。《晋书》有传。其七子王献之，累官至中书令。少有盛名，高迈不羁，幼时学书，羲之授以《笔阵图》。其书几可与父乱真。世称其父子为"二王"。

谢尚，晋阳夏人，善音乐，博综众艺，王导深器重之，比之王戎。袭父爵咸亭侯，曾署仆射事，寻进号征西将军，镇寿阳。谢安是谢尚的从弟，少有重名，累辟皆不起。年四十，桓温请为司马。简文帝卒，桓温欲篡晋，以势劫安，谢安不为所动，温谋终不成。后为尚书仆射，领吏部，加后将军，一心辅晋，威怀外著，时人比之王导。以指挥大破苻坚于淝水功，拜太保。《晋书》有传。谢安入仕前与羲之游，学正草于羲之，羲之称安为"解书者"，安尤善行书，草隶也皆入妙，兄谢尚亦工书。

封建社会，贵族世家，或穷奢极欲，恣肆豪华，或诗书传家，淡泊清高。纳兰性德将这两种决然不同的传摆在一起，"世家原自重文章"，褒谁，贬谁，也就一目了然了。

其十五

朝政神龟已可知，羽林旁午辱张彝。

洛阳大有平城使，正是倾赀结客时。

"神龟"是北魏孝明帝的年号。

张彝时官教骑常侍兼侍中，特节巡察陕东河南十二州，甚有声称。神龟二年（519）二月，其二子仲瑀向孝明帝建议，朝廷选拔官员要"排抑武人，不使武人预在清品"。这个建议，触怒了羽林军，捣毁了张彝府邸，焚烧了房舍，殴打了张彝。张彝长子尚书郎始均拜求于羽林军，结果也被殴打，活活投入烟火之中。"旁午"二字，形容羽林军行凶时的毫无忌惮。

羽林军的这种暴行，朝廷居然不敢过问。可见政治腐败的程度。

北齐高祖高欢时为函使，往返于平城洛阳时，目睹了这个场面。"及自洛阳还，倾产以结客，亲故怪问之。答曰：'吾至洛阳，宿王羽林相率焚领军张彝宅，朝廷惧其乱而不问。为政若此，事可知也。财物岂可常守邪？'自是乃有澄清天下志。"后来，果然如曹操一样挟持魏帝，封为献武王。其子篡魏称帝，追高欢为献武帝。

北魏朝纲败坏，"为政若此，事可知也"，才给高欢以可乘之机，终于招致灭亡之祸。

其十六

中允功名洗马才，旧僚陪送有谁哀？

临湖殿里弯弓客，却向宜秋洒涕回。

封建社会中，皇室中兄弟争位，以致手足自残，历朝历代，屡见不鲜。

这首诗讽刺唐初李世民与其兄李建成争位的事。

"中允"指王珪。唐高祖入关时，蒙李纲举荐，引为世子府咨议参军。及东宫建，除太子中舍人，寻转中允，甚为太子建成所礼遇。

"洗马"指魏征。唐太子李建成闻其名，引直洗马，甚礼遇之。他与王珪，均为唐初太子李建成的属官。

唐高祖武德九年（626）六月初四日，秦王李世民为与太子建成争位，在玄武门伏兵。太子李建成与齐王李元吉经玄武门到了临湖殿朝参唐高祖，高祖不在，去海池划船了。正待返回，伏兵齐出。建成被李世民一箭射死，元吉被世民武将尉迟敬德杀死。初七日高祖立世民为太子，初九日高祖传位世民。这就是有名的"玄武门之变"。十月初一，太宗诏追封李建成为息王，李元吉为海陵王，以礼改葬。建成的旧属中，只有王珪与魏征请求送葬，太宗诏许，又命建成与元吉的旧属都去送葬。送葬那天，李世民送至宜秋门，痛哭流涕，状极哀伤。事见《资治通鉴》卷一九二。

李建成身为太子，却屡进谗言，陷害世民，本是小人。王珪、魏征，均为太子属官，在兄弟争位中，也没起好作用。李世民雄才大略，却为争皇位，射死兄长，也不是什么光彩的事。但王珪、魏征，一边心安理得地作自己的官，一边又请求为旧主送葬，这与李世民的宜秋门"洒涕"，同属遮人耳目，以示清白之举。

皇帝的继承人，是个棘手的问题，老皇帝既愿皇子们兄弟间互相帮助，互相扶持，以求长治久安，江山巩固，又想顺利完成父子间交接统治权，何其难也！就连英明如康熙皇帝在位六十一年，也没有解决这个问题。纳兰性德这个问题抓得多准。

其十七

羽衣木鹤想前身，不到升仙到奉宸。

自是平章曾入奏，在廷何限赋诗人。

武则天称帝时，张易之、张昌宗因年少，美姿容，善音律，被太平公主荐给武则天，于是张易之、张昌宗兄弟皆得幸于武则天，常傅朱粉，衣锦绣，时称易之为五郎，昌宗为六郎。后来，武三思为讨武则天欢心，奉昌宗为仙人王

子晋的后身。武则天就命昌宗衣羽衣，吹笙，乘鹤于庭中，文士皆赋诗以美之。又改控鹤府为奉宸府，以张易之为奉宸令。

当时狄仁杰为"同平章事"，乃宰相之职。他居位以举贤为意。他进荐的张柬之、桓彦范、姚崇等，皆为中兴之臣。狄仁杰也就被誉为有"知人之目"。

唐代科举，以诗赋取者为进士，以经义取者为明经。狄仁杰本身为明经出身。他举荐的人，或未经考试，或出身明经，故纳兰性德说"在廷何限赋诗人"。事见《旧唐书·则天皇后纪》。

对武则天的用人，纳兰性德批评她由于个人好恶，重用小人如张氏兄弟。但对她不拘一格，听取宰相意见任用贤才，还是赞赏的。

其十八

军职新加吕用之，神仙楼阁极参差。

那知论谪浑无赖，曾傍江阳后土祠。

唐末乾符间，武将高骈以平羌征蛮，镇压王仙芝农民军官至检校太尉，同平章事。后来因为重用嬖将吕用之，崇信妖术，招致败亡。事见新旧《唐书·高骈传》《出妖乱志》。

吕用之本是流氓无赖，学了一些江湖道士妖术，被人荐给高骈。他骗取高骈信任后，招朋引党，迷惑了高骈，使得纪纲日紊。吕用之则恣意不法。后来至于军中可否，决于用之。

吕用之贫贱时，曾住在江阳县后土祠。得志后，以为是后土夫人所助，乃崇修庙宇"回廊曲室，妆楼寝殿，百有余间，土木工师，尽江南之选"。又跨河修迎仙楼，延和阁，绮窗绣户，饰以珠玉，备极豪奢。

光启初年，天灾人祸，旋踵而至，高骈终于众叛亲离。高骈及吕用之，均为乱军所杀。任用小人，祸至于此。

其十九

博学今无沈晦伦，宣和名论一时新。

众中大有摇头客，莫便轻欺下座人。

沈晦，钱塘人，宋宣和年间进士，廷对第一，除校书郎，迁著作佐郎。《宋史》列传卷一三七，有卫肤敏、沈晦等七人。《传》论曰："建炎、绍兴之际，网罗俊彦，布于庶职，如卫肤敏以下七人者，其议论时政，指陈阙失，虽好恶多不同，亦皆一时之表表者。"《传》称："晦，胆气过人，不能尽循法度，贫时尤甚，故累致人言。""累致人言"即屡遭"摇头客"的反对、压抑。如沈晦曾以给事中从肃王枢出质金将斡离不军，康王赵构赞誉晦在金营中之慷慨风节。帝以晦"使金艰苦"，"将召为中书舍人"，却有"侍御史张守论晦布衣时事"，不果召。沈晦有国防名论，即因韩世忠不喜欢沈晦，而未被采用。

其实，"下座人"虽博学宏论，而遭"摇头客"们反对、压抑，不得展其才的事，纳兰性德亲眼所见也不少。姜宸英不就如此吗？纳兰性德自己不也如此吗？

其二十

都监声名敌指挥，隔河降表最先驰。

赤岗事与滹沱异，勿问中朝没字碑。

"都监"指耶律余覩。他本是辽国的宗室，受谗言陷害不得不去辽降金。宣和七年（1125），余覩向金主建议攻宋。金征宋以余覩为元帅右都监。为解金兵之围，宋徽宗竟受金使赵伦之骗，以蜡书交赵伦转余覩，期为内应。当然不能成功。后来又采纳麟府将军折可求的建议，希望联合在西北的辽梁王雅里攻金。书信亦被金人所获。结果激怒金主，招至金兵第二次围攻。

宋王朝腐败无能。金兵入侵不到两个月，攻下太原及真定。宋徽宗被迫传位给太子，钦宗立，再次向金人求和。金兵来攻，宋赶快隔河送上降表，满足金人的一切条件。终于落了个二帝被掳的奇耻大辱。

纳兰性德对历史上刘禅，徽、钦二帝一类软弱无能，惟保性命的统治者十

分鄙视。他拿徽宗父子的隔河递降表与辽灭后晋相比。

后晋主石敬瑭向辽主称"父皇帝",自称儿皇帝,也没能使辽发慈心。辽主耶律德光进攻到赤冈,后晋昭武节度使安叔千到赤冈迎接,拜见德光。德光嘲曰:"是安没字否?"叔千不识字,被人称为"没字碑"。安叔千早在邢州时即向辽主请降。故辽主给他加镇国军节度使之职,以示奖励。

后晋有个"没字碑"安叔千,宋朝的"没字碑"怕是大有人在。

纳兰性德的咏史诗二十首,纵论春秋战国直至宋辽金一千六百八十年,主要论述的历史人物五十余人,涉及的历史人物达一百余人。

他的咏史之作,论及君臣大义、英雄事业,选贤任能,动荡纷争,民族关系,世家传统等方方面面,尤重败亡教训。可以说,他的咏史诗就是他以诗歌的形式书写的一部《资治通鉴》,表现了他的远见卓识。

纳兰性德的咏史诗,在史实的叙写中,寄寓着他丰富的感情与卓越的识见,富于含蓄、精练的特色，是我国古典咏史诗歌中的一枝奇葩。

纳兰性德短短的三十一年的生命历程中，创作大量的诗词赋等文学作品。目前，我们还能见得到的，共有诗四卷，三百五十四首；词四卷，三百四十八首，赋五篇。

他的诗、词和赋都有相当高的文学价值。纳兰性德能取得这样高的文学成就，除前已论及的原因外，还有一个重要的原因就是他在学习前人文学思想、文学理论的基础上，总结出自己的文学创作理论。他的文学创作理论，集中在《源诗》、《填词》等诗文中，更散见过《渌水亭杂谈》中。

在《原诗》一文中，他主要阐述诗歌的创作中，对前人经验的继承与充分发扬诗人自己个性风格的创新关系问题。

文章一开头，他便结合文坛的实际，分析形成"万户同声，千车一辙"风气的原因。他说："世道江河，动成积习。《风》《雅》之道，而有高髻广额之忧。十年前之诗人，皆唐之诗人也，也嗤点夫宋；近年来之诗人，皆宋之诗人也，必嗤点夫唐。万户同声，千车一辙。其始，亦因一二聪明才智之士，深恶积习，欲阐新机，意见孤行，排众独出；而一时附和之家，吠声四起。善者，为新丰之鸡犬；不善者，为鲍老之衣冠。向之意见孤行、排众独出者，又成积习矣。盖俗学无基，迎风欲扑，随踵而立。故其于诗也，如矮子观场，随人喜怒，而不知自有之面目，宁不悲哉！"纳兰性德的分析，是符合实际情况的。明初，诗坛以模仿唐诗为主流，兴起复古的风气。永乐以后，由于统治者的喜好，倡导儒雅雍容的风格，"台阁体"占了统治地位。以后豪放刚劲的风格几乎丧

217

失殆尽，文坛上一片凋零。及至明中叶，为扫除"台阁体"造成的文坛颓风，又标出"文必秦汉，诗必盛唐"的旗帜，虽然一肃"台阁"遗风，又陷入复古主义歧途。嘉靖七子才又主张"诗必盛唐"，但不久又暴露只重音调、拘泥格律的新框子，以致后人评论为"模拟剽剥"。万历间的"公安""竟陵"两派，亦各有不足，各走极端。究其原因，纳兰性德指出，主要在于"不知自有之面目"，而是人云亦云，"随人喜怒"，不是仿唐，便是学宋。虽有一二人倡导新风，但"附和之家"蜂起，又形成新的积习。他分析形成这种情况的原因，在于所谓诗人"俗学无基"，他们只能随声附和，"迎风欲仆，随踵而立"，所以只会"随人喜怒，而不知自有之面目。"

那么究竟要不要学习唐宋，究竟学古人的什么？纳兰性德编了一段主答客问，以答问的方式来阐明自己的观点："有客问诗于予者曰：'学唐优乎？学宋

优乎?'予曰:'子无问唐也宋也,亦问子之诗安在耳。《书》曰:"诗言志"。虞挚曰:"诗发乎情,止乎礼义。"此为诗之本也。未闻有临摹仿效之习也。古诗称陶、谢,而陶自有陶之诗,谢自有谢之诗。唐诗称李、杜,而李自有李之诗,杜自有杜之诗。人必有好奇缒险、伐山通道之事,而后有谢诗;人必有北窗高卧,不肯折腰乡里小儿之意,而后有陶诗;人必有流离道路,每饭不忘君之心,而后有杜诗;人必有放浪江湖、骑鲸捉月之气,而后有李诗。近时有龙眠钱钦光,以能诗称。有人誉其诗为'剑南',钦光怒;复誉之为'香山'钦光愈怒;人知其意不慊,竟誉之为'浣花',钦光更大怒,曰:'我自为钱钦光之诗耳,何"浣花"为?'此虽狂言,然不谓不知诗之理也。"纳兰性德从古人作诗的根本之理出发,阐明诗的作用在于言志抒情。古代著名诗人陶、谢、李、杜之所以成为诗歌大家,就在于他们从各自的生活道路中,形成了自己的志和情,他们抒情言志的诗歌,形成了各自独特的风格,而不是"临摹仿效"。他特别提到明末清初诗人钱钦光对待别人评论自己诗作的态度,"我自为钱钦光之诗耳，何'浣花'为？"强调诗作要言己志，抒己情，这才是诗之理。他强调，继承古人，不是"临摹仿效"他们的诗作风格，而是要学习他们在生活实际中，从生活的感受中抒发自己独有的思想感情的创作实质。在这个前提下，他进一步阐明学习古人的方法："客曰：'然则诗可无诗承乎？'曰：'何可无也？杜老不云乎："别裁伪体亲《风》《雅》，转益多师是汝师。"'凡《骚》《雅》以来，皆汝师也。今之为唐为宋者，皆伪体也。能别裁之，而勿为所误，则师承得矣。"他认为"《骚》《雅》以来，皆汝师也"。有了上面所讲的原则，从任何一位有成就的诗人那儿，都可以"转益"出对自己有帮助、有提高的经验，以激发自己的诗情。而对不良的诗作"伪体"，则要有足够的鉴别能力，以免为其所误。

纳兰性德正是在这种思想指导下，较成功地解决了继承与创新的关系。他的作品，学习南唐李后主的"根乎情"，以婉约的风格抒发自己的幽怨之情，他也众采各家之长，有豪迈慷慨的言志之作，又有沉深苍劲的咏史之作。他以"自然之眼观物，以自然之舌言情"，不拘泥于时风俗气，独创自己清新秀美，自然真切的风格，在清初文坛上独树一帜，成为卓有成就的大诗人。

纳兰性德还有《填词》诗。这是他论词的重要词篇：

诗亡词乃盛，比兴此焉托。往往欢娱工，不如忧患作。冬郎一生极憔悴，判与三闾共醒醉。美人香草可怜春，风蜡红巾无限泪。芒鞋心事杜陵知，只今惟赏杜陵诗。古人且失风人旨，何怪俗眼轻填词。词源远过诗律近，拟古乐府特加润。不见句读参差三百篇，已自换头兼转韵。

词中纳兰性德批评了人们重视而轻词错误看法，并就"欢娱"与"忧患"两种风格的作用及优劣发表了自己的见解。

纳兰性德首先强调"比兴"在文学创作中的重要作用。比兴本是《诗经》以来中国古典诗词的主要表现手法。当诗的繁荣阶段过去以后，比兴成为词的主要表现手法，词开始走向繁荣。人们在评论诗歌（包括词）的优劣时，往往

以写"欢娱"还是写"忧患"来评判，认为诗长于写"忧患"而词长于写"欢娱"。如朱彝尊的《紫云词序》："昌黎子曰：'欢娱之言难工，愁苦之言易好。'斯亦善言诗矣。至于词或不然，大都欢愉之辞工者十九，而言愁苦者十一焉耳。"朱尊彝的意思是赞成诗长于写忧患，词长于写欢娱这种说法。纳兰性德认为，轻词者以此为据，说词只写欢娱，故不如诗写忧患，因而重诗而轻词。这种看法是错误的。然后，他以事实为据，批评这种看法。冬郎是晚唐诗人兼词人韩偓的小字。他被人们看作"艳体之祖"。人们不是说他"丽而无骨"，就是认为他"淫靡特甚"。纳兰性德考查韩偓的一生，韩偓是昭宗龙纪元年（889）进士，拜左拾遗，后来历任翰林学士、中书舍人、兵部侍郎。天复初年

（901），昭宗被韩全诲等劫逼凤祥，韩偓有扈从之功。天复三年（903）反正后，帝面许偓为相，偓荐赵崇、王赞自代，同平章事崔胤乃与权奸朱全忠合谋逼帝贬偓为科泞司马，再贬荣懿尉，徙邓州司马。哀帝天祐二年（905）复原官，偓不赴召，南依王审知而卒。他的诗词中多以美人香草喻君臣之情。唐昭宗曾赐给韩偓龙凤烛百余根、金缕红巾百余幅，韩偓死后，家人从箱中发现"蜡泪尚新，巾香尚郁"。《唐百家诗选评》称赞他："方昭宗时，群邪内讧，凶顽外擅，致光（韩偓字）间关其间，执义弥坚，如不草韦昭（贻）范昭，凛然有烈丈夫之风。"韩偓《安贫》诗有句："谋身拙为安蛇足，报国危曾抒虎须。"故史书称他"为人有气节，忠正不阿"，"诗多感事述怀之作，于愤慨中见惘惘之情"。纳兰性德认为韩偓在浓艳诗词中寄有无限深情，正是比兴的传统。他的一生坎坷艰险，与屈原同。他的忠君爱国之心，也可同屈原共美。再举杜甫为例。杜甫曾"麻鞋见天子，衣袖露两肘。"他的诗篇中蕴藏着忧国忧民的内心苦痛，只有杜甫自己知道。可他的诗篇流传至今，人们只是欣赏他的忧患之作的诗篇，却完全不去顾及诗作中比兴寄托的无限深情。《文心雕龙·辨骚》讲得很清楚："国风好色而不淫，小雅怨诽而不乱，若离骚者，可谓兼之。"人们却全然忘记了风骚的比兴寄托的赋诗传统，一味片面追求是不是"忧患"之作，造成看轻填词的错误看法。最后，纳兰性德从词的源流，强调轻词的错误看法。他认为，词源远流长，比格律诗更早。词是在古乐府拟古的基础上发展变化而来的，甚至可追述至《诗经》，因为《诗经》中早已有长短不齐的诗句了，早已有换头、换韵的形式了。纳兰性德在自己的创作实践中，既重视词，也重视诗。特别是在词的创作中，既有怀古之情，忠君爱国之情，也有尊师重友之情，更有男女之爱情。他的情，既有激昂慷慨，也有悲凉凄怆，更多哀怨缠绵之作。他抒情重在自然真切，重在真情实感。抒情的方法，重比兴，写情中景，抒景中情，是实践了自己词作理论的。

在《渌水亭杂识》中，纳兰性德还有数十条诗词创作和欣赏的短论。这些是他研究诗词创作经验的结晶，其中不乏真知灼见。

这些短论，涉及诗词创作的各个方面，有研究生活在诗词创作与欣赏中的重要作用的；有的则是比兴、格律在诗词创作中的运用及作用；阐述作品中诗意的重要意义；有批评诗词创作中不良倾向的；有关于历代诗作评述的；还有阐述几种常用诗创作经验的，涉及诗歌创作十几个方面的问题。

诗歌应该是生活真实感受激发出来的，是真情实感。没有生活的阅历，没有真情实感，是写不出好诗的。其实阅读欣赏诗歌，也需要一定的生活阅历。读古人的诗，当然没有办法去实际体验他们的生活，但是尽可能占有有关资料，或实际考查遗迹，对作品的理解，就不会望文生义，造成误会。纳兰性德谈了他的一次读诗经验："'独树临江夜泊船'，或本作'独戍'。愚谓大江中有戍兵处可泊船，以'独戍'为是。后读《宋史·王明传》，见其地有'独树口'，不

觉自失"。

《纳兰诗论笺注》，很以为是，《笺注》又举两例以证其说：

不少人读王之涣的《登鹳雀楼》诗，都以为"白日依山尽"，左近必须有山，于是有人把中条山拉来，以为中条山既在蒲州城左近，那白日入山而没的山，一定是中条山了。不料到实地一看，才发现城在西，而中条山在东，日岂能落入东山乎？原来王诗的"山"是指西望云雾渺茫中的华山、秦岭而言。

不少人读张继的《枫桥夜泊》诗，都以为"姑苏城外寒山寺"，一定是寺在寒山之上，姑苏城外真有座山。结果实际一调查，"寒山"却是古时此地的住持和尚，寺为纪念他而得名，这里根本没有山。

以上所列举的都是地理问题。其实因为文学作品反映作家在生活中的真情实感，因而创作与欣赏，涉及生活的各个方面。

还说"姑苏城外寒山寺，夜半钟声到客船"。欧阳修在《六一诗话》中有

过评论："唐人有云：'姑苏台下寒山寺，半夜钟声到客船，说者亦云：'句则佳矣，其如三更不是打钟时。'"欧阳修以为诗句很美，但半夜寺院不会打钟，诗句错了，因为"诗人贪求好句而理有不通"。

叶梦得《石林诗话》中批评欧阳修的这个看法："'姑苏城外寒山寺，夜半钟声到客船'，此唐张继题城西枫桥寺诗也。欧阳文忠公尝病其夜半非打钟时，盖公未尝至吴中。今吴中山寺实以夜半打钟。继诗三十余篇，余家有之，往往多佳句。"

《王直方诗话》也有批评："欧公言：唐人有'姑苏城下寒山寺，半夜钟声到客船'之句，说者云：'句则佳矣，其如三更不是打钟时。'余观于鹄送宫人入道诗云：'定知别往宫中伴，遥听缑山半夜钟。'而白乐天亦云：'新秋松下影，半夜钟声后。'岂唐人多用此语也？倘非递相沿袭，恐别有说耳。温庭筠诗亦云：'悠然逆旅频回首，无复松窗半夜钟。'庭筠诗多缵在白乐天诗后。"

纳兰性德在这里实际上是阐述了生活在创作与欣赏中决定性作用的文学规律。他一生读万卷书，行万里路，和汉族文士密切交往，使他生活阅历逐渐增加，文学修养不断提高，这是他取得文学成就的决定条件。

纳兰性德继承了我国诗歌"言志"的基本理论，提出"诗乃心声，性情中事也"的基本观点。这个观点，是从《诗大序》《文心雕龙》发展而来的。

《诗大序》说："诗者，志之所之也。在心为志，发言为诗。""故变风发乎情，止乎礼义。发乎情，民之性也；止乎礼义，先王之泽也。"

《文心雕龙》在《诗大序》的基础上又有发展："夫情动而言形，理发而文见，盖沿隐以至显，因内而符外者也。然才有庸俊，气有刚柔，学有浅深，习有雅郑，并情性所铄，陶染所疑，是以笔区云谲，文苑波诡者矣。"

纳兰性德继承了古代优秀传统，提出："诗乃心声，性情中事也。发乎情，止乎礼义，故谓之性。"

南宋理学，提倡"存天理，灭人欲"，只承认礼义，而否定"情"。明代把这种思想发挥到了极致，成为一种社会的习气，严重地阻碍了文学艺术的发展。纳兰性德认为人不仅要"止乎礼义"，即遵循封建道德，安于社会秩序，更重要的是"发乎情"，因为"情"是"心声"。

既承认"情"，就要重视作家作为诗词创作主体的重要作用。纳兰性德对于诗人、词人的自身素质修养也有自己的看法："亦须有才，乃能挥拓；有学，乃不虚薄杜撰。才学之用于诗者，如是而已。昌黎逞才，子瞻逞学，便与性情隔绝"。

他提出诗人必须"有才""有学"。"才"是指人的思想、气质、性格等内在的素质修养，"有才，乃能挥拓"，诗人才能挥洒自如，才能触景而情生，才能想象丰富，联想翩翩而"不逾矩"。"学"是指人的学识，品德，作风等外在修养素质，"有学"，才懂得真善美的真谛，才会有高远之志，才不胡编乱造，

虚伪浅薄。诗的大家，应当才学并重，才能诗如其人。一味逞才逞学，轻狂自傲，"便与性情隔绝"，这是诗家之大忌。这个观点是对的。不过纳兰性德将韩愈贬为"逞才"的典型，将苏轼贬为"逞学"的典型，却大为不妥。韩、苏二位，才高博学，均为诗之大家。二人诗歌风格自有特色，是另外一个问题了。

纳兰性德本人，能在诗词创作中自成一家，也是因为他十分注重内在与外在的修养所致。他的诗词"发乎情，止乎礼义"。"挥拓"而"不虚薄杜撰"，才使他的作品广为流传。他的作品，确实如其人。

赋、比、兴，是《诗经》以来，中国诗歌最基本的表现手法。这三者并不存在优劣之分。咏史、叙事，以赋为主，抒情咏性，则少不得比、兴。纳兰性德自己的诗词便是如此。他的诗《平原过汉樊侯墓》便是赋中有议，打破了历史的偏见，歌颂了一位出身低贱，被一般人视为莽夫的英雄人物。诗中通过"一撞重瞳营，再排隆准闼"的赋，刻画出一位以国家为重，不怕牺牲的英雄的气壮山河的气概，创造了一种粗犷豪放、慷慨激昂的美。同样，他的《采桑子·塞上咏雪花》则以比兴为主要手法咏志，描绘了轻柔惆怅的意境。可见赋、比、兴的手法自身并无高下之分，使用那种手法，要看抒写"情性"的具体需要。表现手法要为表达内容服务。

纳兰性德反对明诗"版腐少味"，是对的，但他没能认识到诗歌"版腐少味"的根本原因在于诗中缺少"情性"，而是从表现手法上去找原因："《雅》《颂》多赋，《国风》多比兴。《楚辞》从国风而出，纯是比兴，赋义绝少。唐人诗宗《风》《雅》，多比兴；宋诗比兴已少；明人诗皆赋也，便觉版腐少味。"他把诗的"版腐少味"归咎于"诗皆赋也"，不免陷入片面性与绝对化了。

在诗词中使用典故，可以使用较少的字数来抒发比较复杂深厚的感触，使篇幅较小的诗词，容纳尽可能多的内容；或是是使用典故去表达不便明说的感情。因此，在诗词中使用典故是诗人词人常用的表达方法。

纳兰性德的诗词中，拟古、咏史的诗作及长调词中，巧妙地运用典故来抒发自己的真情实感或真知灼见，我们在前文中已有论及。他对用典是十分重视的。他强调用典要恰到好处，既反对处处用典，也反对因为不用典而造成"淡薄空疏，了无意味"的倾向："庾子山句句用字，固不灵动；六一禁绝之，一事不用，故遂至于淡薄空疏，了无意味。""用字"当为"用事"。

纳兰性德对"用事"的观点是正确的。但他对两位诗人的评论，则有失妥当。

子山是庾信的字。他博览群书，学问渊博，但遭遇却十分特殊。他奉南朝梁元帝之命出使北朝的西魏，恰遇西魏灭梁。他被迫滞留西魏任职。北周取代西魏，他又被迫做了北周的官。虽然在西魏和北周，他都高居显职，备受恩宠，但他难忘梁朝故国，以致含恨而死。他对故国家乡的怀念，对梁执政者的腐败倾轧，不图自强的痛恨，对自己的自悔自责及对人民苦难的同情，都倾诉在他的《拟咏怀》等作品中。他的处境，使他不能直抒胸怀，只能大量使用典故来喻事，创造了义深辞约，耐人寻味的韵致。纳兰性德"不灵动"之批评，有失公允。

六一是欧阳修的号。欧阳修的诗，多平易流畅，善于自描，往往直抒胸臆。《苕溪渔隐丛话》说他"律诗意所到处，虽语有不伦，亦不复问"，倒是抓住了他的诗尚有艰涩之感的缺欠。说他"一事不用，故遂至于淡薄空疏，了无意味"，则片面化，绝对化了。

总之，纳兰性德对"用事"的基本观点是正确的，"句句用事，固不灵动"；"一事不用，故遂至于淡薄空疏，了无意味"。

纳兰性德还强调用典要有所寄托。他说："唐人有寄托，故使事灵动；后人无寄托，故使事版。"在诗词作品中运用典故，目的在于借典故抒发感情。广义地看，选用什么典故，实际上已表现了诗人的爱憎。但具体地看，在不同的体裁的诗歌中还要做具体分析。

抒情诗用典，必有所寄托，或以物寓情，或寓情于景，或借典寓情，诗才"灵动"。"无寄托"则成为用典言事，而非抒情，"故使事版"。

但有些诗句，纯为言事，则用典便不必苛求必须"有寄托"。

纳兰性德为说明自己的观点，他又举两例。"刘禹锡云：'阁上掩书刘向去，门前修刺孔融来。'借古以叙时事，则灵动；武元衡云：'刘昆长啸风生生，谢朓题诗满月楼。'实用古事而无寄托，便成死句。"

说刘禹锡"灵动"是正确的，他正是借典寓情。说武元衡诗为"死问"，却大为不妥。正如我们前面议论，武元衡的诗句不是抒情，而是论事，是对刘昆、谢朓诗歌风格的评议，而不是抒情，因此要求也"有寄托"，是没有必要的。

纳兰性德对诗词的格律用韵也有自己的看法。他说："休文八病，宋人已不能辨，大约有声病，守粘缀，无叠韵，不口吃者，八病俱离。"

沈休文，名约，休文是他的字。他是南朝梁武康人。他博学多才，撰《四声谱》，分字为平上去入四声，为声韵学上一大变迁。《诗格》载："沈约云：'诗有八病，谓平头、上尾、蜂腰、鹤膝、大韵、小韵、旁纽、正纽。'"

所谓"平头"，就是第一字与第六字，第二字与第七字同声；"上尾"，指第五字与第十字同声；"蜂腰"，指第二字和第五字同声，两头大而中间细，好像蜂腰；"鹤膝"，指第五字和第十五字同声，两头细，中间粗，状若鹤膝；"大韵"指重叠相犯，如五言诗以"新"字为韵，九字内如用"津""人"字为大韵病；"小韵"指除本韵外，九字中有两字通韵，小韵五字内最忌，九字内稍缓；"正纽"，比如以"壬""红""任""人"为一纽，如一句内有壬字，则不得使用同纽内其他三个字；"旁纽"，如五言诗一句内有"月"字，不得再使用"阮""元""愿"字，这是双声即旁纽，五字中最忌，十字中稍缓。《沧浪诗话》便批评过这种要求："八病严于沈约，作诗正不必拘，此蔽法不足据也。"

这些要求，束缚过死，据此，怎么能抒"情性"？

纳兰性德主张，用韵应取其自然，不宜束缚过紧。他首先批评唐人："唐人以韵字少者与他部合之为通用，'哈'当与'佳'通，以隔一部，故遂与'灰'通，以致字声乱极。"唐人实行"通用"，造成了"字声乱极"。而且既可通韵，而《唐韵》中却有一百九十五个韵目。通用是个好方法，诗人在创作实践中突破韵书的限制，只要韵音相近的字，读起来上口，又有利于抒情表意，就可以通用。为了符合韵书的规定，而破坏了诗的意境，妨碍了抒情表意，那就是削足适履了。

纳兰性德对于人们大搞什么诗韵、词韵，也有自己的看法："韵本休文小学之书，以为诗韵已误；今人又作词韵，谬之谬也。"隋朝的《切韵》与唐朝的

《唐韵》，均有一百九十五个韵目，宋朝的《广韵》达到二百零六个韵目，清康熙时编的《佩文韵府》还有一百零六个韵目。事实上，各种诗韵与词韵的出现，与编著者们的本义相反，不仅没有起到查找韵字方便的作用，反而给写诗填词增加了许多限制，甚至被科举考试利用来束缚士子们。科举考试试帖试限韵很严，士子们不得不死背韵书，刻意追求韵律。韵书起不到工具的作用，反而成了枷锁。

那么，究竟该怎么对待韵律？纳兰性德有自己的观点。他说："人之作诗，必宗三百篇，而用韵反不宗之，岂非颠倒？"他主张作诗用韵，应学习《诗经》，《诗经》用韵，较之后代更自由灵活，更富有自然的美，易于表达"情性"。

纳兰性德举出具体事例，批评后人死板遵用唐人用韵的规矩，不敢逾越一步。他说："'东'翻'登'，'冬'翻'丁'，声固不同，而非不可同押者也。

休文诸公，强作解事，分为二部，后人以是唐人所遵，不敢相弃。"沈约等人把韵音搞得细而繁琐，后人又死守唐人用韵的套套，不敢逾矩。他举"东""登""冬""丁"四字为例，它们虽然韵母不同，但都有鼻韵母-ng，因此可以同押。但因为唐人认为它们有别，后人也不敢破坏这个规矩。纳兰性德对此，大不以为然。

关于词的起源和发展，历来说法很多。过去，封建时代的文人，多从文学形式考查。有人认为词是由《诗经》《楚辞》、乐府乃至格律词中发展变化而来。经过加字减字，加句减句，诗变为词。有人认为，由于西域音乐的传入，唐代形成了不同于前代音乐的燕乐。燕乐节奏鲜明，旋律欢快，音调丰富，很快取代了过去的音乐，成为流行的音乐。人们倚声填词，即为词。后来，二十世纪初在甘肃敦煌莫高窟发现了"敦煌曲子词"，人们越来越重视民歌在词的产生与发展过程中的决定性作用。

词在唐代晚期，才开始定型。到五代，才发育成型。为什么诗词的交替过程偏偏发生在唐宋之间的五代呢？人们只是注意到了五代之前的晚唐时期，温庭筠的出现，标志着文人词已从文人诗那儿争得了自己独立的地位，不仅有了工词的文人，而且有了以词为工具取悦喜欢词的皇帝唐宣宗的宰相令狐绹。词成为妓女们侑酒时歌唱之物，奠定了词主艳情，香而软的传统。到了五代，全国形成割据局面。北方政权更迭，战祸不断。而南方的西蜀、南唐，前有蜀山蜀水之天险，后者恃长江天险，相对稳定。五代时西蜀、南唐，成为词发展的两大基地，形成两大词派，西蜀词派和南唐词派。西蜀词派有《花间集》，收有包括晚唐词人温庭筠在内的十八位词人的五百首词。这个词派师承温庭筠，是宫体与娼风的混合体。南唐词派以两位皇帝：中主李璟和后主李煜父子，还有一位宰相冯延巳为主，他们的词更多写心理上的阴影，风格较为凄清。

总的来说，除南唐李后主做了俘虏之后，作品唱出亡国的哀音，还不失"惟歌生民病"的诗道正统，其他词人的词作，完全背离了诗道之正统。

对这种现象，纳兰性德有自己的解释，他说："自五代兵革中原，文献凋落，诗道失传，而小词大盛。宋人专意于词，实为精绝；诗在尘饭涂羹，故远不及唐人。"他认为，五代以来，北方战祸不断，由于战争的缘故，使得"文献凋落"，文化事业大大地受了损失，教育事业被大大破坏，因而"诗道失传"，青少年失掉了作文学诗的机会。口头传唱的词，正如流行歌曲，却得到了发展的机会。文人们在晚唐五代的战乱期间，看不到前途，生命尚且没有保障，也顾及不了理想和抱负。今朝有酒今朝醉，也就不会"惟歌生民病"。吟吟私情，哼哼小曲，及时行乐，享受生命，成为一时的社会时尚，成为文人的普遍心理。因而"诗道失传"，是自然之理。

纳兰性德能从社会历史发展的角度去研究文学现象，尽管他的结论不一定揭示了现象的本质，不一定准确，但也属难能可贵。他能站在文人的一般立场之外论文，当属"未染汉人风气"所致。

词到宋代，"实为精绝"，不仅技法更为纯熟，而且词派蜂起，各显特色。

纳兰性德肯定宋词，恐怕更多的是宋词继承了"惟歌生民病"的诗道正统，抒写"心声"，重在"性情"，词走出了个人的小圈子，走向社会历史的广阔天地。但贬低宋诗到"尘饭涂羹"却不大妥当，宋诗与唐诗各有特点，纳兰性德之评，有些绝对化了。这怕是与他本人重抒情分不开。

纳兰性德除了重视《诗经》传统外，也很重视汉《乐府》。我国古代商周之世就非常重视采风，以观民情。《国语·周语上》记载了天子听政的情况："故天子听政，使公卿至于列士献诗，瞽献曲，史献书，师箴，瞍赋，矇诵，百工谏，庶人传语，近臣尽规，亲戚补察，瞽、史教诲，耆、艾修之，而后王斟酌焉。"其中"瞽献曲"，就是献上民间歌曲，以供了解民情，体察民意。

《汉书·食货志上》记载了汉代的采诗活动："冬，民既入，妇人同巷，相从夜绩……男女有不得其所者，因相与歌咏，各言其伤。""瞍春之月，群居者将散，行人振木铎徇于路，以采诗，献之太师，比其音律，以闻于天子。故曰：

王者不窥牖户而知天下。"

纳兰性德对乐府的渊源、变化，解释得很清楚："乐府，汉武所列之官名，非诗体也。后人以为诗体。"

正式设立乐府机关采集诗歌，始于汉武帝。《汉书·礼乐志》载："至武帝定郊祀之礼……乃立乐府，采诗夜诵，有赵、代、秦、楚之讴。以李延年为协律都尉。多举司马相如等数十人造为诗赋，略论律吕，以合八音之调，作十九章之歌。"当时采诗的范围已遍及黄河、长江流域。采诗的目的，《汉书·艺文志》有介绍："自孝武立乐府而采歌谣，于是有代、赵之讴；秦楚之风，皆感于哀乐，缘事而发，亦可观风俗，知薄厚云。"乐府机关的设立，除"论功颂德，所以将顺其美；刺过讥失，所以匡救其恶"外，更因为有管理音乐的职能，它还有在朝廷大典奏乐，以烘托气氛，朝廷及贵族享乐生活的需要。

乐府成为诗体，始于南朝齐梁时人刘勰。他在《文心雕龙》中首次将乐府列为诗体。他给乐府诗的定义是："乐府者，声依永，律和声也。"乐府中乐和诗的关系是："凡乐辞曰诗，诗声曰歌。"他把"三调""鼓吹""铙歌""挽歌"列入乐府。

纳兰性德还说："大抵古人诗有专乐歌而作者，谓之乐府；亦有文人偶作乐工收而歌之者，亦名乐府。"

黄侃先生在《文心雕龙札记》中详细地解释了这方面情况："盖诗与乐府者，自其本言之，竟无区别，凡诗无不可歌，则统谓之乐府可也；自其末言之，则惟尝被管弦者谓之乐，其未诏伶人者，远之若曹、陆依拟古题之乐府，近之若唐人自撰新题之乐府，皆当归之于诗，不宜与乐府淆溷也。"他还说："案彦和作《乐府》篇，意主于被篪弦之乐，然又引及子建、士衡之拟作，则事谢丝管者亦附录焉。故知诗乐界划，漫汗难明，适与古物之、义相合者已。今略区乐府以为四种：一、乐府所用本曲，若汉《相和歌》《江南》《东光乎》之类是也；二、依乐府本曲以制辞，而其声亦被管弦者，若魏武依《苦寒行》以制《北上》，魏文依《燕歌行》以制《秋风》是也；三、依乐府题以制辞，而其声不被管弦者，若子建、士衡之作是也；四、不依乐府旧题，自创新题以制辞，其声亦不被管弦，若杜子美《悲陈陶》诸篇、自乐天《新乐府》是也。从诗歌分途之说，则惟前二者得称乐府；后二者虽名乐府，与雅俗之诗无殊。从诗乐同类之说，则前二者为有辞有声之乐府，后二者为有辞无声之乐府，如此，复与雅俗之诗无殊。要之乐府四类，惟前二类名实相应，其后二类，但有乐府之名，无被管弦之实，亦视之为雅俗之诗而已矣。"

纳兰性德所谓"文人偶作乐工收而歌之者"，即黄侃所举第二类。

纳兰性德在研究乐府过程中发现了一个问题。他说："汉人乐府多浓谲，'十九首'皆高澹，而《文选注》亦有引入乐府者，不知何故。"

关于这个问题，《纳兰诗论笺注》认为：纳兰所指的大概是"古诗十九首"的第十五首串入了古乐府《西门行》的词句。今以第十五首古诗为准，对照

《西门行》来看一看：

"生年不满百，常怀千岁忧，昼短苦夜长，何不秉烛游?"（与《西门行》第四组句只差"岁"与"秋"，不同，其余全同。）

"为乐当及时，何能待来兹?"（是《西门行》第二组句的缩写，《西门行》的原文是"夫为乐，为乐当及时；何能坐愁怫郁，当复待来兹。"）

"愚者爱惜费，但为后世嗤。"（正是《西门行》的末两句，只是"贪财"变成"愚者"。）

"仙人王子乔，难可与等期。"（《西门行》的第五组句是"自非仙人王子乔，计会寿命难与期"。变七言为五言。）

朱彝尊试图解答这个问题，在《书〈玉台新咏〉后》中说："裁剪长短句作五言，移易其前后，杂糅置"十九首"中，没枚乘等姓名，概题曰'古诗'，要之皆出文选楼中诸学士之手也。徐陵少仕于梁，为昭明诸臣后进，不敢明言其非，乃别著一书，列枚乘姓名，还之作者，殆有微意焉。"

朱彝尊只是说了当时的情况，并没有说明为什么的问题。范文澜先生在

《文心雕龙注》中解决了这个问题。他说："朱氏疑昭明辈裁剪长短句作五言，没枚乘等姓名，恐未必然。钟嵘《诗品》专评五言诗，若本是长短句，不得列入'古诗十九首'之中，乘等姓名更无湮没之理。古诗总杂，昭明只取十首入选，谓其美篇不无遗佚则可，谓其剪裁失真则不可。"又说："至于乐府本宜增损辞句以协音律，似不必疑昭明削古辞为五言耳。"

关于乐府，纳兰性德还提出一个问题："古人乐府词，有切题者，有不切题者，其故不可解。"乐府诗的标题，有几种情况。纳兰性德所谓切题者，大多是原辞原曲，也有后人依旧题另作新辞的。"切题"，也有几种情况：题即诗歌的主题，如《悲歌》题目与诗歌内容全完切合，诗歌写了可归与有家也不能归的悲痛，"悲"既是主题，也是题目；题目是诗歌中活动的地点，如《东门行》写主人公被统治者所逼而无法生活下去，但一时还不能下决心铤向走险，可当他回家后，看见"盎中无斗米储"，"架上无悬衣"，在走投无路的情况下，他不顾妻子的劝阻，终于"拔剑东门去"，要杀出一条生路来；又如《有所思》，诗歌写思的具体内容，一个女子得知爱人变心后，决心一刀两断，但想到当初热恋时的情感，又觉难以割舍；有的以诗的第一句为题目，如《上山采蘼芜》写一位弃妇上山采蘼芜时遇到故夫的一段问答，谴责男子的喜新厌旧。

不切题，多为原题另写新内容，原题一般只起曲名的作用，如后世填词、曲，题目与内容已无多大关系了。

因为题目与内容有种种关系，再主要是由于原曲失传，后人所见，大多为依原题另拟的新辞，所以无法准确理解原题。对这种情况，纳兰性德认为："乐府题今人多不能解，则不必强作李于鳞优孟衣冠，徒为人笑。"不能解而硬要牵强附会，当然会闹笑话。

究竟该怎样作乐府诗，纳兰性德主张向杜甫学习："少陵自作新题乐府，固是千古杰人。"

钱木庵有《新乐府论》，对杜甫在乐府诗方面做了极高的评价："太原郭氏曰：'新乐府者，皆店世之新歌也。以其辞实乐府，而未尝被于声，故曰新乐府也。元微之病后人沿袭古题，唱和重复，谓不如寓意古题，刺美见事，犹有诗人引古以讽之义。近代唯杜甫《哀江头》《悲陈陶》《兵车》《丽人行》及《前出塞》《后出塞》，郭氏列之古题中，其《哀江头》等篇，元相略举一二，他诗类此者正多，少陵新乐府或不止此。"杜甫继承乐府诗的现实主义传统，而不拘泥于乐府旧题旧形式，另立新题而"其辞实乐府"，发扬了"惟歌生民病"的正道。乐府诗从内容到形式都得到了发展。为白居易、元稹的新乐府运动开拓了道路，奠定了基础。纳兰性德正是因为这些，称杜甫"固是千古杰人"。其实，这也正是纳兰性德自己的追求。纳兰性德诗词中表现出对民族团结的渴望，对国家统一的关心，甚至他因无法施展抱负的幽怨，都是继承《诗经》、《乐府》以来现实主义精神的体现。

纳兰性德十分重视文学发展中民族传统形式的继承与发展关系。关于说唱

文学的起源，一般人认为，由于受西域等外来影响而有敦煌曲子词，曲子词传入内地出现了词曲。纳兰性德则另有所见。他说："《焦仲卿妻》，又是乐府中之别体，意者如后之《数落山坡羊》一人弹唱者乎?"这样，纳兰性德给曲的产生，找到了渊源。说唱文学，是从"乐府中之别体"发展而来的。

吴乔《答万季埜诗问》也有相同的看法："问：'《焦仲卿妻》在乐府中，又与余篇不同，何也?'答曰：'意者此篇如董解元《西厢》、今之《数落山坡羊》乃一人弹唱之词，无可考矣。'"吴乔为清初人，纳兰性德的看法亦可能源于吴乔。惜吴乔生卒年月不详，故尚无法判断首先提出者为谁。

吴乔还提到董解元《西厢》。关于董西厢的说唱形式，有两条记载：

毛奇龄《西河词话》："金章宗朝，董解元不知何人，实作《西厢掐弹词》，则有白有曲，专以一人掐弹，并念唱之。"

焦循《剧说》中引张元长《笔谈》："董解元《西厢记》，曾见之卢兵部许。

一人援弦，数十人合坐，分诸色目而递歌之，谓之磨唱。"

可见，叙述长篇叙事诗，一人唱或数分角色唱，都是传统的说唱形式。

《焦仲卿妻》是集古乐府诗的叙事演唱的两大特点于一身的。它比一般乐府叙事诗长几倍，不能不使人认为，它不同于一般古乐府诗，人人可唱，而是由民间的艺人专门演唱的。

纳兰性德的发现，至少给我们提供了这样一条思路，任何新的文学形式的产生与发展，主要是民族传统形式的继续与发展，外来的影响是次要的原因。

纳兰性德对诗词创作中的不良倾向，也做了分析与批评。他说："人情好新，今日忽尚宋诗，举业欲干，禄人操其柄，不得不随人步转。诗取自适，何以随人？"

"人情好新"，是因为"举业欲干"。原因找得很准，要想做官，就得参加科举考试，要想考中，就得"随人步转"。为什么"今日忽尚宋诗"呢？

科举考试专有试帖诗。唐时，受帖经、试帖考试方法影响而产生，要求不得离题任意发挥。多取古人五（七）言诗一句为题，并指明以其中某字为韵，题目前须冠以"赋得"二字，故试帖试又叫"赋得体"。通常童生考试用五言六韵；生员岁、科试以及乡试、会试等多用五言八韵，制科考试等多用七言排律。宋时限制更多，又从《五经》中出题，要求除首尾两联外，中间各联须对仗。前四句中必须出现题目文字。内容要求歌功颂德，粉饰太平。清代则继续了宋代试帖试的规定，而且要求更为严格，必须按八股文的程式写。因而造成"尚宋诗"的风气。甚至纳兰性德的文友王阮亭也看不起作试不守八股之道者。他在《池北偶谈》中说："予尝见一布衣有诗名者，其诗多有格格不达，以问汪纯翁编修云：'此君坐未尝解为时文故耳。时文虽无与诗古文，然不解八股，即理路终不分明。'近见王恽《玉堂嘉话》一条，鹿庵先生曰：'作文字，当从科举中来，不然而汗漫披猖，是出入不由户也。'亦与此同意。"

试帖试受制于"禄人"，不能"歌生民病"，不能抒写"情性"，故内容空虚，形式呆板。纳兰性德对这种违背"诗道"的坏风气很不满意。

他自己的作品，确实做到了"诗取自适"，故他的作品自然真切，感染力强。

纳兰性德认为诗的根本在于"诗言志"，在于"诗发乎情，止乎礼义"。因而他对于"临摹仿效"的习气多次给予批评。除了对为了"举止欲干"而"今日忽尚宋诗"的违背诗道之风进行批评，他对明人"诗必盛唐"的风气进行批评。他说："诗之学古，如孩提不能离乳姆也。必自立而后成诗，犹之能自立而后成人也。明之学老杜，学盛唐者，皆一生在乳姆胸前过日。"

纳兰性德的话，看似有些刻薄。但，这个见解，却很有见地，是十分正确的。文学艺术有继承，但更有创新。没有继承，便没有发展的基础，但创新是文学艺术的生命，没有创新，文学艺术的生存，也成了问题。这个创新，便是

反映自己的时代，反映生活在这个时代的人们的喜怒哀乐的种种感情。没有创新，远离了时代，文学艺术便成了无本之木，无源之水，那里还有什么生命力。

其实，明代提出"文必秦汉，诗必盛唐"的本意，倒不完全在"学古"。明初，一直到明中叶，由于"台阁体"诗盛行，柔靡文风占了统治地位。一片歌功颂德，粉饰太平之声，风格上追求华美典雅，全无价值。为了扭转文坛颓势，以李梦阳、李樊龙为首的前后"七子"。在明中叶提出"文必秦汉，诗必盛唐"的主张。秦汉的散文，思想性和艺术性都很高，对我国散文创作的发展有很大影响；盛唐的诗歌，以李白和杜甫为代表，豪放开阔，壮丽雄伟，凝结着盛唐的时代精神，博大精深，沉郁顿挫，有力地反映了现实，是文学遗产中的瑰宝。因此，学习秦汉散文，学习盛唐诗歌，本是无可厚非的。但是，可惜他们把这一点绝对化了。他们要求"学诗必学杜，诗至杜子美，如至圆不能加规，至方不能加矩矣。"因此，他们要求像小学生临帖学字一样学习杜诗："文与字一也，今人模临古帖，即太似不嫌，反曰能书；何独至文，而欲自立一门户耶？"

这种亦步亦趋的学法，脱离了时代，脱离了生活，当然不合"惟歌生民病"的诗道，当然不能抒写"情性"。纳兰性德的比喻十分形象，也十分准确。学诗初始，当然要向好诗学，仿佛幼儿，在乳姆的扶持下，有利于自己成长。能自立而不自立，不抒写自己的"情性"，硬要模仿唐人去替唐人抒发人家的"情性"，当然抒写不好，抒写不来。还是纳兰性德比喻得好，一生只吃乳姆的奶，怎么成人呢？

其实，在明代就有人反对过这种做法。他说过："近有士人熟读杜诗。余闻之曰：'此人诗必不佳，所记是棋势残着，元无金鹏变起手局也。'因记宋章子厚，日临《兰亭序》一本，东坡曰：'章七终不高，从门人者非宝也。'此可与知者道。"

直至明代末年，国家民族危亡之际，张溥、张煌言等人，抒写自己的激情，主张诗歌"务为有用"，以诗歌为武器，为政治斗争和抗敌斗争服务，这才上了正道。

纳兰性德坚持诗以言情的观点，他多次对好古薄今的倾向提出批评："曲起而词废，词起而诗废，唐体起而古诗废。作诗欲以言情耳。生乎今之世，近体足以言情矣。好古之士，本无其情，而强效其体以作古乐府，殊觉无味。"

纳兰性德的批评很有道理。形式是为内容服务的。"曲起而词废，词起而诗废，唐体起而古诗废"，当某种旧的形式不适合"今之世""言情"需要的时候，必然要求新的形式，以言今世之情。文学艺术也就向前发展了。因而纳兰性德主张"生乎今之世，近体足以言情牟"。

"古乐府"，是生活在古乐府时代的人言情的形式，"好古之士"，"本无其情"，如果"强效其体以作古乐府"，不正如明代的人硬要言唐代之情一样，不

伦不类，令人作呕。

但当近体词发展到清代时，又有新的情况发生了。纳兰性德指出："律诗，近体也。其开承转合，与时文相似，唯破承起讲耳。古诗，则欧，苏之文千变万化者也。作时文者，多不敢擅作古文；而作律诗者，无不竟作古诗，可乎哉？"

近体的律诗，在清代发展得与八股文一样，成了限制言情的枷锁，也讲究起什么"破承起讲"来了。古体诗如同欧阳修、苏轼的文章那样，千变万化，变化灵活，言情不受过多的限制。比较起来，人们便想念起"古诗"来。但是，作八股文的人，大多不敢轻易写古文。他们的手足受限制惯了，就如同旧时代缠足的妇女，一旦把脚放开，反而不会走路。那么，写惯讲究"破承起讲"律诗的人，一下子都争着去写古诗，恐怕也不会很快学会走路的。

写古体，有"好古之士"之嫌，近体又要"破承起讲"，束缚了手足。究竟该写什么"体"？纳兰性德的诗歌创作实践回答了这个问题。他是"生乎今之世"之人，但他很少写近体律诗。他的诗中拟古之作占了很大的比例。形式是为内容服务的。在内容和形式二者之中，内容是决定的因素。因此，首要的是有情，没有情，写近体，写古诗，都会失败。当然，形式也很重要，这就要看诗人的喜好与擅长。诗人用自己喜好和擅长的形式去抒发自己的激情，当然就容易取得成功。

东汉末到魏晋，在我国古代诗歌发展史上有着独特的重要地位。从《古诗十九首》到陶渊明等人的作品，以及以《文心雕龙》为代表的文艺理论及批评所取得的成就，为唐代诗歌的高度繁荣，及后来的诗歌发展，奠定了重要的基础。

纳兰性德对这一时期诗歌的发展，十分注意。《古诗十九首》在文学史上有着十分重要的地位，它标志着五言诗歌从叙事为主的乐府民歌发展到以抒情为主的文人创作，已经成熟。它们不是一人一时之作，也不是一个有机构成的组诗，因此，它们的作者，众说纷纭。

《文心雕龙·明诗》说："《古诗》佳丽，或称枚叔（即枚乘）；其孤竹一篇（指"冉冉孤生竹"），则傅毅之词。比采而推，两汉之作乎？"

《诗品》说："旧疑是建安中曹、王（曹植、王粲）所制。"

明代王世贞在《艺苑卮言》中怀疑其中"杂有枚生或张衡、蔡邕之作"。

纳兰性德认为："《古诗》，枚乘所作，有在'十九首'中者，然亦不殊于建安。但举建安之名，以为宗极可也。"

纳兰性德认为《古诗十九首》"不殊于建安"，这是从"言情"角度出发的。

《古诗十九首》的创作，大约在东汉后期。桓、灵时期，宦官、外戚交互擅权，官僚集团垄断仕路，上层士流结党标榜。中、下层士子为了谋求前程，只得离乡背井，奔走交游。他们辞别父母，离妻别子，然而往往一事无成，只剩一片乡愁，落得满腹怨气。《古诗十九首》主要就是抒写当时中下层士子们失志无成，怀才不遇和思妇离别的相思之情。《古诗十九首》突出地表现了当时中下层士子的不平不满，以至于他们玩世不恭、颓唐享乐的思想情绪，真实地从一个侧面反映出东汉后期政治混乱、败坏、没落的时代风貌。

《古诗十九首》把深入浅出的精心构思，富于形象的比兴手法，情景交融的描写技巧，如话家常的平淡语言，熔于一炉，形成了曲尽衷情、委婉动人的独特风格。

诗中反映的中下层士子的苦闷和愿望，在封建社会具有相当的普遍性和典型意义。诗中表情达意的独特手法和艺术风格，适合于表现感伤苦闷情绪。因此刘勰推崇它为"五言之冠冕"，钟嵘称它"惊心动魄，可谓一字千金"。

建安文学在诗歌方面也以五言诗为主，多反映社会动乱的现状，抒发忧国忧民的情怀，写得神采飞扬，变化多致，继承了汉乐府"感于哀乐，缘事而发"的精神。刘勰称赞说："观其时文，雅好慷慨，良由世积乱离，风衰俗怨，

并志深而笔长，故梗概而多气也。"

纳兰性德认为《古诗十九首》"亦不殊于建安"，可谓慧眼独具。他从诗的风格出发，以为"但举建安之名，以为宗极可也。"这种看法，对于诗歌风格的研究，也是很有借鉴意义的。

魏晋时期，纳兰性德十分推崇阮籍。他说："阮公《咏怀》不下建安人作。自此而后，西晋已变，建安体绝于阮公。"

阮籍是建安七子之一阮瑀的儿子。他四岁丧父，家境清苦，勤学而成才。他生当司马司篡魏的历史交替关头，政局十分险恶，他采取不涉是非，明哲保身的态度，或闭门读书，或登山临水，或酣醉不醒，或缄口不言。《晋书·阮籍传》说阮籍"本有济世志，属魏晋之际，天下多故，名士少有全者。藉由是不与世事，遂酣饮为常"。

阮籍有五言《咏怀诗》八十二首，还有四言《咏怀诗》现存十三首。《咏

怀诗》是抒情述怀之作。由于他生活的政治环境的独特，再加上独特的个人性格及处世态度，造成了诗歌的独特风格。《文选》李善注引说："嗣宗（阮籍字）身仕乱朝，常恐罹谤遇祸，因兹发咏，故每有忧生之嗟。虽志在刺讥，而文多隐避，百代之下，难以情测。"《咏怀诗》内容以感叹身世为主，也包含着讥刺时事的成分，在表现形式上则曲折隐晦。

阮籍的《咏怀诗》是诗人兴会所至，自然成诗，并不刻意雕刻。刘勰说"阮籍使气以命诗"，是十分准确的。他在诗中，并不拘泥于实事，而是广泛而普遍地采用比兴。历史典故、神话传说、眼前实景，信手拈来，都是比兴的材料。他的比兴，悠远、狂放，钟嵘说《咏怀诗》"言在耳目之内，情寄八荒之表"，增强了含蓄的效果。因而，阮籍的《咏怀诗》风格浑朴、洒脱、含蓄。《咏怀诗》继承了建安诗歌的传统，又有新的开拓，形成了独特的艺术风格。

阮籍之后，西晋虽然又有太康、永嘉两代诗人，但建安诗歌的凛然生气和刚劲风骨全失。他们比较注重艺术形式的追求，讲究辞藻华美和对偶工整，但往往过分追求形式，失于雕琢。刘勰《文心雕龙》说他们"采缛于正始，力柔于建安，或析文以为妙，或流靡以自妍"。因此，纳兰性德说"建安体绝于阮公"。

《咏怀诗》对后世影响很大，优秀诗人多有仿作。纳兰性德的《拟古四十首》亦受《咏怀诗》的影响。

魏晋以后，由于社会动荡不安，士大夫们希望保全自身，便托意玄虚，这种情绪，也反映在诗歌创作中。到了东晋，社会上佛教盛行，于是玄学与佛教逐步结合，诗人们多用诗歌来表达自己对佛学的领悟。因而东晋兴起玄言诗。《文心雕龙》说："自中朝贵玄，江左称盛，因谈余气，流成文体，是以世极迍邅，而辞意夷泰。诗必柱下（老子）之旨归，赋乃漆园（庄子）之义疏。"由于玄言诗大多缺乏艺术形象，更没有真情实感，因而文学价值不高，所以流传下来的作品极少。纳兰性德说："东晋竟无诗，至陶、谢而复振。"

陶渊明出身于一个没落的官僚地主家庭。曾祖陶侃是东晋的开国元勋，官至大司马，封长沙郡公。祖父做过太守。父亲早亡。外祖父是东晋名士孟嘉。

他从小受了很好的家庭教育，养成了"不戚戚于贫贱，不汲汲于富贵"的个人风貌。从二十九岁至四十一岁，他因"亲老家贫"，数次出仕。四十一岁，他辞去彭泽令职务，归隐田园，六十二岁时，死于贫病。

陶渊明诗歌现存共一百二十五首，计有四言诗九首，五言诗一百一十六首。

钟嵘《诗品》说："宋征士陶潜，其源出于应璩，又协左思风力。文体省净，殆无长语。笃意真古，辞兴婉惬。每观其文，想其人德。世叹其质直。至如'欢言酌春酒'，'日暮天无云'，风华清靡，岂直为田家语耶，古今隐逸诗人之宗也。"

白居易《访陶公旧宅诗》说："呜呼陶靖节，生彼晋宋间。心实有所守，口终不能言。"

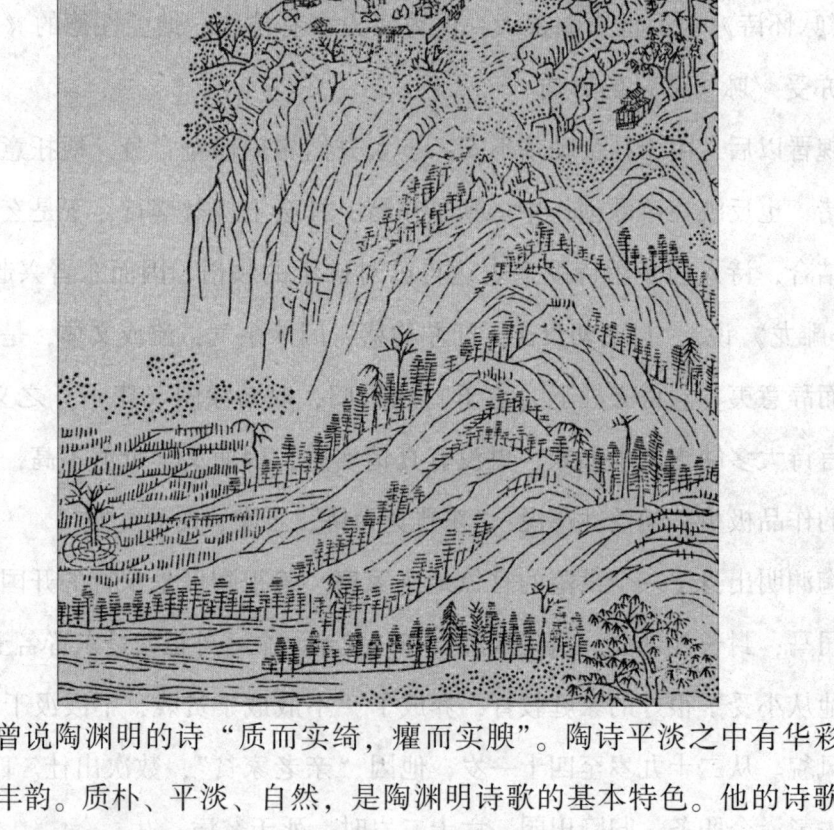

　　苏轼曾说陶渊明的诗"质而实绮，癯而实腴"。陶诗平淡之中有华彩，简朴之中含丰韵。质朴、平淡、自然，是陶渊明诗歌的基本特色。他的诗歌真实地表达他的思想感情和生活遭遇。他歌咏田园生活的诗作，开创了后代诗歌中田园诗派。

　　谢灵运是我国第一位大力写山水诗的诗人。他是晋宋间诗人，原籍河南太康。他是谢玄的孙子，袭封康乐公。

　　他出身于高门贵族，受到良好的文化教育。他在东晋做过大司马行参军、记室参军等官。宋代晋后，虽然他反对过刘裕，但为了拉拢谢氏家族，刘裕仍委以高职，他在宋担任过散骑常侍、太子左卫率，永嘉太守等官职。他自恃才高，以为应参与机要，但刘宋对他存有戒心。他只能纵情山水。每每游山历水，都有诗作。以山水为对象，前人的作品可借鉴者甚少。他凭借自己的才力，有不少创造。他十分准确地捕捉山水的形象，把山水形象的转化为自己抒情的背景，或由景涉理，或思古感慨，以景启情，情景交融。他的创作，促进了玄言诗向山水诗的转化。他刻意求新的文学实践活动，为后人提供了有益的借鉴。

《诗品》说："元嘉中，有谢灵运，才高词盛，富艳难踪，固已含跨刘、郭，凌轹潘、左。""若人兴多才高，寓目辄书，内无乏思，外无遗物，其繁富宜哉！然名章迥句，处处间起，丽典新声，络绎奔会，譬犹青松之拔灌木，白玉之映尘沙，未足贬其高洁也。"

《诗式》说："康乐公早岁能文，性颖神激，及通内典，心地更精，故所作诗，发皆造极。""康乐公为文直于情性，尚于作用，不顾词采，而风流自然。彼清景当中，天地秋色，诗之量也；卿云从风，舒卷万状，诗之变也。不然何以得其格高，其气正，其体贞，其貌古，其词深，其才婉，其德宏，其调逸，其声谐哉?"

但也不是所有的论家都能正确看待谢灵运。南宋诗论家葛立方便批评谢灵运有"无君之心"。他在《韵语阳秋》中说:"谢灵运在永嘉、临川,作山水诗甚多,往往皆佳句。然其人浮躁不羁,亦何足道哉!方景平天子(宋少帝刘义符)践祚,灵运已扇摇异同,非毁执政矣。及文帝(刘义隆)召为秘书监,自以名辈应参时政,而王昙首,王华等名位逾之,意既不平,多称疾不朝,则无君之心已见于此时矣。后以游放无度,为有司所纠,朝廷遣使收之,而灵运有'韩亡子房奋,秦帝鲁连耻'之咏,竟不免东市之戮。""武帝、文帝两朝遇之甚厚,内而卿监,外而二千石,亦不为不逢矣,岂可谓与世不相遇乎?少须之,安知不至黄散,而褊躁至是,惜哉!其作《登石门诗》云:'心契九秋千,目觏三春荑。居常以待终,处顺故安排。'不知挑墟之泄,能处顺乎?五年之祸,能待终乎?亦可谓心语相违矣!"

葛立方以"愚忠"批评谢灵运的"无君之心",殊不知这正是谢灵运的勇敢的反抗精神,批判精神。纳兰性德为谢灵运辩解:"康乐矜贵之极,不知者反以为才短幅狭;将为东坡如搓黄麻绳千百尺乎?"纳兰性德这一辩,于谢灵运固属正确,可对苏东坡的贬却过于片面偏激。

南朝的诗人,谢灵运之后,当数鲍照。

鲍照,字明远,是宋时人。他一生时隐时仕,沉沦下僚,很不得志。

他的诗歌,乐府诗是现存作品中所占的比重较大的,而且多被传诵为名篇。他的作品敢于直面人生,反映时代现实。他继承了建安诗歌的现实主义传统,作品慷慨多气,笔力雄健,活泼自然。他的描写游子、思妇和弃妇的诗作,凄婉动人。他的《拟古》《咏史》诗,风格刚健,反映社会的现实,与乐府诗相似。他的写景诗主要描写道路的艰险与旅途的辛苦。

《拟行路难》十八首,是他的代表作。这十八首诗感情强烈,辞藻华美,极有气势。有的抒发寒门才士在仕途中备遭压抑的痛苦,有的抒发仕途遭挫的

心声，有的抒发思乡、思妇的心声，也有人生无常和及时行乐的低沉感慨。他的《拟行路难》是杂言诗，五言、七言中间或夹有九言。他的杂言诗对李白、杜甫的诗歌创作，有不可忽视的影响。

纳兰性德对鲍照十分赞赏："诗至明远而绚丽已极，虽不似建安，而别立门户，不肯相下也。"

纳兰性德对鲍照"绚丽已极"的评价，便不同于《文心雕龙》。《文心雕龙》肯定的是他在艺术上的创新："宋初文咏，体有因革，庄老告退，而山水方滋。俪采百字之偶，争价一字之奇，情必极貌以写物，辞必穷力而追新。"这正道出了鲍诗在艺术上的风格。但在诗歌内容上，刘勰的评价却带出几分腐儒气来："若夫艳歌婉娈，怨志诀绝，淫辞在曲，正响焉生。"据范文澜认为此言即对"鲍照体"所发。刘勰视鲍照诗歌内容为"淫辞"而非"正响"，实是偏见与歪曲。

后世的评价，便越来越高。人们在诗歌的发展中，越来越认清鲍照的诗歌创作的价值。

杜甫曾赞叹："清新庾开府，俊逸鲍参军。"方虚谷《文选颜鲍谢诗评》更相当准确地评价他诗作的思想内容："明远多为不得志之辞，悯夫寒士下僚之不达，而恶夫逐物奔利者之苟贱无耻，每篇必致意于斯。"王夫之更把他誉为"七言之祖"，《古诗评选》说："七言之制，断以明远为祖何？前虽有作者，正荒忽中鸟径耳。柞械初拔，即开夷庚，明远于此，实已范围千古。"

鲍照继承汉乐府及建安诗歌的优秀传统，反映社会现实，抒发胸中感慨，在艺术上，又有新的创造。特别是他的"多为不得志之辞，悯夫寒士下僚之不达，而恶夫逐物奔利者之苟贱无耻"，实在是与纳兰性德十分相似，实在太容易使纳兰性德引起感情上的共鸣。纳兰性德"身在高门广厦，常有山泽鱼鸟之思。达官贵人相接如平常。而结分义，输情愫，率单寒羁孤佗傺困郁守志不肯悦俗之士。"他的朋友，多为潦倒之士，或怀才不遇，或守志不仕。纳兰性德性格的形成，与鲍照一类前代文人思想的影响，不无关联。

鲍照的诗"绚丽已极"，纳兰性德自己也有不少描写描写爱情的作品。如《咏絮》："落尽深红绿叶稠，旋看轻絮扑帘钩。怜他借得东风力，飞去为萍入御沟。"《四时无题》诗中也有："小睡醒来近夕阳，铅华洗尽淡梳妆。纱橱此日偏惆怅，剪取巫云作晚凉。""追凉池上晚偏宜，菱角鸡头散绿漪。偏是玉人怜雪藕，为他心里一丝丝。"《艳歌》中甚至有："红烛迎人翠袖垂，相逢长在二更时。情深不向横陈尽，见面销魂去后思。"

他的爱情诗似实似虚，其中凝聚着自己对自由、美满、幸福的爱情生活的向往与追求。只能引起人美的联想，而无邪念滋生。他对那些轻薄下流，甚至无视事实，专事邪念之作，深恶痛绝。在他的诗词散论中，有一条是唐诗人李群玉《湘妃庙诗》的记述与评论：

　　李群玉《湘妃庙诗》："相约杏花坛上去，画栏红紫斗樗蒲。"范摅《云溪友议》曰："群玉题庙见二女，曰：'二年当与君为云雨之游。'"段成式戏之曰："不意足下是虞舜之辟阳。"诗人轻薄至此，比于周、秦行纪甚矣。按舜升遐，已一百十岁，三十征庸，帝妻二女，度其年已及笄，至此时，亦是七八十岁老妪。后人纷纷摹拟湘筠染泪，比迹巫山，非独亵慢圣人，亦且有乖事实。

　　《全唐诗话》也记叙了李群玉题庙诗的情况："群玉解天禄之任，而归澧阳，经二妃庙，题云：'小孤洲北浦云边，二女明妆共俨然。野庙向江春寂寂，古碑无字草芊芊。风回日暮吹芳芷，月落山深哭杜鹃。犹似含颦望巡狩，九疑凝黛隔湘川。'又曰：'黄陵庙前春已空，子规啼血滴松风。不知精爽落何处，疑是行云秋色中。'群玉疑春空遂至秋色，欲易之。恍若有物，告以二年之兆。时浔阳太守段成式志其事。二年后，果死于洪井。段以诗哭之曰：'曾话黄陵事，今为白日催。老无男女泪，谁哭到泉台。'"

　　李群玉题庙诗之事，《云溪友议》与《全唐诗话》的记载有出入。这不是

问题的主要方面。

从纳兰性德的摘记看，对李群玉及段成式，他都给以批评。这是十分正确的。

《博物志·史补》载："尧之二女，舜之二妃，曰湘夫人，帝崩，二妃啼，以泪挥竹，竹尽斑。"《述异志》也有："舜南巡，葬于苍梧，尧二女娥皇、女英泪下沾竹，文悉为之斑。"

自古以来，舜被看作中华民族的人文始祖之一。二妃哭舜的故事，被人们看作对爱情坚贞不二的象征。二妃被当作忠于爱情之神。李群玉却胡言乱语什么"二年当与君为云雨之游"，纳兰性德当然对这种流氓无赖行径十分不满。段成式的戏言也十分不逊，"不意足下是虞舜之辟阳"。"辟阳"是西汉审食其的封号，审食其是刘邦的夫人吕后的亲信兼情夫，为人所不齿之徒。他们的言论，大大地亵渎了人们心中神圣而美好的感情。故纳兰性德批评他们"轻薄至此"。周、秦指宋词人周邦彦与秦少游。周、秦二人虽然才高，但好填艳词，常为歌姬、娼女写艳词，已被人视为轻薄。而李、段二人对七八十岁的老妪口出轻慢之词，更让人看不起了。

纳兰性德对于几种常见体裁诗歌的创作，也有自己的见解。

咏史诗，是古典诗词中常见的。如果在诗中单纯叙述史事，成为写"史"，而非作诗；叙事兼议论，则为"史评"，也非作诗。纳兰性德主张咏史贵在"有意"，即借史而寓情。他说："古人咏史，叙事无意，史也，非诗矣。庸人实胜古人，如：'江流石不转，遗憾失吞吴。''武帝自知身不死，教修玉殿号长生。''东风不假周郎便，铜雀春深锁二乔。''此日六军同驻马，当时七夕笑牵牛。'诸有意而不落议论，故佳；若落议论，史评也，非诗矣。宋以后多犯此病。愚谓唐诗宗旨断绝五百年，此亦一端。"

咏史诗为吊古伤情之作。如纳兰性德所举"江流石不转，遗恨失吞吴。"为杜甫《八阵图》诗中末两句。全诗为："功盖三国分，名成八阵图。江流石不转，遗恨失吞吴。"这是一首咏诸葛亮的诗。"功盖三国分"，是对诸葛亮一生功绩的总评。诸葛亮辅佐刘备建立蜀国之基业，是形成三分天下的重要原因之一。"名成八阵图"，则侧重在表彰诸葛亮的军事业绩。这一句点明了诗题，并为吊古思情做了必要的铺垫。八阵图遗址在夔州永乐宫前。据说诸葛亮生前在这里聚细石为堆，六十四个石堆按八卦方位排列。夏日江水上涨，将石堆淹没，等冬季江水下降，万物皆失故态，唯八阵图岿然不动。"江流石不转"的八阵图既是诸葛亮对蜀汉事业坚贞不二的象征，又是诸葛亮"出师未捷身先死"的遗憾万年的象征。刘备决计吞吴，破坏了诸葛亮联吴破曹的基本策略，以致统一大业不能实现，成为千古之遗恨。

诗中透露出凄凉惋惜的心情。这不仅是对诸葛亮的惋惜，其中寄寓着诗人垂暮之世自伤身世的凄凉与惋惜。杜甫的这首咏史诗，便是"有意而不落议论"的佳作。

纳兰性德的咏史诗便是如此。他在《平原过汉樊侯墓》一诗中，赞扬樊哙"斯人在层泉，犹胜儒夫活"。这不仅是对樊哙的评价与赞誉，而且在其中寄寓着自己对英雄人格的追求，蕴涵着对素食尸位者的轻蔑与批判。

纳兰性德还认为："咏史只可用本事中事，用他事中事，须宾主历然，若只作古事用之，便不当行。如：'太平天子朝元日，五色云车驾六龙。'元者，玄元皇帝老子也。唐世奉为始祖，事固诬诞。天子五色车，用汉武甲乙日青车，丙丁日赤车事。周伯强引杜预《左传序》语，谓之'具文见意'，以其意在文中，更不出意也，乃为高手。"

纳兰性德所引为宋人林洪《宫词》："金殿当头紫阁重，仙人掌上玉芙蓉。太平天子朝元日，五色云车驾六龙。"这首诗只是单纯地罗列天子朝元的古事，不仅没有诗人的意在其内，连所咏古事发生的时代都搞不清楚。

纳兰性德明确指出："咏史只可用本事中事。"比如他有一首《王明君》的咏史诗，既歌颂了王昭君"不辞边徼远"，"和亲妾请行"，为民族团结不怕牺牲自己一切的精神，而"只受汉恩轻"又批评君王寡义薄情。这里用的是王昭君的本事，寄寓着纳兰性德企盼民族团结的愿望，不是"只作古事"。纳兰性德还主张"用他事中事，须宾主历然"，即，"他事中事"是"本事"的对照或陪衬。如，他的《咏史四十首》其中一首咏张良："一死难酬国士知，漆身吞炭只增悲。英雄定有全身策，狙击君看博浪椎。"诗中"漆身吞炭"是战国时晋国豫让为智伯报仇谋杀赵襄子之事，而非张良"本事"。这里用豫让事，只是作为张良"英雄定有全身策""本事"之对照与陪衬。

纳兰性德还主张"意在文中，更不出意"。就是说在咏史时，由于吊古伤情，故联想丰富，感情复杂，一定要做到中心题旨集中，不能丝丝缕缕在一首诗中统统表达出来。

《纳兰诗论笺注》说："比如纳兰咏诸葛诞（字公休）的诗：'诸葛名垂各古今，三分鼎足势浸淫。蜀龙吴虎真无愧，谁解公休事魏心？'一下子写出三个

纳兰性德评传

诸葛，而且各有千秋，在三分鼎足中，各为其国，都是忠臣，诸葛亮'鞠躬尽瘁，死而后已'，不愧蜀龙之誉；诸葛瑾'德度规俭，见器当世'，也不愧'吴虎'之名；可是诸葛诞却不幸落个'魏狗'之辱，纳兰深为之不平，因为诸葛诞最后降吴不等于叛魏，他是与司马氏决裂，正是以'死自立'的忠于魏的表现，是后人不明史实本事所致。一个'谁解'，表达出纳兰为之不平的愤愤之情。看来纳兰在这首诗中只是把'蜀龙'、'吴虎'拿来烘衬公休的，重点在为公休申冤，这就是'具文见意'，'更不出意'的范例。喧宾夺主，就是'出意'，也就是把'他事中事'不分宾主的罗列开来，淹没了'本事中事'，是咏史诗之大忌。"

这个例子找得很巧，议论也很恰当。

除咏史诗，纳兰性德还对"步韵诗"的写作发表了自己的见解。他说："今世之大为诗害者，莫过于作步韵诗。唐人中、晚稍有之，宋乃大盛，故元人作《韵府群玉》。今世非步韵无诗，岂非怪事？诗既不敌前人，而又自缚手臂以临敌，失计极矣。愚曾与友人言此，渠曰：'今人止是作韵，谁曾做诗？'此言利害，不可不畏。若人不戒此病，必无好诗。"

纳兰性德自己也做过步韵诗，如《西苑杂咏和苏友韵》多达二十首。其中"讲帷迟日记花砖，下直归来一惘然。有梦不离香案侧，侍臣那得一高眠"，把侍卫生活的无聊，自己的苦闷、厌倦与不满，抒写得自然而真切。

纳兰性德之所以把步韵诗看作"今世之大为诗害者"，原因是"诗既不敌前人，而又自缚手臂以临敌"，结果是"止是做韵"，而非"做诗"。"今世非步韵无诗"，因而今世"必无好诗"。

前人是因情用韵，形式为内容服务；今人是情被韵限，内容要适合前有的形式。因而今人诗"不敌前人"。

纳兰性德针砭诗坛不良风气，可谓一针见血。如是为抒写性情，言之有情，他还是同意作步韵诗的。

纳兰性德还有不少咏物诗，写得情真意切。如《咏笼莺》："何处金衣客，栖栖翠幕中。有心惊晓梦，无计啭春风。漫逐梁间燕，谁巢井上桐？空将云路翼，缄恨在雕笼。"这不正是在写自己吗？纳兰性德有文武之才，却无所用，恰如被关在雕笼中的黄莺，"空将云路翼"，"栖栖翠幕中"。

他对咏物诗的创作，自有自己的体会与看法。他说："唐人诗意不在题中，亦不在诗中者，故高远有味。虽作咏物诗，亦意有寄托，不作死句。老杜《黑白鹰》、曹唐《病马》、韩偓《落花》可证。今人论诗，唯恐一字走却题目，时文也，非诗也。"

纳兰性德所举杜甫的《黑白鹰》，原诗题为《见王监兵马使说，近山有黑白二鹰，罗者久取，竟未能得。王以为毛骨有异他鹰，恐腊后春生，骞飞避暖，劲翮思秋之甚，眇不得见，请予赋诗二首》。一首咏黑鹰，一首咏白鹰。借咏鹰赞人机警敏锐，品格高尚，一丝不苟。

这些好的咏物诗，"诗意不在题中，亦不在诗中"，而是将情感寄托于所咏之物中，深藏不露，含蓄而使人联想，在朦胧中使人得其三昧，耐人品评其中甘苦，"故高远而有味"。

纳兰性德对那种"唯恐一字走却题目"的咏物诗，直指其为"时文也，非诗也"，可谓一语中的。一味摹写原物，既失去原物的神韵，又无任何情性寄托于其中，当然味同嚼蜡，还有什么诗意可言。

赠答诗也是常用的一种体裁。一般人的赠答诗，无非是互相吹捧，你说我才高过子建，我说你诗好追子美之类。如果是有求于人，更是阿谀奉迎，无辞不用其极。如果互不熟识，便是久仰久仰一类套话，俗而无味。

纳兰性德与友人的赠答词，最典型的就是与梁汾互赠的词《金缕曲》了。一时京城传唱，成为美谈。

纳兰性德的赠答诗也写得很美。他有一首《野鹤吟赠友》："鹤生本自野，终岁不见人。朝饮碧溪水，暮宿沧江滨。忽然被缯缴，矫首盼青云。仆亦本狂士，富贵鸿毛轻。欲隐道无南，幡然逐华缨。动止类循墙，戢身避高名。怜君是知己，习俗苦不更。安得从君去，心同流水清。"诗中，纳兰性德以野鹤自比，自己的侍卫生活，犹如野鹤"忽然被缯缴"，所以他"矫首盼青云"，希望能归隐，那时，才能"心同流水清"。但目前还归隐不得，因而只能"动止类循墙，戢身避高名"，在压抑中生活，苦熬，等待。诗写得情真意切，压抑，凄婉。

对赠答诗的写法，他也有自己的看法。他举了两例唐人的赠答诗："唐李益赠卢纶诗曰：'世故中年别，余生此会同。却将悲与病，独对朗陵翁。'卢和云：'戚戚一西东，十年今始同。可怜风雨夜，相对两衰翁。'句律凄婉，如出一口。"

又"张继在临川《寄皇甫冉诗》曰：'京口情人别久，扬州估客来疏。潮到浔阳回去，相思何处通书？'以上三句见下一句，别是一体。然其声调亦不愧盛唐。再答之云：'望望南徐登北固，迢迢西塞望东关。落日临川问音信，寒潮唯带一夕还。'不但格律与之相埒，而一时相与之情，亦可相见也。"

李益和卢纶的赠答诗写出了垂暮之年的凄婉之情。李、卢是中唐时人，边

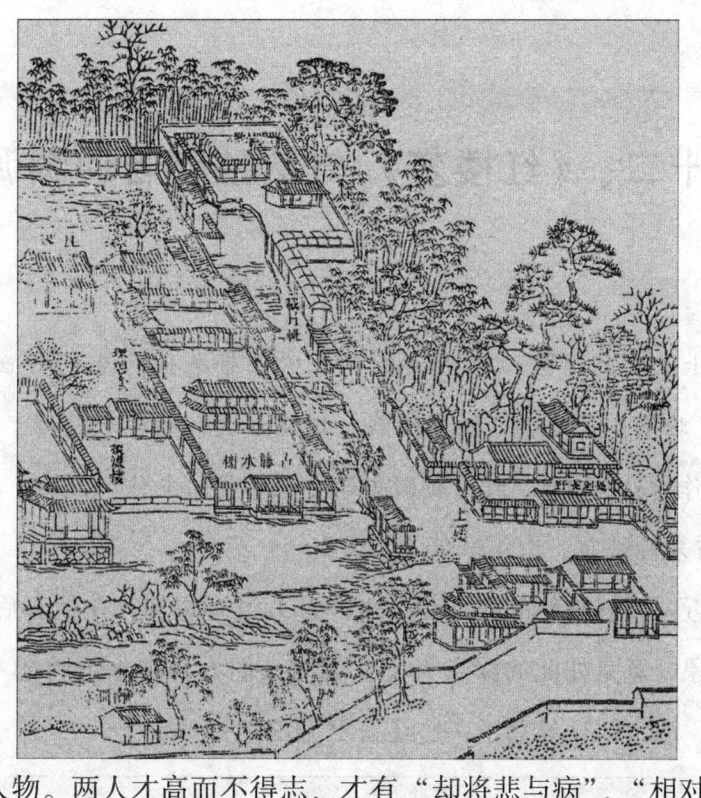

塞诗派代表人物。两人才高而不得志，才有"却将悲与病"，"相对两衰翁"的感慨，凄婉而动人。

张继和皇甫冉也是唐时人，两人"相与之情"甚好，久无音信，张继写出久盼不至的思念，皇甫冉写出登高望友的无奈。两人的赠答情真意切。

纳兰性德所举两例，均为凄婉类赠答诗。这是因为他相与的友人，大多为穷困潦倒的不得志之辈。另外，这种类型的诗，也与他的心境相合，性格相合。

纳兰性德以上三十四条诗词散论，涉及诗词理论的各个方面：发生论、发展论、创作论、鉴赏论。这些理论，即是他对中国古典文艺理论的继承，又有结合诗坛创作实际的发展；既是他自己诗歌创作的指导，又是创作实践经验的总结。

十二、《红楼梦》与纳兰容若的渊源

　　清乾隆十五年的时候，穷困潦倒的曹雪芹带着他一生的心血之著《石头记》，回到了北京，开始了"批阅十载，增删五次"的漫长过程，后来，《石头记》改名叫作《红楼梦》，成为我国文学史上不朽的杰作。

　　"字字看来皆是血，十年辛苦不寻常"。

　　过世已近两百五十年的曹雪芹，也许万万没有想到，在他身后，《红楼梦》中的人物形象，竟是如此的深入人心，成为人们心目中永恒的艺术形象！王熙凤、史湘云、薛宝钗、林黛玉……还有贾宝玉。

　　当《红楼梦》一书问世之后，大臣和珅把此书进呈给乾隆皇帝，乾隆皇帝看完后掩卷而道："此乃为明珠家事作也。"

明珠，是康熙年间著名的大臣，而他的儿子，便是被称作"满清第一词人"的纳兰性德。

在当时，很多人都纷纷考证，《红楼梦》中的主人公贾宝玉，艺术原型会不会就是纳兰性德呢？

清朝的经学大家俞樾曾在自己的书中这样写道："《红楼梦》一书，世传为明珠之子而作。明珠子名成德，字容若。"

联想到曹雪芹的祖父曹寅与纳兰性德本是至交好友，这样的可能性，也并非没有。

也许曹雪芹在写《红楼梦》的时候，有意无意地把自己的家事、自己的经历，还有从父辈们口中听到的明珠家的家事，都融合在一起，写进了小说之中，也把那位"满清第一才子"的影子，写进了贾宝玉的身上。

"今宵便有随风梦，知在红楼第几层？"

林黛玉终究还是未能和贾宝玉白头偕老，就像有些人，有些事，注定要与你错身而过，在等待中慢慢苍白了容颜，只留下一段破碎的回忆，还有最深切的情意，在时光中悄然拨动着我们的心弦。

天意弄人，一转身，也许便是一生。

时间回到康熙二十四年（1685）。

那一年的年末，回到江南的沈宛万万没有想到，当初她离开京城，离开那位自己深爱着的男子，竟然会就此成了永诀，天上人间，肝肠寸断。

往事如烟，一幕幕出现在她的眼前。

他是当朝权相的公子，前途无量；他是名满天下的天才词人，丰神俊朗；而他更是自己最深爱的男人——纳兰性德。

沈宛至今都还能清清楚楚地回想起自己与他的第一次见面。

那是在顾贞观举办的一次宴会上，邀请的宾客都是当时颇有名气的文坛大家，文人相聚，自然，那宴席也从骨子里透出了文雅。

那天，她穿着一身淡绿色的衣裙，颜色淡雅，怀抱琵琶，坐在那儿浅吟低唱，直到顾贞观过来，微笑着说要为她介绍一人。

纳兰性德便是这样，一下子撞入了她的双眸里，从此刻骨铭心。

那时候，他像一株遗世独立的兰花，就那样静悄悄地站在众人之中，虽无言语，但却叫人看了便移不开目光去，仿佛那银白色的月光都笼罩在了他的身上一般，竟有股隐隐的光华。

腹有诗书气自华，沈宛知道，眼前的男人，他的才华也如这皎洁的月光一般，带着不容忽视的天才，横空而降，席卷了大江南北。

那是连上天都会忍不住嫉妒的才华。

"人生若只如初见，何事秋风悲画扇"。

沈宛是他的知音，自然也读得懂，更是明白，什么都明白。

即使在一起过了快乐的大半年，她终究没有能真真正正地走进纳兰性德的心里!

是的，沈宛知道，他的心里一直装着的，是亡妻卢氏，那已经深深地浸入了他的骨血里，谁也不能分开。

也许还有……那位据说进了宫的小表妹吧？

沈宛想起来，以前曾听人隐隐约约说过，他年少之时曾有一位青梅竹马的表妹，那绝色的少女，最终还是被送进了皇宫，从此隔着高高的宫墙，相思相望不相亲。

多么凄美的佳话呀！

可是……故事里的主角，一位是他，而另外的一位，却不是自己。

永远都不是自己了……

天人相隔，已经造就了他与她永恒的诀别，回想起昔日相处的点点滴滴，如今，竟都成了最最酸楚的回忆，那么甜美，却那么的残忍！

此生，她只记得自己是沈宛，是纳兰性德的女人，再没有其他。

"此情可待成追忆，只是当时已惘然。"

有时候我想，对于纳兰性德，现代的人总是不吝于用最美好的词语去形容他的吧？

这样一位浊世翩翩佳公子，才华横溢，没理由不被我们报以最美好的想象，在自己的脑海中还原着他的形象。

我们都是这样小心翼翼地钟爱着他，宝贝着他的。

多少人如是。

早已过世的武侠小说大师梁羽生，想必也是对纳兰性德钟爱有加的。

在他代表作之一的《七剑下天山》中，梁羽生是这样介绍纳兰性德：

"纳兰容若才华绝代，闻名于全国，康熙皇帝非常宠爱他，不论到什么地方巡游都命他随行。但说也奇怪，纳兰容若虽然出生在贵族家庭，却是生性不喜拘束，爱好交游，他最讨厌宫廷中的刻板生活，却又不能摆脱，因此郁郁不欢，在贵族的血管中流着叛逆的血液。后世研究'红学'的人，有的说《红楼梦》中的贾宝玉便是纳兰容若的影子，其言虽未免附会，但也不无道理。"

张丹枫可以算是梁羽生笔下颇受钟爱的人物了，这位《萍踪侠影录》里面的男主角，英俊潇洒，文武双全，家世显赫，确实很有些纳兰性德的影子。但是，似乎梁老对纳兰性德的喜爱，并未因为写了张丹枫这个人物有所减少，反倒是觉得并不能表现出纳兰的全貌，所以在《七剑下天山》中，干脆让纳兰性德直接出场了。虽然不是主角，却在小说中有着举足轻重的分量。

这位俊朗的贵族少男，才情非凡，该是多少少女芳心暗许的白马王子？然而，他却更像一阵忧伤的风，在词学的天空中轻啸而过，带着清新的气息，然后缓缓拂进人们的心里，留下一缕文字的清香。

有多少人，在看到纳兰词的第一眼，就被他字里行间洋溢着的情真意切打动了呢？

又有多少人，在轻声读着"当时只道是寻常""人生若只如初见"……这

些句子的时候，那颗在现代快节奏生活中麻木了的心，又逐渐地柔软起来，回想起那些真实的、几乎快被我们所遗忘了的纯真的感情。

生命永远只是一个过程，而不是结果，千帆过后，那些才子佳人的故事，也随着时光的流转，像一个幽幽的梦，在历史的天空中留下属于他们的印记，让我们能够穿越时间，去感受他们的爱恨情仇，感受着他们悲伤与欢喜。

"而今才道当时错"。

情深不寿，所谓"自古才高命不济"，纳兰性德虽然并不曾像柳永那般"一生赢得是凄凉"，也不曾如李后主一样"故国不堪回首月明中"，但他在这个人世间，只待了短短的三十一年，便匆匆而去。

也许人间终非他的归处，所以才会在辗转了红尘之后，他依旧是"人间惆怅客"，更非"人间富贵花"。

非关癖爱轻模样，冷处偏佳，别有根芽，不是人间富贵花。

谢娘别后谁能惜，漂泊天涯，寒月悲笳，万里西风瀚海沙。

（《采桑子》塞上咏雪花）

十三、史咏纳兰

高士奇

（康熙二十一年，1682 年）四月十三日

（从吉林乌拉返回）庚寅，雨中过夜黑河，见梨花一树，惨淡含烟，为赋南楼令词一首：

浅草乱山稠，惊沙黑水流，好春光、只似穷秋。刚得一枝花到眼，冷雨打，几层休。遥忆小红楼，玉人楼上头。月溶溶、吹和香簌。谁信东风欺绝塞，都不许，把春留。

高士奇（1645~1704），字澹人，号江村。浙江余姚人，清代著名学者。官至詹事府少詹事兼翰林院侍读学士，晚年又特授詹事府詹事、礼部侍郎。著作有《扈从东巡日录》《清吟堂集》《左传纪事本末》等。

梁启超

鹊桥仙

冷瓢饮水，骞驴侧帽，绝调更无人和。为谁夜夜梦红楼，却不道当时真错。寄愁天上，和天也瘦，廿纪年光迅过。断肠声里忆平生，寄不去的愁有吗？

梁启超（1873~1929），广东新会人。中国近代思想家、政治家、教育家、史学家、文学家。是戊戌变法领袖之一、中国近代维新派代表人物。他倡导新文化运动，支持五四运动。著有《饮冰室合集》。

顾随

临江仙·题纳兰侧帽饮水二词

笔底回肠婉转，梦中万里关山。断肠不只赋离鸾。生成应有恨，哀乐总无断。蝶梦百花已苦，百花梦蝶堪怜。乌龙江上月初三，自开新境界，何以似花间。

顾随（1897~1960），河北清河人，中国韵文、散文作家、理论批评家、美学鉴赏家、讲授艺术家、禅学家、书法家、文化学术研著专家。红学泰斗周汝昌先生是他的学生。

张伯驹

贺新郎·题容若小像

坛坫君牛耳。镇风流、插貂勋戚，簪花科第。善怨工愁缠绵甚，芳草荃兰托意。徐司寇、堪称知己。应是前身王逸少，对江山、漫洒新亭泪。看玉骨，横秋水。词如饮水能醒醉。怪才人、偏多薄命，天胡相忌。有限好春无限恨，此恨何时能已。又今日、侯生壮悔。留取棟亭图卷在，几伤心、旧梦红楼里。怜同病，应须记。

张伯驹（1898~1982），"民国四公子"之一，曾任故宫博物院专门委员，国家文物局鉴定委员会委员，吉林省博物馆副研究员、副馆长、中央文史馆馆员，燕京大学国文系中国艺术史名誉导师，北京中国画研究会名誉会长、中国书法家协会名誉理事。

夏承焘

纳兰成德

思幽韵谈一吟身，冷暖心头记不真。
旷代消魂李钟隐，相怜婀娜六朝人。

过后海访纳兰容若故居

华屋何处访珊瑚，佳句谁能画作图。

待向湖头问风价，藕花未醒月晴初。

夏承焘（1900~1986），浙江温州人，是现代词学的开拓者和奠基人。胡乔木先生曾经多次赞誉夏承焘先生为"一代词宗""词学宗师"。

唐圭璋

踏莎行·拟容若

残月供愁，断鸿传恨，新来苦作春蚕困。今生无分惜婵娟，他生可有鸳鸯分？翠被寒侵，金炉香尽，千回百转无人问。赠君那得觅明珠，空余双泪凭君认。

唐圭璋（1901~1990），江苏南京人，终其一生，专治词学。1949年前曾任中央大学、金陵大学中文系教授。新中国成立后历任南京大学、东北师范大学中文系教授，南京师范大学中文系教授。编著有《全宋词》《全金元词》《词话丛编》《宋词鉴赏辞典》等。

钟敬文

双清别墅吊纳兰成德

少日曾耽饮水词，词情凄怆彻心脾。

老来经历人间事，风度嵯峨特系思。

钟敬文（1903~2002），广东客家人，民俗学家、现代散文作家。他毕生致力于教育事业和民间文学、民俗学的研究和创作工作，贡献卓著。是我国民俗学家、民间文学大师、现代散文作家。

启功

咏纳兰容若

勃海金源世可知，朱申奕叶见遗思。

非关弧矢威天下，有井人歌饮水词。

论词绝句·成德

纳兰词学女儿腔，数典文人病健忘。

伊彻曼殊家咫尺，梭龙何故号诸羌。

　　启功（1912~2005），满族，字元白，中国当代著名书画家、教育家、古典文献学家、鉴定家、红学家、诗人，国学大师。曾任北京师范大学副教授、教授，中国人民政治协商会议全国委员会常务委员、国家文物鉴定委员会主任委员、中央文史研究馆馆长、博士研究生导师、九三学社顾问、中国书法家协会名誉主席，世界华人书画家联合会创会主席，中国佛教协会、故宫博物院、国家博物馆顾问，西泠印社社长。

端木蕻良

金缕曲·题赠纳兰性德研究会

季子君知否？自然之眼能观物，北宋以来一人耳！有谁堪偶？如鱼饮水自守。此来不为九龙酒。欲问万帐穷庐醉，还相见，思梦月初斜，多少事，莲与藕。阑干今夜花湿透，想诗魂还凭窗牖。天地悠悠要多久？幽州台，壶中吼。苏辛周柳同一缶。河源百汇心头热，何处寻葬花天气，消魂柳。石里月，云中友。

端木蕻良（1912～1996），满族，辽宁昌图人。现当代著名作家、红学家，曾任北京文联副秘书长、北京作协副主席。北京市第一届政协委员，中国作协理事。

十四、纳兰诗词文论

在全国纳兰性德诗词研讨会上的发言

张福有

各位诗友：

大家好！今天，中华诗词学会在这里举办纳兰性德诗词研讨会，我代表吉林省诗词学会表示热烈的祝贺！

四平，是纳兰性德的祖居地。纳兰性德生于顺治十一年腊月十二（1655 年 1 月 19 日），到今年是 359 周年，俗称 360 年。其祖籍，文献载是开原威远堡镇东北的叶赫河岸，正是四平境内。《清稗类钞》中载："那拉即纳兰。"纳兰性德墓志铭中有："君之先世有叶赫之地。"纳兰性德墓志铭，由徐乾学撰文，高士奇书丹，现藏首都博物馆。纳兰性德，字容若，号楞伽山人。室名通志堂等，原名纳兰成德，为避当时太子"保成"名讳，改名纳兰性德，又称其为成容若。清词中向有"男有成容若，女有太清春"之说。这二人的祖籍，都在吉林省。这对于我们培育、建设长白山诗词流派，意义重大。张应志研究纳兰性德，下了很大功夫，取得丰硕成果，我们表示祝贺。同时，建议从发展、繁荣长白山诗词流派的角度，关照纳兰性德研究。他的《长相思》：

山一程，水一程，身向榆关那畔行，夜深千帐灯。风一更，雪一更，聒碎

乡心梦不成，故园无此声。

这首小令就属于长白山诗词，1998年，我将其收入《长白山诗词选》中。榆关，是山海关，从北京过山海关再往东走，就是长白山。纳兰性德的《菩萨蛮》：

问君何事轻离别，一年能几团圆月。杨柳乍如丝，故园春尽时。春归归不得，两桨松花隔。旧事逐寒朝，啼鹃恨未消。

这首词当作于康熙二十一年（1682年）。这年二月十五，康熙一行由北京出发到盛京告祭祖陵，然后巡视吉林乌喇（今吉林市）等地。纳兰性德以一等侍卫扈从。三月二十五抵达吉林乌喇，在松花江岸举行了望祭长白山等仪式。

当时天气尚寒。本篇即作于此行中。从词中的故园之思、怀人之意看，这首词可能是写给闺中人的。上片由问句起，接以"一年能几团圆月"句，怅叹离多会少之情。又二句是苦恨如今虽已春尽，但仍不能返回家园团聚。下片则点出"归不得"之由，即扈从东巡，身不由己。结篇二句是此时心态的描写，追思往事，令人心寒，犹如眼前松花江水的寒潮起伏，不能平静。他词中的"故园"，应是指北京，但对他真正的"故园"，心情是很复杂的。

叶赫文化，是植根于长白山文化沃土之中的。康熙、乾隆的诗中，都写到叶赫。康熙二十一年（1682年），康熙东巡吉林，高士奇以文学之士随从，撰《扈从东巡日录》。三月二十五到达乌拉鸡陵，望祀长白山。四月初七开始回返。四月十三康熙一行冒雨过夜黑河，见梨花一树，惨淡含烟，高士奇遂作《南楼令》一首：

浅草乱山稠，惊沙黑水流。好春光、只似穷秋。刚得一枝花到眼，冷雨打、几层休。遥忆小红楼，玉人楼上头。月溶溶、吹和香簋。谁信东风欺绝塞，都不许，把春留。

1998年，我辑笺《长白山诗词选》时，尚未明"夜黑河"为哪条河。2010年8月5日凌晨在辉南想起此事，细审《扈从东巡日录》，顿开茅塞，"夜黑河"，即"叶赫河"也！"灰法"，即"辉发"。《扈从东巡日录》中记曰："夜黑城在北山之隈，砖甃城根，亦有子城，尚余台殿故址。又一石城在南山之阳，水草丰美，微有阡陌。相传夜黑、哈达、灰法，皆东方小国，各有君长，我太祖高皇帝破之，其地遂墟。"今四平叶赫河尚在，叶赫河，发源于十里堡、西南流入转山湖水库，再西南流，有云盘沟小水来汇，经叶赫镇、叶赫古城，在新立和杨木林子中间入开原的南城子水库。然后称寇河。实际上，叶赫河是寇河的源头地带。叶赫故地确为东、西二城，两城之内，都有子城。由此可知，"夜黑"，即"叶赫"！黑，入声，音赫。故家方言，天黑了，读"天赫了"。赫，读为上声。康熙东巡吉林期间曾到围场行围，到过灰发、叶赫、哈达诸地，并作七绝二首。其一是《经叶赫废城》：

断垒生新草，空城尚野花。

翠华今日幸，谷口动鸣笳。

乾隆东巡时，作七律《望叶赫旧墟》。叶赫，明代海西女真扈伦四部之一，努尔哈赤灭那拉部以后，遂以那拉为氏。叶赫古城分为东、西二城。东城在今叶赫村河西屯西南约500米叶赫河左岸台地上。城墙土石混筑，周长900米。城内有子城，周长120米。城中心坐标：北纬42°55′54.67″，东经124°31′55.40″，海拔214米。西城在今叶赫镇张家村大窝堡屯东南1.5公里许，其南300米为叶赫河，修在自然山丘上。城墙土石混筑，分为内外二城。内城周长850米，城内有子城，周长约160米。外城周长2600米。城中心坐标：北纬42°55′38.08″，东经124°29′33.89″，海拔215米。东、西二城相距2.8公里。

　　在纳兰性德随康熙东巡 332 年之后，我们办诗会纪念纳兰性德，应与高士奇、曹寅等扈从东巡一并加以研究。这有助于把叶赫、叶赫那喇、叶赫纳兰作为四平的文化符号和名片加以宣传，取得广泛认同。这也是长白山文化研究的重要内容。当时扈从东巡的，还有曹雪芹的祖父曹寅。曹寅作《满江红·乌拉江看雨》，其中写道："七百黄龙云角蠹，一千鸭绿潮头直"，很有气势。当时，这是一批年轻人。康熙 29 岁，曹寅 23 岁，高士奇 36 岁，纳兰性德 27 岁。这一点，值得我们深思的问题不少。不要小看以诗证史的作用和力量。康熙的《经叶赫废城》和高士奇《南楼令》，就可证明叶赫古城在梨树、在四平。

　　今年 6 月，关东诗阵要到东丰县采风。东丰县要创建中华诗词之乡，我们大力支持。这是第 11 次采风活动，从 2007 年至今，已编辑出版 26 本大型主题

诗集，两万多首诗词，其中一万多首是写长白山的。东丰也是清代皇家围场，这都是研究、繁荣长白山文化、长白山诗词。我在《南楼令·依高士奇过夜黑河见梨花韵记辉南采风事》中写道：

　　虎谱引梅稠，龙湾响水流。采风行、转眼逢秋。骤得华章千二百，虽截稿，意难休。诗阵筑高楼，塞旌登岭头。谢朋侪、美酒山筹。自信榛芜能证史，都付与、子孙留。

　　四平诗词学会工作很活跃，这几年做了很多实际工作。这与市委的高度重视、大力支持是分不开的。借此机会，省诗词学会表示感谢！希望四平诗词学会再接再厉，把工作做得更加扎实。

　　当此间，续貂一首，作《菩萨蛮·纳兰性德诞辰360年有贺》，祝贺这次诗会召开：

词风孰作源流别，登高欲问天池月。细考辨遗丝，松花雄逸时。长情谁晓得，焉被烟云隔。盛世数今朝，山魂安可消。

（作者系中华诗词学会副会长、吉林省诗词学会常务副会长、中共吉林省委宣传部原副部长［正厅级］）

研究纳兰性德文化现象的必要性

宣奉华

今天，当我国成为举世瞩目的发展中大国，当全世界多民族国家的矛盾、斗争此起彼伏、乱象丛生之际，研究多民族文化融合、多民族国家的各族人民和睦共处、亲如兄弟的民族关系的形成，具有重大的现实意义和历史意义。从这个角度上，我们更能看清，对纳兰性德文化现象的重视和全面、深入的研究，是时代提出的重大课题。

一、满汉民族文化融合的产儿

纳兰性德，字容若，出生于清朝贵族世家，刻苦学习汉语言文学和文化经典，造就他成为文武双全的少年英才和一代诗词大家。纵观他的生平经历，对汉文化的热爱、学习和深入探究，伴随着他成长的每一步。

纳兰性德生于公元 1655 年 1 月 19 日（清顺治十一年腊月十二日），满洲正黄旗人。父亲是康熙朝武英殿大学士、一代权臣纳兰明珠，其家族——纳兰氏，为清初满族最显赫的八大姓之一，即后世所称的"叶赫那拉氏"。纳兰性德自幼饱读汉语言和汉族诗书经典，文武兼修，18 岁考中举人。康熙十五年，他 22 岁时补殿试，考中第二甲第七名，赐进士出身。这一时期的纳兰性德发奋苦读，拜内阁学士徐乾学为师。在名师指导下，他于两年中主持编纂了一部阐释儒学经义的大型丛书——《通志堂经解》，深受皇帝赏识。他还把自己熟读汉文经

史的见闻感悟整理成文，编成四卷《渌水亭杂识》，当中包含历史、地理、天文、历算、佛学、音乐、文学、考证等各方面的知识，表现出相当广博的汉学学识修养。纳兰性德的苦学、深研汉文化经典，与清初实行满汉一家、满汉融合的大政方针是一致的。事实证明，实行民族团结、民族和解、民族融合，有利于民生安宁、社会进步；尤其是民族文化融合，更是深层次的社会长治久安的效应和象征。

二、在我国文学史上熠熠生辉的清代第一词家

纳兰性德作为清朝重臣纳兰明珠的长子，作为皇帝身边的御前一等侍卫，以英俊威武的武官身份，跟随皇帝南巡北狩，游历四方，唱和诗词，译制著述，多次受到恩赏，是人们羡慕的文武兼备的年少英才，帝王器重的随身近臣，本

是前途无量的达官显贵；但他淡泊名利，在内心深处厌恶官场的庸俗虚伪，虽"身在高门广厦，常有山泽鱼鸟之思"。纳兰一生虽懂骑射好读书，却并不能在一等侍卫的御前职位上挥洒满腔豪情。作为一代诗词大家，他的诗词创作起步早，成就高，24岁时就将词作编选成集，名为《侧帽集》，后又著《饮水词》。后人将两部词集拾遗补阙，共得349首，合集为《纳兰词》，内容涉及爱情友谊、伤离恨别、边塞江南、咏物咏史及杂感等方面。传世的《纳兰词》在当时社会就享有盛誉，得到文人学士高度评价。时人云："家家争唱《饮水词》，纳兰心事几人知？"可见其词的影响。晚清词人况周颐在《蕙风词话》中赞誉他为"国初第一词手"；近代学者王国维也给其极高赞扬："纳兰容若以自然之眼观物，以自然之舌言情。""北宋以来，一人而已。"例如，在《百字令·宿汉儿村》中，词人面对边关冰雪，荒烟落照，遥望家园，思念亲人，满怀愁绪，发出无可奈何的"清啸"：

百字令·宿汉儿村

　　无情野火，趁西风烧遍、天涯芳草。榆塞重来冰雪里，冷入鬓丝吹老。牧马长嘶，征笳乱动，并入愁怀抱。定知今夕，庾郎瘦损多少。便是脑满肠肥，尚难消受，此荒烟落照。何况文园憔悴后，非复酒垆风调。回乐峰寒，受降城远，梦向家山绕。茫茫百感，凭高唯有清啸。

　　这是真性情的直抒，来自肺腑的倾诉。这首词明白地表达出词人对随扈帝王、奔波边关、远离亲人这种不能自主的处境的厌倦、无奈和痛苦。他的生命属于诗词文化，绝不适合于官场。

　　在纳兰性德词中，尤其值得重视的，是那些蘸着血泪写成的悼亡词。康熙十三年（1674年），20岁的纳兰与两广总督卢兴祖之女卢氏成婚，婚后两人感情深厚，琴瑟和谐。康熙十六年（1677年）卢氏难产去世，23岁的纳兰性德痛失爱侣，悼亡之音恸彻肺腑，所写悼亡词，以情深义重、哀婉真切，成为《饮水词》中拔地而起的创作高峰，不仅后人不能超越，连他自己也再难超越。在《青衫湿·悼亡》这首词中，表达了词人为追悼亡妻，通宵不寐的凄苦心情：

青衫湿·悼亡

近来无限伤心事，谁与话长更？从教分付，绿窗红泪，早雁初莺。当时领略，而今断送，总负多情。忽疑君到，漆灯风飐，痴数春星。

此外，如《沁园春·丁巳重阳前三日》《于中好·七月初四夜风雨》《南乡子·为亡妇题照》《金缕曲·亡妇忌日有感》，等等，都是人间天上追觅亡人、肝肠寸断震撼灵魂的不朽辞章。

沁园春

丁巳重阳前三日，梦亡妇淡妆素服，执手哽咽，语多不复能记。但临别有云："衔恨愿为天上月，年年犹得向郎圆。"妇素未工诗，不知何以得此也，觉后感赋：

瞬息浮生，薄命如斯，低回怎忘。记绣榻闲时，并吹戏雨；雕阑曲处，同倚斜阳。梦好难留，诗残莫续，赢得更深哭一场。遗容在，只灵飙一转，未许端详。重寻碧落茫茫。料短发、朝来定有霜。便人间天上，尘缘未断；春花秋月，触绪还伤！欲结绸缪，翻惊摇落，两处鸳鸯各自凉！真无奈，把声声檐雨谱回肠。

这首词把对亡妻无限的思念，以及梦好难留、尘缘未断的无奈和感伤挥发得淋漓尽致，令人读之忍不住涕泪潸然！

于中好·七月初四夜风雨，其明日是亡妇生辰

尘满疏帘素带飘，真成暗度可怜宵。几回偷拭青衫泪，忽傍犀奁见翠翘。唯有恨，转无聊。五更依旧落花朝。衰杨叶尽丝难尽，冷雨凄风打画桥。

在亡妻生日的前一天晚上，词人又失眠了，看见妻子的首饰，他一遍又一遍地暗自拭泪，听着窗外的冷雨凄风，他无可奈何地等待着花落杨衰的五更

天明。

南乡子·为亡妇题照

泪咽却无声，只向从前悔薄情，凭仗丹青重省识。盈盈。一片伤心画不成。别语忒分明。午夜鹣鹣梦早醒。卿自早醒侬自梦，更更。泣尽风檐夜雨铃。

无声地咽着泪，追悔从前对妻子的薄情，想借丹青之笔重新记取你的模样，不成！我太伤心了，一笔也画不下去。只有这风檐雨铃，伴我度过这挥泪的长夜。一字一泪，肠断心灰，面对这绝望的声声呼唤，谁能不为之啼哭悲摧?!

金缕曲·亡妇忌日有感

此恨何时已。滴空阶、寒更雨歇，葬花天气。三载悠悠魂杳，是梦久应醒矣。料也觉、人间无味。不及夜台尘土隔，冷清清、一片埋愁地。钗钿约，竟抛弃。重泉若有双鱼寄。好知他、年来苦乐，与谁相倚。我自中宵成转侧，忍听湘弦重理。待结个、他生知己。还怕两人俱薄命，再缘悭、剩月零风里。清泪尽，纸灰起。

亡妻忌日，永生难忘的大悲大痛之日，词人又是通宵不寐，辗转反侧，痴想着妻子会不会寄一封信来，告诉我这三年是苦是乐，与谁相依。我想与你结个来生知己，又怕我俩都是薄命人，再一次像今生一样，落得个纸灰清泪，生死永诀。词人对亡妻的真情，对爱情的忠贞直可树百世标志。

和汉族知识分子的肺腑知音与兄弟情谊在《金缕曲·赠梁汾》这首词中，纳兰性德写道：

德也狂生耳！偶然间、淄尘京国，乌衣门第。有酒惟浇赵州土，谁会成生此意。不信道、遂成知己。青眼高歌俱未老，向尊前、拭尽英雄泪。君不见、月如水。共君此夜须沉醉，且由他、娥眉谣诼，古今同忌。身世悠悠何足问，冷笑置之而已。寻思起、从头翻悔。一日心期千劫在，后身缘、恐结他生里；然诺重、君须记。

这首词写于 1676 年，当时纳兰 22 岁，而他词所赠的梁汾，已是 40 岁的落魄文人。梁汾是清初著名诗人顾贞观的别号，他一生郁郁不得志，遇见纳兰后，志趣相投，遂成知己。纳兰在词的上阕表明自己是偶然出身豪门，但生性狂放不羁，愿效法平原君的风范。

广交天下才俊，肝胆相照，结成知己。词的下阕，慰勉顾贞观这位忘年交，不要理睬那些世俗小人的嫉妒、谣诼，面对知己，我们要高歌痛饮，一醉方休，我们的友情将地久天长，持续到来生！请记住，我们都是重信义的、一诺千金的兄弟！这首词可以看作是纳兰把当时受压抑的汉族文人、学者当作知己、兄弟的代表作。

纳兰还利用他的显赫家世，营救、保护了许多被迫害的、落难的汉族文化人。顾贞观的朋友吴兆骞的获救，就是一例。吴兆骞字汉槎，号季子，吴江松陵镇人，少有才名，与华亭彭师度、宜兴陈维崧有"江左三凤凰"之称。顺治十四年，28 岁的吴兆骞因科场案，无辜遭诬陷，被处没收家产，流放到黑龙江宁古塔长达 23 年，他的友人顾贞观恳求纳兰性德助救，后经纳兰性德求父亲纳兰明珠出手营救，才得以赎还。这时，吴兆骞已 51 岁。他回京后，就在纳兰家当家庭教师，三年后客死于北京。吴兆骞的诗作慷慨悲凉，独奏边音，因此有"边塞诗人"之誉，著有《秋笳集》。在清初，满族当权者对汉族文化人的高压、迫害、文字狱还相当严重的情况下，纳兰性德能这样冒着很大的政治风险，营救、帮助患难、流放中的汉族文人，真是难能可贵！纳兰性德所交往的好友也大多是汉族的文化精英，例如无锡的严绳孙、秦松岭、顾贞观，浙江秀水的

朱彝尊、慈溪姜宸英，等等。纳兰还救助了许多来京城的坎坷文人，为他们提供生存必需的食宿条件；有的人在北京病死了，他还出资殡葬，像对待至亲一样亲自参加吊唁。纳兰性德以其特殊的身份、门第和他在清初上层社会及文人圈的影响，保护了很多汉族文化人，对缓和当时尖锐的民族矛盾、保护在战火中岌岌可危的汉文化遗产典籍，起到了相当可贵的作用。顾贞观在祭奠纳兰性德的祭文中赞誉他说："其于道义也甚真，特以风雅为性命，朋友为肺腑"，"浩浩落落，其以世味也甚淡，直视勋名如糟粕，势利如尘埃"。可见当时被他引为知己的那些汉族文化人对他是何等爱戴，何等寄望殷殷！

时至今日，光阴流转，朝代更迭，地球已成为"村"，但是民族矛盾仍是当今世界战乱杀戮的重要成因。这个世界很不安宁；如何解决族群撕裂、民族纷争，纳兰性德给我们树了一个范例，这也是我们敬重他、研究他、纪念他的主要原因所在。纳兰性德于 1685 年 7 月 1 日（康熙二十四年五月三十日己丑）病逝于北京，年仅 31 岁。他的老师、内阁学士徐乾学为他撰写的墓志铭的结束语曰："唯其所树立亦足以不死矣，亦又奚哀。"是的，纳兰性德在我国文学史上、民族文化融合史上，都建立了不朽的功勋，他是不死的，他是永生的。我们今天直到未来，都要永远记住纳兰性德的成就、贡献和他的民族融合、各族如兄弟的伟大精神。中国，作为一个多民族的国家，在当代历史发展进程中，更需要民族融合、团结、包容、和谐，更需要将纳兰性德的民族文化融合、保护的理念和追求发扬光大；这关系我国的长治久安，关系子孙后代的福祉。

2014 年 8 月 16 日于北京

（作者系中华诗词学会副会长、中央新闻学院原党委副书记）

纳兰词对当代词创作的三点启示

星汉

中国文学史上出现过许多多才多艺的人物，纳兰性德即其一。纳兰在文学上有多方面的才能，其古体诗冲淡，近体诗俊逸，散文古朴，骈文华赡。书法亦佳，《八旗文经》谓："纳兰容若工书，妙得拨镫法，临摹飞动。"若论才艺，窃以为，纳兰可和前代的王维、苏轼、姜夔相比。然而，纳兰一生在词的方面下功夫最多，成就也最大。

打开互联网，有关纳兰词的学术论文甚夥，涉及纳兰词的方方面面。本文欲就他人未言或寡言者试一为之，以期对当今诗坛词的创作有所裨益。

词这东西，一般来说，起于唐，盛于宋。原是配乐歌唱的一种诗体，句的长短随歌调而改变，因此又叫长短句。纳兰对于词有自己的看法，他用《填词》一诗予以表达：

> 诗亡词乃盛，比兴此焉托。往往欢娱工，不如忧患作。冬郎一生极憔悴，判与三闾共醒醉。美人香草可怜春，凤蜡红巾无限泪。芒鞋心事杜陵知，只今惟赏杜陵诗。古人且失风人旨，何怪俗眼轻填词。词源远过诗律近，拟古乐府特加润。不见句读参差三百篇，已自换头兼转韵。

这首诗是纳兰论词的重要诗篇，有些提法，今人未必赞同，如"诗亡词乃盛"，但是其观点大都是正确的。作者阐述了"词"的重要性，认为词不但应有比兴，而且"欢娱""忧患"的内容都要写"工"。以冬郎（韩偓）为例，论证词含比兴，非一味地"欢娱"。以杜陵（杜甫）为例，论证诗以"忧患"为上固然好，但是只顾表现"忧患"，则失"风人之旨"。指出词比诗更直接地继承了三百篇传统，更具有古乐府的优点。纳兰在《渌水亭杂识》卷 4 中还说："曲起而词废，词起而诗废，唐体起而古诗废。"这话有些偏激。实际上曲起而词未废，词起而诗未废，唐体起而古诗未废。但是从"词起而诗废"来看，也说明他对词的重视程度。

押韵，目的是为了好听，易记。流行歌曲《糊涂的爱》中，歌词有"这就是爱，说也说不清楚；这就是爱，糊里又糊涂"。假如改成："这就是爱，说也说不明白；这就是爱，糊里又糊涂。"那就索然无味了。

纳兰对于诗韵、词韵做过研究，其《渌水亭杂识》中，有多条讲到诗词的用韵。比如"韵本休文小学之书，以为诗韵，已误，今人又作词韵，谬之谬也"。这种看法未必正确，但是说明纳兰关注词韵。纳兰词用韵非常严格，完全框在戈载归纳的《词林正韵》的范围内。且看《水调歌头·题西山秋爽图》：

> 空山梵呗静，水月影俱沈。悠然一境人外，都不许尘侵。岁晚忆曾游处，犹记半竿斜照，一抹界疏林。绝顶茅庵里，老衲正孤吟。云中锡，溪头钓，涧边琴。此生著岁两屐，谁识卧游心。准拟乘风归去，错向槐安回首，何日得投

簪。布袜青鞋约，但向画图寻。

平水韵中的"十二侵"在《词林正韵》是独用，为第十三部，不与第六部的"十一真""十二文""十三元（半）"通用。在戈载看来："抵腭之韵，真、谆、臻、文、欣、魂、痕、元、寒、桓、删、山、先、仙，二部是也。其字将终之际以舌抵着上腭作收韵，谓之抵腭。""闭口之韵，侵、覃、谈、盐、沾、严、咸、衔、凡，二部是也，其字闭其口以作收韵，谓之闭口"（《词林正韵·发凡》）。戈载说的前者是《词林正韵》的第六部和第七部，后者说的是《词林正韵》的第十三部和第十四部。对于北方人来说，在宋代，《词林正韵》的第六部和第十三部就通用了。如辛弃疾《鹧鸪天·和赵晋臣敷文韵》上阕："绿鬓都无白发侵。醉时拈笔越精神。爱将芜语追前事，更把梅花比那人。"其中"侵"，为第十三部，"神""人"为第六部。纳兰这首词中的"沈""侵""林""吟""琴""心""簪""寻"诸字，全在为第十三部。再如《采桑子》："明月多情应笑我，笑我如今，辜负春心，独自闲行独自吟。近来怕说当时事，结遍兰襟。月浅灯深，梦里云归何处寻？"全用第十三部；《浣溪沙》："欲问江梅瘦几分，只看愁损翠罗裙，麝篝衾冷惜余熏。可奈暮寒长倚竹，便教春好不开门。枇杷花下校书人。"全用第六部。二者泾渭分明。

宋人填词大都有今天读来前后鼻音不分的情况。地不分南北，人无论男女，地位不管高低，词风兼及婉约、豪放，都有今天看来前后鼻音不分的现象存在。如苏轼《浪淘沙》（昨日出东城）、辛弃疾《行香子·三山作》、李清照《添字采桑子》（窗前谁种芭蕉树）、秦观《南乡子》（妙手写徽真）、赵佶《小重山》

（罗绮生香娇上春）、窃杯女子《鹧鸪天》（灯火楼台处处新）。新中国的领导人物毛泽东、朱德、董必武、陈毅、叶剑英等，也都有前后鼻音互押的现象。

究其原因，宋词时代音乐谱还在，接受方是"听众"，而不是"读者"。一般说来，词和曲的韵字都在句尾，即所谓"韵脚"。试想，前一句唱完听到的韵字，再到下一句唱完听到韵字时，已有相当长的时间；这两个韵字的押韵情况，听众已随之模糊，所以大致过得去就行了。听众的注意力主要集中在唱腔的优美与否，而不是韵脚如何。上面所举各位领袖，都是南方人。相对今天的普通话来说，领袖们在诗词创作中造成前后鼻音不分的现象，主要是受方言的影响。宋人和当今领袖前后鼻音不分的押韵，古今都找不到押韵的根据。宋人的词尚能依谱歌唱，领袖忙于政务，都还勉强算个理由。今天词的创作，倘是继续如此，那就不合适了。

遍检纳兰词，纳兰没有前后鼻音不分的情况。因为纳兰所填之词，已经是脱离了音乐的徒诗。纳兰又是北方人，不会导致前后鼻音不分。为了美听，纳兰非常注意押韵。例如《浣溪沙》："凤髻抛残秋草生，高梧湿月冷无声。当时七夕有深盟。信得羽衣传钿合，悔教罗袜送倾城。人间空唱雨霖铃。"全用发"-ng"的后鼻音。《浣溪沙》："旋拂轻容写洛神，须知浅笑是深颦。十分天与可怜春。掩抑薄寒施软障，抱持纤影藉芳茵。未能无意下香尘。"全用发"-n"的前鼻音。

还有，《南歌子·古戍》："古戍饥乌集，荒城野雉飞。何年劫火剩残灰，试看英雄碧血满龙堆。玉帐空分垒，金笳已罢吹。东风回首尽成非，不道兴亡命也岂人为。"《忆江南》："昏鸦尽，小立恨因谁？急雪乍翻香阁絮，轻风吹到胆瓶梅。心字已成灰。"这两首词，用的是《词林正韵》的"四支""五微""八齐""十灰（半）"通用的第三部。这一部的韵字里，有今天普通话里发"ei""ui"的韵母，也有"i""-i"的韵母。作者所用韵字，全部选用前者，

当是为了美听有意而为之。纳兰词中，也有今天普通话里发"ei""ui"的韵母和发"i""-i"音的韵母混用的，如《浣溪沙·古北口》："杨柳千条送马蹄，北来征雁旧南飞。客中谁与换春衣？终古闲情归落照，一春幽梦逐游丝。信回刚道别多时。"但是前者还是占多数，这一点很值得当代诗词作者效仿。

纳兰词谨于格律而不被格律所拘。谭献说："容若长调多不协律"（《箧中词》引），这也是事实。比如前面的例子《水调歌头·题西山秋爽图》中，第一句格式为"仄（可仄）仄仄平仄"，作者的"空山梵呗静"却成了"平平平仄仄"。"都不许尘侵"应是上二下三的句式，作者使之成为上三下二。"此生著岁两屐"句，第五字"两"要求平声，纳兰却用了仄声。《念奴娇》（绿杨飞絮）下阕"细数落花，更阑未睡，别是闲情绪"，"落"字当平。《沁园春》第三句，格律要求为"仄仄仄平"，但是纳兰《沁园春》（试望阴山）作"无言徘徊"。《沁园春》（瞬息浮生）作"低回怎忘"。

纳兰以上非格律句，其实前人多有。"空山梵呗静"句，辛弃疾就有"带湖吾甚爱""渊明最爱菊"等句，与纳兰格律同。"此生著岁两屐"句，辛弃疾就有"长安车马道上""何人为我楚舞"等句，与纳兰格律同。"低回怎忘"句，辛弃疾就有"溪山美哉""众山欲东"等句，刘克庄有"访铜雀台"句，与纳兰格律同。"无言徘徊"，连作四平者，于前人尚未之见，但是从二四字皆作平声来看，辛弃疾句、刘克庄句亦属同类。

顾贞观说："容若词一种凄婉处，令人不能卒读。"（榆园本《纳兰词评》）纳兰词非常婉曲，这是评论者都承认的。但是纳兰词也有沉郁豪放的一面，有些篇章，意境阔大，意气横逸，其风格直追苏辛。请看他扈驾外出所写的《蝶恋花·出塞》：

今古河山无定据，画角声中，牧马频来去。满目荒凉谁可语，西风吹老丹枫树。从前幽怨应无数。铁马金戈，青冢黄昏路。一往情深深几许？深山夕照深秋雨。

词的上片写眼前之景，景象广袤空阔，荒凉凄冷，情感凄婉哀怨。词的下片抒发自己的报国志向无法实现的幽怨，景象气势磅礴，纵横驰骋，情感婉约深沉。

大凡豪放派诗人，感情充塞，下笔不能自休，于格律多有突破。苏轼、辛弃疾、刘克庄，都有突破格律的句子。苏轼《念奴娇·赤壁怀古》，与定格相较，多有变化。篇中有重字，"一"字出现过两次，"人"字出现过三次。请看纳兰的《望海潮·宝珠洞》：

汉陵风雨，寒烟衰草，江山满目兴亡。白日空山，夜深清呗，算来别是凄凉。往事最堪伤。想铜驼巷陌，金谷风光。几处离宫，至今童子牧牛羊。荒沙一片茫茫。有桑干一线，雪冷雕翔。一道炊烟，三分梦雨，忍看林表斜阳。归雁两三行。见乱云低水，铁骑荒冈。僧饭黄昏，松门凉月拂衣裳。

其中，"风"字重用两次，"烟"字重用两次，"山"字重用两次，"荒"

字重用两次，"三"字重用两次，"一"字重用三次。重字多出，当然不好，但是没有必要为回避重字而以辞害意，左顾右盼，斤斤计较。笔者以为，今天诗词创作，如果不是修辞的需要，应当尽量回避重字。为了更好地表情达意，不必过分拘谨。前贤尚且难免，何况我等。在这方面，当代词人中毛泽东便是榜样。

纳兰词用典不为典所用，也就是用典适度。词，原本叫"曲子词"，我理解就是"曲子的词"，就是我们今天说的唱给人听的歌词。入耳的东西，由不得听众长时间去琢磨，歌词必须浅显易懂，所以，词是不能用典的。词的初始状态的敦煌民间词中不见用典。后来的文人词用典，也要看"听众"是什么人物。稼轩词多用典，究其原因，一是典故大多源自当时的"课本"，如《论语》《孟子》等书，一般文人都能听懂；二是稼轩家中"往来无白丁"，听众都有较高的文化修养。

　　纳兰词除了自度曲外，其余应当都是徒诗，当时也只能看，不能唱。读者在阅读的过程中，还有时间予以品味。用典可以加大作品的容量，少量用典倒也无妨。为了用最短的时间完成作者和读者之间的情感交流，最好是不用典，次之是少用典，再次是活用典，慎用生典、僻典。纳兰的小令，多不用典，明白如话，到口即消。有的小令用典，一般读者也能看懂。比如《忆江南》："江南好，城阙尚嵯峨。故物陵前惟石马，遗踪陌上有铜驼。玉树夜深歌。"这里的"铜驼""玉树"，都是典故。略具历史知识的人，还是能看懂的。

　　纳兰说："庾子山句句用字，固不灵动，六一禁绝之，一事不用，故遂至于淡薄空疏，了无意味"（《渌水亭杂识》卷4）。纳兰既不赞同庾信的"句句用字（用典）"，也不赞同欧阳修"一事不用"。纳兰认为用典最重要的是适度、恰当。恰当的用典使得纳兰的词作言简义深，清新中又蕴含典雅之美，词作的感情也显得更加的深厚真挚。且看《金缕曲·赠梁汾》：

德也狂生耳。偶然间，缁尘京国、乌衣门第。有酒唯浇赵州土，谁会成生此意。不信道、竟逢知己。青眼高歌俱未老，向樽前、拭尽英雄泪。君不见，月如水。共君此夜须沉醉。且由他、娥眉谣诼，古今同忌。身世悠悠何足问，冷笑置之而已。寻思起、从头翻悔。一日心期千劫在，后身缘、恐结他生里。然诺重，君须记。

梁汾，即作者友人顾贞观。清康熙十五年（1676）二人相识，从此交契，直至纳兰病殁。第二韵用了"乌衣巷"的典故，说明自己生长在京城权贵之家。接着，用李贺原句"买丝绣作平原君，有酒惟浇赵州土"的后句。平原君即战国时代赵国的公子赵胜，此人平生喜欢结纳宾客。李贺写这两句诗，对那些能够赏识贤士的人表示怀念。纳兰径用李诗入词，同样是表示对爱惜人才者的敬佩。"青眼高歌俱未老"，借用了阮籍能作青白眼的典故，说明和顾贞观意气相投。杜甫《短歌行·赠王郎司直》："青眼高歌望吾子。眼中之人吾老矣。"纳兰这里反用其意。"娥眉谣诼"，纳兰意思是好人受到诽谤。语出屈原《离骚》："众女嫉余之蛾眉兮，谣诼谓余以善淫。"今天的读者必须明白，这首词是23岁的纳兰写给40岁举人出身的顾贞观的。这位特殊的读者当然明白其中典故的含义。

刘熙载在《艺概》中写道："词中用事，贵无事障。晦也，肤也，多也，板也，此类皆障也。姜白石用事入妙，其要诀所在，可于其《诗说》见之，曰："僻事实用，熟事虚用。学有余而约用之，善用事者也。乍叙事而间以理言，得活法者也。"'纳兰天衣无缝地流畅地运用故实，就是"善"与"活"的一例。正因如此，这首《金缕曲》显得既酣畅又深沉，既慷慨淋漓又耐人寻味。词中没有华丽的辞藻，却使人读来五内沸腾，神摇魄荡，感觉到作者字字句句，出自肺腑。

　　本文对于纳兰词的谨慎用韵，突破格律，适当用典予以论说，认为这三点很值得当代创作词的人深思。不当之处，敬祈方家指正。

　　（作者系中华诗词学会副会长、新疆大学文学院教授）

刚柔相济　荡气回肠

——谈纳兰性德诗词的独特魅力

沈华维

　　婉约和豪放这两个词，在诗歌里出现的比较早。晋陆机《文赋》用以论文学修辞："或清虚以婉约，每除烦而去滥。"唐人司空图《二十四品·豪放》言："豪放：观花匪禁，吞吐大荒。由道返气，处得以狂。"明确提出词分为婉约、豪放两派的，是明代诗文家、词曲家张綖，他在其著《诗馀图谱》中说："词体大略有二，一体婉约，一体豪放。婉约者欲其词调蕴藉，豪放者欲其气象恢宏。"他的这种学说，对后代产生了较大影响。尤其是许多诗词评论家在评价词文风格时，多采用这两种分法。最为明显的是人们将宋词划分为以柳永、李清照为代表的婉约派和以苏轼、辛弃疾为旗帜的豪放派。清代纳兰性德的诗词，因其内容侧重儿女风情、离情别绪、酣饮醉歌、伤春悲秋、游历唱和，其结构深细缜密，音律婉转和谐，语言圆润清丽，含蓄蕴藉，情感真切，故人们把它放入婉约一派。

我以为，把诗词尤其是词文风格简单地分为非"婉"即"豪"，未必就合适。一个时期，一个流派，乃至一个作家的创作，其风格是多样性的。比如豪放派旗手苏轼有"乱石穿空，惊涛拍岸，卷起千堆雪"（《念奴娇·赤壁怀古》）这样气势磅礴的名篇，也有"墙里千秋墙外道，墙外行人，墙里佳人笑"（《蝶恋花》）这种清新丽质、活泼明快的作品。辛弃疾写有"想当年金戈铁马，气吞万里如虎"（《永遇乐·京口北固亭怀古》）这样雄浑荡气的力作，也有"众里寻他千百度，蓦然回首，那人却在、灯火阑珊处"（《青玉案·元夕》）这样含蓄婉转，余味无穷的篇章。就是被冠以婉约派代表的李清照，不仅有"知否？知否？应是绿肥红瘦""怎一个愁字了得！"等生动传神，极富美感的闺情词，而且也写有"归鸿声断残云碧，背窗雪落炉烟直"这样苍劲有力的句子。人是复杂多面体的，人的七情六欲更是丰富多彩的，而且是随着年龄增长、环境变化、修养见识等因素不断变化调整的，不是一成不变的。人的情感在诗词中的表现，其实"婉约"与"豪放"，是可以兼容的，正所谓柔中有刚，外柔内刚，刚柔相济。不一定非得把它归入某一派，把它框住。宽松些，任由人们去理解，自由发挥，可能更妥当些。纳兰性德生于顺治年间，正是八旗强盛时期。旗人是要独掌兵权的，其父康熙时期权倾朝野的宰相明珠，不仅让其子自幼饱读诗书，深受汉文化的滋润，更把他当作武将来培养，弓马骑术，无所不精。可谓文武兼备。成年后，纳兰性德以御前一等侍卫之职，多次随康

熙伴驾南巡北狩，游历四方，奉命参与戎机之事，有机会随皇上唱和诗词和朝臣之间的风流雅集。纳兰性德的这种出身背景和特殊经历，对其诗词风格的形成和发展，产生重要影响。比如其山水情深风雪意浓的《长相思》："山一程，水一程，身向榆关那畔行，夜深千帐灯。风一更，雪一更，聒碎乡心梦不成，故园无此声。"本词写于康熙二十一年（1682），时作者随康熙帝出山海关，祭祀长白山。"山一程，水一程"仿佛是亲人送了我一程又一程，山上水边都有亲人送别的身影。"身向榆关（这里借指山海关）那畔行"是使命在身行色匆匆。"夜深千帐灯"则是康熙帝一行人马夜晚宿营，众多帐篷的灯光在漆黑夜幕的反衬下所独有的壮观场景。"山一程，水一程"寄托的是亲人送行的依依惜别情；"身向榆关那畔行"激荡的是"万里赴戎机，关山度若飞"的萧萧豪迈情，反映出词人对故乡的深深依恋，也反映出他渴望建功立业的雄心壮志。

二十几岁的年轻人，风华正茂，出身于书香豪门世家，又有皇帝贴身侍卫的优越地位，自然是眼界开阔、见解非凡，建功立业的雄心壮志定会比别人更强烈。可正是由于这种特殊的身份反而形成了他拘谨内向的性格，有话不能直说，只好借助于儿女情长的手法曲折隐晦地反映自己复杂的内心世界。这也是他英年早逝的重要原因。"山一程，水一程"与"风一更，雪一更"的两相映照，又暗示出词人对风雨兼程人生路的深深体验。愈是路途遥远、风雪交加，就愈需要亲人关爱之情的鼓舞。从"夜深千帐灯"壮美意境到"故园无此声"的委婉心地，既是词人亲身生活经历的生动再现，也是他善于从生活中发现美，并以此创造美、抒发美的敏锐高超艺术智慧的自然流露。词文既有韵律优美、民歌风味浓郁的一面，如出水芙蓉纯真清丽；又有含蓄深沉、感情丰富的一面，如夜来风潮回荡激烈。词人以其独特的思维视角和超凡的艺术表现力，将草原游牧文化的审美观与中原传统文化的审美观相融合，集豪放婉约于一体，凝练出风骨神韵俱佳的名作，深受后人喜爱。

纳兰性德的诗词，大多与其边塞生涯有关，其词柔美华丽中带着雄浑刚劲，既有塞外男儿的血性阳刚之气，也有豪门望族风流倜傥的风采。如《菩萨蛮》："朔风吹散三更雪，倩魂犹恋桃花月。梦好莫相催，由他好处行。无端听画角，枕畔红冰薄。塞马一声嘶，残星拂大旗。"这阕边塞词写得刚劲中仍露香艳之气，上阕写闺中人的甜梦，梦见自己向万里之外的地方行进，寻找着"他"的踪迹。下片也写梦，却是写征夫在塞上被画角惊醒，梦中因思念而落泪，醒来枕边泪已如冰，听见帐外塞马长嘶，走出去，看见军旗在夜风中猎猎，天空星光已廖，留在大旗上的只有一点残辉，展眼望去，塞上天地清空苍茫。上下阕合着来看，如电影蒙太奇的手法。尤为称道的是"塞马一声嘶，残星拂大旗"一句，慷慨沉凉，曲意委婉，拓开情境，一扫前句的旖旎之风，不输历代名句；说它香艳是因为这就是纳兰的词风，即使写边塞生活题材，也用自己的方式来

表达，喜用"倩魂""桃花月""红冰"等字眼，而在前代或其他的词人中，一般会选择更慷慨苍凉的字眼。

　　纳兰性德生性淡泊名利，他虽贵为皇亲贵胄，权力和荣华富贵唾手可得，但难能可贵的是，他没有把心思和精力用到最为熟悉的尔虞我诈的官场豪门或纷繁复杂的社会现实，而是把关注的目光更多的投向人细腻丰富的内心世界。他用大量的笔墨描写自己以及身边形形色色的人和他们在那个特殊时代复杂而多变的现实生活，所产生的企盼、挣扎、痛苦、孤独和无奈。因而其作品有深刻的感染力和渗透力。《浣溪沙》："身向云山那畔行。北风吹断马嘶声。深秋远塞若为情。一抹晚烟荒戍垒，半竿斜日旧关城。古今幽恨几时平。"仇杀战火和冤冤相报造成的幽恨，连年征战，使得云山远塞荒无人烟，只剩下戍垒残关，北风和马嘶声。如此惨烈，情何以堪！"几时平"是对战争的反思，也是对战火的愤懑，更是对平民百姓安宁生活的渴望。这种情绪与他的另一首《于中好》相呼应："冷露无声夜欲阑。栖鸦不定朔风寒。生憎画鼓楼头急，不放征人梦里还。秋澹澹，月弯弯。无人起向月中看。明朝匹马相思处，如隔千山与万山。"及其《七绝·记征人语》："边月无端照别离，故园何处寄相思。西风不解征人语，一夕萧萧满大旗。"作者身处其中，他厌恶这种环境，但欲罢不能，又无能为力，于是恨从心头起。"生憎"即最恨，"画鼓楼头急"的现实与"征人梦里还"的心绪是这首词里最纠结痛楚的地方。类似这种使他心灵煎熬、痛苦挣扎的作品为数不少。

纳兰性德的诗词之所以能打动人心，读后荡气回肠，回味无穷，在于其作品善于铺陈营造情感氛围，引导人们进入他精心设置的情场之中，而且运笔精妙。一首好词，要能感动读者于词的整体氛围有很大关系。烘托气氛，由景入情，情景交融，读者进入了情绪之中，就会引起心里共鸣，使读者随着词的氛围而喜怒哀乐。这是纳兰词的过人之处，也独见其功夫。《蝶恋花·出塞》：

"今古河山无定据。画角声中，牧马频来去。满目荒凉谁可语。西风吹老丹枫树。从前幽怨应无数。铁马金戈，青冢黄昏路。一往情深深几许。深山夕照深秋雨。"开篇写得很有气势，往来人物，风云集散，伤时感世，无休无止。青冢是王昭君的坟茔。面对此地此景，作品起句就引导读者进入了一个宏大的历史场景：自古以来政局不断变化，江山没有确定的归属。"今古河山无定据"，充满历史的哲思。接下来层层置景，夹叙夹议，以纵横之笔将写景、怀古、咏史、抒情融于一体。有辽阔场面，又有典型人物，一往情深的王昭君虽怀有美好的胡汉和亲愿望，仍没有阻挡住金戈铁马、战马频来、幽怨无数的历史风云之路，令人感慨万千。

从今存的三百多首纳兰性德词来看，内容题材比较广泛，而抒情则是其主要的表达方式，感情真挚是纳兰词的突出特色，无论亲情、友情、爱情，无论伴君护驾、生离死别、男欢女爱、闺情愁怨，无论别恨、感伤、惆怅，各种感情无所不有。他的情感是从心底流淌出来的，不遮掩，不虚假，因而其作品有极强的艺术感染力。同时其情又不失"英雄本色"，有情有理，有柔有刚，骨肉丰满，达到了刚柔相济，情理相生的艺术境界。

（作者系中华诗词学会副秘书长兼办公室主任，大校军衔）

在中华诗词学会纳兰祖地行诗词研讨会上
的即席发言提纲（根据记忆整理）

吴文昌

中华诗词学会纳兰性德祖地行诗词研讨会在四平召开，这是四平市委、市政府高度重视、积极争取的结果。这件事充分体现了四平市委、市政府具有高度的文化自信和文化自觉。纳兰性德是四平值得骄傲的历史人物和文化人物，他的诗词创作在中国文学史上具有重要的地位。今天，我们研究纳兰性德，一定要站在历史的高度，从文化变迁，社会变革的视角去审视其意义和价值。我认为至少有四个方面的意义和价值。

一是重要的历史意义和价值。诗可以证史。今天我们读纳兰词，不仅是享受文学审美，更重要的是可以从中感受到康熙盛世的光辉历史，了解当时经济发展、社会变迁、民族融合、文化进步状况，从而更好地继往开来，实现中华优秀传统文化的创造性转型和创新性发展。

二是重要的文化意义和价值。文化是民族的血脉，是人民的精神家园。中华诗词是中华文化的精髓和瑰宝。但唐宋以降，诗词却日渐式微。纳兰性德的出现，使衰落的诗词重新振起，达到一个新的高度。正如王国维所说的那样，以自然之眼观物，以自然之舌言情，北宋以来，一人而已。所以我们研究纳兰性德，可以借鉴纳兰的成长路径，促进诗词的繁荣和振兴。

三是重要的民族意义和价值。中国在历史上就是一个多民族国家，文化的发展总是和民族分合兴衰联系在一起的。康熙大帝是一代英主，十分重视满汉融合、各民族融合，采取了一系列开明的政策和措施。我们深入解读纳兰的作品，特别是边塞和怀古作品，不难看到作品中折射出的民族融合的影子，看到诗词中呈现的民族融合的思想元素。

四是重要的社会意义和价值。西方一位哲人说，任何历史都是当代史，实际说的是古为今用。我们研究纳兰，从一定意义上说也是研究当时的社会，研究小民族如何治理大国家，吸取诗词文化中体现的国家和社会治理经验，更好地为构建社会主义和谐社会服务。

纳兰性德的出现，既具有历史的必然性，也具有当时的偶然性，是社会历史文化矛盾运动和发展演进的结果。纳兰身上有许多看似矛盾的现象，我觉得这恰是解读纳兰的钥匙。

第一，盛世辉煌与落日情怀的矛盾。纳兰生活在康熙盛世，但他很少歌颂

盛世，而是用更多的篇章写忧、愁、思、冷、苦。他父亲明珠整理其遗物时曾不解地说，这孩子什么都有，怎么就不高兴呢？其实，如进入社会层面分析，就不奇怪了。康熙盛世，实际是落日的辉煌，一定意义上可以说是回光返照。因为当时西方已兴起工业革命和社会革命，中国尚闭关沉睡，开始被远远甩在后头，深刻的社会危机、民族危机已有征兆。我猜想，纳兰的不高兴，除了个人层面的东西外，更多的可能是国家、民族和社会层面的东西。因为哲人对社会变迁，国家民族衰落常常是有预感的。纳兰是否也是这种情况，虽已难详考，但从学术研究的角度，我们不妨做一些这方面的推测。

第二，豪门世家与鱼鸟之思的矛盾。纳兰是明珠的儿子，出身可谓显赫。但对此他似乎并不领情和满意。"偶然间，缁尘京国，乌衣门第"，"不是人间富贵花"，就是这种心境的写照。他更多的是寄情山泽、鱼鸟和平常的社会生活，所以才会有那么多生动形象、感情真挚，让人们喜闻乐见的好作品。

第三，满族血统与汉家文脉的矛盾。作为八旗弟子，他钟情和传承的却是汉文化、汉文学，且造诣几乎达到当时的顶峰，随王伴驾，吟咏唱和，寄情山水，留下大量脍炙人口的诗词作品，并主持和参与编撰多部汉文化典籍。这给我们一条启示，在不同层次的文化中，只有代表和弘扬先进文化，在历史上才可能有其应有的地位。假设纳兰不在汉文化上下功夫，而是寄情满族文化，应该说也会有不小的成就，但绝不会有今天我们研究的纳兰。

第四，婉约文弱与壮怀激烈的矛盾。好多人将纳兰风格归于婉约派，这不能说不对，他这样风格的作品确实不少。但他也有豪放沉雄的一面，如七绝《秣陵怀古》：山色江声共寂寥，十三陵树晚萧萧。中原事业如江左，芳草何须怨六朝。这是何等深邃的目光、开阔的胸怀和宏大的气度，又岂是一个婉约了得。

总之，一个矛盾的时代，一段矛盾的人生，一腔矛盾的情感，才有充满矛盾的创作，才有独特的纳兰。我们只有深刻揭示这些矛盾，才能走近真实的纳兰，这对我们弘扬长白山文化是大有好处的。最后，我以刚刚填的一首词《浪淘沙·贺中华诗词学会纳兰祖地行诗词研讨会召开》结束今天的发言：

山色渐斑斓，果硕瓜鲜。文坛盛举史空前。领略纳兰词好处，祖地寻源。韵美在天然，凄切缠绵。缁尘京国总无欢。侧帽秋风留瘦影，画扇谁怜？

谢谢大家！

（作者系吉林省诗词学会副会长、吉林省人大人事选举委原主任）

纳兰悼亡词的情感特征

林峰

纳兰性德作为有清一代词坛巨擘，有"国初第一词手"之美誉，与朱彝尊、陈维崧并称"词家三绝"。其词不仅在清代词坛声誉卓著，而且在整个中国文学史上也举足轻重，精光四射。周之琦评其词曰："纳兰容若，南唐李重光后身也。予谓重光天籁也，恐非人力所能及。容若长调多不协律，小令则格高韵远，极缠绵婉约之致，能使残唐坠绪，绝而复续，第其品格，殆叔原、方回之亚乎？"近代王国维也对其推崇备至："纳兰容若以自然之眼观物，以自然之舌言情，此初入中原未染汉人风气，故能真切如此，北宋以来，一人而已。"纳兰性德禀赋超凡，潇洒出尘，学识渊宏，佳作无数。然而在众多的词作当中，

流传最广、成就最高的当数他的悼亡之作。

《纳兰词》现存词 348 首，但其中的悼亡词就有 42 首，约占八分之一。不仅比重大、数量多，而且品质之高、影响之广，便放眼古今，也罕见其匹。顾贞观曰："容若天资超逸，悠然尘外，所为乐府小令，婉丽凄清，使读者哀乐不知所主，如听中宵梵呗，先凄惋而后喜悦。"。陈维嵩亦云："饮水词哀感顽艳，得南唐二主之遗。" 自清代以来，对《纳兰词》的各种评论已不绝于耳，尉为大观。今试从其悼亡词之创作剖析其情感特征。

一、痴情一片，感天动地

纳兰性德出身豪门，钟鸣鼎食自不待言，加之少年及第，平步青云。那份荣耀和光华是常人难以企及也难以想象的。在这样优越的环境中，在古代娶个三妻四妾都是再正常不过的。但纳兰性德对他的原配卢蕊却痴情不改，始终如一。这份情感在男权至上的封建社会里是何等的可贵、何等的不易啊！我们可以从他所做的悼亡之作中看到他对妻子相濡以沫的那份痴情。

《青衫湿遍·悼亡》：

青衫湿遍，凭伊慰我，忍便相忘。半月前头扶病，剪刀声、犹在银釭。忆生来、小胆怯空房。到而今。独伴梨花影，冷冥冥。尽意凄凉。愿指魂兮识路，教寻梦也回廊。咫尺玉钩斜路，一般消受，蔓草残阳。判把长眠滴醒，和清泪、搅入椒浆。怕幽泉、还为我神伤。道书生薄命宜将息，再休耽、怨粉愁香。料得重圆密誓，难禁寸裂柔肠。

此词写于康熙十六年的六月里，从"半月前头扶病"可知，应作于卢氏亡故半月之后。面对爱妻新逝，纳兰独守空房，清衫湿遍。半月前还床前侍药，到而今却阴阳两隔。平日里本来还想着你来劝慰我，怎么你就忍心相忘而独自西去呢？但我又怕你，身在黄泉还在为我担心、为我伤神。真是字字见情，声声带泪啊！如此渲染，怎不令人肝肠寸断，痛彻心扉？词中表达的是纳兰对妻子无限的眷恋和痴情。正如其生前好友叶舒崇在《皇清纳腊室卢氏墓志铭》中所说的一样："悼亡之吟不少，知己之恨犹多。"其他如"近来无限伤心事，谁与话长更？……忽疑君到，漆灯风飐，痴数春星。"（《青衫湿·悼亡》）"瞬息浮生，薄命如斯，低回怎忘。记绣榻闲时，并吹戏雨；雕阑曲处，同倚斜阳。梦好难留，诗残莫续，赢得更深哭一场。遗容在，只灵飙一转，未许端详……"（《沁园春》）等，皆痴情一片，动人心弦。蒲松龄说："性痴，则其志凝，故书痴者文必工，艺痴者技必良。"而纳兰则无疑痴于情也。太过痴情，则心力交瘁，故纳兰亦早逝。当他这种"痴"从心灵深处脱颖而出复经过诗意的锤炼，化为抑扬顿挫的长短句时，其词便魅力无限，感人至深也。

二、钟爱一生，铭心刻骨

《蝶恋花》

辛苦最怜天上月，一夕如环，夕夕都成玦。若似月轮终皎洁，不辞冰雪为

卿热。无那尘缘容易绝，燕子依然，软踏帘钩说。唱罢秋坟愁未歇，春丛认取双栖蝶。

又一首

眼底风光留不住，和暖和香，又上雕鞍去。欲倩烟丝遮别路，垂杨那是相思树。惆怅玉颜成间阻，何事东风，不作繁华主。断带依然留乞句，斑骓一系无寻处。

又一首

又到绿杨曾折处，不语垂鞭，踏遍清秋路。衰草连天无意绪，雁声远向萧关去。不恨天涯行役苦，只恨西风，吹梦成今古。明日客程还几许，沾衣况是新寒雨。

又一首

萧瑟兰成看老去。为怕多情，不做怜花句。阁泪倚花愁不语，暗香飘尽知何处。重到旧时明月路。袖口香寒，心比秋莲苦。休说生生花里住，惜花人去花无主。

　　从上述四首《蝶恋花》词中我们可以看到，纳兰性德对他妻子钟爱之深，眷恋之切，几近痴狂，无以复加。秋坟鬼唱，春丛化蝶；风光不再，斑骓无觅。萧关雁远，梦成今古；暗香飘尽，落花无主。纳兰性德用一连串生离死别之词，把他和卢蕊之间缠绵悱恻、恩爱异常之情感，勾染得哀怨凄怆、沉痛无比。一如杨芳灿所云"思幽近鬼"（《饮水词序》语）。纳兰从天上明月的圆缺变幻，看到了自己与爱妻的人天永隔，断带情诗犹在，而伊人已不复见。爱妻卢蕊在纳兰眼中本就是名花一朵，且是花中芙蓉，清雅脱俗，芬芳馥郁。原以为两人能举案齐眉，白头到老，牵手一生、恩爱一世，哪想到忽然间香消玉殒，花落叶枯。这突如其来的打击，使纳兰的内心世界遭受了前所未有的重创，他的精神支柱在瞬间倒塌了。纳兰自是欲哭无泪，心比莲苦啊！纳兰对妻子卢蕊的追寻和不舍，纳兰对妻子一生的爱恋和深情，都在这一瞬间得到了最好的印证。试问天下男子几人得似纳兰情怀？"但似月轮终皎洁，不辞冰雪为卿热"，这也是纳兰当时内心的真实写照了，可谓与三国的苟凤倩异代而同心。"至性固结，无事不真""风雅为性命，朋友为肺腑"。这是亲友对纳兰的评价，对朋友尚且如此，对妻子那就更无须多言了。

三、良缘一霎，落魄销魂

《浣溪沙》

十八年来坠世间，吹花嚼蕊弄冰弦，多情情寄阿谁边？

紫玉钗斜灯影背，红绵粉冷枕函边。相看好处却无言。

又一首

谁念西风独自凉，萧萧黄叶闭疏窗，沉思往事立残阳。

被酒莫惊春睡重，赌书消得泼茶香，当时只道是寻常。

我们从这两首小令当中可以看到纳兰夫妻生前和谐美满的婚姻与安详甜美的生活。"十八年来坠世间"，可见纳兰新婚不久，爱妻卢蕊结婚时芳龄十八，如花似玉，看心上人吹叶嚼花，抚弦鼓瑟；少年夫妇，如胶似漆。玉钗灯影，绵粉枕函。两心萌动，更是至情至性也。卢蕊是花中仙子，纳兰至爱，"伉情尘表，则视若浮云；操抚闺中，则志存流水"（叶舒崇《皇清纳腊室卢氏墓志铭》）。足见时人对她评价之高。次阕"被酒莫惊"句是写纳兰对爱妻怜惜之厚。因被酒而春睡不醒，美人之娇艳一如怒放之花蕊也，能不我见犹怜乎？"赌书"句用李易安、赵明诚夫妻典，喻纳兰夫妻当时亦有类似情事，想来自是温馨儒雅，欢娱无限了。称其为"如花美眷，神仙伴侣"亦不为过也。这些日常小事，当时不以为意，现在却欲图而不可得也。往事如昨，历历在目，而其人已不复见，其事已不可追，其情也不可挽也。"悲乎哉？悲也！"曾几何时纳兰与心上人并吹红雨、同倚斜阳；巡檐笑罢、共捻梅枝。有谁料梦好难留、诗残莫续，赢得更深哭一场啊！良缘眷属，转瞬即逝，音容宛在，佳人无觅。如此人生际遇，怎不令纳兰落魄销魂，无所依归。如此悲凉情绪、酸苦况味，点点滴滴都到心头，令人不能自已。

　　纳兰由于卢蕊早亡，鸳梦难圆，加上对富贵的淡泊，对仕途的随意，使他对身外之物皆了无兴趣，无心一顾。虽人在庙堂而心在山野，甚或直欲追随爱妻于九泉之下也。但同时他对求之却不能久长的男女情爱，对两情相悦的那份欢喜，却令他无法自拔于个人的情感漩涡之中。困惑与悲观、焦虑与无奈、惆怅与失落，成为他悼亡词创作的主要情感特征。纳兰的个人境遇、爱情生活和情感内容决定了他的一生都将跋涉在凄凉孤寂的精神家园之中。他的这种凄婉悲慨也成为他悼亡词的重要色彩。顾贞观说："容若词有一种凄婉处，令人不忍卒读，人言愁，我始欲愁。"顾氏如此评价，可谓纳兰的千古知音了。郑振铎亦云："缠绵清婉，为当代冠。"从"凡有井水处，皆能歌柳词"到"家家争唱纳兰词，纳兰小字几人知"的文化盛况来看，称纳兰性德为"千古一人"亦不为过也。

（作者系《中华诗词》副主编、中华诗词青年部副主任）

在纪念纳兰性德诞辰 360 年
端午诗会上的讲话

马辉

尊敬的各位领导、各位嘉宾，女士们、先生们、朋友们：

大家上午好！

在这风景秀丽、繁花似锦的美好季节，我们欢聚一堂，共同参加纪念纳兰性德诞辰 360 年端午诗会活动。首先，我代表四平市诗词学会向参加本次活动的各位领导、嘉宾、诗友及各界朋友表示热烈欢迎！同时，向一直以来关心、支持我市诗词事业发展、关注纳兰性德研究的省诗词学会和原省级老领导，以及市委、市政府主要领导表示由衷的感谢！

纳兰性德，是我们铁东区和四平市值得骄傲的历史人物，今天这个活动，就是深入研究纳兰性德其人其词，深入挖掘、整理、研究纳兰性德卓越的文学成就和历史贡献，旨在弘扬传统文化精神，彰显四平名人风采，促进四平文化大发展、大繁荣。

叶赫文化历史源远流长，在厚重的满洲史、民族史中承载着十分重要的角色，也是我们四平市的文化品牌和文化符号。我们选择纳兰性德的祖地举办相关纪念活动具有不同寻常的意义，可以说是四平铁东区和四平市文化史上的一件大事。因为纳兰性德在中国古代文学史上具有相当重要的地位，也是清词中最有影响、最有成就的作家。作为纳兰性德的祖地，我们有责任把对纳兰性德的诗词研究深入持续开展和推动下去，更好地传承纳兰性德留给我们丰富的文化遗产。

这次端午诗会，喜杰市委书记给予足够的重视和支持，铁东区委、区政府

会同市诗词学会直接主办，同时得到了省诗词学会的大力支持，省委老领导、省诗词学会领导都应邀参加了这次活动，请允许我代表市诗词学会全体会员向各位领导表示由衷的谢意！

四平市诗词学会自 2008 年重新恢复活动以来，在市委、市政府的正确领导下，在中华诗词学会和省诗词学会的大力支持下，组织建设和诗词创作，都取得了较大成果，学会会刊已发行 12 期，共发表诗词 11200 余首，文论近 50 余篇，发展中华诗词学会会员 105 人，占全省中华诗词学会会员总数 1/3 左右，学会论坛《辽畔吟旌》已发主贴 4680 余首，发帖量 6 万余首。

最后，我希望四平诗词学会要以纪念纳兰性德诞辰 360 年端午诗会为契机，积极担当起历史使命，以更加奋发有为的姿态，继续推进和繁荣我市诗词事业，进一步传承中华诗词文化，下大力气推进社会和谐，推介四平、宣传四平，提高魅力四平的知名度和美誉度，为四平文化大发展、大繁荣再做出新的、更大的贡献！

预祝本次端午诗会圆满成功！

祝各位来宾身体健康、家庭幸福、万事如意！

（作者系四平市政协副主席、四平市诗词学会顾问、名誉会长）

纳兰性德其人与四平

徐立忠

纳兰性德（1655 年 1 月 19 日—1685 年 7 月 1 日），满洲正黄旗人，叶赫那拉氏，字容若（故又称纳兰容若），号楞伽山人。原名纳兰成德，为避当时太子"保成"的名讳，改名纳兰性德。

一年后，太子改名为胤礽，于是改回成德。顺治十一年生，死于康熙二十四年，年仅 31 岁。康熙十五年进士，为武英殿大学士明珠长子，一生淡泊名利、善骑射、好读书、擅长于词。他的词基本以一个"真"字取胜，写情真挚浓烈，写景逼真传神，但细读却又感淡淡忧伤。相传为曹雪芹所著《红楼梦》中贾宝玉的原型。人谓"谁料晓风残月后，而今重见柳屯田"。主要作品有《侧帽词》《饮水词》《通志堂集》《画堂春》等。他尤以小令见长，时人誉为"清代第一词人"。他出身贵胄，才华横溢，却经历坎坷，惆怅一生。

纳兰性德于顺治十一年（公元 1655 年）生于北京，其父是康熙时期权倾朝野的相国明珠，母亲觉罗氏为英亲王阿济格第五女，一品诰命夫人。而其家族那拉氏隶属正黄旗，为清初满族最显赫的八大姓之一，即后世所称的"叶赫那拉氏"。纳兰性德的曾祖父名金台吉，为叶赫部贝勒，其妹孟古格格，于明万历十六年嫁努尔哈赤为妃，生皇子皇太极。其后纳兰家族与皇室的姻戚关系也非常紧密，因而可以说，他的一生注定是富贵荣华。也许是造化弄人，纳兰性德偏偏是"虽履盛处丰，抑然不自多。于世无所芬华，若戚戚于富贵而以贫贱为可安者。身在高门广厦，常有山泽鱼鸟之思"。

纳兰性德自幼天资聪颖，读书过目不忘，数岁时即习骑射，17 岁入国子监读书。为国子监祭酒徐文元赏识，推荐给其兄内阁学士、礼部侍郎徐乾学。纳兰性德 18 岁参加顺天府乡试，考中举人，19 岁准备参加会试，但因病没能参加殿试。而后数年中他更发奋研读，并拜徐乾学为师。在名师指导下，他在两年中主持编纂了一部 1792 卷的儒学汇编——《通志堂经解》，受到皇上的赏识，也为今后发展打下了基础。他又把熟读经史过程中的见闻和学友传述记录整理成文，用三四年时间，编成四卷集《渌水亭杂识》，其中包含历史、地理、天文、历算、佛学、音乐、文学、考证等方面知识，表现出他相当广博的学识基础和各方面的意趣爱好。1674 年，与女子卢氏结婚，并有一子，康熙十三年卢氏病逝，纳兰为此写下很多悼亡词。

纳兰性德 22 岁时，再次参加进士考试，考中二甲第七名。康熙皇帝破格授他三等侍卫官职，以后升为二等，再升为一等。作为皇帝身边的御前侍卫，以英俊威武的武官身份参与风流斯文的诗文之事。随皇帝南巡北狩，游历四方，奉命参与重要的战略侦察，随皇上唱和诗词，译制著述，因称圣意，多次受到恩赏，是人们羡慕的文武兼备的年少英才，帝王器重的随身近臣，前途无量的达官显贵。

但作为诗文艺术的奇才，他在内心深处厌倦官场庸俗和侍从生活，无心功名利禄。虽"身在高门广厦，常有山泽鱼鸟之思"，他诗文均很出色，尤以词作杰出，著称于世。24岁时，他把自己的词作编选成集，名为《侧帽集》，又著《饮水词》。再后有人将两部词集增遗补缺，共349首，编辑一处，合为《纳兰词》。传世的《纳兰词》在当时社会上就享有盛誉，为文人、学士等高度评价，成为那个时代词坛的杰出代表。时人云："家家争唱《饮水词》，纳兰心事几人知?"可见其词的影响力之大。

1674年，纳兰性德20岁时，娶两广总督卢兴祖之女为妻，赐淑人。是年卢氏年方18，"生而婉娈，性本端庄"。成婚后，二人夫妻恩爱，感情笃深，新婚美满生活激发他的诗词不断问世。但仅三年，卢氏因难产而亡，这给纳兰性德造成极大痛苦，从此"悼亡之吟不少，知己之恨尤深"。沉重的精神打击使他在以后的悼亡诗词中一再流露出哀婉凄楚的不尽相思之情和怅然若失的怀念心绪。纳兰性德后又续娶官氏，并有侧室颜氏。传言纳兰而立之年，在顾贞观的帮助下，纳江南才女沈婉。沈婉，字御蝉，浙江乌程人，著有《选梦词》。值得一提的是，沈婉是汉人。后纳兰性德在与沈婉共同居住的别苑去世，次年沈婉产下一子，后沈婉离开京城，回到江南，并在江南终老。纳兰性德作为一代风流才子，他的爱情生活因而被后人津津乐道，也有捕风捉影的各种市井流言，最为盛传的是表妹入宫一事，但终不可考。

我们能从他的词中读到世间真情和人世沧桑。诗人落拓无羁的性格，以及天生超逸脱俗的禀赋，加之才华出众，功名轻取的潇洒，与他出身豪门，钟鸣

鼎食，入值宫禁，金阶玉堂，平步宦海的前程，构成一种常人难以体察的矛盾感受和无形的心理压抑。加之爱妻早亡，后续难圆旧时梦，以及文学挚友的聚散，使他无法摆脱内心深处的困惑与悲观。对职业的厌倦，对富贵的轻视，对仕途的不屑，使他对凡能轻取的身外之物无心一顾，但对求之却不能长久的爱情，对心与境合的自然和谐状态，却流连向往。纳兰性德于康熙二十四年（1685 年）暮春，抱病与好友一聚，一醉，一咏三叹，然后便一病不起，7 日后于 7 月 1 日溘然而逝。

纳兰性德虽然只有短短 31 年生命，但他却是清代享有盛名的大词人之一。在当时词坛中兴的局面下，他与阳羡派代表陈维崧、浙西派掌门朱彝尊鼎足而立，并称"清词三大家"。然而与之区别的，纳兰性德是入关不久的满族显贵，能够对汉族文化掌握并运用得如此精深，是不得不令人大为称奇的。

纳兰性德词作现存 348 首（一说 342 首），内容涉及爱情友谊、边塞江南、咏物咏史及杂感等方面。尽管以作者的身份经历，他的词作数量不多，眼界也并不算开阔，但是由于诗缘情而旖旎，而纳兰性德是极为性情中人，因而他的词作尽出佳品，倍受时人及后世好评。近代著名学者王国维就给其极高赞扬："纳兰容若以自然之眼观物，以自然之舌言情。此由初入中原未染汉人风气，故能真切如此。北宋以来，一人而已。"而况周颐也在《蕙风词话》中誉其为"国初第一词手"。

纵观纳兰性德词风，清新隽秀、哀感顽艳，颇近南唐后主，而他本人也十分欣赏李煜，他曾说："花间之词如古玉器，贵重而不适用；宋词适用而少贵重，李后主兼而有其美，更饶烟水迷离之致。"此外，他的词也受《花间集》和晏几道的影响。

在纳兰性德的诗词中，写景状物关于水、荷尤其多。首先其别业就名为"渌水亭"。无论目前关于渌水亭所在地点的争议怎样，无论它是在京城内什刹海畔，还是在西郊玉泉山下，抑或在其封地皂甲屯玉河之浜，都没能离开一个水字。是一处傍水的建筑，或是有水的园囿。对于水，纳兰性德是情有独钟的。中国传统文化中，把水认作有生命的物质，认为是有德的，并用水之德比君子之德。滋润万物，以柔克刚，川流不息，从物质性理的角度赋予其哲学的内涵。这一点被纳兰性德这位词人尤为看重。

明代定都北京后，许多达官贵人纷纷在城内外营造私人花园。如城内的英国公花园、西郊皇亲李伟的清华园和漕郎米万钟的勺园，都是极负盛名的。到了清朝，特别是王室在西郊大兴园林土木，自畅春园始，到圆明园之鼎盛，三山五园，几成中国古代造园史上的顶峰。为了仿效，为了方便朝班，更是为了享受，王公大臣也在西郊购地，建起自己的园墅别业。明珠就在畅春园咫尺之处，兴建"自怡园"。取海淀、西山一带的山水之胜，构架了景似江南的私家

花园。而纳兰性德把属于自己的别业命名为"渌水亭",一是因为有水,更是因为慕水之德以自比,并把自己的著作也题为《渌水亭杂识》。词人取流水清澈、淡泊、涵远之意,以水为友、以水为伴,在此疗养,休闲,作诗填词,研读经史,著书立说,并邀客燕集,雅会诗书——一个地道的文化沙龙。就在他辞世之时,也没离开他的渌水亭。与之相比,同在水泉丰沛的海淀,大将僧格林沁却造旱园,在园中起山神庙。权宦李莲英于海淀镇闹市中置产业三处,方便起居却无水趣。宗室商人萨利建宅通衢,招摇有余,风雅稍逊。试想,如果这位伟大的以水为性,借水寄情的词人没有了水,他的情感激发和创作灵感的进出就要大打折扣,甚至几近干涸。如果以山为题、以山为怀,那他的艺术也定是另种风度了。

纳兰性德的诗词中,对荷花的吟咏,描述很多。以荷花来比兴纳兰公子的高洁品格,是再恰当不过的。出淤泥而不染是文人雅士们崇尚的境界。它起始于佛教的有关教义，把荷花作为超凡脱俗的象征。而在中国传统文化中，把梅、竹、兰、菊"四君子"和松柏、荷花等人格化，赋予人的性格、情感、志趣，使其具有了特定的文化内涵和哲学意蕴。郑板桥的竹、金农的梅、曹雪芹的石，都成了寄托文人心态、情感的文化图腾。而纳兰性德却认定了荷花。他的号为楞伽山人，有禅缘者，看重荷花，更在情理之中。纳兰性德所居，所乐之处均有水存在，水中的荷花更陶冶诗人的性情。瓮山泊畔有芙蓉十里，玉泉山下有芙蓉殿，渌水亭边碧水菱荷，皂甲屯明珠花园西花园遗址仍残留水沼，出土莲花纹汉白玉栏板……这无不说明它与纳兰性德的生活、创作有着密切的关联，它与词人的精神始终同在。

中国历代文人追求对物质性理的认识，并把它与人生观、世界观等哲学概念联系起来，指导生活、事业，并把它艺术化。在哲学的理性与艺术的热情的交汇点上有所生发。纳兰性德也不例外，他以诗词的形式，以杰出的艺术互为观照着他的哲学理念。

虽然纳兰性德出生在北京，但他的祖籍在四平，他的根在叶赫。所以，他和四平有着无可厚非的关系。

在他去世327年后的今天，四平市已经发展到350多万人口，在他的祖居地成立了中国·叶赫纳兰性德研究会，标志着对他的研究从他的生活地方，发展到了他的故乡。他的思想和贡献必将不断地得到发扬和光大，他生存于世的光芒，必将会给他的故乡带来新的亮彩。

（作者系中共四平市委党校常务副校长、教授）

传承薪火　弘扬国粹

——在"纳兰性德诗词大讲堂"开幕式上的致辞

张玉璞

尊敬的各位领导、各位诗友、各位来宾：

大家上午好！

今天我们欢聚一堂，在这里举行"四平市诗词学会纳兰性德诗词大讲堂"。参加今天这次大讲堂的来宾有四平市诗词学会的会长、副会长、秘书长、副秘书长、常务理事以及经常参加学会活动的大部分会员；有来自梨树县诗词楹联学会的领导班子以及部分会员代表近100人。首先，我代表学会向一直以来关心四平诗词事业发展的各位诗友和各界朋友致以衷心的感谢和崇高的敬意！

这次"纳兰性德诗词大讲堂"活动具有十分深远的意义，主要是进一步落实党的十八大和十八届三中全会关于建设文化强国的有关精神。通过大力宣传纳兰性德这一值得我们骄傲的四平历史人物，深入研究纳兰性德诗词，进一步传承中华诗词文化，下大力气推进社会和谐，同时对推介四平、宣传四平、提高魅力四平的知名度和美誉度将起到不可替代的促进作用。

回顾四平诗词学会过去所取得的成就，与四平市委、市政府领导的关心和

大力支持是分不开的，这一坚强有力的后盾，增强了我们做好诗词事业的信心与动力。我们一定要担当起历史使命，以更加奋发有为的姿态，继续推进和繁荣诗词事业，坚决把 2014 年开展的一系列有关纳兰性德诗词研究活动做实做好。今天开展的大讲堂只是其中的一项活动，下步，我们还将在 5 月 28 日继续举办"弘扬纳兰性德诗词、纪念叶赫建城 440 周年"端午采风诗会；在八九月份举办中华诗词学会"寻梦纳兰性德祖地，走进诗情画意四平"全国采风诗会的活动。通过一系列扎实有效的活动，将纳兰性德诗词研究活动推向一个新的高潮，让纳兰性德诗词走出铁东、走出四平，面向全国，享誉世界！

今天的大讲堂，有三名老师担任主讲，他们分别是四平市诗词学会夕佳诗社、圆梦诗社的诗词讲师、四平市诗词学会副会长毕中信、四平市诗词学会副会长，四平市老年大学诗词讲师，并刚刚获得全国诗词界最高奖项"华夏诗词大赛二等奖"的赵丽萍，以及全国知名，年青的纳兰性德研究者、四平市城区农村信用联社办公室主任、四平市诗词学会副会长张应志。

可以说，以上三名同志对纳兰性德诗词有一定的研究。特别是张应志同志，从 2001 年起开始研究纳兰性德，先后出版了《纳兰词译注》《纳兰诗校注》两部专著，研究成果有《纳兰丛话》系列，参加过北京海淀文联举办的纳兰性德研讨会，有多篇纳兰性德研究论文入选国家级报刊和出版物，在纳兰性德研究领域取得一定成就。相信三名主讲人的精彩讲解一定能给大家带来思想和智慧的盛宴，使我们受益匪浅、收获良多。一定会进一步推动我市掀起研究"纳兰"诗词的热潮，使我市的诗词事业能得到蓬勃发展，不断取得新的更大的成就！

（作者系四平市诗词学会会长、《四平诗词》主编、中华诗词学会会员、吉林省诗词学会理事、吉林省作家协会会员、四平市食品药品监督管理局原常务副局长［正县级］）

在全国纳兰性德诗词研讨会上的讲话

四平市诗词学会会长　张玉璞

（2014 年 8 月 28 日）

尊敬的李文朝副会长、唐宪强顾问及中华诗词学会和吉林省诗词学会的各位嘉宾：

首先，我代表四平市诗词学会和全体会员，对来自首都北京和全国各地的各位领导和诗友，致以诚挚的问候，大家辛苦了！

各位领导、各位大家、各位诗人不辞辛苦，莅临我们今天的会议，为我们的会议增添了靓丽的光彩。这是我们四平市自建市以来，第一次邀集了这么多闻名全国的诗界达人，这既是我们城市的光荣，也是我们学会的荣幸，同时也必将载入我市的文化史册。

下面我代表四平市诗词学会，向参加会议的各位领导和各位代表简要汇报

一下四平市诗词学会在学会发展和创建中华诗词之市路上所做的工作和取得的成绩。

四平市诗词学会成立于 1987 年 8 月，在 2008 年 6 月召开的第三届会员代表大会上，选举产生了新一届理事会，推举张玉璞同志为会长后，在市委、市政府的正确领导下，在国家、省诗词学会的精心指导下，特别是由于广大诗友的不懈努力，我市的诗词事业不断得到了巩固和发展，并取得了较好的成绩。

2008 年、2009 年、2010 年连续三年举办了"中华诗词辽河采风"伊通站、四平站、梨树站采风活动。2009 年 7 月 23 日经中华诗词学会会长办公会批准，四平市诗词学会加入中华诗词学会，成为团体会员单位。2011、2012 两年，由于四平市诗词学会各项工作开展得扎实有序、成绩突出，被吉林省民政厅和吉林省公务员局评为 2011 年度全省先进社团组织，在我市当时 170 多家社团组织中，只有两家获得此殊荣。会长张玉璞还被评为 2011 年度优秀社团组织工作者。2011 年 12 月我市所辖公主岭市在吉林省县级城市中率先获得"中华诗词

之乡"的美誉，并举行了颁牌仪式。

2012年10月我市诗词学会，又率先在吉林地级城市中开办了中华诗词论坛《辽畔吟旌》论坛，到目前论坛已发主题贴近5400个，总贴数已超过7万。

2014年5月，四平市诗词学会举办了纳兰性德诗词大讲堂，在四平市的诗友和部分梨树县诗友共100多人参加，这次讲课为我市纳兰性德诗词研究工作创造了良好的开端。5月28日纪念纳兰性德诞辰360周年端午诗会在四平成功举行，这次会议把我市的纳兰性德的研究工作，推向了一个新的高潮。

市诗词学会还做了很多工作。27年来，特别是2008年换届以来，市诗词学会的工作是六年光辉路，一年一大步。因时间关系这里就不一一介绍了。总结市诗词学会的工作主要以下几个方面的成绩：

一、弘扬主旋律、传播正能量，紧密围绕市委、市政府的工作大局开展扎实有效的工作。学会认为，中国的发展进步，离不开积极向上的思想动力，中

华民族的伟大复兴，需要凝聚 13 亿人的奋进力量，而中华诗词既是国粹，又是人民群众喜闻乐见的文学形式，有易学、易传播、便于吟诵等特点，所以几年来一直坚持用诗词这种形式来宣传党的方针政策，宣传市委、市政府中心工作，像建党、建国、建军纪念日，特别是党的十八大的召开，党和国家的每一项突出成就，学会都积极跟进，组织稿件进行宣传和反映。我市的一核三带、五城联创、攻坚克难，求富图强和大项目建设等，学会也都积极组织宣传，用诗词这种节奏明快，朗朗上口的艺术形式，让广大群众得到激励与鼓舞、产生共鸣，并及时跟上时代步伐，从而发挥引导正确舆论，促进社会和谐，起到了弘扬社会主义核心价值观的作用。另外，学会还于 2011 年 2 月成立了党支部，加强了党对诗词学会的领导。

二、注重发展诗词队伍，努力提高诗词创作水平。市诗词学会几年来十分注重诗词队伍的建设，到目前为止，四平市所属各市、县和辽河垦区、吉林师范大学都相继成立了诗词学会，会员人数从 1987 年成立时的 20 多人发展到今天的 463 人。在发展诗词队伍的同时，学会更注重提高诗词创作水平。多次举办诗词大讲堂和各种规模的诗词讲座。会刊《四平诗词》和《辽畔吟旌》网站也都发挥他们优势，使得优秀作品不断产生。其中赵丽萍在第五届华夏诗词大奖赛获二等奖，在"吉林·陈家店杯原创诗词大赛"中获一等奖。据不完全统计，会员近几年获全国各类奖项 20 多个。会员们的诗、词、曲、赋和杂体诗的创作，也日趋丰富和多样化。

三、推动诗词普及，使中华诗词融入百姓生活。诗词历来被认为是知识界和精英阶层的专利，是高高在上的文体，难以普及。市诗词学会迎难而上，倾力抓好诗词的普及与提高，在中华诗词学会倡导的诗词五进的基础上（即进机关、进学校、进社区、进企业、进农户）我们又增加了一个进军营。目前，四平市区内有诗社两个，纳兰性德词吧一个，诗词沙龙一个，社区活动站两个，农村诗社两个。常年参加活动的有 260 多人，通过这些基层群众的组织，使诗词的普及深入到了社会各个方面，也形成了我市特有的一道靓丽的风景线。越来越多的群众参与，也使高雅的诗词更加贴近生活，贴近实际，贴近了百姓，走向了社会。

四、坚定目标创乡创市、持之以恒弘扬国粹。四平市诗词学会早在 2008 年公主岭市创建"中华诗词之乡"时，就定下目标：争取早日把四平市创建成"中华诗词之市"。从那时起，市诗词学会就开始按照中华诗词学会创建"中华诗词之市"的具体要求逐条逐款地加以落实。学会在条件十分艰苦的情况下，多交朋友，广开门路。先是解决了诗词学会的办公场所，又坚持每年都出两期以上的会刊。学会得到了市委宣传部的大力支持，健全了机制，成立了筹备小组，有力推进了创建工作的顺利进行。2008 年以来，不但出版了 20 多期会刊，

还在各种报刊和媒体上发表专刊、专栏 60 多期，接受电视台专访 20 多次，各种采风 40 多次。会员有 18 人出版了诗集和文集达 22 本，这些成绩不但普及了诗词，扩展了宣传阵地，同时也为提高我市的知名度，起到积极推进的作用。目前四平市诗词学会有会员 463 人，其中省诗词学会会员 112 人，中华诗词学会会员达到 105 人，一支老中青三结合、弘扬主旋律、创新能力强的诗词队伍已经形成。

各位领导、各位代表，尽管我们的工作取得了一些成绩，但是还有很多不足，特别是创建中华诗词之市的工作，许多方面还有待完善。我们希望借助这次会议的东风，在中华诗词学会的和省诗词学会的领导下，扎实有效地开展诗词学会的各项活动，为传承优秀文化，为弘扬国粹，为加强诗教和造福地方，为把我市早日建成"中华诗词之市"而努力奋斗。谢谢大家。

纳兰词《长相思》赏析

张玉璞

山一程，水一程。身向榆关那畔行，夜深千帐灯。风一更，雪一更。聒碎乡心梦不成，故园无此声。

《长相思》是在纳兰性德所做的349首词中我最喜欢的一首。

康熙二十年（1681年）10月，大清康熙皇帝平定了吴三桂、耿精忠、尚可喜的"三藩之乱"，天下太平，于是在次年阳春三月到满族肇兴之地辽东一带去巡视。出山海关，至永陵、福陵、昭陵告祭先祖，并遥祭长白山。纳兰性德作为康熙皇帝的侍卫，扈驾随从，写下了这首思乡曲，成为千古名篇。

这首小令作于前往山海关（即词中所言的"榆关"）途中，主要写塞外行军宿营的感受和对故园的思念之情。上阕写浩浩荡荡的皇家扈从队伍向山海关的方向进发。景物描写主要突出了塞外广阔无边的空间。在山一程水一程的交错呈现中空间感不断扩大，这种不断扩大的空间在词人和故园之间构成了阻隔，故园渐行渐远，思乡的意绪也越来越浓得化不开。一个起程的行者骑于马上，回首望着身后，生发些许凄凉感慨。毕竟是公务出行，自然没有亲人送别时那一程又一程的身影，也少了"无为在歧路，儿女共沾巾"的情状。如果说山一程水一程写的是作者已经走过的路，那么"身向榆关那畔行"写的是词人往前瞻望的目的地，既体现出大队人马浩浩荡荡的壮观，也激荡出作者"关山度若飞"的豪迈情怀。

入夜，皇家的队伍经过一天的劳顿奔波后安营扎寨了。成千上万的营帐中灯火辉煌，情景十分壮观。我们尽可以想象，如果没有灯的存在，在云黑无月的夜晚，天地早已浑然一体；有了灯的存在，才将天地真切明朗的区分开来。若再从高处和远处望去，那帐中灯火似乎又成了满天密布的繁星。著名国学大

师王国维在《人间词话》一书，对这首词的意境之美给予高度评价："明月照积雪、大江流日月、黄河落日圆，此种境界，可谓千古壮观。其求之于词，惟纳兰容若塞上之作，如《长相思》之夜深千帐灯、《如梦令》之万帐穹庐人醉，星影摇摇欲坠，差近之。"认为这两句的壮观之美可与千古名句相媲美，我感到评价毫不为过。"夜深千帐灯"是情感酝酿的高潮，也是上下阕之间的自然妥帖的意境转换。

词的下阕，与上阕描写的壮观场面截然相反。一首歌曾唱道"夜深人静的时候是想家的时候"，的确如此，更何况风一更雪一更呢。在风雪交加之夜，纳兰性德百无聊赖地数着更筹的声响，他辗转无眠，思乡之情油然而生。他埋怨起故乡的风雪：故园怎么会没有风雪的声音呢？其实，心情不好时，看什么都不顺眼，一切事物（包括原本十分美好的事物）都可能无端地成为被埋怨的对象。纳兰性德不也是曾把青山秀水说成过"残山剩水"吗？其实，道理是一

样的。

　　故园有家，家是温馨的港湾，有爱妻，有天伦之乐，有"张敞画眉"之趣，让自己没有心思细听这风起雪落，只是特别地感受到边塞袭人的寒气。而此时此地，远离故园，才分外地感觉到了风雪夜羁旅异乡的情怀。让人难以想象的是，纳兰性德身为"九五至尊"的侍卫，在别人看来是可望而不可即的工作，他本该意气风发才是，可他却偏偏像小孩子一样恋起家来，其内心视此等荣耀可见一斑，真正是"冷处偏佳，别有根芽，不是人间富贵花"，难怪索引派的红学家们将他视为贾宝玉的原型呢。

　　总体来说，《长相思》一词纯粹使用白描的手法，词句平白如话，朗朗上口，清新婉约，生动自然，丝毫没有雕琢的痕迹，正如王国维评价纳兰性德所言，缘"初入中原，未染汉人风气，故能真切如此"。从美学角度来讲，夜、

雪、灯在颜色和明暗度上的对比平添了绚丽的色彩，数量词的巧妙运用也增强了时空表达的延展性，气势恢宏，因此具有非凡的艺术价值。

不是人间富贵花

牛立坚

话题缘起。虎年春节，在北京工作的世安、万年二位先生回家乡过年。为重温四十年前的乡村生活，我们结伴来到了伊通满族自治县二道镇万德村。宁静的夜晚，天气不太冷，在纯朴好客的主人精心安排下，我们站在院子里，遥指星汉，观赏着深邃夜空中的漫天繁星。回到屋子里，三人躺在一铺火炕上。有人提议，每人吟诵几句。甲兄就刚才情景脱口而出："抵足同榻三弟兄，又现少年狂吟声。夜阑无眠兴未尽，闲步庭院指繁星。"乙兄则联涉当年三位女友而戏言："冰城雏凤杳无迹，吉星乳燕飞鹏城。只有彩云依旧在，也入他人梦魂中。"有人说，用《乡村爱情》中王木生式的语言，丙兄说："一铺小火炕，躺着仨老翁。半夜不睡觉，当院查星星。"大笑，仍无眠。于是漫无边际地谈天说地，谈古论今，谈诗说词，记不清从谁开始，说到了纳兰性德。

初识容若。对纳兰性德有所知，是在 20 世纪 80 年代中期。当时，我在伊通县政府分管民族工作，为筹建满族自治县，我们对全县的自然风光、民族习俗、历史人物进行了全面普查。伊通满族的俊彦人物有后金十六重臣之一，招抚黑水部的巴奇兰；有钦赐头品顶戴、封号法什尚阿巴图鲁的依克唐阿；有一门二进士的齐耀珊、齐耀琳；有建国初期中共吉林省委书记处书记关山复；也有纳兰性德。我们在 80 年代末所建的由溥杰先生题写馆名的伊通满族民俗馆前言中，也曾写道："尧山刀，巴兰剑，性德词，展风云长轴，繁星闪耀，群英荟萃。柳边月，御路霞，乌苏烟，绘山河巨卷，圣地龙腾，女真竞骄。"此"性德"，即纳兰性德。

纳兰性德以词名世，第一次接触纳兰性德的词是在 1987 年。当时我和时任省民委副主任的赵德安先生一年数次去北京向国家民委汇报，在北京期间住在牛街国家民委招待所。七月流火，酷暑难挨，我在一本不知是谁遗弃在招待所的旧杂志上看到了一首词："山一程，水一程，身向榆关那畔行，夜深千帐灯。风一更，雪一更，聒碎乡心梦不成，故园无此声。"（调寄《长相思》）。从注释中得知，这是纳兰性德扈从康熙东巡时所做。榆关即山海关，因当时多植榆树而名，现北京恭王府后花园有一段微缩长城即名为"榆关"，以志不忘辽东乃满族祖宗肇兴所在之意。我很喜欢这首词，短短的 36 个字，把山、水、风、雪、帐、灯、全部涵盖，把声音、色彩巧妙包容其中，情感的抒发不断递增，以故园寄寓思乡，打动人的心灵，情真意切，朗朗上口。随着改革开放的深入，文禁的开放，我才有机缘更多地了解纳兰性德。

生平族属。纳兰性德于顺治十一年十二月十二日（公元 1655 年 1 月 19 日）生于北京，原名成德，后因避康熙朝太子胤礽（小名保成）之讳而改名性德，

字容若，因生于腊月，小字冬郎，别号楞伽山人。康熙二十四年五月三十日（1685 年 7 月 1 日）因"寒疾"，"七日未汗"，病逝于北京，年仅 31 岁。据史料记载"性德少聪颖"，读书过目即能成诵，继承满人习武传统，精于骑射，在书法、绘画、音乐方面均有一定造诣。17 岁入太学读书，18 岁参加顺天府乡试并中举人。22 岁参加进士考试，为二甲第七名，被康熙皇帝授予三等侍卫官职，很快晋升为乾清门一等侍卫，为三品武官。24 岁时，他把自己的词作编选成集，名为《侧帽集》，后更名为《饮水词》，取道明禅师答卢行者语"如鱼饮水，冷暖自知"之意。纳兰性德逝后，徐乾学、顾贞观等将两部词集增遗补阙编刻于《通志堂集》中，被世所称为"纳兰词"。

纳兰性德是满族人，纳兰是清初满族八大姓之一，后来的叶赫那拉氏即源于纳兰。满族在 1635 年农历十月十三日由皇太极于盛京（沈阳）崇政殿颁诏将族名改为"满洲"前，其族名沿用过挹娄、肃慎、勿吉、鞣鞨等，至明中叶后称为女真。女真族在明朝末年，形成三个大部落群体：在黑龙江境内松花江流域生活的称为东海女真（也称为野人女真）；生活在辽宁境内的以新宾赫图阿拉为中心的称建州女真；生活在吉林境内的一部分称海西女真，因其内部又有叶赫、辉发、哈达、乌拉四个大部落，故又称为扈伦四部。纳兰性德所在的叶赫部先祖祝孔革，在明朝万历年间曾任明朝的左都督金事，率部南迁定居于今伊通满族自治县西苇镇大碱厂村，"伐木为城，筑墙垒寨"，史称璋城。这个遗址在现在碱场水库库区内。1975 年我在西苇公社任党委书记时，率民工加固碱场水库大坝，曾在堤坝北端取土处挖出一个装满铜钱的罐子，当时尚无文物保护意识，铜钱被大家随意拿走，陶罐被打碎。居住在璋城的女真人因经常去北关互市，途经叶赫小住，为方便往来，遂迁往叶赫，史称叶赫部。伊通满族原属叶赫部。清末，慈禧太后为纪念祖居地，特在伊通设直隶州，叶赫归属伊通州管辖。

家世沿革。纳兰性德的曾祖金台石于明万历四十年成为叶赫部首领。明万历四十七年（1619 年）八月，清太祖努尔哈赤率部攻打叶赫，城破后金台石自焚而亡。纳兰性德的祖父尼雅哈在叶赫战败后随部众迁往建州，被编入正黄旗，初授佐领，后屡次从征有功，顺治时授骑都尉世职，康熙三年（1664 年）辞世。尼雅哈生二子：长子郑库，次子即纳兰性德的父亲——赫赫有名的明珠。明珠系康熙朝最重要的大臣之一，由侍卫授銮仪卫治仪正，迁内务府郎中，后擢升为内务府总管，再授弘文院学士，又历任刑部尚书，都察院左都御使，兵部尚书，武英殿大学士，后赠太子太傅，晋太子太师。据在北京西郊出土的康熙二十三年九月二十四日所立的《明珠及妻觉罗氏诰封碑》所载，明珠曾十四次升迁，其在任时名噪一时，权倾朝野。官居内阁十三年，"掌仪天下之政"，在议撤三藩，统一台湾，抵御外敌等重大事件中，都起到相当大的作用。康熙四十七年（1708 年）四月十五日，明珠病逝于北京。纳兰性德为明珠长子。

著述评说。纳兰性德编撰著述丰富，今存《通志堂集》，包括赋一卷，诗四卷，词四卷，经解序跋三卷，序、记、书一卷，杂文一卷，《渌水亭杂识》

四卷，其中包含历史、地理、天文、历算、佛学、音乐、考证等方面知识。除此之外，他还编刻过《大义集义粹言》《词韵正略》《今词初集》《通志堂经解》等书。

纳兰性德最杰出的成就是词作。他与阳羡派代表陈维崧、浙西派掌门朱彝尊并称"清词三大家"。他的词哀感顽艳，有南唐后主遗风，特别是悼亡之作更是情真意切、痛彻肺腑，令人不忍卒读。无论当时还是后世都为文人及评论家所重。朱祖谋赞其"八百年来，无此作者"。况周颐称其为"国初第一词手"。谭献说："作词皆幽艳哀断，所谓别有怀抱者。"郑振铎称其"缠绵清婉，为当代冠。"近代学者王国维称其："纳兰容若以自然之眼观物，以自然之舌言情。……北宋以来，一人而已。"聂先则谓："香艳中更觉清新，婉丽处又极俊逸，真所谓笔花四照，一字动摇不得者也。"季羡林先生则称赞道："从艺术性方面看，他的词可以说是已经达到了完美的境界。"据史料载，纳兰性德的词传至朝鲜，曾有人称为"谁知晓风残月后，而今重见柳屯田"。

边塞寄情。纳兰性德词中边塞词占有重要地位。他从 22 岁成为侍卫，至辞世的 9 年中曾 13 次出塞，写了数十首边塞词。但他的边塞词不类于唐宋的那种豪放，出于不同的志趣与意境，多属个人情感的宣泄，多别离念远，思绪吊古，但情投于景，跃然纸上，也抒写了深藏不露却又压抑不住的人生喟叹。

咏物抒怀。纳兰性德的咏物词约占词作的六分之一。咏物无论显露与委婉，其实皆为咏怀，无非是借物以寓性情怀抱，比兴之间，蕴藏款曲。纳兰性德的咏物词一是借物咏怀，表现人格的追求，不坠世俗的气质及孤独与伤感，比如《点绛唇·咏风兰》《眼儿媚·咏梅》等；二是借物表现相思之情，荷载着对爱情毁灭的痛惜，其代表作如《临江仙·寒柳》《月上海棠·瓶梅》等；三是借物以寓凭吊之情以表现伤时忧世，见《眼儿媚·咏红菇娘》《临江仙·卢龙大树》等。

爱情词作。纳兰性德词以爱情词为主体，在他的爱情词里，写得最多的是别离、是哀怨、是愁。"愁绝行人天易暮……折残杨柳应无数"，"凄凄切切，惨淡黄花节"，"新月才堪照独愁，却又照梨花落"，"天将愁味酿多情"……不胜枚举。在他的三百四十几首词中，"愁"字用了九十几次，"泪"字用了六十五次。秀丽的江山，淡朗的云天，媚人的花草，一入词人之眼，都变成了愁苦，引起愁怀，发出哀吟，缠绵悱恻，令人心颤目眩，强读下去，倍感悲苦凄凉。他的词作，不流于滥、不流于俗，没有阐述高深的思想，没有引喻难懂的哲理，只有痴情的振荡，但想象离奇，随手拈来，都是新意。他的离别词中思乡、思亲、思友之情处处可见，情真意切，体现着华贵的悲哀，优美的感伤。

情何以堪。最令人荡气回肠的是他的悼亡词。流传至今的优秀词作不计其数，但悼亡词很少，不过苏轼等二三人而已，这大概是由于汉文化受封建礼教的束缚而致。而纳兰性德作为满族入关不久的贵族公子没有几千年传统的束缚禁锢，他将悼亡之情挥抒到了极致，令人柔肠寸断。"天上人间俱怅望，未梦已先疑""点滴芭蕉心欲碎""曲阑深处重相见，匀泪偎人颤"……在悼亡词中，最使人心灵震颤的首推《沁园春·丁巳重阳前三日，梦亡妇淡装素服》和《青衫湿遍·悼亡》，使人看到词人多情多感，情痴绝代。句句声声，渗透着词人的凄楚，敲击着读者的心灵。这"销魂绝代佳公子"，儿女情长，淋漓尽致地展示着英雄气短。

纳兰性德出身豪门，少年得志，但爱情生活却不遂意。他 20 岁时，娶两广总督卢兴祖之女为妻。是年卢氏年方 18 岁，"生而婉娈，性本端庄，夫妻恩爱，感情笃深，仅三年，卢氏难产死，极大痛苦"，"悼亡之吟不少，知己之恨怨深"。后纳江南才女沈婉，浙江乌程人，著有《选梦词》，悼亡之作"丰神不减夫婿"。可惜他们的爱情生活以悲剧告终，沈婉回归江南。沉重的精神打击对他的词作产生了极大的影响，使他在以后的悼亡词中，一再流露出哀婉凄楚的不尽相思之情，和怅然若失的怀念心绪。这大概使他成了一个很敏感的人，否则怎么能发出那么多的悲苦之音。他既没有李后主的亡国之痛，也没有柳永的颠沛流离的生活经历，那么多的悲苦，只能认为是一颗极端敏感的心看透了世事的无常。他的悼亡词作真切之极，使人惆怅欲泣，往往是在短短数行看似易懂的词中隐含了廖廓的心境、一颗愁深似海的心，词作情辞凄美，意境超然清灵。大量地使用了断肠、凄凉、惆怅、悲苦、憔悴、愁、恨、泪、梦、瘦。但其格韵高远，具有感情真挚这种内在的美，使得这一佳公子，一生富贵，却怀抱着一颗伤心，抒发着一段柔肠。

纳兰性德的伤感给人留下了深刻的印象，但静下来思忖，将爱情写得那么哀婉悱恻是不是另有用意？他的词中会不会以曲笔的方式表达别的深意，或者是情另有所寄？从字里行间揣测，与青梅竹马的表妹相恋是否真实？

矛盾人生。我有时觉得纳兰性德是个谜，他身为入关不久的满族人，却痴迷于汉文化；他以英俊威武的三品武官身份，却参与着风流飘逸的诗文韵事；他仕途得意，天资聪颖，却终生为情所累；他出身高贵，风流倜傥，却游离于繁华喧闹；他满眼的莺莺燕燕，却满腹悲苦，独悼亡妻；他有着满族新贵的出身却毫无骄矜傲倨，反而情思忧郁。"身世悠悠何足问，冷笑置之而已"（《金缕曲》）。曹寅称其为"玉树临风，纤尘不染"，"忆昔宿卫明光宫，楞伽山人貌姣好"。而他却在滚滚红尘中寻找西风残月，衰草枯杨。就连季羡林这样的大家也曾写道："生长于荣华富贵之中，然而却胸怀愁思，流溢于楮墨之间。这一点我至今还难以得到满意的解释。"以至于坊间演绎传说："性德亡后，明珠罢相，读容若词，老泪纵横：这孩子什么都有啊，他为何如此忧伤？"

但是仔细分析起来，却也应有解释。他虽是满族人，却受着汉族人的教诲与文化熏陶；他所从事的侍卫生涯单调拘束，完全不合于他落拓无羁的性格，超逸脱俗的禀赋。加之于爱妻的早逝，宫廷的清规禁锢着他，贵族的礼教束缚着他。精神生活与物质生活的极端冲突，使他憔悴忧伤，哀苦无端，于是便把无尽凄苦倾注于笔端，词作便哀伤凄厉到了极处。当然也不排除他有追求不到的爱情。试看《减字木兰花·相逢不语》《减字木兰花·花丛冷眼》便令人疑窦丛生。

正是这种常人难以体察的矛盾感受和心理压抑，使得他于康熙二十四年暮春，"聚南北之名流，咏中庭之双树"，抱病与好友一聚，一醉，一咏三叹，然后便一病不起，七日后溘然而逝。距离他的爱妻卢氏辞世为同月同日，只是年代相差了整整十一年。这次咏夜合花，成了他的终生绝唱。纳兰性德好友张纯修慨叹："嗟乎，谓造物主而有意于容若也，不应夺之如此之速；谓造物主无意于容若也，不应界之如此之厚。"我于2008年去北京，应朋友之约前往宋庆龄故居参观，看到据说是纳兰性德手植的合欢树时，也是"老夫聊发少年狂"，"发思古之幽情，独怆然而泣下"。

婉约豪放。在一段时期内，有人认为纳兰性德的词格调低，属病态心理支配下的无病呻吟，将其列入"文学花边"，这是一种偏见。纳兰性德无疑是个天才，非文人不能多情，非才子不能善怨。"诗庄词媚"，诗言志，而词则多用来寄以情怀，情怀是非理性所能解释清楚的，凭的是天然所成。自宋以来，词坛为古典主义占有，充斥着讲究堆砌，排比、用典，讲究句法、字法的古典气味。而纳兰性德则不受传统束缚，不受古典熏染，自由地驱笔，自由地创作，以特别丰富的情感，采用白描的手法，没有虚浮缥缈的辞藻，没有偏涩用典的陋习。体现着从心底发出的伤悲，这种伤悲是一种淡淡的、凄迷的，却侵入骨髓的哀怨，将自己对人生，对经历，对情感的感悟转化成文字，几乎每首词都深情动人。他那神秘而凄美的情怀像磁石一般散发出强劲而持久的吸引力。

至于他的词作婉约，更无可厚非，豪放的人喜欢苏辛，细腻的人偏爱李柳，豪放婉约，各有补益，相得益彰。我特别推崇毛泽东的精辟论述："词有婉约豪放两派，各有兴会，应当兼读。读婉约派久了，厌倦了，要读豪放派。豪放派

读久了，又厌倦了，应当改读婉约派。"（引自公木著《毛泽东诗词鉴赏》，长春出版社1994年版）

后主第二？有人把纳兰性德称为李煜第二。周稚圭就曾说："纳兰容若，南唐李重光后身也。"梁启超则评价为："容若小词，直追后主。"纳兰性德也很欣赏李煜，他曾评论："花间之词如古玉器，贵重而不适用；宋词适用而少贵重。李后主兼尔有其美，更饶山水迷离之致。"但我却觉得二人各擅专长。南唐后主前期多为花间柔靡之情，后期多为国破家亡之伤。而纳兰性德却少写家国之事，仅系失去红颜知己，但"往往欢娱工，不如忧思作"，他以落拓无羁的性格、超逸脱俗的禀赋、才华出众的潇洒，追求着不能长久的爱情，追求着心与境合的状态。甚至面对着温柔端庄的大家闺秀为妻，善解人意的江南才女红袖添香，也仍是苦怀昔日，感慨今朝。应该说他是以词的形式，以杰出的艺术互为关照着他的人生理念，不多愁善感，没有一颗忧郁的心，是很难读懂他这种柔肠绕指、愁思缠绵的意境的。

赏词心态。欣赏纳兰性德的词应汲取其正确的、主流的东西，比如其词作以真取胜，写景逼真传神，写情真挚浓烈，不应把自己陷入一种虚幻的心理，特别是一些文学女性。我曾经看过一篇文章：皎洁的月光清冷的投射，满园梅花暗香袭人，那个拥有绝世文采的男子，衣袂飘飘地徘徊其中，这时花瓣雨纷纷洒下，落在他的肩膀，落在他的头发，落在他如玉的容颜——我为容若狂。在我的同乡好友施立学先生主编的一部书里，也有人写道：也许美丽终究要在最美丽的时刻凋零，也许悲伤是你一生的纠缠，也许所有的女子都如他们那样对你，如你美丽的表妹，如你温婉的妻子，如——我！跨越几百年历史，让世间多少女子为你动容。一滴清泪滴在我的裙角，写下文字，我愿飞越时空，对你说：我爱你。几百年的时光，仍让现代女性如此痴迷，真使人万分感慨，即便是君临天下，也未必得如此真情，容若公子泉下有知，也会使那颗伤感的心得到些许慰藉。但使我有所忧思的却是我们应如何健康地汲取古典文学的营养。或许我们真的是怀着一种梦想才会喜欢上一位古人，他会在心中成为一种精神寄托？沉浸在文化的殿堂中是一件很美的事情，但我们必须立足于现实中的坚定。欣赏文学作品重在"作品"，从而古为今用，撷取其精华，扬弃其糟粕。我不是说教式的教师爷，我不是叨叨着一代不如一代的九斤老太，我可能只是杞人无事忧天倾。须知纳兰容若也是"伤情而不绝情，多情而不滥情"的。

结尾的话。文字多了些，特别是开头部分完全可弃之不用。但我内心思忖，需交代者有二：一是花甲之年何以对此"情词"产生兴趣，故以交代系友人议乡梓前贤而致；二是写此文字是否不务正业，故以交代纯系春节期间于休息之日及灯前月下所为。恐为多虑也。另此文中引原词较少，对边塞词、咏物词均未展开，对其他词作未曾涉及，均为篇幅所限之故。

纳兰性德故去了325年，纳兰性德的同僚、好友曹寅曾写道："家家争唱饮

水词，纳兰心事几人知。"天妒英才，其年不寿，"本是天上惆怅客""不是人间富贵花"。

（作者系四平市教育局原局长、四平市诗词学会顾问）

结友须当效纳兰

刘兴才

纳兰性德短暂而辉煌的一生结交了不少落落难合的汉族俊异布衣文人。闲暇时与他们雅会燕集、唱词品史、登楼赏月。一旦有需，援银赠房，慷慨救难。纳兰"孝友忠顺"，"殷勤固结"，"谋必竭其肺腑"的待友之道在他的词作中多有体现。

德也狂生耳。偶然间，缁尘京国，乌衣门第。有酒唯浇赵州土，谁会成生此意。不信道，遂成知己。青眼高歌俱未老，向樽前，拭尽英雄泪。君不见，月如水。共君此夜须沉醉。且由他，蛾眉谣诼，古今同忌。身世悠悠何足问，冷笑置之而已。寻思起，从头翻悔。一日心期千劫在，后身缘，恐结他生里。然诺重，君须记。

1676 年，纳兰性德 22 岁，春三月中二甲七名进士。春夏之交，文学大家，政治上颇不得意的顾贞观（字华锋，号梁汾）入京。得徐乾学、严绳荪介绍结识纳兰，不久又被明珠聘为塾师。这首《金缕曲》是纳兰与之交往中写给梁汾的第一首词。

"德也狂生耳"，开篇作者直道：我是一个狂放不羁、不拘礼法的人。"偶然间，缁尘京国，乌衣门第"，说他生于富贵之家，混迹于京城不过是一种偶然。缁尘：黑色灰尘，常喻世俗污垢。乌衣门第：乌衣港，富贵之家。乌衣港东晋时为王导、谢安两大权贵的豪宅。

以上两句是纳兰对结识不久却钦敬有加的落拓大儒的倾情告白，这份告白从客观上起到了消除顾贞观与权门贵公子初交的顾虑。"狂生"是个潜台词。这是在向对方表白：别把我看作死守满人歧见的纨绔。因为清初，以满族血统自炫，轻视、贬低，甚至敌视汉族布衣几乎是满人达官、权门的普遍心理，纳兰的不同流俗不先"表白"一下行吗？

接下来，作者进一步表述自己不同流俗的处世之道和鲜为人知的行为准则："有酒惟浇赵州土，谁会成生此意。"我平生最景仰平原君礼贤下士的君子之风，愿与有识之士肝胆相照。然而，并没有几个人了解我。赵州土系指战国四公子之一的平原君赵胜的坟墓。出自唐李贺《浩歌》"买丝绣做平原君，有酒惟浇赵州土"一诗。平原君死后虽未葬赵州，但他是赵国公子、赵相，所以仍把他的坟墓称为赵州土。成生：成德。即纳兰性德。纳兰原名成德，因壁太子保成"讳"改为性德。"不信道，遂成知己"，没想到今生遇见了你，我们意气相投，成为知己。"青眼高歌俱未老，向樽前、拭尽英雄泪"。你的诗才，政

见、品格一直为世人所称道，饮了这杯酒，快擦去壮志未酬的泪水。青眼：黑色的眼珠在眼眶中间。相传阮籍为人能做青白眼。见愚俗之人用白眼，见高人雅士与自己意气相投者用青眼。青眼看人表示对人的喜爱和尊重。"君不见，月如水"。要相信，你的前途会像如水的月色清澈洁白，一片光明。

下阕，作者以酒为佐料大发慷慨，"共君此夜须沉醉"，今夜，我要与你一醉方休。"且由他，蛾眉谣诼，古今同忌"。这句话应该是"蛾眉谣诼，古今同忌，且由他"的倒装语。那种嫉贤妒能、造谣诽谤的事自古皆然，由他去吧。1671 年，纳兰 17 岁。那一年春天顾贞观服阙赴补。因受忌者排斥曾告疾南归。蛾眉谣诼既是泛论，亦为此指。蛾眉：美人的秀眉，也喻指美女，美好的姿色。谣诼：造谣诽谤。屈原《离骚》有"众女嫉余之蛾眉兮，谣诼谓余以善淫"。"身世悠悠何足问，冷笑置之而已"。悠悠人生谁又说得明白，一笑置之而已。"寻思起，从头翻悔"。人世间多少往事若追思起来，常令人终生悔恨。"一日

心期千劫在，后身缘，恐结他生里"。你我一朝成为知己，必定患难与共，这样的情缘怕是结到下辈子去了。"然诺重，君须记"。我是一个最重允诺的人，请你记住我今天的话。

在纳兰众多的词作中，友情篇不下 40 首。是反复写给有限的几位挚友的，无论是感怀、思念还是畅言，篇篇都是真情的袒露。他的朋友梁佩兰在《祭纳兰文》中这样评论性德："黄金是土，惟义是赴。见才必怜，见贤必慕，生平至性，固结于君亲，举以待人，无事不真。"比如，他知道顾贞观喜欢清幽的环境，竟在他豪华格致的府邸辟建了数间茅屋供贞观闲居，并在《满江红·茅屋新成》赋词中告诉贞观：你要问我为什么建造几所茅屋给你，就是想让你安心地闲居在这里。无事就饮酒放歌，栽花种草，享受你所钟爱的田园生活。再如，他家的渌水亭几乎成了他与汉族文士把酒放歌、吟诗作赋的专用雅聚之所，乃至他染疾在床仍抱病与好友"一聚、一醉、一咏三叹"。而一旦与朋友小有分别，他对每个人的思念都是刻骨铭心的。他在《临江仙》寄严荪友词中就说"别后闲情何所寄，初莺早雁相思"。自从离别后我的情感无所寄托，春去秋来无时无刻不在思念。思念到什么程度呢？"生小不知江上路，分明却到梁水"。竟然梦见自己去了严荪友的家乡梁溪，而这个地方他从来就没去过。有感于此，在我写《纳兰性德》七律时灵感陡至，赢得了"清泪三更留紫塞，高情一梦走梁溪"的颔联，直令我长时间窃喜，不能自已。

回过头来再说纳兰对梁汾的"然诺"，不久便得到了验证。就在与梁汾初交的那一年冬天，顾贞观拿着他复给吴汉槎的二首《金缕曲》让纳兰看。吴汉槎就是"江左三凤"之一的吴兆骞。因恃才傲物被无端牵连到一场科考舞弊案中发配黑龙江宁古塔充军二十余年不得赦还。在行将老死他乡之际寄词与顾贞观，就是拿给纳兰的那两首《金缕曲》。纳兰看后热泪盈眶，深感同情，至此便以"塞外生还吴季子"为己任，"算眼前，此外皆闲事"，他把其他的事情统统抛在一边。终经多方斡旋，生还了吴兆骞，传为千古佳话。

古往今来，交友大都注意对等，讲求礼尚往来，像纳兰那样抛开民族成见，无视地位差异，用情至深至真，一味奉献的凛凛丈夫实在凤毛麟角。300多年过去了，一直为志士仁人所推崇。

如今，纳兰热高潮迭起。"两岸三地"争说《饮水词》。纳兰迷几近萧然半壁。品读纳兰词首先要睁开纳兰式的"自然之眼"。关注社会，洞悉人生。学学他的待人交友之道。这在风清气正的当下于国于己都会大有裨益。

（作者系四平市诗词学会常务副会长、四平市政协法制委原副主任（正县级））

惆怅——纳兰诗词的基调

吕小兵

一位威武潇洒的武官山一程水一程地向我们走来，今天的人们却无论如何都难以企及，这就是他，永远的纳兰。

　　纳兰容若的诞生比美利坚合众国要早 120 多年。为什么这样比，是因为大清的生猛铁骑入主中原，最初的一两代人完全没有历史的包袱和现实的顾忌，如同美国的拓荒牛一样。他们文化不高却所向无敌，很少缠绵悱恻和卿卿我我，守土开疆是大家共同的热望，征讨杀伐对他们来说是家常便饭。

　　到了第三代第四代的满洲贵胄，情况在悄然发生变化，他们中的杰出人物、思想者、先觉者开始热衷于中原文化。有着数千年历史积淀的中华民族优秀文化冲破族属的界限，入脑入心地征服着昔日以铁骑开路的征服者。康熙、明珠、曹寅、纳兰性德，均可作为接受汉文化的典型人物。

　　不凡的哲人总有不凡的经历，不凡的性格和心曲。纳兰性德从 1655 年 1 月 19 日出生于北京，到 1685 年 7 月 1 日因寒疾"七日未汗"病逝于北京，短短 31 年却成就了文学伟业。据载"性德少聪颖"，读书过目成诵，继承满人习武传统，精于骑射，在书法、绘画、音乐上均有造诣。17 岁入太学，18 岁中举，

22 岁进士及第，旋获授三等侍卫，晋乾清门一等侍卫、正三品武官，24 岁词作编成《侧帽集》，即《饮水词》。纳兰逝后又由好友徐乾学、顾贞观为其补遗编刻于《通志堂集》中，世称"纳兰词"，传世 349 首，又有各体诗作 362 首。历史上评价之高，不绝于书，代有嘉言——

纳兰性德的同僚、曹雪芹的祖父曹寅《题楝亭夜话图》称"家家争唱饮水词"。友人徐乾学《通议大夫一等侍卫进士纳兰君墓志铭》赞其"清新秀隽，自然超逸，海内名为词者皆归之"。况周颐《蕙风词话》说："纳兰容若为国初第一词人。"清末民初国学大师王国维断言纳兰为"北宋以来，一人而已"。甚至在朝鲜，也有"谁知晓风残月后，而今重见柳屯田"之誉。

综观纳兰诗词，有他 9 年 13 次巡边所写的边塞寄情，有表现人格追求的借物咏怀，有触景伤情的追思凭吊之作，有诉说别离哀愁的痴情泣笔。然以纳兰诗词的总体格调来评价，"惆怅"是他作品的底色和基调。曹寅说纳兰"本是天上惆怅客，不是人间富贵花"，至为精当。笔者认为：

首先，"惆怅"被纳兰性德打造成一种艺术境界，锤炼成一种艺术语言，融会到他的诗词之中。

诗是感情之火的凝练。但是传达诗意的方式各有不同。古所谓豪放、婉约者即是，实即对意境传达的曲与直、藏与露、敛与扬的风格异同。有人误以为只要用语言文字加韵角表达感情就是好诗好词，稍做文字雕饰或曲意表达，动辄斥之为矫揉造作、故作艰深、隐晦曲折等等，岂不知这只是审美取向的不同使然。阳刚、豪放、直抒胸臆，固然使人读之大快胸襟，赞为千古绝唱。委婉曲折、耐品尝、有余味，虽异于铁板铜琶，仍可谓天上纶音。其实阳刚也好，阴柔也好，关键在于诗词题材与作者的性格、情感、志趣、习惯和他所处境遇的契合，适于怎么表现就怎么表现，不应存在什么滞碍。

纳兰诗词的巨大成功，系因为他选择了稳定成熟的个人风格，打造了凄切、

惆怅、悲鸣的意境。你不能不承认，纳兰性德也是在直抒胸臆，果敢而无违地表达低婉、愁闷的情绪。这一点他和同期的一批诗人文士如揆叙、允礼、崇安、常安、德保、敦诚、昭梿、曹寅、鄂貌图、阿克敦、顾太清等有很大不同。但他们都是正派的满族文人，不时兴也不善于用诗词为当朝的文治武功大唱赞歌，或作"吾皇万岁"之类的肉麻吹捧。纳兰诗词并非始于凭空的冥想或"为赋新诗强说愁"，他的作品系由于感情的产生、发展、积累，然后浓缩、升华，几乎达到哀极而无泪、愤极而无言那样高度的诗境，带着他的眼泪，伴着他的深沉，从感情视角和心灵层面去打动读者。唯其用心之诚，用情之深，用意之专，才能够穿越历史的时空，赢得一代代的不同欣赏群体的共同的推崇。试读纳兰悼亡词《采桑子》：

　　海天谁放冰轮满，惆怅离情，莫说离情，但值良宵总泪零。

　　只应碧落重相见，那是今生，可奈今生，刚作愁时又忆卿。

在这首词中，作者以极痛楚的心情，责月之圆，衬托亡妻之憾，泣诉来生再见的生死爱恋。

《浣溪沙》：

谁念西风独自凉，萧萧黄叶闭疏窗，沉思往事立残阳。被酒莫惊春睡重，赌书消得泼茶香，当时只道是平常。

词中作者借宋代文人赵明诚、李清照赌书泼茶的佳话，喻夫妻恩爱之可珍，意深境远，读之使人垂泪叹息。

愁绪如织的年轻才子，以珍情、爱情为主体，以惆怅、悲怀为寄托，写出无数脍炙人口的绝唱——"愁绝行人天易暮……折残杨柳应无数""秋梦不归家，残灯落碎花""丝丝心欲碎，应是悲秋泪""旧事逐寒潮、啼鹃恨未消"……在他349首词中，愁、泪、悲、恨等字用了200余处。翩翩公子、皇亲贵胄也是难掩悲苦凄凉，有些诗词使人难以卒读。难道这只是常人的惆怅、悲苦的释放吗？非也，唯其格调高远，意境深邃，具有通古达今、融汇天人之美，才使一般的愁怀悲绪升华为上乘之作的。

其次，纳兰性德诗词的惆怅、悲怆格调是有深刻的社会背景和历史根由的。

长期以来人们觉得纳兰性德是一个谜：初出茅庐的满族显贵，为什么痴迷汉文化、结交汉族文友；英气勃发的一等侍卫，却看破了喧嚣的浮世；家世显赫却毫无倨傲凌人之气；身处庙堂之高却心系江湖，有山泽鱼鸟之思……

诚然，纳兰的家世是显赫的，但聪慧绝顶的他却始终感到自家生存在一个巨大的阴影之中。优良的教育启蒙使他在青少年时代就习练武功、饱读诗书，深谙历史的兴亡，由家事到国事，一种深深的戒惕意识和危机感攫住了他的心，"须知今古事，棋枰胜负，翻覆如斯"。也许他是个先知先觉的人，把一切都思忖好了。有几件大事使他高兴不起来。

一、族姓的哀史

叶赫部始祖本属蒙古，名星根达尔汗，后迁野赫河岸，故以野赫为国号。星根达尔汗传子席尔克明噶图；席尔克明噶图传子齐尔噶尼；齐尔噶尼传子褚孔格，开始接受明朝官职；褚孔格子太杵，太杵二子，即清佳奴、杨吉奴，筑东西二城（万历十二年李成梁杀二奴于开原），传于布寨和纳林布禄。万历四十七年（1619）两城城主金台石、布扬古被后金大汗努尔哈赤剿灭。

纳兰性德的曾祖父即战死于叶赫的金台石。金台石死后其子尼雅哈降，授佐领，后升骑都尉世职。尼雅哈有二子，次子明珠即纳兰性德之父，是康熙朝最重要的大臣，历任内务府总管、各部尚书、武英殿大学士，一生14次升迁，是名高天下、权倾朝野的人物。

纳兰性德生于1665年，母亲是大清开国元勋、努尔哈赤十二子阿济格的第五女。阿济格与多尔衮是同母兄弟，以军功封和硕英亲王。多尔衮于1650年冬在边外病逝后，阿济格护灵回京，因"御前带刀、拥兵夺权"的罪名被罢。顺治七年（1650）十二月二十六日经议政王会议阿济格之罪将其幽禁，其子劳亲亦革去王爵降为贝子。阿济格不服，禁闭期间"狂躁无礼，私藏大刀，暗掘地道，声称火烧监房"，而于次年十月，与子劳亲一并赐令自尽。

先祖 1619 年"灭国亡族"在前，外祖父、舅父 1650 年"坐逆伏诛"于后，这是少年纳兰性德内心难以承受之殇。虽生长在钟鸣鼎食之家，但他偏不是浑噩自甘之人。一种惕厉的警醒扎根在他内心深处了：这天下是建州、大清的，战败者的后裔好自为之，尚难保全；爵禄高登之日，或是黄泉路近之时。

有一个旁证可以说明问题。清江南才子杨宾即《柳边纪略》作者，于 1687 年冬北上宁古塔，去探视被流放 28 年的父亲。一路颠簸，同行的常明，也是护送年逾八旬"以罪流宁古塔"的父亲。在途经叶赫老城时，常明告诉杨宾，他们是叶赫新城贝勒的后人，父亲年轻时是陪皇太极玩鹰的高手。"我国因兄弟不睦，各据一城，自相残杀，又政由妇女，以致灭亡。""或曰前大学士明公珠，老城贝勒之后云。"

杨宾记录的只是当时一段叶赫后人的谈话，但极有可信度，从中至少可以说明：1. 败亡一个甲子后，叶赫后裔普遍存在着亡国灭族之叹，并根据自己的认识进行反思。2. 明珠、纳兰的故事已广为人知，明珠家族的升沉起伏命运已引起叶赫后裔的普遍关注。

普通叶赫人如此，饱读诗书、智商极高的纳兰性德更是一切洞明于心。他唯有以水为德，以荷为友，以诗为伴，"十里湖光载酒游""身向云山那畔行"，因为在他看来"眼底风光留不住""算来好景只如斯"。

二、公务的拘束

纳兰性德身为帝王侍卫，不负圣眷，勉力从公。倍加荣显的是经常护驾出巡，不仅担负康熙的保卫工作，而且随时以文墨侍候。平时任乾清宫一等侍卫，轮值排班，不敢有丝毫懈怠。他虽然官居三品，但在朝廷也只是芥豆之微，岁俸银130两，米65石。管理皇帝侍卫的机构为侍卫府，长官有"领侍卫内大臣"6人，皆正一品；内大臣6人，皆从一品；属下侍卫有一等侍卫60人，正三品；二等侍卫150人，正四品；三等侍卫270人，正五品；蓝翎侍卫90人。以上侍卫均须由上三旗出身，方可充任。在多数时间里，纳兰性德只是这庞大侍卫队伍中的一员。单调、乏味又高度紧张的工作，与纳兰性德的天性大相歧异，也成为他终生不遂其志的缘由之一。

三、婚姻的失意

说到婚姻爱情，纳兰性德也是高标自许，多情而非滥情，且以爱情入词，成果卓著。1674年纳兰20岁娶妻卢氏，夫妻恩爱3载，卢氏死于难产。这极大地击伤了纳兰性德仁厚脆弱的心，为此"悼亡之吟不少，知己之恨尤深"，以致"此情已自成追忆，零落鸳鸯，雨歇微凉，十一年前梦一场""一生一代一双人，争教两处销魂。相思相望不相亲，天为谁春""梦好难留，诗残莫续，赢得更深哭一场"。尽管后来续娶官氏，兼有副室颜氏，可他钟情卢氏，痴情不改当初，痛彻心扉的凄楚和哀伤始终伴随着他。虽有江南才女沈婉为伴，可惜爱巢之筑恨晚，才子之日无多，一代风流，倏然撒手西归，于1685年7月1日与世长辞。这位"国初第一词手"如果不是过早地离去，其对文坛的贡献，该是更加宏富的吧！

（作者系四平市诗词学会副会长兼秘书长、四平市文化局创作室原主任）

品读纳兰《满庭芳》 探寻作者宗源地

赵丽萍

清人况周颐在其《蕙风词话》中将纳兰性德誉为"国初第一词人"，国学大师王国维誉之为"北宋以来，一人而已"，言"明月照积雪""大江流日月""黄河落日圆"等边塞诗境的千古壮观，"惟纳兰容若塞上之作，如《长相思》之'夜深千帐灯'，《如梦令》之'万帐穹庐人醉，星影摇摇欲坠'差近之"。可见纳兰诗词的成就，在清初乃至现在都达到一个高峰。纳兰一生写了300多首词，其中悼亡词、友情词、爱情词、咏古词占了很大的比例，深受读者喜爱，但是他的边塞词也独具风采，其中边塞杂感《满庭芳·堠雪翻鸦》更是让人百读不厌。这首词是作者路过先世经营叶赫部时有感而发。

满庭芳·堠雪翻鸦

堠雪翻鸦，河冰跃马，惊风吹度龙堆。阴磷夜泣，此景总堪悲。待向中宵起舞，无人处、那有村鸡。只应是，金笳暗拍，一样泪沾衣。须知今古事，棋枰胜负，翻覆如斯。叹纷纷蛮触，回首成非。剩得几行青史，斜阳下、断碣残碑。年华共，混同江水，流去几时回。

塞外，积雪覆盖着荒凉的土堡，乌鸦翻飞，战马越过河面的坚冰，狂风掠

过荒野。上阕三句，描写了在滴水成冰的冬季里，堠雪翻鸦的荒凉，河冰跃马的肃杀，惊风龙堆的苍凉，这一切都让人毛骨悚然。继之阴磷夜泣两句的森寒，更仿佛真的让人看到夜里磷火在闪烁，听到冤魂在哭泣。这情景，总能叫人悲伤不已。"待向中宵起舞，无人处、那有村鸡。"这里作者反用祖逖刘琨闻鸡起舞励志报国的典故，直述等到在半夜闻鸡起舞，全无人迹，哪里有鸡声可闻。古战场的荒寂和悲凉和当年战争的惨烈已一览无余。"金笳暗拍，一样泪沾衣"就不足为奇了。下阕作者承上启下，由写景转为议论，由眼前的景色向历史的深处走去。必须知道古往今来，世事犹如变幻莫测的棋局一样胜负无常，翻覆不定。一种哀怨和痛苦从字里行间不经意流露出来。此处用《庄子·则阳》"触蛮之争"的故事，意谓由于极小之事而引起了争端，结果两败俱伤。后来人们也常用它比喻同室操戈，自相鱼肉，从而把祖先征伐的荣辱不动声色地嵌进词中。感叹曾经为了争名夺利，不惜大动干戈，但回首时，当时的荣辱都已经都已成为过去。在斜阳映照下，用于记录将士战功的碑碣，断裂残损，一派瑟瑟。于是发出年华如松花江水一去不回的感慨。

在纳兰词中，也许没有哪一首词能更深刻地反映他当时当地的感受。从词面上看，景物描写肃杀阴森，抒情议论含蓄隐忍，作者到底想说什么，欲言又止。词中具体的地点方位虽然没有提示，但是透过那超寒的景色和冰封的节序，它所包含的内容不能不让我们去思索：

一、岁月更迭，祖地叶赫在哪里

据《全辽备考》记载，叶赫又叫野合、野赫、野黑。是肃慎（女真）最古老的氏族部落之一，叶赫部原居住在松花江北岸的塔鲁木卫，在明建塔鲁木卫制前已冠海西女真。他们居住在呼兰河流域，祝孔革为海西女真始祖。海西女真又分为哈达、辉发、乌拉、叶赫四部，史称扈伦四部。14世纪，女真人各部落频繁迁移，"女真"头人祝孔革率部族南迁长白山余脉松辽伊通一带，最后来到叶赫河北岸定居。祝孔革派三子尼雅尼雅喀在珊延沃赫山建"珊延城"。祝孔革把塔鲁木卫改称为"叶赫部"，"叶赫那拉氏"为其部族的姓氏。意为"河边的太阳"。以河为名，以叶赫为国号。16世纪初，明朝中期，叶赫国势力已由长白山余脉北至松花江中大曲折处，扩展分布于开原边外，辉发河流域。

至16世纪中叶，叶赫部祝孔革的孙子清佳努、杨吉努势力强大，频频征服周围的部落，开疆扩土，领地广阔。并依险筑二城，相距可数里。清佳努居东城，杨吉努居西城，皆称贝勒，人称"二努"。"二酋巢在镇北关北，故开原人呼为北关，夷房巢穴此其最近者"当时，叶赫古城是首领居住的地方，可以说是经济、政治、军事中心。"叶赫有众部十五部，部民猛勇，尤善骑射，其兵锋所向，望风归服，拓地益广，军声所至，四境益加威服。"

万历十一年（1583年）建州女真努尔哈赤"十三副半铠甲起兵"，异军突

起。叶赫为与之争夺女真民族最高统领权，与建州部同室操戈，同时在明朝以夷治夷的政策打击下，经过艰苦的鏖战，叶赫终于被兼并，部落的两个首领，贝勒布扬古、金台石被处死。努尔哈赤接收了叶赫国的精兵良将，将叶赫的平民迁到建州，入籍编旗，变成了自己的臣民，继续发展壮大。努尔哈赤福晋孟古格格孝慈高皇后，皇太极的生母，也是金台石的姑姑。金台石和皇太极是外甥和舅舅的关系。这样的关系并没有挡住东西两城的覆灭。他们之间的恩怨该有多深。而叶赫部自明永乐四年至万历四十七年都城被后金所毁，共存213年，几度兴衰，为女真族的发展史留下浓重的一笔。不屈的金台石有儿子纳尔格勒和次子尼雅哈，降清隶满洲正黄旗；明珠是尼雅哈儿子，在康熙朝任武英殿大学士加太子太傅。明珠长子性德为一等侍卫，是今天名扬四海的著名满族词人。

高士奇在《扈从东巡日录》记载："夜黑城在北山之隈，砖甃城根，亦有子城，尚余台殿故址。又一石城，在南山之阳，水草丰美，微有阡陌。相传夜黑、哈达、灰发，皆东方小国，各有君长，我太祖高皇帝破之，其地遂墟。"当时的征伐惨烈可见一斑。

清初浙江山阴人扬宾，因其父杨越被清政府罪流宁古塔，为省亲，为迎父丧扶老母归中原，两次赴宁古塔，日后将两次见闻著成《柳边纪略》。此书是近人研究东北史的珍贵史料。杨宾在书中记录了清康熙二十三年（1684 年）赴宁古塔省亲途经叶赫时，"也合老城在驿路旁，新城亦可望见，俱无人迹"。见到的叶赫已是"荒芜草没两空城，一在山腰一近水"。

叶赫古城坐落在叶赫河源头寇河岸边，分为东、西二城。东城在今叶赫村河西屯西南约 500 米叶赫河左岸台地上。带城墙土石混筑，周长 900 米。城内有子城，周长 120 米。据东北史地研究著名学者张福有先生用 GPS 测定，该城中心坐标：北纬 42°55′54.67″，东经 124°31′55.40″，海拔 214 米。西城在今叶赫镇张家村大窝堡屯东南 1.5 公里许，其南 300 米为叶赫河，修在自然山丘上。城墙土石混筑，分为内外二城。内城周长 850 米，城内有子城，周长约 160 米。外城周长 2600 米。城中心坐标：北纬 42°55′38.08″，东经 124°29′33.89″，海拔 215 米。东、西二城相距 2.8 公里。实际上，叶赫故地确为东、西二城，两城之内，都有子城，已于 2006 年公布为全国重点文物保护单位。

叶赫古国曾因古城在开原镇北北关，所以开原人称为北关。1940 年以后，叶赫归属梨树县管辖。现属四平市铁东区。

无论是寇河源头叶赫国的东西两城，还是明时被辖的北关，清时的废城，叶赫镇的叶赫古城遗址，坐落在今吉林省四平市铁东区的满族镇，它是满族的重要发祥地之一，是纳兰性德的祖籍地应该不容置疑。这就是为什么，纳兰在路过其先世经营过的地方时留下的文字会带着那么深的慨叹和隐忍。

二、仲春腊月，何时留下满庭芳

品读纳兰满庭芳，"堠雪翻鸦，河冰跃马，惊风吹度龙堆"。总感气候严寒，不是一般的寒冷，若依扈从所作，则应是仲春到立夏时节，尽管春寒料峭，边塞寒气凛冽，也难形成"河冰跃马"之象。

据记载，康熙二十一年二月十五日（1682 年 3 月 23 日）开始第二次东巡。"仲春既望，乘舆发京师。越八旬，为仲夏四日驾归"，即二月底（统一以阴历为准）离京，五月返京，行期 50 天，行程近万里。纳兰作为扈从之一始终相随。一路先后出山海关，渡大凌河、辽河，至盛京福陵昭陵永陵祭祀，谒陵事毕巡视边疆，最后到吉林。

仲春起程，春寒料峭。按时间算，起程时的二月底，一路行程，出京城已经"三春冰泮"冰冻融解，毕竟仲春二月。春寒甚厉。出京时，众多王公大臣以诗相赠。翰林院编修陆棻曰："万骑临辽海，连云柳岸长。山围灵寝绿，花点御鞍香。"可见京城当时景色已见树绿。马上逢寒食，过关塞虽地寒草甲未拆，却见依依短柳色变微黄。高士奇当时有诗"梢羽盖夜停銮古渡春冰望里看"。春冰乃春天的薄冰。这时这地距离纳兰先世活动之地尚远。

天气渐暖，雨水偏多。一路上或是大雪弥天，少焉，雪霁清明；或是微雨清埃，初闻雷声，细雨旋霁。微雨车驾过盛京。况谷雨过后，春雪初融地多泥淖马蹄跋涉登顿颇为艰难。王一元《辽左见闻》也曾有"辽左至三月间东南风连日不止，冰渐消，泥淖深数尺，弥漫千里，车马不能行，名曰'翻浆'"的记载。春深禽兽孕育，康熙行围禁射牝鹿。道傍始见春色榉柳摇青柔荑结绿。将至乌喇鸡陵时，竟有杏树花开，此树高达三四丈老干槎枒，不顾异域苦寒，繁葩细萼红芳耀眼。高士奇欣然马上赋《金缕曲》。到吉林时，雨水丰沛，康熙冒雨登舟松花江顺流而下。在大乌喇虞村，更是暮雨翻盆，江昏云黑，客舍篝灯淅沥终夜。即便此地已是纳兰先世经营之地也已昭示春到关东。

河开浪涌，水势夺人。泛舟滦河，所过小凌河，河水澄澈；暮渡大凌河浑河辽河，河水澄澈，尤其浑河"崇山巨阜峄崿，横云磊磊，石崖连续不断，浑河汤汤，一线围绕，薄暮策马涉河"，可见渡河实为不易。松花江风急浪涌，江流有声，断岸颓崖，悉生怪树，江阔不过二十丈，狭处可百余步，风涛迅发，往往惊人。纳兰的笔终于触及家族的领地。兴废的难言之隐痛，在词中不难看出。

浣溪沙·小兀喇

桦屋鱼衣柳作城，蛟龙鳞动浪花腥，飞扬应逐海东青。犹记当年军垒迹，不知何处梵钟声，莫将兴废话分明。

类似的还有《菩萨蛮》：

问君何事轻离别，一年能几团圆月。杨柳乍如丝。故园春尽时。春归归不

得，两桨松花隔。旧事逐寒潮，啼鹃恨未消。

这些写于松花江畔中词在时间上也显然与满庭芳不同。

立夏返程，五月花开。雨中过夜赫，康熙还御制《经叶赫废城》诗：

断垒生新草，空城尚野花。

翠华今日幸，谷口动鸣笳。

康熙描写了叶赫立夏后的景色，新草生在断垒上，野花摇曳在空城里。翠华威严肃穆而庄重来到了，山谷的入口处响起震天的笳声，显示了一代年轻有为的君主的威严和气魄。

高士奇雨中过夜黑河，见梨花一树惨淡含烟，为赋南楼令词一首《南楼令》（唐多令）一阕。

浅草乱山稠，惊沙黑水流。好春光，只似穷秋。刚得一枝花　到眼冷雨打，几层休。遥忆小红楼，玉人楼上头，月溶溶，吹和香篝谁信，东风欺绝塞，都不许把春留。

"夜黑河",即"叶赫河"也！黑,入声,音赫。故家方言,天黑了,读"天赫了"。赫,读为上声。高士奇笔下的叶赫与康熙多有不同。他用对比的手法,令我们看到的废城叶赫在风雨中惨淡开放的梨花与江南的红楼旁月光下的散发着淡淡清香的梨花有着天壤之别。

综上可见,过了山海关尤其是盛京永陵之后,气温回暖,《满庭芳》应该写于滴水成冰惊风呼啸的严冬。

三、暗觇梭龙,河冰跃马过松江

康熙二十一年,平定三番之后,康熙把战略重点放在东北地区。首先是让副都统郎坦和彭春探测雅克萨城的虚实和黑龙江沿岸的水路,雅克萨在今俄罗斯边境阿尔巴津,在黑龙江北岸,原为达斡尔人筑。《清实录》"上遣副都统郎谈、公彭春等、率兵往打虎儿、索伦、声言捕鹿、以觇其情形",临行时,康熙详细交代任务"详视陆路近远,沿黑龙江行围,径薄雅克萨城下,勘其居址形势。等还时,须详视自黑龙江,至额苏里,舟行水路,及已至额苏里,其路直通宁古塔者"。还特地挑选随行之参领侍卫同萨布素通行视之。赐郎坦、彭春,御衣弓箭,随行的人也赏赐了御用裘服、弓箭,等等。直到冬季,郎坦等方还京师,圆满完成任务。

关于这次奉使,徐乾学在《纳兰君墓志铭》提及:"容若尝奉使觇梭龙诸羌。"觇,侦察,意即去梭龙侦察。姜宸英《通议大夫一等侍卫进士纳腊君墓表》也记录了:"二十一年八月,使觇梭龙羌。其地去京师重五六十驿,间行或累日无水草,持干粮食之。取道松花江,人马行冰上竟日,危得渡。仅抵其界,卒得其要领还报,上大喜。"

从墓志铭、清实录能看出,纳兰性德与朗谈、彭春同时奉命出使梭龙。但是纳兰性德应该是圣祖康熙皇帝派去的侍卫。路途遥远,很是辛苦,他们选取

经松花江到黑龙江的路线，人马终日在冰上行走，返程时已经深冬，最终将侦察到的主要情报向康熙做了汇报，康熙非常高兴。

东北梭伦，在黑龙江上游地区。索伦，我国东北地区少数民族名。明末清初对我国东北地区的梭伦、达斡尔、鄂伦春等族统称为索伦部。索伦又称索拢，梭龙，如清初牛录编制档案的记载中，有"弄泥吴喇索拢进貂皮""弄泥吴喇"即嫩江，索拢即索伦。在我国东北，康熙初叶就将东北的地名译音做了统一规范，将地名"龙"音字，统一译作"伦"。梭（唆）龙译为"索伦"就是一例。按："打虎儿、索伦，即达呼儿、梭龙"。

由黑龙江至京师，在康熙年间就形成了三条驿道。即由茂兴经白都讷、叶赫、盛京、山海关至京师，俗称大站，以后又称进贡路。第二条是经郭尔罗斯、扎赍特，乌珠穆沁、喜峰口至京师，俗称蒙古站，又称递折路。第三条是由蒙古境入法库边门，盛京以达京师，俗称八虎（法库）道。据赵秀亭研究：性德

去棱龙，当用"进贡路"，大体一致。纳兰返程走的也应该是"进贡路"。

　　纳兰去棱龙时方值秋，归来已是腊月，路过先世经营之地，松花江一定不能忘。松花江就是词中提到的混同江。混同江，不同的朝代有不同的名称，明朝宣德年间始名松花江（谐音宋瓦江）。满语"松啊察里乌拉"，意为"天河"，有南北两源，正源为南源长白山天池。发源于长白山天池的松花江在吉林省三岔河镇接受其最大的支流嫩江，而后松花江向东北流至黑龙江省同江市注入黑龙江。黑龙江与淞花江平均冰封日期是农历十月左右。黑龙江"八月中旬即下大雪，九月中旬河尽冻，十月地裂盈尺，雪才到地，即成坚冰，虽向日照灼不消"。松花江也如此，"己巳十月二十一日江已冰乘车过。是日晴和冰少融，见土余疑为江底，土人曰江深二丈余，冰上积土土上覆冰。待归时为庚午二月二十一日，流渐蔽江锋甚利，舟不肯渡余策马从"。可见当时坚冰之厚，开江时景观之奇。纳兰一行返程时沿黑龙江而下，过松花江，正是农历十月下旬河冰封江时期。"堠雪翻鸦，河冰跃马，惊风吹度龙堆"的情景俨然就在眼前。

不仅康熙东巡返程时，路过叶赫；边塞诗人吴兆骞当年遣戍宁古塔 23 年，在友人顾贞观和纳兰性德帮助下，经性德父明珠营救，得以赎还，回京时也是走的进贡路。其子吴桭臣在《宁古塔纪略》中有详细记载：吴兆骞一行经乌喇，渡松花江，第四站一巴丹、第五站伊通、第六站黑尔素、第七站野黑（叶赫）。纳兰觇梭龙归来，走的是进贡路，一定也路过叶赫，也就是说，纳兰在康熙二十一年，曾两次到过叶赫。第一次是扈从康熙东巡，回程时路过叶赫，当时是仲春立夏；第二次路过叶赫，当时是农历十一月底，这时真的是冰天雪地，马越河冰。

河水汤汤，青山隐隐，叶赫的兴亡，与叶赫古城叶赫河紧密相连，与长白山松花江血肉相亲。马上民族荡平四海由白山黑水一路进京，成为一统天下大清帝国之初，纳兰一面令人回味无穷地吟出"年华共，混同江水，流去几时回"；一面满怀励国之志，请缨杀敌，并且不辞辛苦深入东北边疆为消灭入侵者行冰餐雪。家国原本难分，我们不能不说他或许难以跳出故国之思，但是他已经把自己和家国的利益水乳融合在一起，因此，他的词才在婉丽凄清感伤孤独中别具壮阔苍茫的境界，成为清初文坛上的一枝奇葩。

（作者系中华诗词学会会员、四平市诗词学会驻会副会长、《四平诗词》副主编、四平市教育局教育科研所高级教师）

从角色到情绪的艺术展现

宋敏

纳兰性德是一位现实主义的性情词人，300 多年来，他的每一首词，每一首律句，都在深刻感染着中国的文人士大夫，包括那些爱读书、寻雅趣的普通百姓和文学爱好者。

国学大师王国维以"北宋以来，一人而已"评价纳兰性德，实有其因。那

是由于晚清之季，文学、人文、文学领域受"西学东渐"的影响，开始受到西方文艺思想和人文主义的浸润，许多文人作家借鉴了人本与自由主义的观念方法，重新审视中国传统的文学艺术。于是，王国维对一切出于本心、质朴自然、诚挚真切的纳兰词做出了石破天惊的评价，代表了清末民初崇尚清新自然的文学思潮。

纳兰性德的诗、词共 700 余首，风格一以贯之，虽然清风徐来，确能灼人眼目、触人心灵。何也？全因他眼中的世界，是一种悲情的人生意蕴，故用了一生的经历和文字，淋漓尽致地演绎了生命的深刻。如果说，纳兰性德的词中有一种人生的深刻，那他本身就是一位"为人生与词句的深刻"而尽情表演的词坛大师。

纳兰性德的情词中，人物形象鲜活，有怀春的少女、闺中的怨妇、亡妻的笑貌、孤寂的游子、感伤的宫女等。这一系列的形象走在他灿烂的情词舞台上，以舒缓的道白述说各自的衷肠，感动了无数的后人。如《浣溪沙》："睡起惺忪

强自支。绿倾蝉鬓下帘时。夜来愁损小腰肢。远信不归空伫望，幽期细数却参差。更兼何事耐寻思。"

这首描写思妇的感伤之作，让我们看到了一个幽独孤凄的女人，早晨刚刚醒来，支撑起虚弱的身体，准备劳作。当她撩开床帏的那一刻，乌黑的秀发覆盖下来，忽然感到周身不适，这是因为过度的相思，使她的身体受到损伤。几字的点染，将思妇的憔悴容颜表露无遗。接下来，词人又刻画了思妇闺阁独守的内在世界。远行人迟迟没有归来的音讯，只能如此空空伫望，暗自数念着相聚的时日，只怪心思太乱，数了一遍又一遍，终是数乱了。这种细节的捕捉和描画，真实得大有惊人之处，把闺妇痴迷思念情人的动作和心理表现得淋漓尽致。如《青衫湿·悼亡》：

青衫湿遍，凭伊慰我，忍便相忘。半月前头扶病。剪刀声、犹在银釭。忆生来、小胆怯空房。到而今、独伴梨花影，冷冥冥、尽意凄凉。愿指魂兮识路，教寻梦也回廊。咫尺玉钩斜路，一般消受，蔓草残阳。判把长眠滴醒，和清泪、搅入椒浆。怕幽泉、还为我神伤。道书生薄命宜将息，再休耽、怨粉愁香。料得重圆密誓，难禁寸裂柔肠。

这首悼亡词记述了妻子的贤惠，情真意切。词人落笔处直抒胸臆，从妻子生前缝制的"青衫"着眼，纵然被泪水湿遍了，也不能安慰词人。妻子在病中的深夜，仍在不停地裁剪衣服，显现她是贤良的主妇，也透出郎情妾意的一片深情。那"生来、小胆怯空房"的爱人，如今独自去了幽泉之下，受了多少凄凉？他希望妻子的魂魄能够认识自家的小路，从很远的地方回来，哪怕是在梦中相见，也可共享往日的欢乐，真是情深意切。而下阕的蔓草斜阳，更让人愁绪满怀。词人忍受着失去妻子的痛苦，笔锋一转，由前面的绮怀幽思，写到妻子在幽泉之下"还为我神伤"，从侧面写出亡妻对词人的关爱。最后竟是获得重新团聚，其美丽的幻想，更是让人柔肠寸断了。而《鹊桥仙·七夕》中，纳兰性德在爱妻亡故后的一个"七夕"情人节上，尽写人去楼空、物是人非的悲情，令人唏嘘扼腕。

纳兰性德的词中有很多边塞词，描绘征人远离家乡，被迫与妻子分离的场面。沙场驰骋，战士死生，无边凄苦孤寂。在萧瑟的秋季思念妻子，更能让征人添涌一片愁云。如《菩萨蛮》：

晶帘一片伤心白，云鬓香雾成遥隔。无语问添衣，桐阴月已西。西风鸣络纬，不许愁人睡。只是去年秋，如何泪欲流。

这一首征人思念妻子的伤感之作，想象妻子端坐水晶帘中，美丽的妻子来到我们的面前。但这种"来到"，却是多么的遥远，让人不胜伤感。接下来让我们看到，西天的月儿爬上了树梢，夜深了，一个人在外面，没有人关心冷暖，尽写凄凉。随之承前意脉，西风阵阵，难以入眠，"只是去年秋，如何泪欲流"，征人的忧愁与伤感尽现在我们眼前了。

纳兰性德的词作不刻画，不雕琢，不粉饰，任由充沛的感情奔涌深流，让幽怨的情感在各种季节、景色、场地上鲜活地出现，从而使得词风具有一种凄

婉的意境美。如《沁园春·代悼亡》（梦冷衡芜）、《鹊桥仙·七夕》（乞巧楼空）、《青衫湿·悼亡》（青衫湿遍）、《于中好》（尘满疏帘素飘带）、《南乡子·为亡妇题照》（泪咽却无声）等词中，在众多柔情绵渺、哀婉伤痛的情苦中，尽写荡气回肠的审判境界。

　　纳兰性德的情词抒写相思的凄苦之情，给人的欣赏是可视可听、身临其境的。这种效应来源于纳兰性德悲情主义的创作思维。悲情主义，是纳兰情词的思想基础。在纳兰性德所有的词作中，在悲情主义思想基础上，不断地进行着完善，并推向高度，进而演绎出人生的深刻。他的词作几乎涉猎到生活的方方面面，而悲情主义的思想基础，竟成为他的一种信念，一种洞见，支撑着他的创作，并成就他的人生价值。

人生充满了各种各样的不幸和痛苦，同时也要直面这些悲惨与不幸，对此，纳兰性德进行了充分描绘。他是真诚的，他没有像一些"节日词人，末流作家"那样，尽力美化人生，给社会披上一件件"皇帝的新装"，也没有像另一部分哲人那样，给人生找出很多辉煌的理由和意义。纳兰性德直面惨淡的人生，没有避世，没有麻木不仁，敢于对人生进行积极的回应，在词句的深刻中，体味生存的快慰和崎岖中行进的定力。

（作者系中华诗词学会会员、四平市诗词学会驻会副会长、四平市作家企业家协会主席、四平市爱龄奇医院党委书记）

绝塞生还吴季子

毕中信

假如历史就像那秋高气爽的夜空，那么世间的每一个人都是这夜空中的一颗星，而纳兰性德则更像这深邃的夜空中一颗璀璨耀眼的流星。他的一生虽然短暂，但是那长长的光芒四射的印迹，却永远镶嵌在夜空中。纳兰性德虽然英年早逝，但是他那瑰丽多姿的诗词和崇高的人格魅力却是留给后人的取之不尽的宝贵财富。

如果用一个字来概括纳兰性德的一生，那么用一个"情"字来形容，就再恰当也不过了。也可以说是一个"情"字，贯穿了纳兰性德的一生，他对自己的亲人，倾注的是刻骨铭心般的爱情。他对自己喜爱的诗词，倾注的是清新脱俗般的真情。而对朋友，他倾注的却是两肋插刀般的激情和一掷千金般的豪情。

关于纳兰性德的爱情和诗词的真情，人们知道很多，就不多介绍了。但是纳兰性德对朋友的真挚感情却是可圈可点的。他交友满天下，用"谈笑有鸿儒，往来无白丁"来形容他，再确切不过了，为什么他作为一个年纪轻轻的满族公子哥儿，能够令很多满腹经纶的汉族大儒们对他另眼垂青。而且使得当时无数

的名士才子都云集在他的身边。他所交往的皆是一时俊异，于世所称落落难合者。他不流于世俗，他结交的朋友不论门第，不论出身，也不论功名，只要是有才气的文人雅士，都是他结交对象，他的朋友中有顾贞观，严绳孙、朱彝尊、陈维崧、姜辰英等等都是当时代大儒。而且年长纳兰性德许多。试想如果纳兰性德本身没有过人之处，这些才高八斗高傲的大儒们是很难和纳兰性德相处到一起的。而纳兰性德的过人之处，就在于他对朋友感情真挚的处人和谦虚谨慎地做人、一诺千金的为人，他有着为朋友两肋插刀的激情和仗义疏财的豪情。他和顾贞观等人一起策划的营救吴兆骞之事的成功，就轰动了京城，不但由此奠定了他在朋友圈的地位，而且引起了人们的普遍赞誉。堂堂的相国公子解救一个人，应该是件小事，为什么解救吴兆骞就能引起这么大的轰动呢？这要从吴兆骞这个人谈起。

吴兆骞，字汉槎，号季子，1631 年生于吴江松凌镇，少时颖异不凡，九岁即能做《胆赋》，十岁写《京都赋》见者无不惊异。过早的才华展露使他性情

傲慢，不拘礼法，好恶作剧。他小时候在学堂中，看一个同学戴了一顶新式样的帽子，他便往帽子撒了一泡尿，老师责罚他，他狡辩道："居俗人头，何如盛溺。"他的老师纪青鳞先生叹道："此子异时必有盛名，当然不免于祸。"后来的事实，果然验证了纪先生的说法。人们普遍认为他后来被发送宁古塔，就是由于他树敌太多所致。他的朋友汪琬是和侯方域、魏禧合称的清初散文"三大家"之一。他居然指着汪琬的鼻子说："江东无我，卿当独秀。"吴兆骞15岁时就和宜兴人陈维崧，华亭人彭师度三人，并称为"江左三凤凰"。在朋友中他唯独和顾贞观交往尤为密切。

顾贞观，字远平，华峰，号梁汾，江苏无锡人，生于1637年，他少年时就参加了吴兆骞主盟的"慎交社"。由此与吴结为生死之交。顾贞观于康熙元年（1662年）辞亲远游到达京师。以名句"落叶满天声似雨，关卿何事不成眠"，受到尚书龚鼎孳和大学士魏裔介的赞许，并且轰动京城，也开始有了名气。

再说顺治十四年（1657年），吴兆骞参加乡试，不出所料，他一举中举，这本是件大喜事。谁知因为主考官和地方官员、土豪劣绅串通一气，有舞弊行为，终于激起考生抗争，酿成杀戮惨烈，牵连极广的大案。最后，由顺治皇帝亲自处理，这就是著名的史称"丁酉科场案"的大案。顺治皇帝命所有参加考试的举子于次年（1658年）三月在京重考，皇帝亲自主持。到了考试这一天，考场气氛森严，史料记载：是时，每举人一名，命护军二员，持刀夹两旁，"试官罗列侦视，堂下列武士，银铛而外，黄铜之夹棍，腰市之刀，悉森布焉"。当此情景，考生多惴惴股栗，不能下笔。吴兆骞一介书生哪见过这样的阵式，竟然不能握笔，大脑一片空白，交了白卷。关于这次殿试，还有几种说法，有的说吴是受人诬陷，也有的说是吴兆骞一怒之下交了白卷。如果说是受人诬陷，这事不靠谱，凭吴兆骞的真才实学和极强的申辩能力，恐怕不是那么好就能诬陷的，再说诬陷的人也没有本事能诬陷到金銮殿上。要说吴一怒之下交了白卷，也不靠谱，以吴的聪明，再怎么糊涂，也不至于敢和皇帝老子较真。所以，要说吴是受到惊吓，没能答完卷子，还是靠谱的。反正不管怎么说，吴是交了白卷，结果为此付出了沉重的代价。虽然，后来对他的结论是"审无情弊"。但是由于不能答完试卷，不但被革去功名，并且受责四十大板，家产籍没入官，全家流放到宁古塔。

宁古塔，满语"宁古是六，塔是个"。所以宁古塔汉语是六个的意思，相传是弟兄六人在这里开荒占草的。宁古塔在顺治年间管辖区域十分广大。所辖现黑龙江大部和吉林东北大部。书上说："自沈阳以北，以东皆归其所统。"清兵入关后，宁古塔成了朝廷流放人员的接收地。康熙五年又建了今天位于黑龙江省宁安市的宁古塔新城。

需要说明的是吴兆骞被流放到宁古塔时，纳兰性德才四岁。但是吴的好友顾贞观正值血气方刚、年富力强，他知道好友是冤枉的，所以他立下诺言，决

心营救好友。于是他开始四处奔走，到处游说求人。由于案子是顺治皇帝定的铁案，无人敢搭拢。再说流放宁古塔的人，也很少有回京的先例。所以尽管顾贞观使尽了全身解数，也是收效不大，就在事情到了山穷水尽时候，出现了柳暗花明。顾贞观四处奔走到了京城，在朋友徐乾学的推荐下，他进了明珠家当了私塾先生，并且和明珠的长子纳兰性德成了好朋友。顾贞观才高八斗，却有着中国古代文人的通病，虽然穷困潦倒，却羞于轻易向别人张口祈求。聪明的纳兰明白他的心思，便向他表明了心迹，写下了一首使顾贞观深受感动的一首词《金缕曲》。

德也狂生尔。偶然间、缁尘京国，乌衣门第。有酒惟浇赵州土，谁会成生此意。不信道，竟逢知己。青眼高歌俱未老，向樽前，拭尽英雄泪。看不见，月如水。共君此夜须沈醉。且由他、峨眉谣诼，古今同忌。身世悠悠何足问，冷笑置之而已。寻思起、从头翻悔。一日心期千劫在，后身缘、恐结他生里，然诺重，君须记。

　　纳兰性德把这首词写得声情并茂，真挚感人，打消了顾贞观对自己的心存顾虑，顾贞观还把这首诗推荐到京师文人圈中，使得纳兰性德名声大振。这首词不但成了纳兰性德的成名之作，也使他从此和顾贞观结下了深厚友谊。

　　康熙十五年冬，顾贞观寓居北京千佛寺，环顾四周冰雪，他想起了当年自己立下的诺言，又想起远在天边生死未卜的好友，自己营救的事又毫无结果，挥笔写下了两篇催人泪下、脍炙人口的千古绝唱《金缕曲》：其中一首写道：

　　季子平安否？便归来、平生万事，那堪回首！行路悠悠谁慰藉？母老家贫子幼。记不起，从前杯酒。魑魅搏人应见惯，总输他覆雨翻云手。冰与雪，周旋久。泪痕莫滴牛衣透。数天涯、依然骨肉，几家能够？比似红颜多命薄，更不如今还有。只绝塞、苦寒难受。廿载包胥承一诺，盼乌头马角终相救。置此札，兄怀袖。

另一首写道：

我亦飘零久！十年来，深恩负尽，死生师友。宿昔齐名非忝窃，只看杜陵穷瘦，曾不减，夜郎僝愁，薄命长辞知己别，问人生，到此凄凉否？千万恨，为兄剖。兄生辛未吾丁丑，共些时，冰霜摧折，早衰薄柳。词赋从今须少作，留取心魂相守。但愿得，河清人寿！归日急翻行戍稿。把空名，料理传身后，言不尽，观顿首。

词中关之切、情之深，非一般友谊所能替代。纳兰性德看到了这两首词后感动得放声大哭，并且对顾说：古来怀念朋友的诗，只有苏武与李陵的《河梁生别诗》和向秀怀念嵇康作的《思旧赋》才可以和这两首《金缕曲》鼎足。并且欣然答应营救吴兆骞。说此事三千六百日中，弟当以身任之，不需兄再嘱也。纳兰说的十年才能搞定，可见事情相当的难办，谁知顾贞观听了以后却说："人寿几何，请以五载为期。"因为这时吴兆骞已经流放了十七年。纳兰性德说那就五年吧，第五年，吴兆骞被解救回到了北京，纳兰果然兑了现。正因为如此，当时的人们把顾贞观的这两首词称为"赎命词"。也有人说顾的两首《金缕曲》是清词的压卷之作。事虽未必，却足以看出这两首词影响之大。当时就有一个名叫顾忠的人写诗记录这事道："金兰倘使无良友，关塞终当老健儿。"

这中间，还有一段小插曲。纳兰性德看完这两首词后，欣然为顾贞观的两首《金缕曲》作和，词中慨然允诺："绝塞生还吴季子，算眼前处皆两事，知我者，梁汾耳。"据说不久，纳兰性德领着顾贞观见了父亲明珠，明珠正在饮酒，听顾贞观说了要解救吴兆骞一事，就指着大酒杯对顾说："你只要饮了这杯酒，明天我就面圣，央求此事。"顾贞观一向不喝酒，但为了朋友，当时就饮下了这一大杯酒。明珠感动地说："我和你闹着玩，你就是不喝酒，我也办这件事，顾贞观当时就跪下了。"据说，后来吴兆骞回来后，和顾贞观有了点小矛盾，纳兰为了调解，将吴领到到这里，吴见墙上写着"顾梁汾为吴汉槎屈膝处"，几个大字，明白了是怎么回事，感动得大哭。弟兄间矛盾当即冰消瓦解。顾贞观和纳兰性德解救吴兆骞一事，迅速轰动了全国，尤其是在京城里一时以公子能文，良朋爱友，太傅怜才而成为一时佳话。吴兆骞因为有好友顾贞观的23年的矢志不渝和持之以恒的鼎力相救，有纳兰性德父子义薄云天的大力支持，和友人徐乾学等人的慷慨献囊（据说费赎金数千），把前朝皇帝定下的铁案翻了过来，历尽了千辛万苦，最终才从绝塞之地，被救回到关内。由于长期在塞外生活，吴兆骞已不服江南水土，回家后一直大病，纳兰性德又把他接到北京治病。并且把他留在府内，给自己的弟弟当了家庭教师。

康熙二十三年十月，吴兆骞终于一病不起，在北京溘然长逝。走完了他54岁的一生。纳兰性德也于康熙二十四年五月三十日，因病七日不汗而病故，二十几年后，顾贞观在家乡无锡病逝。故事的三位主人公虽然先后辞世了，但是"绝塞生还吴季子"的故事却成为千秋美谈，为朋友之间的交往树立了一个永久的楷模。

（作者系中华诗词学会会员、四平市诗词学会驻会副会长）

箫心剑气两飘香

刘大辉

属于叶赫那拉氏的正黄旗人的纳兰性德（1655—1685），是清代伟大的诗词家。300多年来，在中国诗坛一直享有盛誉。尤其是纳兰性德的词，情真意切，凄清婉妍，深挚感人。在其存世的348首词中，多伤怀、凄清，惆怅之作。被后人称为"千古伤心词人"。但是，读纳兰性德的700多首诗和词，如果谨以"伤感词人"，"惆怅客"，"断肠声"，则未见得是读懂了纳兰性德，也难以概括纳兰性德诗词全部的思想内容，艺术特色，写作主旨。笔者谨就此谈点不成熟

的看法，作为求教。

一、"英雄气盛"的爱国主义情怀深含于韵笔，且艺术境界高崇。

众所周知，纳兰性德生活的时代——康熙年间，是一个世界上风云激荡的时代。此时，资本主义作为一个新的社会制度，已进入了全球扩张期。以其为代表的西方文明引发的"西风东渐"，已经开始。雄才大略的少数民族的中国皇帝——康熙皇帝励精图治，固疆平叛，极有作为。这样的时代背景，必然，也事实上反映到纳兰性德，这个有着相当社会地位和公职（皇帝近身侍卫）的时代文人身上，及其文学作品中。其纳兰性德本人在"英雄气盛"（而不是"英雄气短"）这方面，也有其特定的表现和表达。

1. 领受康熙皇帝诏命而报国远上，巡视、检查、侦测黑龙江极北边防。在

中国历史上康熙年代前后，对中国国家安全、主权和人民危害最大的，莫过于自欧洲向东侵略扩张的沙皇俄国（我国康熙年间对其国名的正确翻译为罗刹）。为抵御沙俄侵略，捍卫国家主权和安全，康熙皇帝曾御驾亲征，打败沙俄入侵，与其签订中俄边界条约《中俄尼布楚条约》，划定两国以外兴安岭为界。然而，侵略成性的沙俄在两国签订边界条约后，仍然不断东侵，为害中华。在这个时期，纳兰性德以御前侍卫的身份，多次随康熙皇帝巡视东北。并领受诏命，带领俭从，远赴黑龙江流域，巡检边防，侦测边情。（因此事已有记载和较多刊明，这里不再详述）并且，纳兰性德还以皇帝御前侍卫的武职身份，多次随康熙皇帝巡视国土，随军习武，训练，守卫，狩猎。这些也多史书有记载。也正是在这些报国从戎的行动中，使纳兰性德原本体弱多病的身体，病情加重。以上足以证明，上述卫国报国行动，不仅是纳兰性德军旅的记录，也是其诗词中"英雄气盛"的源泉和表现。

2. 纳兰性德的报国从戎军旅生活，也表达在其诗词作品中。纳兰性德的军

旅剑胆，英雄气魄，因其作品的清婉风格，并无"金戈铁马""烽火烟尘"的那种豪放表达。而是以其特有的深沉、清雅、旷达的格调、笔法，表现在其诗、词作品中。例如至今脍炙人口的《长相思》："山一程，水一程，身向逾关哪畔行，深夜千帐灯。风一更，雨一更，聒碎乡心梦不成，故园无此声。"这首带有军旅特色的侍卫词篇，记录了纳兰性德的军行。尽管这首词没有表现为一般军旅、边塞诗词那些"虎帐谈兵""军中十万彪"之类的豪迈，确曾以精练的笔法，描写千帐军营，风雨中随康熙皇帝出山海关（榆关），巡视国土，捍卫祖国安全的行动，旷达。又如同一时期的纳兰性德在《如梦令》中写到的"万帐穹庐人醉。归梦隔狼河……"，《菩萨蛮》词中"塑风吹散三更雪……塞马一声嘶，残星拂大旗"等，都充满爱国之心，报国情怀和英雄浩气。岁月更迁，清词婉转，不掩纳兰性德"英雄气盛"的诗人本色。

应当承认，从纳兰性德诗词的总量上看，纳兰性德并不是一个完全自觉地，有意识地创作激越诗词的作家。但是，纳兰性德是多情、多彩、多产的爱国诗词家。其众多的惆怅、悼亡、情爱诗词篇章，并不掩盖其爱国报国的情怀与抱负。还需要指出，清朝是中国最后一个封建王朝，是一个大兴"文字狱"，文网最密，对知识分子迫害最烈的一个朝代。"莫谈国事""远离政治"是当时文人自保的方式。把纳兰性德归结为"惆怅客"，把其诗词概括为"断肠词""千古伤心词人"，自是受这个时代的影响。我们传承中国诗词文化，研究纳兰性德的诗词艺术，对此应引起注意。

二、纳兰性德诗词的"儿女情长"，是向人类之爱升华的爱人之作。

指出纳兰性德诗词主旨包含爱国报国情怀，并不否定纳兰诗词婉妍、清雅、伤感、怀旧，爱情友谊的特色。也不否定其达到的文学艺术成就。同时指出的是纳兰性德情爱诗词所表达的另一要旨——爱人。这是因为：

首先，确认纳兰性德诗词《饮水词》在数量上，篇幅内容上描写爱情、怀旧、友情较多的事实。其次，纳兰性德"千古伤心词人""惆怅客"，是为数百年来中国诗词界的正确认定。最后，自然包括数百年来，以至当下，诗词艺术界对纳兰性德家世，作品的考证。可是只读这些，却不能指明纳兰性德作品的全貌和主旨。应当以更广阔的视角，看待纳兰性德及其诗词作品。

　　从更宽广些的视角，去看纳兰性德诗词的思想境界，艺术倾向。应当指出，纳兰性德诗词作品的主旨，是升华了的人类之爱——爱人。纳兰性德对周围知识分子、诗友的关爱，对落魄文人的关护，对妻子的爱恋，对受封建专制迫害知识分子的援救等等，绝不仅仅是纳兰性德的好心肠，"侠气"。如果只说到这个程度，则没有超越封建社会江湖义气，只反映封建文化意识。我们从正面意义上肯定纳兰性德诗词作品、行为上对他人的关怀、爱护，从历史社会进步的视野去观察，则需指出，纳兰性德对人的关怀爱护，至真至爱，是人性中升华，超越的人类之爱，是向爱人的升华，是对封建传统观念意识的一种历史性进步。

　　1. 爱人，是我中华数千年文明中固有的，超越社会历史阶段的高级层面。纳兰性德诗词，行为，具有向爱人境界，层面回归，升华的主旨倾向。其进步意义和思想火花，是可比美欧洲文艺复兴在观念上，向人类之爱升华的历史性进步。两千四百多年前，中华至圣先师孔子，就提出并确立仁者，爱人。确立了仁爱，是我中华民族精神境界的至高层面。我中华民族传统文化，文明中的这个核心的观念，被数千年封建专制及近代法西斯蒂摧残。逐渐淹没于愚昧、专制、仇恨的冰水之中。纳兰性德诗词，行为中对文人、他人，对妻子、对诗友，对弱者，对美好事物的超越的、升华的、广泛的爱，时常以凄婉清雅的诗词及行为表达、表现出来。对此，应给予充分的肯定，并加大研究力度。

　　2. 纳兰性德诗词中，以爱人所表达的人类之爱，对集权专制、封建礼教、思想禁锢、"授受不亲"等封建意识的历史性的超越与进步。在此稍早些的欧

洲文艺复兴，冲破封建禁锢，呼唤人性复归。启蒙和带来思想解放，已为历史所固定。纳兰性德诗词作品，本人行为上，对人的关爱，表达了几百年前中国社会上层知识分子，以爱人，升华人类之爱，也同样代表了一场思想进步，解放和超越。

作为文学艺术的诗词作品，有着它特殊的规律、特殊的思维方式。因此，阅读欣赏诗词作品，与阅读新闻报道不同。作为诗人的纳兰性德，按照自己的生活和感受进行创作。阅读欣赏者，同样凭借生活和感受，在理解诗人作品时，进行一定范围的创造。只有这样创造性的阅读，才能算是艺术欣赏。可见，艺术欣赏是不需要，也没有标准答案的。但愿我们在阅读伟大诗词艺术家纳兰性德的伟大作品时，不要用"千古惆怅客""悼亡词人"去做"标准答案"。

（作者系中华诗词学会会员、四平市诗词学会副会长、艺术顾问）

纳兰性德诗的思想内涵

张应志

纳兰诗虽然比纳兰词"寂寞"得多,但依然精彩。纳兰的座师徐乾学在《纳兰墓志铭》中称赞道:"善为诗,在童子已语出惊人,久之益工,得开元、大历间丰格。"他的挚友张纯修在《饮水词集序》中评:"其诗之超然,词之隽婉,世所知之。"词抒情,诗言志。纳兰词,抒写他的性灵及爱情生活是主要的。纳兰诗,多反映他的思想及政治社会活动,包括理想抱负、审美观点、对历史的独到见解、对现实社会的体察、忧国爱民的情怀,以及时而用世时而出世的矛盾思想。纳兰词的美,体现的是哀感顽艳、沉郁悲戚的美。纳兰诗的美,体现的是俊爽超逸、奔放流畅之美。两者可谓各有特点。

一、纳兰诗具有十分丰富的内涵

纳兰诗可归纳为拟古咏史、纪行、爱情、杂咏、友情共五类:

(一)关于拟古咏史类。纳兰有《拟古》诗40首、咏史诗20首,数量占纳兰诗作品总数的1/5。在《拟古》诗中,纳兰以古代诗人屈原、信陵君、贾谊、张良、曹植、赵松雪等寄志抒怀,完整表达了他的理想抱负、人格情操、壮志难酬的感慨、处世哲学、荣辱爱憎。《咏史》诗,时间跨越春秋战国至宋辽金近1700年,内容论及君臣大义、英雄事业、选贤任能、动荡纷争、民族关系等诸多方面,尤重败亡教训。论述的历史人物上至帝王将相、下至村人野叟,数量之多、叙事之丰叹为观止。可以说他的咏史诗就是他以诗歌形式抒写的一部《资治通鉴》,表达了对历史兴亡成败关键问题独到的见地和进步的历史观。难怪徐乾学评价他"间尝与之言往圣昔贤修身立行及于民物之大端,前代兴亡理乱所在,未尝不慨然以思。读书至古今家国之故,忧危明盛,持盈守谦、格人先正之遗戒,有动于中未尝不形于色也"。(《纳兰墓志铭》)。

（二）关于纪行类。纳兰因为职业特点，一生随皇帝多次出巡。《纳兰君墓志铭》载，"上之幸海子、沙河、西山、汤泉，及畿辅、五台、口外、盛京、乌喇，及登东岳，幸阙里，省江南，未尝不从"。《墓志铭》里也说曾"奉使觇梭龙诸羌"。其沿途皆有诗，或描摹山水，或抒发幽思，即是指这类诗。康熙二十三年（1684），九月二十八至十一月二十九，纳兰跟随皇帝南巡，途经泰山、扬州、苏州、无锡、镇江、江宁、曲阜等地，留下具有南国特色的诗篇。"孤峰一片石，却疑谁家园。烟林晚逾密，草花冬尚繁。人因警跸静，地从歌吹喧。一泓剑池水，可以清心魂。金虎既消灭，玉燕亦飞翻。美人与死士，中夜相为言。"（《虎阜》）"胜绝江南望，依然图画中。六朝几兴废，灭没但归鸿。王气攸云尽，霸图谁复雄。尚疑钟隐在，回首月空明。"（《金陵》）"山色江声共寂

中华传世藏书

纳兰性德全集

纳兰性德评传

寥，十三陵树晚萧萧。中原事业如江左，芳草何须怨六朝。"（《秣陵怀古》）
这类诗所绘之景、所咏之物都带有江南明丽清新的色彩，但其内蕴良多，借历
史古迹，抒吊古心思、发兴亡之感。与纳兰词中的"东风回首尽成非，不道兴
亡命也，岂人为？""莫将兴废话分明"有异曲同工之妙。纳兰曾多次随康熙出
巡边塞。"雄关阻塞戴灵鳌，控制卢龙胜百牢。山界万重横翠黛，海当三面涌银
涛。哀笳带月传声切，早雁迎秋度影高。旧是六师开险处，待陪巡幸扈星旄。"
（《山海关》）"龙盘凤翥气佳哉，东指斋宫玉辇来。影入松楸仙仗远，香升俎
豆晓云开。盛仪备处千官肃，神觌乘时万马回。豹尾叨陪须献颂，小臣惭愧展
微才。"（《兴京陪祭福陵》）也许是南北地域的特点不同，纳兰的边塞诗篇较
江南的景色描写更有一些气势，以其独特的笔触，描绘了北方大地山川的苍凉、

辽阔、雄浑与壮美。纳兰跟随皇帝，还写了部分应制之类的诗作。如《扈从圣驾祀东岳礼成恭纪》《扈从马兰峪赐观温泉恭纪十韵》《扈跸霸州》等，这类作品除了描写了祖国大好山河之外，多了一些歌功颂德的内容。

（三）关于爱情类。爱情是文学作品永恒的主题，纳兰性德的多情表现在他对真挚爱情的追求和珍惜。他的原配夫人卢氏是两广总督的汉军旗人卢兴祖之女。后继娶官氏为妻，有妾颜氏、侍妾沈宛为伴。尽管如此，他不滥情风流。纳兰在他的作品中抒发了与爱妻、与心上人真挚的爱。黄天骥曾在《纳兰性德和他的词》中用"玫瑰和灰色"来形容他的词，可是在纳兰诗中，那种"哀感顽艳""凄美"的灰色氛围就少了许多。纳兰的爱情诗，有描写年轻夫妻美满幸福生活的。"水榭同携唤莫愁，一天凉雨晚来收。戏将莲蒻抛池里，种出花枝是并头。"（《四时无题诗》之六）"红烛迎人翠袖垂，相逢长在二更时。情深不向横陈尽，见面销魂去后思。"（《艳歌》之一）诗句虽然平白如话，却包含着一种真纯、自然、和谐、幸福的意境，看出情人间的恩爱情深。有与爱人别离所写的相思相忆、怀人念远的离愁别恨。"不是心伤艳蕊梢，依稀扶醉过花朝。

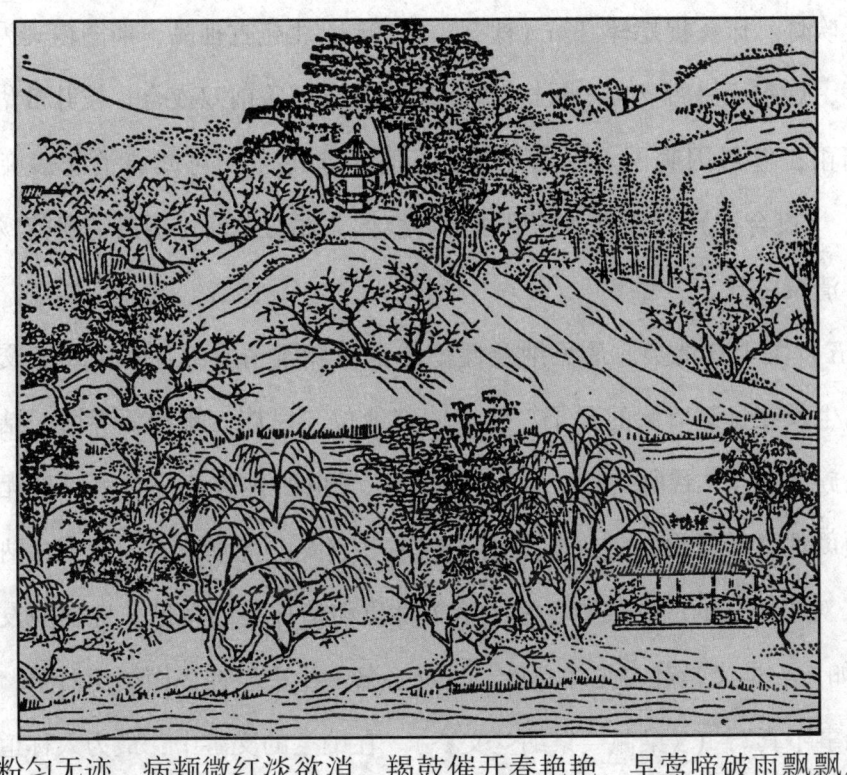

枕函宿粉匀无迹，病颊微红淡欲消。羯鼓催开春艳艳，早莺啼破雨飘飘。竹篱村店年时会，想得当垆尔许娇。"（《杏花》之一）诗中，那美丽的杏花就是恋人的美好象征，杏花的美丽和作者的思念形成强烈的对比。有以女子口吻写的闺怨诗。"辛夷开罢絮纷纷，青粉墙头日未曛。记得个人春病起，是他萦惹绿罗裙。"（《柳枝词》之十）。还有一部分爱情诗写的朦胧。如《猴山曲》九首，以神话传说来表达情感，虽艰深难懂，却也别出心裁。纳兰的爱情诗虽然不像他的爱情词那样悲戚幽咽，哀怨绵长，但其真挚的情感依然令人欣赏。需要一提的是，在纳兰诗中没有悼亡的内容。原因是诗宜言志词宜言情，且律绝平仄框得太死，讲究起承转合，不宜传出复杂情感，故古人悼亡诗佳作不多。再则，以纳兰身份诗宜公开场合流传，词宜私下品赏，故悼亡采用词体。纳兰宗花间后主，用词悼亡自在情理之中。东坡、柳永、秦观表达闺情的也是词。

（四）关于杂咏类。此类诗在纳兰诗中比重亦不小，题咏书画、写景状物，既有作者闲情雅致的心境，又有借景生情的感怀。"凉风昨夜至，枕簟已瑟瑟。

小女笑吹灯，床头捉蟋蟀。"（《秋意》之二）"北苑古神品，斯图得其秀。为问鸥波亭，烟水无恙否。"（《题赵松雪水村图》）"阶前双夜合，枝叶敷华荣。疏密共晴雨，卷舒因晦明。影随筠箔乱，香杂水沉生。对此能消忿，旋移近小楹。"（《夜合花》）该类诗的风格体物细腻，真切自然，用语清丽流畅，读来有一种清爽之气。

（五）关于友情类。最见纳兰性德的真情和柔情。纳兰一生笃于交谊，作为一名生长在显赫贵族的公子，能够冲破地位、民族、年龄等界限，结交不得志的汉族文人，"君所交游，皆一时俊异，于世所称落落寡合者。若无锡严绳孙、顾贞观、秦松龄，宜兴陈维崧，慈溪姜宸英，尤所契厚。"（《纳兰墓志铭》）对于落拓的朋友礼贤下士，给予物质和精神上的帮助。他的朋友评价他"黄金如土，惟义是赴。见才必怜，见贤必慕，生平至性，固结于君亲，举以待人，无事不真"。（《梁佩兰祭纳兰文》）。在纳兰的交游中，最为人称道的是他对吴兆骞的营救。吴兆骞以顺治丁酉科场案被遣戍宁古塔，在顾贞观的求助和纳兰的极力营救下，终于使其绝塞生还。之后纳兰作诗："才人今喜入榆关，回首秋笳冰雪间。玄菟漫闻多白雁，黄尘空自老朱颜。星沉渤海无人见，枫落吴江有梦还。不信归来真半百，虎头每语泪潸潸。"（《喜吴汉槎归自关外，次座主徐先生韵》）。实质上，吴兆骞能够得以生还，纳兰所起的作用最大，但他在欢迎吴兆骞结束边塞流放生涯之时，不表白自己的怜才赴义，为吴兆骞生还出力的功劳，而是赞扬顾贞观对吴兆骞的深切怀念，表现了其重于友情、不图报效的高尚情怀。这种高尚情怀能够发生在满族贵公子身上，精神真正可嘉。因此纳兰的友情诗皆写得真切自然，感情直率，是纳兰词中最为人称道和感动的作品。

综上，拟古类诗可看出纳兰性德的胸襟和抱负，纪行、闲情类可以见他的才学。这三类诗皆写得风格清新，抒情状物不落窠臼。而他的爱情、友情唱和

之类的作品，则情真意切。国学大师王国维这样评价纳兰："纳兰容若以自然之眼观物，以自然之舌言情。此初入中原未染汉人风气，故能真切如此。北宋以来，一人而已。"（《人间词话》）这显然是针对纳兰词而言的，但移来评价纳兰诗亦不为过，因为在纳兰诗中我们同样感受到其"真切""自然"的品质。

二、用世思想是纳兰思想的主流

纳兰有着渴望为国家和民族建功立业的雄心壮志："宛马精权奇，欻从西极来。蹴踏不动尘，但见烟云开。天闲十万匹，对此皆凡材。倾都看龙种，选日登燕台。"（《拟古四十首》之二十六）。在诗中，纳兰将自己比喻为西域名马，表现出傲视群雄的姿态，期盼自己一朝登上令人景仰的燕台，实现理想愿望。他具有忧国忧民的思想，面对当时三藩之乱的时局，发出"我亦忧时人，志欲吞鲸鲵"的呐喊和"平生纵有英雄血，无由一溅荆江水"的叹息，我们看到的是志士的形象，听到的是壮士的心声，纳兰性德是很想建功立业，有番作为的。他深望能一匡天下，图影麟阁，垂名后世。纳兰的远大理想和宏伟抱负与儒家倡导的用世思想密切相关，是积极的表现。

然而，人的思想是复杂的，当作者在现实生活中遭受挫折、理想成空时，思想中也会产生一些与传统儒家不符的成分，那就是道教、佛教或归隐田园等消极避世思想的侵入，甚至感伤意绪也越来越浓，产生对尘世的厌倦，对人生和世界的虚无观和幻灭感，这在他诗中有所体现，如"山中一声磬，禅灯破寥廓"（《山中》）、"南山有闲田，不治委荆棘"（《拟古》十）、"愿餐玉红草，一醉不复醒"（《拟古》十三）、"不如巢居子，遁迹从蒿莱"（《拟古》二十七）、"结庐依深谷，花落长闭关"（《拟古》三十二）、"伤心咫尺江干路，拟著渔翁计未成"（《雨后》）、"一竿我欲随风去，不信扁舟是画图"（《题赵松雪却话秋色图》），其实这是无奈的思想，总之纳兰性德的积极思想是主流的。

（作者系中华诗词学会会员、四平市城区农村信用合作联社办公室主任、四平市诗词学会副会长）

人言纳兰愁似山　我看纳兰仇如海

贾世韬

　　360 年前，也就是距今 6 轮花甲、30 个马年，正值农历甲午年（清顺至十一年），叶赫那拉氏的一个男婴在京城诞生，他就是当年叶赫部的大贝勒金台石的曾孙纳兰性德。329 年前，31 岁的词人纳兰性德如一株久病的幽兰过早地凋谢了。329 年以来，纳兰的心谷，愁云不散。许多研读纳兰词的学者不约而同地发出哀婉的叹息。

　　历史上因愁病早逝的大文人为数不多，像西汉的贾谊，少年博士，满腹经纶，怀滔滔治国安邦之策而不被文帝所用，最后忧郁成疾，刚过而立即谢世。唐朝大诗人李贺心怀宏图大志，每吟诗句，神韵惊人，遗憾终不得志，不及而立，即愁断肝肠而抱恨长眠。

　　纳兰也属旷世奇才，但忧病交加而早逝的原因不仅是一个"愁"字了得，还有深埋于内心的另一个"仇"字。历史上无人下过或明确下过这样的结论，也许这是我一家的揣测之言。

　　我为什么有这样的说法呢？

　　近代大学者王国维说纳兰是清代"国初第一词人"。王国维这一说法被后世许多学者奉为经典结论。我以为纳兰的词在辞采与情思上确实是清初罕有的，论其赋词的阕数——347 首也是可观的。只是有一点，纳兰词的格调和思想境界并不是很高的。也就是说纳兰因其特殊的身份与地位，他的笔下不能鲜明地抒写自己在政治与历史方面的观点与情感。可见，纳兰没有唱出内心深处的另一种思想精神。

　　至于前人王国维又说"纳兰小词，北宋以来，一人而已"。这个结论就不确切了，在我看来元代的诗人萨都剌的词和诗尤其是咏史诗词是宋以后的绝唱，无论思想还是艺术都高于纳兰的词，只是词的数量不如纳兰词的数量多。

前人认为纳兰词的主流是悼亡词、爱情词、边塞词和思念亲友词。但他的边塞词绝无唐人边塞诗之雄迈豪放悲慨高古之格调，而是荒寒凄凉之韵调占了主题。

前人认为纳兰身为御前的一等侍卫厌倦富贵人生，对高官厚禄不感兴趣，或者说他对自己的庸碌的小官职并不满足，他厌倦仕宦，他的内心充满矛盾与苦闷，但他不能充分地表达。说他内心的矛盾症结之一是满汉文化的矛盾与差异令他无法排解。

我想，纳兰的父亲明珠先后任四部尚书、太子太师、武英殿大学士，已是一人之下万人之上的权位了。那么，康熙帝与纳兰为表兄弟，自小就在一起，为什么他仅仅任命纳兰为御前侍卫呢？我想，其中原因之一可能是康熙太了解纳兰的品性与才智了，他不愿赐给纳兰太高的实权，以免生出枝节。而纳兰的父亲明珠已是一个死心塌地的效忠皇室的奴才。

在我看来，纳兰不喜阿谀奉承、歌功颂德，他一定也厌恶乃父明珠那种唯命是从、巴结卑躬的奴才品性和恃权凌下、贪婪无度、横征暴敛、作威作福的作为。但他又无法摆脱这一切或与之决裂。

在纳兰的词中，只有极少数篇章表现了国家兴亡之忧。他不可能不受身边那些明代的遗少或世家子弟的思想影响，但这种影响毕竟微弱得很，因为那些文人墨客都不敢明显发泄内心世界的政治情绪，当时的文字狱足以让他们死无葬身之地。

为什么纳兰在政治上如此谨小慎微不露心迹呢？原因至少有三：

其一，乃父权倾朝野，一直受宠，如果纳兰出了问题，乃父也必受牵连。其实，明珠爬到如此高的地位，享尽了荣华富贵，至少在表面上已不可能对皇帝有半点不忠了，他一定要保住自家的权位，他早忘了祖上的耻辱和仇恨。

据考纳兰曾三次到过叶赫驿站。我读过他的《满庭芳·堠雪翻鸦》一词，我想至少在第二次随驾到叶赫驿站以后，他清楚地知道了叶赫被努尔哈赤屠城、曾祖父金台石被打败自焚身亡的耻辱的亡国史。

当然，这幕惨剧在纳兰的内心一定深深地埋下了仇视爱新觉罗氏的种子，但他强抑制住不敢让它发芽壮大。康熙帝也一定会察言观色看看纳兰有没有丝毫的仇恨情绪。纳兰是一个文人，又阅读整理过儒学文献，他不可能只有思念亡妻之忧愁，在这忧愁的深处一定潜伏着国破祖亡的深仇大恨，正所谓愁绪如山，仇恨似海。但他在词中哪敢有明显的表达？！

其二，纳兰因从小就生活在贵族家庭中，没有受过任何困苦，可以说也享尽了荣华富贵，他不可能割舍下自己所享有的权利，千丝万缕的联系与矛盾缠绕着他的心，他只好说什么思妻念妻之愁如何如何之深。

　　其三，纳兰在上层社会，不可能看清社会底层的苦难，也不可能理清那些错综复杂的矛盾，用过去的说法是他的"阶级局限性"束缚了他的思想与行动。他与那些"文友"只能是研究些学问，填词言愁而已。这是清初，如果是清代中后期，恐怕以纳兰为核心的这些崇尚汉文化的文人要被系之囹圄的。实质上，当时吴兆骞等人曾被流放20多年，被纳兰劝其父明珠营救回来。朱彝尊通明史，善诗词文章，但词亦不敢写大的政治题材，只写些琐事。足见他们的谨小慎微。

　　此外，纳兰生活的时代，距清初八旗金戈铁马横扫天下的历史时局颇近，那些风雷激荡的岁月和暴风骤雨开疆扩土的凯歌仍回响耳畔，纳兰为什么没有写出歌功颂德的大词篇，还是那个仇恨的心不肯为仇家唱赞歌？

　　这种观点或许是一种狭隘的见识，但又怎么解释呢？

如果说纳兰因军事任务随从郎坦北上是经过叶赫驿站那条"进贡路"，那就有可能是纳兰有意选择的。他可以祭祖，看看叶赫废城。在那萧瑟秋风中，他的心境该是怎样的悲哀啊！

我想，这就是真正的纳兰！

纳兰就是纳兰，他是特殊历史条件下产生的词人，他不可能超越那个时代的局限。他是一位悲剧人物。

还有，一些学者将纳兰与李煜相比，说纳兰词似有李后主之风。我以为这是一种牵强的说法，李后主之愁是帝王国破家亡之愁，他直抒胸臆，"故国不堪回首中"，"问君能有几多愁，恰似一江春水向东流"。

纳兰没有这样的精神。

我们今天研究讨论纳兰词，是要学习他的诗词艺术，弘扬中华国粹，以造就更多的新时代词人。

各抒己见，畅所欲言。寸有所长，尺有所短。仁者见仁，智者见智。互相学习，互相勉励。

我要表述的观点就这些，请方家批评指正。

（作者系中华诗词学会会员、四平市诗词学会理事、四平市文联编辑）

纳兰性德祖籍地考略

隽成军

"山一程，水一程，身向榆关那畔行，夜深千帐灯。风一更，雪一更，聒碎乡心梦不成，故园无此声"。这首动人的《长相思》出自清王朝一位身份显赫的满人，他就是被誉为"清初学人第一"（梁启超语）、"北宋以来一人而已"（王国维语）的纳兰性德。纳兰性德以才华和辛酸铸成的艺术瑰品，因给人们以美的享受而不灭。

纳兰性德，原名成德，为避皇太子保成讳，改名性德；字容若，号楞伽山人，顺治十一年十二月十二日（1655年1月19日）出生于满洲正黄旗一个贵族家庭，生长在北京。卒于康熙二十四年五月三十日（1685年7月1日）。

纳兰性德祖籍地在哪里，主要有三说：

辽宁铁岭说。铁岭市林业局的陈柏竹《祖籍铁岭的"清代第一词手"纳兰性德》一文中认为纳兰性德籍贯铁岭是有据可查的。一是清末词学家况周颐在《惠风词话》续编卷二说："曩阅某词话云：'本朝铁岭人词，男中成容若，女中太清者，直窥北宋堂奥。'"二是《明珠墓志铭》，其中写纳兰性德之父明珠："祖讳金太石，考讳倪迓汉。自星根达尔汉至金太石，世为国王，居开原北关，事具《明史》。金太石有女弟，作嫔太祖高皇帝，是为高皇后，实生太宗文皇帝。高皇帝初受命，以兵收北关，于是业赫国诸子皆仁皇朝，其国之所由废，备载本朝《实录》。"康熙四十七年（1708年）四月十七日，明珠病逝于北京，康熙皇帝派皇三子胤祉前往祭奠，赐进士及第、经筵讲官、户部尚书、加六级之王鸿绪撰写《墓志铭》。在这段话中"居开原北关"，开原北关属于开原，开原又归铁岭管辖，这是纳兰性德祖籍地铁岭无可争辩的证据。

辽宁开原说。范君的《纳兰性德祖籍略考》认为考证纳兰性德祖籍问题，首先要考证历史上叶赫是不是北关？北关归不归开原？叶赫即北关。其一，《古代历史地名大字典》："叶赫河，在开原境内。"其二，《清史稿》载：纳兰祖先"迁叶赫河岸，因号叶赫。地近北，故明谓之北关。"其三，《明珠墓志铭》："祖讳金太石，考讳倪迓汉。自星根达尔汉至金太石，世为国王，居开原北关，事具《明史》。金太石有女弟，作嫔太祖高皇帝，是为高皇后，实生太宗文皇帝。高皇帝初受命，以兵收北关，于是业赫国诸子皆仁皇朝，其国之所由废，备载本朝《实录》。"康熙四十七年（1708）四月十七日，明珠病逝于北京，康熙皇帝派皇三子胤祉前往祭奠，赐进士及第、经筵讲官、户部尚书、加六级之王鸿绪撰写《墓志铭》。这段话中"居开原北关"，开原北关属于开原，等等。

叶赫满族镇说。著名学者刘德鸿著《清初学人第一——纳兰性德研究》、杨雨著《我是人间惆怅客》等都明确纳兰性德的祖籍，便是现在的吉林省四平市铁东区叶赫满族镇。这也是绝大多数专家学者的共识。笔者从其说，此说也应该不容置疑。

这样认定的依据，首先应先从纳兰性德的家族说起。民国线装四部备要集部《纳兰词》韩菼《纳兰君神道碑铭》记载："纳兰，讳成德，后改性德，字容若。惟君世远有代序，常据有叶赫之地。明初内附，为君始祖星恳达尔汉。六传至君高祖讳养汲努，女为高皇后，生太宗文皇帝。曾祖讳金台什，祖讳倪迓韩，父今大学士宫傅公也。母觉罗氏，封一品夫人"。纳兰家族本是蒙古族，原姓土默特，金代三十一姓之一，原系明初塔鲁木卫，始建于永乐四年（1406年）二月，居于呼兰河畔。后来，土默特氏灭了纳兰部，占其领地，遂以纳兰为姓，（"纳兰"为音译，又译为"纳喇""那拉"）。宣德二年（1427年）南迁至开原城东北镇北关外，"在叶赫勒河涯建城"而居，遂称叶赫。《清太祖实录》卷六及《满洲实录》卷一诸部世系记载：叶赫始祖星根达尔汉，"按叶赫国始祖蒙古国人，姓土默特，初灭扈伦国所居张地之纳喇姓部，遂居其地，冒姓纳喇，后迁叶赫河岸建国，故名叶赫国"。叶赫部其强盛时，"地广兵强称大国"，有十五部，十二大姓，二十八座城寨。明初女真族，分三大部落：建州、海西、野人，而叶赫部隶属海西女真。纳兰性德的高祖平定叶赫诸部，称贝勒，成为叶赫首领，并先后在今叶赫满族镇境内修建商间府城（又称珊延沃赫城，即白石山城）、西城（原称"夜黑寨"）和东城（原称"台柱寨"），三城呈"品"字分布在叶赫河两岸，成为叶赫国一道坚固的屏障。性德的曾祖金台石生当明朝万历年间（1573~1620），为叶赫部东城的城主，是叶赫部的领袖。清太祖努尔哈赤还是建州部女真领袖时就娶了金台石的妹妹为妻，是即孝慈高皇后，清太宗文皇帝皇太极的生母。后来，金台石在对抗努尔哈赤统一东北女真的战争中，城陷身死。统一战争结束之后，敌对关系消失，转而被姻戚关系所代替，纳兰氏的后裔又为后金及清屡立战功，最终成为清朝八大贵族之一。纳兰性德祖父尼雅哈随叶赫部迁至建州，受佐领职。在满洲入关过程中，积功受职牛录章京（骑都尉）。生长子郑库，次子明珠。明珠早年任侍卫，后迁升内务府郎中、内务府总管、弘文院学士、刑部尚书、兵部尚书、武英殿大学士、加太子太傅，又晋太子太师，成为名噪一时、权倾朝野的康熙朝重臣。而纳兰性德就是明珠的长子。纳兰性德在世的 31 年，正是纳兰家族逐步发展至鼎盛的时期。

何谓祖籍？在《现代汉语词典》中，祖籍，亦称"原籍"，即祖先、祖辈

的居住地，一般是考究是哪里人，年代比较久远。中国几千年来，都非常重视祖籍地。中国华夏族（汉族）和周围的民族在数千年来的交往中，人员往来频繁，渊源久远。其原因主要有：政治因素，如政治亡命、外交出使、政治联姻、抗倭援朝等；经济因素，如外贸商事等；偶然因素，如遇风漂海等；生存，如战乱避难、犯法避祸、宗族传布、东渡谋生，等等。经历漫长的岁月，这些人逐渐迁徙到新地方开创新社会或融入了当地社会，离开了原来居住的地方，因此这些人就有了祖籍地，以区别现在他们的居住地，但也保留了许多历史的痕迹。由于中国面积广大，人口庞大，不同地方的人群还是有所不同的。由于方便不同地方的人交流认识，祖籍，能代表一群人的特征、习惯、文化精神等等，祖籍地使一个可以间接知道一个人大概的情况的。

　　现在再说叶赫满族镇和叶赫河。叶赫，又写作野赫、也合、夜黑。《金辽备考》卷上："也合，一作叶赫，又作野黑或夜黑。"为满语，意为"皇帝赐给有功之臣头上戴的盔缨顶甲的库筒"。也有人认为"叶赫"系满语中"鸭孩"的转音，即水鸭子的意思。在这块土地上 5000 年前就有人类生息繁衍。汉朝为古夫余国地。到南北朝中期为高句丽地。唐朝为夫余府辖地。辽代为东京道咸州北境，金为咸平路归仁县东境属地。元朝为辽阳行中书省开元路咸平府地。明置伊屯河、勒克山各卫，后入扈伦之叶赫部。清初归吉林将军辖下的副都统管辖。清末归属伊通州及赫尔苏分州。民国时归昌图府管辖。新中国成立后，原归属梨树县，2005 年划归四平市铁东区。叶赫河，属辽河的三级支流，从东北至西南横贯叶赫满族镇全境，在辽宁开原威远堡稍北，纳入辽河二级支流寇河。关于叶赫河的形成和变化，辽代，叶赫河称耶悔水，是女真人的聚居地，以河为部族名，其称耶悔部。金元时期，叶赫河称"益海""益改"或"伊改"。叶赫河是明代中后期至今的称谓，明初称那木川。《奉天通志》记载："叶赫河旧名那木川河。明季叶赫部居于此上游，遂名叶赫河。"《梨树县志》记载："叶赫河，古称那木川。"

可见纳兰性德祖上即从呼兰河畔迁到叶赫河岸，并在叶赫河两岸建城，称贝勒，成叶赫部，使叶赫历史上成为周边地区的政治、经济、军事和文化活动中心。纳兰性德的祖籍是四平市铁东区的叶赫满族镇无错也。叶赫部当年所居之地确称北关，但也不能说当年的北关就是现在的开原或铁岭，开原、铁岭两地争夺"纳兰性德祖籍地"，实际上是一种功利的文化遗产保护观，我们应该坚决反之，弃之。

（作者系四平市文物管理委员会办公室主任）

纳兰性德　一颗璀璨的文化星辰

魏连生

十几年前，偶然在一篇研究《红楼梦》的文章上看到了纳兰性德这个名

字。文章说纳兰乃是贾宝玉的原型，这引起了我极大的好奇。那时，我在吉林省预备役 47 师履行职责，为我打理生活起居的小战士张厚安知我所好，又在《江城日报》上发现一篇写纳兰性德的文章，急切地送给我看，更加引起了我的兴趣。

纳兰，何许人也？查阅史料发现，其人果然是天纵英才，一代文雄。

思古伤时的家国情怀

纳兰性德比康熙大帝小 1 岁，17 岁入国子监读书，19 岁举进士，22 岁殿试中二甲七名，官拜通义大夫、一等侍卫。纳兰性德虽为八旗子弟，却深爱汉文化，不止博览五经四书，还精于诗词，且造诣极深。用大文豪王国维的话说，宋后，第一人也。

1682 年的早春，登基 21 年的康熙大帝怀着削平三藩的喜悦和雄迈天下的豪情开始涉足东北，跟随护驾的纳兰性德有机会凭吊家祖故地，心情五味杂陈，因为他的曾祖曾是建州女真的强劲对手。后来九部联盟失败，其祖父辈归顺了努尔哈赤，被编入正黄旗，开始跟随顺治帝跃马中原，立下赫赫战功。眼下，当年的刀光剑影已经远去，殷红的英雄血伴随着松花江的滚滚波涛已成史话。此番故地重游怎能不激起纳兰心中辽远壮阔的沧桑咏叹？诗人在小兀拉（吉林古称）深情的写道：

桦屋鱼衣柳做城，蛟龙鳞动浪花腥，飞扬应逐海东青。

犹记当年军垒迹，不知何处梵钟声，莫将兴废话分明。

这些直指兴亡更替的感叹使我们看到，纳兰其人虽然深得皇帝宠信，官高爵显，对深埋心底的沦亡纠结依然翻转着几多不平，淡淡的忧伤和万般无奈跃然纸上。

当他看到乌拉古战场那萧疏苍凉的景象时，更加心事浩茫，发出了思古之幽情，写下了那首《满庭芳》：

埃雪翻鸦，河冰跃马，惊风吹动龙堆。阴磷夜泣，此景总堪悲。待向中宵起舞，无人处、那有村鸡。只应是，金笳暗拍，一样泪沾衣。须知今古事，棋枰胜负，翻覆如斯。叹纷纷蛮触，回首成非。剩得几行青史，斜阳下、断碣残碑。年华共，混同江水，流去几时回。

这首词哀婉凄清，催人泪下。啊！百代兴亡朝复暮，江风吹倒前朝树。词人那种伤今悼古的家国情怀就像大江上的浪花一样，不停地跃动。

不管怎么说，关东大地是十分壮美的，眼前的胜景让这位诗人发出无限的咏叹，他面对的浩浩荡荡的松花江水，不舍昼夜，万古奔流，令他感慨万千。

宛宛经城下，泱泱接海东。烟光浮鸭渌，日气射鳞红。胜擅佳名外，传讹旧志中。花时春涨暖，吾欲向渔翁。

此时，霞光散彩，瑰丽如绮；澄江清澈，幽静如练。"好是满江涵返照，水仙齐着淡红衫。"那种对大好河山的爱恋难以言表。故国呀，多么令人神往。

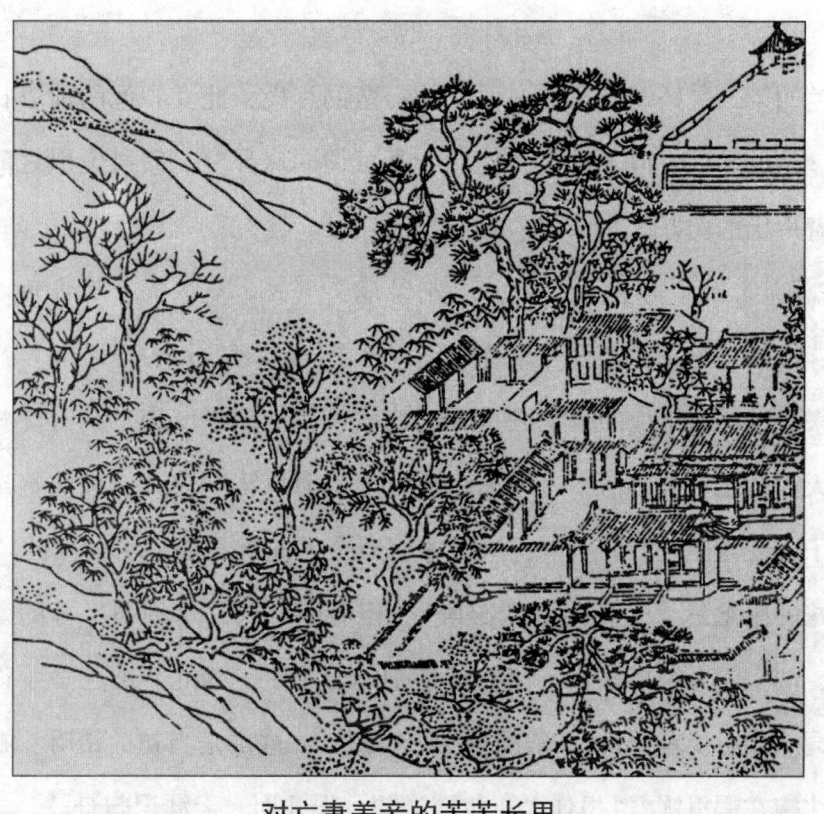

对亡妻美妾的苦苦长思

所以有人把纳兰性德拉扯成贾宝玉的原型，其理由不过是说纳兰性德也是一个多情种子。实际上这有点牵强，纳兰和宝玉对异性的爱是有所不同的。

纳兰19岁时与两广总督、兵部右侍郎、都察院右副都御史卢兴祖之女成婚。卢氏知书达理，温柔可人，才情优雅，别样幽芬。在纳兰心中，世上再没有比卢夫人更加可爱的女人。然而好景不长，两人只生活了三年时光，卢氏便死去了。这使纳兰在情感上受到极大打击，他哀伤至极，为卢氏写了许多悼亡的诗词，这些词作哀婉动人，经久传唱。

[好事近] 帘外五更风，消受晓寒时节。刚剩秋衾一半，拥透帘残月。争教清泪不成冰？好处便轻别。拟把伤离情绪，待晓寒重说。

词人以五更的寒冷衬托出孤寂无依的怅恨，他永远忘不了他的亡妻卢氏。十年生死两茫茫，千里孤坟，无处话凄凉。这种心境让他悲痛欲绝，唯有泪千行。

纳兰的第二次婚姻，娶了一位任性刁蛮的官氏，此女和他的前妻相比，天壤之别。纳兰和这位河东狮吼共枕时，真可谓同床异梦。假凤虚凰之间，他还是思念着卢氏的美好。

[浣溪沙] 十八年来堕世间，吹花嚼蕊弄冰弦。多情情寄阿谁边。紫玉钗斜灯影背，红棉粉冷枕函偏。相看好处却无言。

后来，纳兰通过他的挚友顾贞观牵线搭桥，结识了江南女词人沈婉，相见时惊为天人。在往来书信中还昵称沈婉为"天海风涛"之人。但沈婉毕竟是位风尘女子，受封建礼教的阻隔，这位才貌双全的沈婉只能成为纳兰的"外室"。虽然初嫁的感觉是"名花美酒朝夕醉"，但时间一长，这种不平等的爱恋就变味儿了，两人没有维持多久，便依依惜别地分手了。为此，纳兰写了许多怀想沈婉的词。痛心疾首地说，"雁书蝶梦终成杳"，这都是当初的错呀！在此相思之时，沈婉在哪里呢？"想佳人、妆楼颙望，误几回、天涯识归舟。"

不计贵贱的笃友馨德

大清之初，实际上是一种满汉文化对撞的悖谬时代。代表皇权的爱新觉罗氏一面制订种种铁绊，约束八旗子弟勤习弓马，不得放弃"我族根本"，一面又情不自禁地在汉文化中滋养涵泳。纳兰性德这个冰雪聪明的早慧之人似乎没有那些思想框框，他一面如饥似渴地吸吮着汉文化的精华，一面克服民族偏见，大胆地结交了许多汉民族的布衣文人。这对于一个满族新贵来说，不同寻常。

纳兰在和好友顾贞观的一次攀谈中，得知才子吴兆骞在参加乡试时，受人诬陷，衔冤下了文字狱，后又流配宁古塔（黑龙江宁安）一事后，义愤填膺，顿生侠义之心，决心鼎力相助。他不顾一切风险，说动其父宰相明珠，一道参与了营救吴兆骞的斡旋，终使吴兆骞得救，返回京师。

吴氏到京之日，纳兰设宴迎接并以诗贺之，诗云：才人今喜入榆关，回首

秋笳冰雪间。玄菟漫闻多白雁，黄尘空自老朱颜。星沉渤海无人见，枫落吴江
有梦还。不信归来真半百，虎头每语泪潺湲。"十年别泪知多少，不道相逢泪
更多。"

三年后，吴氏病逝，纳兰十分悲痛，垂泪为之宣读祭文：未题雁塔，先泣
龙堆。中郎朔方，停泊文海。萧萧寒吹，荒荒故垒……

哭悼之痛，令人动容。在纳兰看来友情是无价的，万两黄金易得，知心一
个难求。

纳兰救回吴兆骞不仅树立了文交之典，意义也十分重大。吴氏本人才华横
溢，留有《秋笳集》。其子吴振臣随父到过边塞，他根据所见所闻写成《宁古
塔纪略》一书，为东北地方文化奉献了一部珍贵史籍。纳兰性德也因慕友情笃，

深受后世文人的景仰。

纳兰性德所留下来的那些脍炙人口的诗词告诉人们，他是一颗永不陨落的文化星辰。

（作者系双辽市诗词学会顾问、双辽地方志编撰委员会原主任）